加藤周一はいかにして「加藤周一」となったか

加藤周一はいかにして「加藤周一」となったか

『羊の歌』を読みなおす

鷲巣力
Washizu Tsutomu

岩波書店

まえがき

『羊の歌』(正続二冊、岩波新書、一九六八)は、『日本文学史序説』(筑摩書房、上巻一九七五、下巻一九八〇、ちくま学芸文庫所収)と並んで加藤周一(一九一九―二〇〇八)の代表作のひとつといっていいだろう。初出は『朝日ジャーナル』(一九六六―六七)であるが、同誌には「連載小説」として掲載された。それが岩波新書として刊行されたとき「わが回想」という副題が付けられた。雑誌連載と新書とを比べても、内容はほとんど変わらず、字句の訂正が若干施されたに過ぎない。『羊の歌』には、陸軍軍人であった母方の祖父の話から始まり一九六〇年の安保闘争まで、すなわち近代日本の一〇〇年の歴史を背景に描きながら、加藤自身の四〇歳までの半生が綴られる。いかなる自伝、半生記、回想記にも虚構が含まれるのは当然としても、やはり「小説」と「回想」とは異なるだろう。連載『羊の歌』がなぜ「小説」とされたか、岩波新書に収めるときになぜ「わが回想」とされたかについて、詳しいことは分からない。

推測の限りでいえば、『朝日ジャーナル』編集部、あるいは担当記者矢野純一は、加藤(以下「加藤」という場合には、加藤周一を指す)に「連載小説」を依頼したのだろう。加藤はその提案を受けながら、ひそかに「半生記」を著わすことを目論んだのではないか。かくしてなかば半生記として書かれ、小説とするよりも半生記と謳った方が読者の関心を呼ぶに違いなく、岩波新書編集部の海老原光義は「わが回想」という副題を付けたのではないか、と私は推測する。

「半生記」を著わすことを目論んだのには、加藤の内発的な理由があるはずである。それは『三題噺』(筑摩書房、一九六五、ちくま文庫所収)に収められる三篇の短編小説を書いたことと関係する。三篇の短編小説とは「詩仙堂志」(『展望』一九六四年一一月号)、「狂雲森春雨」(『世界』一九六五年二月号)、「仲基後語」(『群像』一九六五年四月号)である。すでに拙著『加藤周一を読む』(岩波書店、二〇一一)や同じく『「加藤周一」という生き方』(筑摩書房、二〇一二)に述べたことだが、『三題噺』は、加藤の「あり得たかもしれない自画像」だといえる。石川丈山、一休宗純、そして富永仲基の人生に「あり得たかもしれない自分」を発見する。「あり得たかもしれない自画像」を描けば、おのずと「実際にあった自画像」を描くことに関心が向くだろう。

しかも、加藤周一は最初から「加藤周一」だったわけではない。一九六〇年代半ばに加藤周一は「加藤周一」になった、と私は考える。加藤自身もそう自覚していたに違いない。自らを完成させた加藤は、自らがいかに形成されたかについて表現する意欲をもったのだろう。そもそも自らが完成したという意識なしに、自伝や半生記を書けるものではない。こうして『羊の歌』は「連載小説」と謳われたにもかかわらず、なかば「半生記」として書かれた。『羊の歌』に書かれる内容は、その大半は事実を踏まえ、そこに虚構が施された。とりわけ私事にわたることに虚構が多い。半生記であれば当然書かれて然るべきことについても、書かれなかったこともある。それゆえ、虚構として書かれた事柄については、それがなぜ虚構として書かれたかを考え、重要でありながら書かれなかったことについては、なぜ書かれなかったかについて推しはかることも、加藤を理解するうえで重要な契機となるだろう。

そもそも自伝もしくは半生記を著わすこと自体が本質的に「虚構化」を免れない。なぜなら、自伝もしくは半生記を書くということは、過去に起きた諸事実を、作者が書く時点において整理する作業だからである。無限にある過去の事実から「意味がある」と考える諸事実を作者が抽出し――したがって、圧倒的に多数の諸事実が捨てられる――、その抽出された諸事実を整理して構造化する。それを文章として調えるに、意味づけがあり、削除があり、粉飾があり、割愛があり、誇張があり、誤認があり、欠落がある。過去に起きた諸事実を整理する作業とは、とりもなおさず「虚構化」の作業なのである。ましてや作家の自伝や半生記には、意図的な虚構が含まれないはずがない。

しかしまた、「虚構化」という作業が物語ることがある。何を書き、どのように書くか、あるいは何を書き、何を書かないか、あるいは何を詳細に書き、何を簡略に書くか、というところに確実に本人が表われる。やはり「文は人なり」である。

『羊の歌』が刊行されてからすでに五〇年という歳月が流れた。多くの読者に恵まれ版を重ねることおよそ六〇回を数える(二〇一八年現在)。岩波書店創業百年に際して「読者が選ぶこの一冊」アンケートが行なわれ、新書部門では、第一位に斎藤茂吉『万葉秀歌』(上下、一九三八)が、第二位に丸山眞男『日本の思想』(一九六一)が、そして第三位に加藤周一『羊の歌』が選ばれた。『万葉秀歌』は日本人の感性に関わり、『日本の思想』は日本人の思考を主題とし、『羊の歌』はひとりの日本人の生き

丸山眞男(左)と加藤．信濃追分にある加藤の別荘にて．

方を、生きた時代とともに描く。三点とも日本社会や日本文化を緻密に分析し、すぐれた日本語で書かれている。二〇一八年は岩波新書創刊八〇年にあたるが、八〇年の岩波新書の歴史のなかでも、非常によく読まれてきた三点である。

本書では『羊の歌』を精しく読みなおすが、自伝なり半生記を読むということはどういう作業だろうか。作者に関係する「過去のあるときに起きた諸事実」がある。その「諸事実」について、作者が「また別の過去のあるときに整理し執筆する」。その「過去のあるときに整理され執筆された、過去のあるときの「諸事実」」について、現在というときに読者が読むことである。つまり三つの「とき」を重ねあわせて「諸事実」の意味を読みとく作業である。

『羊の歌』に描かれる「過去のあるときに起きた諸事実」とは、一世紀以上も前に遡る。そして加藤が「過去のあるときに整理し執筆した」のも半世紀前のことである。当然、言及される「諸事実」の背景も、現在の読者にとっては自明のことではなくなった。どんな書物を読む場合にも、前提となる知識や常識が要るが、『羊の歌』ばかりではなく、加藤の著作を読む場合には、前提となる知識や常識がきわめて多岐にわたって求められる。

しかも、それらは半世紀前に自明とされた知識や常識である。立命館大学大学院の演習で教科書として使ったときに、いまの若い読者にとって『羊の歌』は必ずしも読みやすい書物ではないことを実感した。そのうえ、加藤は一言一句に至るまでたしかな意図をもって緻密に書いたところが少なくない。同時に、まことに大雑把に書かれた箇所も見うけられる。緻密と大雑把の混在、それはそれで読みときをむつかしくさせる。『羊の歌』を正確に読みとくことは、世代に関係なく誰にとってもなまやさしいことではないと思う。『羊の歌』は一方で、高校生にも読めるほどにやさしい文体で綴られるが、他方で、論理の飛躍や省略も少なからず見られ、相当の読書人でも完全に読みとくのは困難な書物なのである。

『羊の歌』を読みとくことをむつかしくしている別の理由がある。加藤が「あとがき」に述べるように、「累を他に及ぼすことをおそれて、現存の人の名まえをあげず、話にいくらか斟酌を加えたところもある」(『正編』二二三頁、改二五四頁)ことである。「いくらか」どころか「かなり」の斟酌を加えたと思われるところもある。さらに修辞的効果を企図して表現されたところもある。しかし、加藤を理解するための基本図書として読むには、匿名で描かれた人物も——必ずしも現存する人に限らないし、反対に現存した人でも実名を挙げている場合があるが——、可能な限り、あるいは許される限り、実名を明らかにすることが求められるだろう。そして修辞に覆われた部分も、その修辞を可能な限り取りのぞく作業が必要になる。

『羊の歌』を読みなおすうえで大事なことがある。それは「過去に起きた諸事実」が「現在起こりつつある諸事実」にきわめて似ていることである。昨今、十分な議論も尽くさないままに、秘密保護法の制定、集団的自衛権の閣議決定や安保法制の制定、そして憲法の改変を目指すなど、矢継ぎ早に進められる国家主義的な政策と、それらを支持する多くの人びとを見るにつけ、「いつか来た道」を実感し、歴史が一回転しつつあることを痛感する人は少なくない。つまり、『羊の歌』に描かれる「戦前」に、今日の状況がきわめて似てきたということである。その意味では『羊の歌』を「いま」読みとくことは、「いま」を歴史のなかで考えることにほかならない。

『羊の歌』「あとがき」に、「こういう日本人が成りたったのは、どういう条件のもとにおいてであったか。私は例を私自身にとって、そのことを語ろうとした」(『正編』二二三頁、改二五三頁)という。その『羊の歌』を読むこととは、戦前から戦後にかけて「加藤周一はいかにして「加藤周一」となったか」を探る作業である。そのために、必要最低限の事項・人名に註や補足を施した。そして、加藤がなぜこういう書き方をしたかについて考えた。また、本文に触れられる事柄や問題について、その今日における意味を明らかにすることも心がけた。さらに、『羊の歌』を通して「加藤周一」を理解するところまで視野を拡げたいと考えた。

本書では、若い読者に分かりやすくすることを心がけたため、人生経験豊かな読者、学殖豊かな読者には煩わしいと思われる記述が少なからず含まれているかもしれない。その点は御海容いただきたい。加藤が生きた半生を、加藤が生きた時代とともに考え、かつ「いま」という時代を理解したいと考える読者、なかんずく若い読者とともに『羊の歌』を読みなおしたいというのが、本書執筆の最大の動機だからである。

凡例

1　『羊の歌』には旧版と改版とがあり、両版はその組方が異なる。本書における引用は改版に基づき、『羊の歌』は二〇一四年一一月一三日発行第五八刷改版を、『続羊の歌』は二〇一四年一一月一三日発行第四三刷改版を底本とした。引用箇所の頁数は旧版と改版の両方を表示した。たとえば（二三頁、改二八頁）とあれば、旧版の二三頁、改版の二八頁であることを示している。

2　『羊の歌』（総称）には『羊の歌』（『羊の歌』または『正編』と記す）と『続羊の歌』（『続羊の歌』または『続編』と記す）がある。引用箇所の頁数は、第Ⅰ部では正編の頁数を、第Ⅱ部では続編の頁数を表示する。それ以外の場合は「『正編』〇〇頁」、「『続編』〇〇頁」と表示する。『羊の歌』以外の引用は主として『加藤周一著作集』（全二四巻、平凡社、一九七九―二〇一〇年、以下『著作集』）や『加藤周一自選集』（全一〇巻、岩波書店、二〇〇九―一〇年、以下『自選集』）を用いた。

3　『羊の歌』の引用は底本通り、明らかな誤りも底本のままとした。

4　引用中の傍線や傍点が引用者による場合には、その旨を明記した。また引用者による補註は〔　〕で示した。

5　出典は原則として初出紙誌を明示し、入手しやすい単行本、文庫などを表示した。

6　年号に関しては、明治時代以降は原則として西暦年号を用いる。ただし、江戸時代以前については元号も併記する。年号は「〇〇〇〇年」と表記し、（　）内では「年」を略した。

加藤周一の親族関係

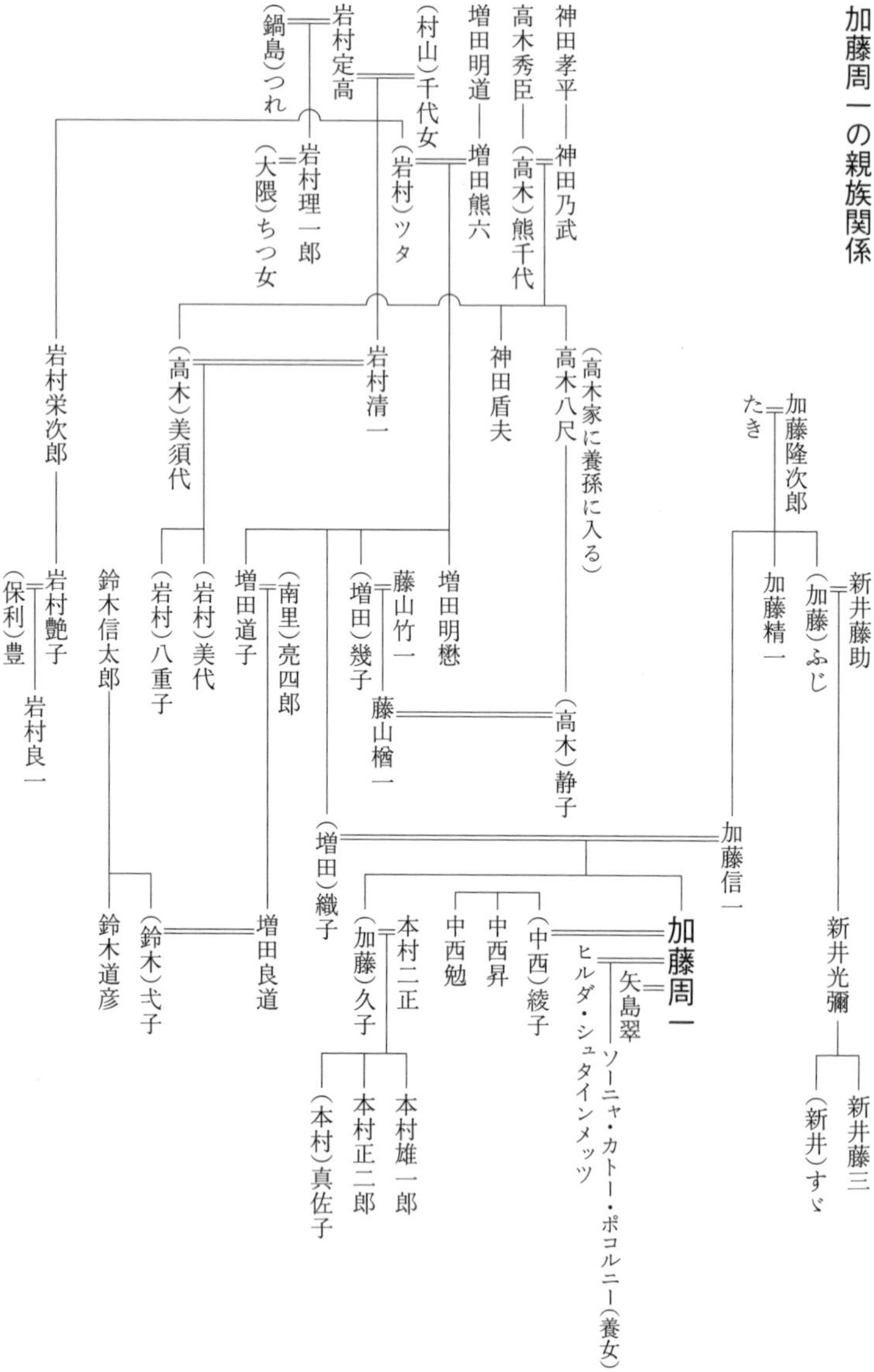

神田孝平
神田乃武
高木秀臣
(高木)熊千代
増田明道
増田熊六
(村山)千代女
(岩村)ツタ
岩村定高
(鍋島)つれ
岩村理一郎
(大隈)ちつ女
(高木家に養孫に入る)
高木八尺
神田盾夫
岩村清一
(高木)美須代
岩村栄次郎
加藤隆次郎
たき
新井藤助
(加藤)ふじ
加藤精一
増田明懋
藤山竹一
(増田)幾子
(南里)亮四郎
増田道子
(岩村)美代
(岩村)八重子
鈴木信太郎
岩村艶子
(保利)豊
岩村良一
藤山楢一
(高木)静子
加藤信一
(増田)織子
加藤周一
矢島翠
ヒルダ・シュタインメッツ
ソーニャ・カトー・ポコルニー(養女)
(中西)綾子
中西昇
中西勉
本村二正
(加藤)久子
本村雄一郎
本村正二郎
(本村)真佐子
増田良道
(鈴木)弌子
鈴木道彦
新井光彌
新井藤三
(新井)すゞ

目次

本文中、特別なことわりのない写真は、立命館大学図書館よりご提供いただいた。

第Ⅰ部

『羊の歌』が語ること

第1章 西洋への眼を開く

母方の祖父，増田熊六

1 増田熊六の西洋趣味

曽祖父増田明道

『羊の歌』は加藤の母方の祖父増田熊六《くまろく》（一八六六〔慶応二〕―一九三九）の話から始まる。祖父熊六は陸軍軍人で、ヴィクトリア様式の大きな屋敷に住んだ。イタリアに私費留学し、ヨーロッパで購入した数多くの美術品・調度品に囲まれ、香水を使い、西洋人女性とつき合い、西洋料理店を経営し、孫たちに西洋料理を食べさせ、西洋映画を観せた。加藤に「西洋」を最初に意識させた人物である。

本書では祖父から一代さかのぼり、曽祖父・曽祖母の話にわずかながらも触れておく。熊六の父、すなわち加藤の母方の曽祖父は増田明道《あきみち》（一八三六〔天保七〕―一八八一）といい、佐賀藩士の家に生まれ、長崎海軍伝習所で海軍技術を学んだ。幕末期の佐賀藩は科学技術において高い水準を誇り、日本初の洋式反射炉をつくり、日本初の鋼鉄製大砲もつくった。海軍技術の習得にも積極的で、長崎海軍伝習所に何人もの藩士を送り込んだが、明道はそのひとりであった。

箱館戦争において新政府軍の参謀として艦隊を指揮し、同じく参謀の黒田清隆らとともに榎本武揚との講和交渉に臨む。吉村昭『幕府軍艦「回天」始末』(文藝春秋、一九九〇、『吉村昭歴史小説集成 二』岩波書店、二〇〇九所収)に、増田虎之助として描かれるが、「虎之助」から「明道」へ改名したのである。箱館戦争の論功行賞により明治政府から東京・高輪あたりに広大な土地を与えられた。この資産を相続したことで、熊六は豪奢な暮らしを営むことができ、のちに事業を興したときの原資としたのである。加藤の曽祖母にあたる熊六の母はイソ(一八四五〔弘化二〕―一九二二)といい、佐賀郡神野《こうの》村出身だった。しかし、イソについて詳しいことはほとんど何も分からない。

帝国陸軍騎兵将校

明道とイソのあいだに生まれたのが増田熊六で、『羊の歌』冒頭に「陸軍の騎兵将校」(一頁、改一頁)として言及される。熊六は「資産家のひとり息子」(同上)だと加藤はいうが、「姉がいた可能性もある」らしい(熊六の孫増田良道の夫人弌子《かずこ》氏談)。熊六は佐賀県佐賀郡神野村大字多布施(今日の佐賀県杵島郡白石町大字福田。佐賀県立佐賀農業高等学校があるあたり)に住まいしたようだが、東京に出て、明治政府から明道が与えられた芝区下高輪(今日の港区高輪三丁目あたり)の土地に明道とともに暮らした。

明道は一八八一年に四〇代半ばで亡くなる。そのとき熊六はわずか一五歳に過ぎなかった。同年に家督相続し、戸主となる。『羊の歌』に描かれる熊六は相当にわがままな性格だが、兄弟もなく、若くして戸主となり、豊かな資産をもっていたことが影響しているのかもしれない。

その後、陸軍幼年学校、陸軍士官学校騎兵科を経て、陸軍少尉として任官される。陸軍省軍馬補充部に配属され、軍馬の調達にあたった。

日本の在来馬はポニーのように小型で、近代軍隊の騎馬には適さない。そのため帝国陸軍は、ヨーロッパ種の軍馬を購入するとともに、騎兵術の習得に努めた。「日本騎兵の父」と謳われる秋山好古《よしふる》(一八五九〔安政六〕―一九三〇)がフランスに逗《とど》まるのは一八八七年から九一年にかけてのことである。熊六は私費留学を願いでて一八九一年から九三年にかけてイタリアに留まった。二〇代半ばのことであるが、秋山と入れ替わりにヨーロッパへ渡った。ほかにも三岳於菟勝《みたけおとかつ》はドイツに、遊佐幸平《ゆさこうへい》(一九二八年のアムステルダム五輪大会の馬術に出場)はフランスおよびイタリアに留学する。

日露戦争のさなか軍馬の不足を懸念した帝国陸軍は、熊六をオーストラリアに派遣し、一万頭の馬を購入させた。熊六は購入した馬に保険をかけ、その搬送の任にあたる。この備えがあったからこそ、日露戦争で秋山や三岳らが率いる日本騎兵はロシアのコサック騎兵を打ち破ることができたのだ、と『日本騎兵史 上巻』(佐久間亮三・平井卯輔編、原書房、一九七〇)はいう。

「日露戦争の頃には、陸軍大佐となり」(一頁、改一頁)とあるが、熊六が大佐となったのは一九一三年のことであり、日露戦争の頃は少佐だった。のちに軍馬補充部白河支部長(一九一一―一二)にも就いたが、一三年に予備役を命ぜられる。退役後に貿易商に転身したのは、軍馬購入の経験と知識を活かそうとしたからに違いない。

熊六は同郷の大隈重信に書簡を送り、シベリア開発のために投資すべきだと進言した(一九二一年一月三日付書簡、『大隈重信関係文書9』みすず書房、二〇一三)。大隈に書簡を送ったのは、実父増田明道も義父岩村定高(後述)も大隈と昵懇の間柄だったこともあろう。二〇代半ばで私費留学を願い出たことといい、陸軍を退役したのち貿易商に転身したことといい、大隈にシベリア開発を進言したことといい、熊六は積極果敢な性格であったと思われる。司馬遼太郎『坂の上の雲』にもその人となりの一端が描かれる。

熊六の長女幾子は下高輪で、次女織子(加藤の母)と三女道子は千駄谷村原宿で出生した。その後、一九〇六年に豊多摩郡渋谷村(のちの渋谷区美竹町、現在の渋谷区渋谷一丁目)に転居したとある。熊六が長く住んだのは渋谷村だが、宮益坂に面した御嶽《みたけ》神社の西側(今日の渋谷区渋谷一丁目一二、一三番地あたり)に、一〇〇〇坪以上の土地を所有していたと思われる。御嶽神社に因んでこのあたりは美竹町と呼ばれたが、今はわずかに通りや公園や建物などにその名が残るだけである(本書一〇三頁地図参照)。

熊六は「名妓万龍をあげて新橋に豪遊し」(一頁、改一頁)たというが、萬龍《まんりゅう》は明治末期に「日本一の美人」と賞賛された赤坂・春本の名妓であった。同じ頃、新橋に「新橋七人組」のひとりと賞された栄龍という名妓がいた。「龍」の字をつけた芸妓は少なくない。「万龍をあげて新橋に豪遊」と加藤が書いたのは、ふたりを混同したか、赤坂と新橋を間違えたか、あるいは熊六が、赤坂で萬龍をあげ、新橋で栄龍をあげて豪遊したということかもしれない。

三年間の私費留学にせよ、花街での豪遊にせよ、若くしてそれが出来たのは、相当の資産があり、しかもそれを自由に使える境遇にあったからだろう。

ミラノに留学した熊六は歌劇に親しんだ。ミラノ・スカラ座で聴いたエンリコ・カルーソー Enrico Caruso(一八七三―一九二一)は、イタリアが生んだ二〇世紀前半の最高のテノール歌手である。声域の広さ、声量の豊かさ、声の美しさで、不世出のテノールと謳われた。帰国後の熊六は蓄音機で歌劇の詠唱《アリア》を聴き、みずから口ずさむこともあり、加藤は熊六が好んだ詠唱を聴きながら育った。

熊六が事業に乗り出した時期は第一次大戦期にあたり、日本経済は、参戦国からの軍需に恵まれ大戦景気に沸いた。いわゆる大正バブル経済で、人びとは奢侈の生活に流れた。関東大震災(一九二三)が起きたときに、大地震は「天譴《てんけん》」だという主張が生まれたひとつの理由である。しかし、第一次大戦終結(一九一八)をきっかけに経済は停滞しはじめ、反動恐慌(一九二〇)が起きる。そして関東大震災を引き金にして昭和恐慌(一九三〇)へとつながっていく。「晩年の生活はあまり豊かではなかった」(一頁、改一頁)のは、積極果敢な熊六も時代の流れに抗することはできなかった、あるいは積極果敢な性格が事業ではかえって災いしたということだろうか。

熊六の結婚

熊六は、一八九一年、満年齢二四歳のときに結婚する。その相手は一四歳の岩村ツタ(一八七六―一九五八)である。ツタは佐賀藩士岩村定高(一八二八〔文政一一〕―一八九九)の四女である。岩村の側室だった村山千代女(生歿年不詳)がツタの母であり、岩村定高と千代女が加藤の曽祖父・曽祖母にあたる。千代女は「小田原藩の漢学者の娘で聡明だったらしい」(定高の曽孫岩村良一《りょういち》氏談)。

岩村定高は一八六九年に佐賀藩の大参事(今日の副知事)に任ぜられ、のちに初代三重県令(在任は一八七六―八四)に就き、さらに元老院議官(一八八四―九〇)となり、貴族院勅選議員となった。三重県令時代に県庁舎を建てさせたが、これは重要文化財に指定され、今日、愛知県犬山市の明治村に保存される。しかし、加藤が書くように、定高が佐賀県令に就いたことはなく、これは加藤の誤記かと思われる。

定高は同郷の大隈重信と一緒に上京するような親しい間柄で、定高の長男理一郎は大隈の養女ちつ女と結婚した、と岩村良一(存命者でも本文中は以下、敬称を略す)はいう。しかし、大隈の多くの評伝にちつ女が登場しないのは、当時行なわれていた嫁入りのための短期の養女だったからかもしれない。なお、定高の大隈宛書簡が二一通ほど遺されている(『大隈重信関係文書2』みすず書房、二〇〇五)。

ツタには兄弟姉妹が七人いるが、そのうちふたりが『羊の歌』に言及される。そのひとりは岩村栄次郎(生歿年不詳)といい、『羊の歌』に「独占的な大燃料会社の副社長」(東京瓦斯株式会社副社長。八九頁、改一〇一頁)として描かれる人物である。もうひとりが加藤に大きな影響を与えた海軍軍人の岩村清一(本章第2節で述べる)である。

熊六の子どもたち

熊六は一男三女をもうけた。長男は明懋《あきもと》(一八九一―一九一七、加藤の伯父)といい、東京帝国大学医科大学を卒業したが、医局時代に結核にかかり、二〇代半ばにして亡くなる。カトリック司祭で医者の戸塚文卿(一八九二―一九三九)と学生時代に親しくし、「戸塚の勧めもあって、大学卒業頃にカトリック信者になった」と加藤の実妹本村久子(一九二〇年生まれ)はいう。しかし、増田弌子によれば、明懋の葬儀は熊六の手によって神式で執り行なわれたことをひとつの根拠に、カトリック信者ではなかったという。

妹の織子、すなわち加藤の母が結婚することになり、その相手が加藤信一だと知ったとき、同僚である信一について明懋は「真面目だからよい」と評価したそうである(本村久子氏談)。ただし、信一と織子の結婚をなかだちしたわけではない。

熊六の長女幾子(戸籍名はイク、一八九四―一九五一)は加藤の伯母にあたり学習院女子部に入学する。「政友会の代議士に嫁した」(一頁、改一頁)が、この「代議士」とは藤山竹一(一八八五―一九三〇)である。藤山は佐賀県出身で、第五高等学校(現・熊本大学)から東京帝国大学法科大学に進学し、内務省に入り、政友会に属した。一九二七年に大分県知事、一九二八年から二九年まで栃木県知事となる。「政友会が政権をとると、県知事になり」(二頁、改二頁)と加藤がいうのは、当時は知事が官選によって任命されていたからである。幾子は鍋島直明(華族、陸軍軍人、貴族院議員)の養女だった時期があるが、佐賀県出身の藤山と婚姻関係を結ぶための準備だったろうか。

次女は織子といい(一八九七―一九四九。戸籍名は「ヲリ子」だが、加藤たちは「織子」と綴っているので、本書では「織子」を採る)、加藤の母である。雙葉高等女学校に中途入学しカトリックに触れ、二〇歳頃に生死の境をさまよう大病を患い、そのときに入信した。神父から贈られ、織子が使っていた聖書を加藤は大事に保存していた(加藤の歿後、その聖書は本村久子氏が所有する)。

末の娘、すなわち熊六の三女は道子(戸籍名はミチ、一九〇〇―一九八七)という。やはり雙葉高等女学校を卒業し、南里亮四郎(一八九〇―一九三九)と結婚する。亮四郎は、海軍軍人で主計少監となった南里俊亮《としあきら》の四男、海軍少将となった南里団一の弟である。増田姓を名乗ったのは、熊六の長男明懋が亡くなって増田家を継ぐ人がなく、婿養子に入ったからである。亮四郎は三井物産などに勤務した会社員であった。亮四郎を「大阪の町家の出」(一頁、改二頁)とか「大阪商人の息子」(一四頁、改一六頁)と書いた理由は分からない。

熊六の西洋趣味

熊六の邸宅があったのは、先に述べたように渋谷宮益坂の近く、御嶽神社の下あたりだった。渋谷は谷間にできた町であり坂が多い。渋谷の東側にあるのが宮益坂――江戸時代には富士見坂といった――、西側にあるのが道玄坂であり、ふたつの坂はともに渋谷を代表する坂である。宮益坂は大山街道筋にあり、江戸時代には大山参詣客のための茶屋が何軒かあり、富士山がきれいに見えるところとして人気があった。加藤が一〇代のとき一家は美竹町に住むことになるが、自宅の西窓から夕陽や富士山を眺めることを習いとした、と加藤は繰りかえし述べている。

熊六の邸宅は「ヴィクトリア様式」建築だったというが(二頁、改三頁)、ヴィクトリア様式とはイギリスのヴィクトリア女王時代(一八三七―一九〇一)、すなわち一九世紀後半に見られる建築・デザイン様式の総称である。産業革命が進み、工業技術が開発され、鉄とガラスの生産技術が発達し、ヴィクトリア様式の建築では鉄とガラスを使用するようになる。そして中世趣味が見られ、それがゴシック・リヴァイヴァルをもたらす。代表的な建築にイギリス国会議事堂がある。ヴィクトリア様式は日本にも採りいれられ、明治から大正期に建てられた洋風建築にはヴィクトリア様式が見られる。たとえば、二〇一二年に復元工事が完成した東京駅(設計＝辰野金吾〔フランス文学者辰野隆《ゆたか》の父〕)はヴィクトリア様式の建築である。加藤がのちにゴシック大聖堂はじめゴシック美術に共感を示すのは、ヴィクトリア様式に親しんでいたことも、その要因のひとつとして挙げられるかもしれない。

屋敷にはさまざまな調度が「古道具屋の店頭のように」(三頁、改三頁)並べられていたということは、ひとつの美意識によって統一されていたのではなく、熊六には特定の美術趣味があったわけではないことを意味する。その無秩序ぶりをいいたいがために、室内の品々を列挙したに違いない。いずれにせよ、加藤は幼いときから多くのヨーロッパの家具調度に囲まれて暮らした。

祖父は玄関で靴をはかずに、庭に面した縁側の踏石の上で靴をはく。そこからはすぐに庭へ降りることができ、庭の片隅に祀られた稲荷のまえに行って、柏手を打つのは、その儀式のどうしても必要な一部だったからである。二人の娘をカトリックの女学校へ送った祖父は、神主をよんで冠婚葬祭を行っていた。しかし何かを信仰していたとすれば、自宅の庭の稲荷をいちばん信仰していたのかもしれない。（四頁、改四―五頁）

祖父の宗教に対する態度を述べるが、いささか皮肉っぽい表現である。キリスト教にも、神道にも、仏教にも、稲荷信仰にも、道祖神信仰にも、ちょっとずつ愛想を示すのは、ほとんどの日本人の普通の宗教的態度、あるいは宗教的無関心の表われである。

熊六はキリスト教を信じていたわけではない。次女と三女のふたりを雙葉高等女学校というキリスト教系学校に通わせたのは、おそらく西洋趣味の一環だったろう。一方「神主をよんで冠婚葬祭を行っていた」にもかかわらず、神道を信じていたのでもない。宗教についてはほとんど何も信じてはいなかったが、強いていえば自分の庭の稲荷を信じていたということだろうか。しかし、熊六は稲荷信仰の総本宮である伏見稲荷大社にも佐賀県にある祐徳稲荷神社にも関心を払っていなかった。美術趣味に対してと同じように、宗教に対する無秩序ぶりを表現したのである。

西洋料理店を経営

熊六は、今日の西銀座外堀通りに面したところに「イタリア料理店」をもっていた。店の名前は〈BONTON〉といい、フランス語で「上品」という意味になる。イタリア料理店の名前にフランス語を遣うことに軽い違和感を覚えたが、『羊の歌』では「イタリア料理店」と書かれるものの、どうやら西洋料理店だったことが『過客問答』(かもがわ出版、二〇〇一)に述べられる。〈BONTON〉は、人手に渡ったのちにも同じ店名で営業を続けたのだろうか、一九五〇年代後半にも加藤は人との面談に利用していたことが、遺された年次手帳から窺える。

子どものときに店に連れられていったときの熊六と女主人との会話が次のように綴られる。

二階では料理店の女主人が待っていて、いくらかつくった華かな声で、「あら、お珍しい、どうぞ」などという。「お珍しいもご挨拶だな」「でもそうじゃないかしら……」「いや仕事が忙しくてね」「どんなお仕事でしょう?」と女主人はからかうように笑い、「それどころじゃないよ、昨日大阪から帰ってきたばかりだ」と祖父があらたまった声を出すと、急に調子を変えて、「あちらはいかがでございますか」「なに、相変らずだが……」「いつもそう仰言《おっしゃ》るだけね」と、いうべからざる媚を含んで——と私には思われた——睨む。女主人との祖父の一幕は、酒場の男たちとのやりとりとは、またちがう別の世界のものであった。そこには合言葉のようなものがあり、ひどく丁重であるかと思えばにわかにうちとける表現があり、その度に華やいだり沈んだりする気分があった。祖父とその婦人との関係が、祖母や私の母との関係とはちがう一種の親密さの上に成りたっているらしいということを、私はただちに感じた。私はその親密さが一個の品物のように確実にそこにあるということ、しかしその品物の内部に外から入ってゆくことは全く不可能だろうということも感じていた。祖父と女主人の側からみれば、私と私の妹ともう一人の従兄とは、いつでも望むときに、二人のやりとりのなかへ引き入れることによって、話のすじ道を変えるための口実になり得るものであったろう。

（六—七頁、改七—八頁）

合言葉や話題の巧みな転換を駆使した祖父と女主人とのやりとりの描写は、漠然とした記憶に基づく虚構か、後年の体験に基づく虚構だろう。なかでも女主人が祖父に親密さを訴える件《くだり》は、幼い子どもにはとうてい理解できる質《たち》のものではない。

この店に「私と私の妹ともう一人の従兄」と一緒にイタリア料理店に行ったと加藤は綴るが、本村久子は、〈BONTON〉に連れていかれたことはない、と証言する。実際は「三人の従兄弟たち」だったに違いないが、加藤はそのようには書きたくなかった。その理由は、おそらくひとりの従兄を嫌っていたからだろう。

豊かな男女交際

留学中に熊六は「西洋流の美衣美食と男女交際の慣習を、いくらか身につけてきたらしい」（一頁、改一頁)が、実際、多数の女性と交際があり、そのひとりはイタリア人だったという(加藤の甥本村雄一郎氏談)。そのような人物は常識的には、なかば羨ましがられたとしても決して好まれない。にもかかわらず、加藤は熊六のことを「いやだ」と思ってはいない。加藤の人物判定は、晩年に至るまで、地位肩書、位階勲等、他人から聞く噂や評判などには従わない。あくまでも自分の判断に従う。

祖父の豊かな男女交際について、父信一、母織子、そして加藤自身の反応が記される(七—八頁、改八—九頁)。父は祖父を好まず、その放蕩を「非難」(七頁、改八頁)した。「非難」は、行為そのものに注意を集中し、一定の価値判断に基づいて批判するという意味である。母は熊六がどうしてそういう行動をとるのかについて「説明しようとしていた」(同上)。「説明」は、行為に関する判断をひとまず留保し、その行為の動機に関心を向けて、因果関係を明らかにしようとする。判断の留保は、しばしば行為を肯定することになる。政治的無関心が現状肯定を意味するのと同じである。加藤は自分が知っている祖父と「悪事のなかの悪事」とを結びつけることに無理を「感じていた」(八頁、改九頁)。「感じる」のは、合理的な説明はできないけれど、曖昧に漠然と思っていたことを意味する。この件に即せば、常識的判断には従わない、ということだろう。それが幼い加藤の自覚的な態度だったわけではないだろうが、そういう態度の取り方の萌芽が育っていたのかもしれない。両親から教え込まれた罪の観念と実際に見聞した祖父が見せた振舞いとのあいだがつながらない、という感覚が加藤にはあったのだろうか。

「放蕩」として貼られたレッテルを信用しないことは、「品行方正」として貼られたレッテルも信用しないことを意味する。地位や肩書を含めて、あらゆる「レッテル貼り」を加藤は嫌った。「レッテル貼り」を嫌うようになったのは、「私が、身の廻りに「放蕩者」といわれる人物をもっていて、その人物について、おそらく多くの失敗を想像することはできても、悪事を想像することはむずかしかったという事実に」(九頁、改一〇頁)根ざしているのかもしれない。あるいは自分自身に引きつけて、そういう主張をしたのかもしれない。「私は一体こういう祖父の血をうけついでいるのだろうか」(八―九頁、改一〇頁)というのは、婉曲表現であり、女性に対する豊かな感性を示した加藤は、「祖父の血をうけついでいる」と思わないわけではなかったのだろう。だからこそ、こういう書き方をしたに違いない。

西洋に対する開眼

熊六は豪気磊落であり「子供たちに対しては、寛大で、金ばなれがよく、いくらか気まぐれで、しかし一種の誠実さを備えていた」(九頁、改一〇頁)。そういう人物に対しては、子どもではなく大人であっても、その対応は厄介だと感じつつ、魅力を感じるに違いない。

「何でも欲しいものを買ってやる」(同上)といった祖父に、加藤は「生きた馬」を望んだ。騎兵出身の祖父に「馬」を望んだのは、子どもなりに考えた結果かもしれない。加藤の要求に驚いた祖父は「真面目に説得の努力をつづけて倦まなかった」(同上)という件は、熊六という人物をよく表現する。

子どもを一流の飲食店に連れていくのも、子どもに対して懸命に説得するのも、子どもには分からないだろうという思いこみがない。西洋映画を観せに連れていき、映画の感想を求めたのも同じことである。それは加藤にも受けつがれた態度である。加藤もまた誰に対しても、相手が分からないだろという態度で接することはなかった。

熊六が孫たちを連れていって食べさせたのは自分が経営するイタリア料理店だけではなかった。加藤の従兄の藤山楢一(第4節で述べる)の記憶によれば、銀座の「よし田」(そば)、浅草の「金田」(鶏料理)、「もみじ」(天ぷら、所在地不詳)、渋谷の「二葉亭」(西洋料理)という一流店に連れていかれたという(藤山楢一『一青年外交官の太平洋戦争――日米開戦のワシントン→ベルリン陥落』新潮社、一九八九、八頁)。

西洋映画を観る

加藤の両親は、中学生くらいまでは加藤が映画をひとりで観ることを禁じていた。しかし、祖父熊六は加藤をときどき映画に連れていった。「祖父は私たちを連れて活動写真を見物」(九三頁、改一〇五頁)したというが、この「私たち」とは、加藤とその妹久子のことではない。熊六の長女の息子藤山楢一、次女の息子加藤、そして三女の息子増田良道である。熊六には男尊女卑の考え方があったのだろうか、映画も、食事も、教育も、男の子たちには一所懸命になるが、女の子たちにはあまり力を注がなかった。妹久子は、祖父熊六に映画や食事に連れていってもらったことは一度もない、と証言する。加藤が一高時代に書いた「従兄弟たち」(『校友会雑誌』第一高等学校文芸部、一九三八年六月、単行本未収録)に、祖父を「欧洲崇拝の風潮華かな当時のダンディーとは言ふもの丶、本質的には全くの封建人であつた」と綴る。

映画は、風景も風俗も人間の表情もしぐさも、トーキーならば言葉も映しだす。映画を通して映しだされる世界を総合的に学ぶことができるものである。熊六が連れていった「西洋もの」映画を観れば、おのずと具体物に即して西洋文化に触れることになる。だからこそ「私は古都の石畳みの上に鳴る馬車の音を聞いたし、中部欧洲の広大な麦畑の上に青い空と太陽を感じた。手風琴〔アコーディオン〕の旋律や、裏町の住居の窓に覗く娘の顔や、踊る女たちのひるがえって輪のように拡がる裳裾《もすそ》は、たしかに、私にとって実在した」(九六頁、改一〇八―一〇九頁)といって、「東和商事のおとぎ話によって養われるようになった」(九六頁、改一〇九頁)というのである。映画は、加藤にとって「西洋への窓」(前掲『過客問答』一二九頁)となった。では、いったい加藤はいつ頃、どんな映画を観たのだろうか。

その頃、東和商事会社の輸入していた活動写真のなかでは、七月一四日の晩に、貧しい恋人たちが出会ったり、別れたりしていた。またロシアの大公が、国際会議の古都で、夜おそく町娘を馬車にのせて走りまわるかと思えば、中部欧洲の麦畑のなかでは、まだ有名にならない大作曲家が、美しい娘と戯れていた。霧の深い英国の都では、警察の眼を自由自在にくらます神出鬼没の怪盗が、売春婦に裏切られ、貧しい者が互に援けあわなくては世も末だと呟きながら、召捕られてゆく。(九五頁、改一〇八頁)

「東和商事」(現・東宝東和株式会社)は、一九二八年に川喜多長政によって設立された外国映画輸入会社である。戦前はヨーロッパの名作映画を日本に紹介し、また日本映画を海外に紹介することにも力を尽くして、一九三七年に公開された日独合作映画『新しき土』を製作する。その『新しき土』に関する批評を加藤は、一高の寮内新聞である『向陵時報』(一九三七年二月一八日、筆名「藤澤正」。『自選集

1』所収)に寄せた。

ここに挙げられる映画は、日本で公開された当時、人気が高かった作品である。「七月一四日の晩に……」は『巴里祭』(監督ルネ・クレール、一九三三)であり、「ロシアの大公が……」は『会議は踊る』(監督エリック・シャレル、一九三一)であり、「中部欧洲の麦畑のなかでは……」は『未完成交響楽』(監督ヴィリ・フォルスト、一九三三)だろうし、「霧の深い英国の都では……」は『三文オペラ』(監督G・W・パプスト、一九三一)だろうか。いずれも一九三〇年代初めに公開された作品であり、加藤が中学生のときに観たのではなかろうか。

これ以降晩年に至るまで、加藤は映画を観ることを楽しみにした。一高時代には映画演劇研究会に所属し、あらたに封切られる洋画のほとんどを観て(本村久子氏談)、そのうちのいくつかを映画評として『向陵時報』に寄稿し、後年『朝日新聞』の連載「夕陽妄語」にもしばしば映画を採りあげた。

加藤が「西洋」に眼を開いたきっかけのひとつは間違いなく祖父熊六がもたらしたものである。熊六が暮らしたヴィクトリア様式の邸宅、西洋で集めた家具調度、身につけた衣服や装身具、そして香水、立ち居振舞い、話されるフランス語やイタリア語、熊六が口ずさむ歌劇の詠唱《アリア》、料理の味、熊六に連れていかれた映画。そういうものに、幼い加藤は「西洋」を強く感じていたに違いない。

だからこそ、後年、フランスに留学したとき、「私ははじめて見た欧洲に、ながい間忘れていた子供の頃の世界を見出していた。西欧の第一印象は、私にとって遂に行きついたところではなく、長い休暇の後に戻ってきたところであった」(一一頁、改一二頁)と綴るのである。加藤が生まれたのは一九一九年であり、明治維新から五〇年が経っていたが、それでもこれだけ西洋が身近にある環境に生まれ育ったのは、当時の日本人からすれば、きわめて稀なことだろう。西洋文化を異文化として認識し理解する必要はなかった。最初から与えられていたのである。

2 岩村清一の反戦思想

海軍リベラル派

加藤に西洋への眼を開かせたのは祖父の熊六だけではない。加藤の母方の祖母の弟、すなわち大叔父にあたる岩村清一(一八八九—一九七〇)もそのひとりである。祖父熊六のように『羊の歌』に一章を設けられてはいないものの、加藤にとっては大きな存在だった。

岩村は、東京府立一中、海軍兵学校を経て、一九二一年に海軍大学校を首席で卒業。二五年に在イギリス日本大使館付海軍武官、三〇年にロンドン海軍軍縮会議全権随員、海軍大佐、三一年に軽巡洋艦「矢矧《やはぎ》」艦長、三二年に軽巡洋艦「阿武隈」艦長、三五年に海軍少将、第三艦隊参謀長、三九年に海軍中将、四一年に海軍艦政本部長、四三年に第二南遣艦隊司令長官。四四年に予備役編入、という経歴の持ち主である。

岩村は政治学者高木八尺《やさか》(一八八九―一九八四)の妹美須代と結婚する。つまり、高木と岩村は同年生まれであり、しかも義兄弟関係にあった。高木はアメリカ政治史の研究者で、東京帝国大学法学部教授。クウェーカー教徒であり、日米開戦に反対していた。高木は海軍情報に詳しかったが、その情報の一部は岩村との関係で得ていたのかもしれないし、また岩村の考えには高木からの影響もあっただろう。

岩村は在イギリス日本大使館付武官としてロンドンに赴き、一九三〇年に開かれたロンドン海軍軍縮会議の随員を務めた。そのときの経験から、日本はアメリカに勝てないという確信をもち、日米開戦に反対だった。海軍リベラル派のひとりだったのである。岩村は「太平洋戦争の前後を通じて一種の見識を持ち、決してそれをゆずろうとしなかった。それは狂信的な超国家主義は必ず国をほろぼすということである」(九一頁、改一〇三頁)と加藤は述べる。

加藤の大叔父，岩村清一

岩村の部下だったひとりは、岩村を「軍人らしくなかった、むしろ学者みたいだった」と評したそうであるが(岩村良一氏談)、反戦という考え方を貫く加藤に少なからず影響を与えたに違いない。

岩村は、実姉すなわち加藤の祖母ツタを慕って、しばしば加藤の家を訪れた。加藤たち家族は岩村を「おじさん」、後年は艦隊司令長官を務めたため「提督」とも呼んでいた。

度重なる加藤家への訪問のなかで、あるときは戦争についての意見を述べ、あるときは戦争に関する噂話にはいっさい口を差しはさまず、あるときはオークション・ブリッジを教え、あるときはイギリスの文化や歴史について語った。岩村の話の内容は『羊の歌』には紹介されないが、『私にとっての20世紀』(岩波書店、二〇〇〇)に触れている。

その当時〔太平洋戦争のさなか〕、私より少し年配の中心的な知識人たちは、どういうことを考えていたかというと、私が個人的に知っていた人物で、戦争の先行きについていろいろな意見を聞くことができたのは、たぶん二人しかいないと思う。一人は、仏文科の渡辺一夫先生です。もう一人は私のおじです。

渡辺先生も、初めからどうせ負けるだろうと思っていたでしょうけれども、しかし、そんなにはっきり負けるとはいっておられなかった。

(中略)

もう一人、私のおじは海軍艦政本部長だったのです。艦政本部というのは、船を作るところですから、彼もやはり希望はないと考えていました。

軍人だから、政治的な状況ということよりも、軍事技術的に考えていた。英国または米国の海軍と一国相手ならば戦争の作戦は立てられる。しかし、日本には英米と同時に戦争をするだけの船はない。だから、作戦は成り立たない。作戦計画がそもそも立てられない戦争を始めるのは愚かである。「残念なことである」といっていました。

（同上書、九六—九七頁）

岩村は日本が戦争の道に突入した理由として、情報のファイリングの仕方に一因を求め、戦後、日本能率協会の理事長に就き、合理的な情報整理の方法を根づかせようと努めた。著書に『日本とイギリスの民主政治』（河出書房、一九五三）や『第二次産業革命と国字問題』（一橋書房、一九五六）がある。

岩村が加藤家にもたらしたオークション・ブリッジが日本に入ったのは二〇世紀初頭といわれ、海外に赴いた外交官や海軍軍人、実業家などによって持ちこまれたとされる。なかでも帝国海軍軍人のあいだでブリッジが流行っていた。山本五十六海軍大将もブリッジを好み、ロンドン海軍軍縮会議のときには随員とだけではなく、イギリス使節団ともブリッジを楽しんだという（日本コントラクトブリッジ連盟公式サイト）。岩村は山本に可愛がられたというから、ブリッジを指南されたのかもしれない。

巡洋艦見学

岩村に招かれて加藤は巡洋艦を見学したことがあるが、それは中学生の頃のことである。

私は子供の頃巡洋艦に招かれたことをよく覚えている。それは県知事になった伯父の権力をはじめてみたときとは全くちがう印象を私にあたえた。県知事には役人がへつらっていた。県庁の役人たちは、ほとんど陰惨な気をおこさせるほど卑屈だった。しかし巡洋艦の水兵たちは少しも卑屈ではなかった。

（九〇頁、改一〇二頁）

「巡洋艦」とは、第二次大戦までは、戦艦と駆逐艦のあいだに位置する攻撃力・防御力をもつ多用途軍艦をいった。高速巡航が特徴のひとつである。帝国海軍は戦艦の劣勢を巡洋艦で補う方針のもとに、巡洋艦の開発に力を注ぎ、戦前は、日本の巡洋艦がもつ性能に対する評価は世界的にも高かった。岩村清一が巡洋艦長を務めたのは「矢矧」と「阿武隈」だから、上記岩村の略歴から判断するに、加藤が巡洋艦を見学したのは、一九三一年か三二年のことに違いない。すなわち、加藤が飛び級して入学した中学校の一年生か二年生のときのことであるが、このときの経験は、加藤に強烈な印象を残した。

義理の伯父藤山竹一が県知事(大分県知事、栃木県知事)であったときには県の役人が知事にへつらい、「ほとんど陰惨な気をおこさせるほど卑屈だった」ことを目の当たりにしたが、それとはまったく対照的に、「巡洋艦の水兵たちは少しも卑屈ではなかった」と加藤は記憶する。

カトリック信仰

岩村清一と美須代夫妻について、加藤は「二女二男があり」(九一頁、改一〇三頁)と記すが、正しくは「三男二女」がいた。長女は岩村美代であり、晩年の写真を見ても西洋的な容貌のすこぶる美人である。美代に「ひそかに憧れていた」(同上)と加藤は書くが、加藤が学生時代に綴った「青春ノート」(一八歳から二二歳にかけて綴られたノート八冊は、「青春ノート」と名づけられデジタルアーカイブ化されており、立命館大学図書館のサイト「加藤周一文庫」から閲読できる)にも美代のことが記される。美代は建築家後藤一雄(のちに東京工業大学教授となる)と結婚した。そして次女八重子は東邦瓦斯社長岡本桜の息子だった岡本敬吉と結婚した。美代も八重子もまたカトリック信者だった。

美代は加藤および加藤の家族に大きな影響を及ぼす。戦後、加藤の母織子が死を覚悟したとき、加藤と妹久子の「信仰のことをよろしく頼む」と美代に言い遺した(本村久子氏談)。織子は加藤と久子を無理やりカトリックに入信させようとはしなかったが、内心では強くふたりの入信を希望していたということだろう。その遺志は美代から加藤と久子に伝えられた。また加藤の父信一が亡くなる直前に、美代は熱心にカトリック入信を勧め、無神論者だった信一の意思に反してと思われるが、入信させることに与った人物である。

岩村清一もまた逝去直前にカトリックに入信する。妻美須代は雙葉高等女学校出身でカトリック信者になったが、美須代の入信は上智大学学長も務めたヘルマン・ホイヴェルス神父の勧めに従ったという(本村久子氏談)。

3　神田盾夫・ラテン語・反戦

ラテン語を習う

加藤が大学時代に文学部仏文研究室に出入りし、授業にも出ていたことはよく知られる（第8章第1節参照）。そのときに神田盾夫《たてお》（一八九七—一九八六）のラテン語の講義を受けていたこともしばしば語っている。『羊の歌』には次のように綴られる。

その頃三宅徳嘉《のりよし》君と私は、神田教授の羅甸《ラテン》語講読に出席することにしていた。その講義に出ていたのは、私たちの他に、学生が一人にすぎなかった。（中略）大学の構内でも、本郷の通りでも、「国民服」以外の服装をみかけることは、ほとんどなかった。しかし神田教授だけは、教室に英国製の背広であらわれた。その一分の隙もない身なりで——それは誰の眼にも挑発的にみえたろう——御殿場の家から、その講義のために一週間に一度、汽車で、東京まで通って来ていたにちがいない。（中略）私たちはまずキケロを読み——そこには「おお時代よ、おお、風俗よ」というあの有名な言葉もあった——その次にウェルギリウスを読んだ。一九四四年六月聯合軍のノルマンディー上陸のことが伝えられた日、神田教授はいつものように、ウェルギリウスを読み、ディドー(神田教授は、訳のなかで、その名まえを「ダイドウ」と英国風に発音した)の恋の歎きを訳し終って、本を閉じ、帰る支度をしながら、「さあ、これで、敵も味方も大変だ」とほとんど独り言のように呟いた。そして起ちあがると、教室の扉のまえまで行き、急にたちどまって、私たちの方へふり向きながら、こういった、「敵というのは、もちろん、ドイツのことですよ」。一瞬呆然として顔を見合せていた私たちが、我にかえったとき、神田教授の姿はもはやそこにはなかった。

(一八七—一八八頁、改二一二—二一三頁)

神田盾夫は英学者神田乃武《ないぶ》(一八五七〔安政四〕—一九二三)の四男として生まれる。政治学者高木八尺は実兄である。西洋古典学や聖書学を修め、加藤が東京帝国大学医学部の学生だったときは、同大学文学部助教授であった。

神田の母方の祖父に佐賀藩士出身で東京控訴院検事長だった高木秀臣(一八三三〔天保四〕—一九一六)がいた。乃武の次男として生まれた政治学者高木八尺は、一六歳のときに祖父の高木家に養孫として入ったのである。しかも、高木八尺の妹美須代は、加藤の大叔父岩村清一に嫁いでいたから、加藤にとって神田盾夫は遠い親戚にあたる人物だった。

神田について「英国製の背広」が「誰の眼にも挑発的にみえたろう」と書かれるが、身につけるものはその人の考え方を示すものであり、だれもが国民服を着て国家に対する忠誠を見せていたときに、英国製の背広を着ていれば、それは「反戦」の意思表示以外の何ものでもあるまい。

講読したウェルギリウス『アエネーイス』にはカルタゴの女王ディドーとの恋も描かれる。ディドーを「ダイドウ」と発音するのは、背広も発音も考え方もイギリス仕立てだということである。「さあ、これで、敵も味方も大変だ」といい、「敵というのは、もちろん、ドイツのことですよ」といったのは、三宅や加藤が受講生であり彼らの考え方を知っていたし、加藤が遠い親戚にあたる人物であることも知っていたからこそに違いない。ともに神田の講義を受けていた三宅徳嘉(一九一七―二〇〇三)は、フランス語、フランス文学研究の碩学として知られる。コンディヤックの『感覚論』を加藤と共訳している(創元社、一九四八)。

加藤は神田からキケロやウェルギリウスを学んだ。そして後年、加藤はキケロやウェルギリウスについて述べることになる。西洋文化の基本にギリシア・ローマの哲学、ギリシア神話・ローマ神話、そしてギリシア演劇がある。加藤は神田に導かれて、西洋文化の基本であるギリシア・ローマ文化の世界に足を踏み入れた。ラテン語を学び、読みそして多少なりとも書く力を身につけたのである。

ギリシア・ローマ文化を学ぶ

加藤は神田からラテン語を学んだだけではなく、ギリシア・ローマ文化を知るきっかけを与えられた。

加藤が神田から学んだキケロ Cicero(前一〇六―前四三)は、古代ローマの政治家にして哲学者。ラテン語でギリシア哲学を紹介し、多数の著作を遺した。その著作は、弁論術、修辞学、哲学にわたり、その文章は完成された古典期ラテン語を示しているといわれる。加藤が引用する「おお時代よ、おお、風俗よ O tempora! O mores!」は、キケロが元老院で行なった演説中に見られる文言で、当時のローマの風俗の堕落と奢侈な暮らしを歎いたものである。『キケロー弁論集』(小川正廣・谷栄一郎・山沢孝至訳、岩波文庫、二〇〇五)に収められる。

加藤は「辻邦生・キケロー・死」(「夕陽妄語」『朝日新聞』一九九九年八月二三日、『自選集10』所収)を書いて、キケローの『老年について』(中務哲郎訳、岩波文庫、二〇〇四)に触れる。

ウェルギリウスVergilius(前七〇—前一九)は、古代ローマの詩人。そのもっとも代表的な作品が晩年の大作『アエネーイス』(泉井久之助訳、岩波文庫、一九七六)である。同書はローマ建国叙事詩であり、ほぼ一万行を費やして、トロイアの王子アエネアスが数々の障害を乗りこえ、ローマに新しい国をつくるまでが詠いあげられる。ラテン文学の最高峰を占め、のちにダンテなどに影響を与えた。

ウェルギリウスについて、加藤は敗戦直後に「一九四五年のウェルギリウス」(『世代』目黒書店、一九四六年一〇月号、『著作集8』所収)を著わした。

私は、一九四五年三月、暗澹たる絶望と恐怖との底で『アエネーイス』の平易明快なラテン語と、その荘重な響きとを愛した。あの輝かしい比喩、あの華かなイマージュ、あの運命を歌う朗かな精神……。

しかし予言者カッサンドラの悲しい運命こそは、歴史に於ける理性の役割を、実に鮮かに象徴するものであろう。

(『著作集8』三八頁)

加藤は東京大空襲のなかで、『アエネーイス』を思い出しつつ、来るべき時代に「理性」が果たす役割に期待をかけていたが、同時にカッサンドラの運命の二の舞になる危惧も心に抱いていた。

孤立した少数者、その力を持たない選良の善き意志は、擬似知識階級の利己心を動かさない。当代のカッサンドラは、怖るべき年々の体験に依って、トゥロイの市民に聞く耳のないことを、肝に銘じた。この孤立を破り得なければ、語ることは無駄であり、ギリシア人の木馬は何度でも我々の祖国に引きこまれ、我々の自由や人権や理性は再び踏みにじられるであろう。

（「知識人の任務」、同上書、七〇頁）

加藤は敗戦直後に、孤立の闘いをみずからに課した。その闘いは、いうまでもなく、運動家としての闘いではなく、知識人としての闘いである。日本は先の戦争で負けるべくして負けたが、その戦争を本当には克服できていない。その意味では、戦争はまだ終わっていない、と認識した。だからこそ、「終戦」とは決していわず「敗戦」といいつづけたのである。ここを出発点にして、加藤は生涯かけて、戦争を本当に終わらせようと闘いつづけた。

敗戦後の日本は地獄の世界を脱したものの、次に来るのが煉獄の世界であることを加藤は覚悟し、その煉獄の苦しみを乗りこえた先に、天国が来ることを希んでいた。かくして、ダンテ『神曲』を踏まえて次のようにいうのである。

一九四五年のウェルギリウスは、我々を導いて、希望なき地獄を通り、遂に天国への希望を有する試煉の府、煉獄の門に到った。
（「一九四五年のウェルギリウス」、同上書、四二頁）

カッサンドラの悲劇を繰りかえさないためには、当代のトロイの民ひとりひとりが、何がトロイの木馬であるかを見極めなければならない。

4　従兄たち、そして妹

ふたりの従兄

加藤の親類関係は祖父熊六を中心にして結ばれていた。したがって、母方の親類関係は親密であり、父方の親類関係は疎遠である。母方の親類にはふたりの従兄がいた。ひとりは熊六の長女幾子と藤山竹一とのあいだのひとり息子であり、のちに外交官となった藤山楢一（一九一五―一九九四）である。加藤とは四歳違いの従兄であった。楢一が一四歳のときに父竹一が亡くなり、その後は熊六とツタの家で、楢一の大学卒業まで母幾子とともに暮らす。つまり、加藤の家の隣に住んだ。

楢一は、府立一中、旧制東京高校（府立一中からの編入学）を経て、東京帝国大学法学部を卒業し、外務省に入省する。外交官の道に進んだのは大叔父岩村清一の進言によることを、前掲『一青年外交官の太平洋戦争』で述べている。楢一は政治学者高木八尺の次女静子(一九二二年生まれ)と結婚した。

楢一は昭和天皇皇后の訪米に随行した外務官僚である。情報文化局長を経て、駐オーストリア大使、駐イタリア兼マルタ大使、駐イギリス大使を務める。前掲『一青年外交官の太平洋戦争』のほか『英国という国』(世界の動き社、一九八四)も著わす。『一青年外交官の太平洋戦争』には、熊六や岩村清一のことに触れられるが、加藤のことは何も記されていない。楢一もまた晩年にカトリックに入信し、妻静子はプロテスタントからカトリックへと改宗する。

熊六の三女道子と亮四郎とのあいだに「一男二女」がいる。加藤は「一男一女」(二頁、改二頁)といろが、正しくは「一男二女」である。その「一男」とは増田良道(一九一九—二〇一一)であり、加藤よりも一か月早く生まれた従兄である。良道は青山師範学校附属小学校から、旧制東京高校を経て東京帝国大学工学部に進学し、志村繁隆教授のもとで冶金学を学ぶ。のちに東北大学教授となり、長く仙台で暮らす。フランス文学者鈴木信太郎の長女弌子(一九二一年生まれ)と結婚した。

「二女」は増田華子(一九二一—二〇一〇)である。会社員として独身生活を送った。やはり晩年にカトリックに入信する。「もうひとりの娘」がいて次女夏子(一九二五—一九四八)というが、若くして亡くなる。結核を患い手術を受けたが、その手術によるショック死だったという(増田弌子氏談)。夏子は亡くなる直前にカトリックに入信したが、母道子も次女の病歿をきっかけにカトリックに入信した。加藤が夏子のことに触れなかったのは、若くして亡くなったからだろう。

亮四郎も結核のために亡くなり、道子母子たちもまた、熊六・ツタの家に住まいする。熊六の屋敷には入れ替わり立ち替わり、長女幾子とその子藤山楢一、三女道子親子が住まいし、次女織子夫妻とその子たち（加藤と妹久子）がその隣に住んだ。つまり、親族がほぼ同居、もしくは近隣に集まって暮らした。熊六は楢一と加藤と良道、つまり、長女の息子、次女の息子、三女の息子をよく連れて歩いたらしい。三人とものちに東京帝国大学に進学する秀才たちだった。親族が近隣に暮らせば、親和と軋轢はともに高まるだろう。

加藤が高等学校時代に書いた小説に「従兄弟たち」（『校友会雑誌』一九三八年六月、単行本未収録）という作品があり、加藤を含めた三人の従兄弟たちの微妙な関係が、三人がもつそれぞれのエゴイズムとからめながら描かれる。加藤が楢一に好感をもっていなかったことが——おそらく楢一も加藤に対して好感をもっていなかったろう——、その作品からも窺える。なによりもその権威主義的な言動が加藤の気に入らなかったようである。

三人の従兄弟たちは、いずれも西洋を身近に感じて育った人たちである。加藤にとっては、西洋文化はもっとも身近に感じられる文化だったろう。

しかし、三人の従兄弟たちのなかで、地元の公立小学校に通ったのは加藤だけである。加藤は第一高等学校に進学したが、藤山と増田は旧制東京高校に入学する。第一高等学校は「バンカラ」な気風があったが、東京高校は官立の七年制高等学校で、「ジュラルミン高校」（清水幾太郎の命名といわれる）と呼ばれ、都会的でスマートな学校として定評があった。加藤はバンカラも好きではなかったが、スマートすぎるのも好きではなかった。

妹への愛

加藤は大正デモクラシーのさなかに、大正デモクラシーの風潮をいっぱいに浴びて育った。その後の日本社会と比べれば自由な風潮がまがりなりにもあった時代である。しかも、加藤が育った家庭は上流中産階級で、知識人が周辺に少なからずいた。両親は平等思想をもっていて、息子と娘を分け隔てなく育てた。子どもたちが中心となり、父親よりも母親のほうが家庭における主導的な立場にいた。「夫唱婦随」ではなく「婦唱夫随」が加藤の家の流儀であった。

加藤の家庭は両親と加藤、そして妹久子の四人家族だった。ところが「いつも三対一になるんです」(本村久子氏談)。加藤と母と妹の親密な関係がつくられ、そのなかに父親は入ることができなかった。こういう関係は、戦後社会に見られる家庭の在り方をいわば先取りしていたといえる。

このような家庭に育って、加藤には男女差別の発想が基本的にない。妹久子に対しても、兄貴風を吹かせるということがなかった。加藤の生来の性格もあるだろうが、限りなく妹にやさしく接し、晩年に至るまで妹を心から愛した。久子もまた加藤を愛していた。

『羊の歌』に書かれていないが、映画館通いをして封切られる映画をほとんどすべて観ていた頃、決まって妹を誘って観に行った。加藤が詠んだ「妹に」という詩が三つある(『マチネ・ポエティク詩集』水声社、二〇一四所収)。ひとつは一九四二年に、ひとつは一九四三年に、そしてもうひとつは一九四五年に詠まれている。

中学校五年生の夏以来、信濃追分に夏を過ごすことを習いとするようになるが、妹とともに追分に過ごした頃のことを「高原牧歌」の章に綴る。

私と妹とは、九月半ばに私の学校がはじまるまで、追分の家に暮していた。八月末の避暑地からは、潮が引くように人々が去ってゆく。窓を釘附けにされた別荘がふえ、八月の間樹かげに見えていた女学校の寮の灯も消える。学生たちの唱歌の声は絶え、村の宿屋も、農家も、ひっそりと静まりかえる。東京へ帰る知人を駅まで送ってゆくと、数日まえまで賑かだった庭球場はさびれて、人影もなく、短くなった日の西陽に、駅の囲いの木の柵がながい影をひいている。夕焼の空のなかに舞う赤とんぼに、私たちがはじめて気がつくのは、そういうときであった。「もう秋ね」と妹はいった。「さようなら、あまりに短かかりしわれらが夏のきらめきよ」という句を私は想い出し、妹はもう東京へかえりたいと思っているのかもしれないと考えた。しかしすすきの穂が私たちの背よりも高く伸び、夕方の風が俄かに肌寒くなり、夏のまさに終ろうとするときに、高原はもっとも微妙なものにみちていた。私と妹は、恋人たちのように、寄添いながら、人気ない野原に秋草の咲き乱れるのをみ、澄み切った空気のなかで、浅間の肌が、実に微妙な色調のあらゆる変化を示すのを見た。夜になると遠い谷間の方から坂にさしかかった蒸気機関車の喘ぎはじめるのが聞え、坂をのぼりきったときに変る音、駅にとまるときの車輪の軋みまでが、静まりかえった夜を通して、はっきりと聞えてきた。その汽車のなかの人々と、私たちとを隔てていた途方もなく広い空間のなかで、眼をさましていたのは、私たち二人だけであったかもしれない。もし私がこの世の中でひとりでないとすれば、それは妹がいるからだ、と私はそのときに思った。

私は高原のすべてを愛していたが、それ以上に、妹を愛していたのだ。

（一四六―一四七頁、改一六五―一六六頁）

この件は意識的に強調し、象徴的に表現しているようにも思うが、それでもここまで書いたのは妹を本当に愛していたからだろう。「私の母と伯父〔加藤〕は、特別な関係ですから」と加藤の甥であり、久子の長男である本村雄一郎はいう。「私の母は祖母〔加藤の母〕によく似ている」ともいった。加藤は久子に母織子の面影を見ていたのかもしれない。

久子は七〇歳を過ぎてから、カトリックに入信した。加藤はそのことに反対せず、それ以後は「海外旅行の土産に、キリスト像や十字架を買ってきてくれました」と久子は述べる。

加藤は妹に対する愛が篤い。加藤の歿後、久子がもう決して兄には会えないと思いつつ生きるのと、みずからが召されたときに、もう一度兄に会えると思いつつ生きるのとでは、雲泥の差がある。もう二度と会えないという思いで生きるつらさから、妹を救いたいという気持ちが加藤にあった。「宗教は神仏のいずれも信ぜず」（『正編』「あとがき」）と公言していた加藤が最晩年に至ってカトリックに入信すれば、疑問や批判にさらされることは百も承知していただろう。にもかかわらず入信したのは「妹への愛」がひとつの大きな要因であった、と私は考える。

第2章

科学者の方法と詩人の魂と平等思想と

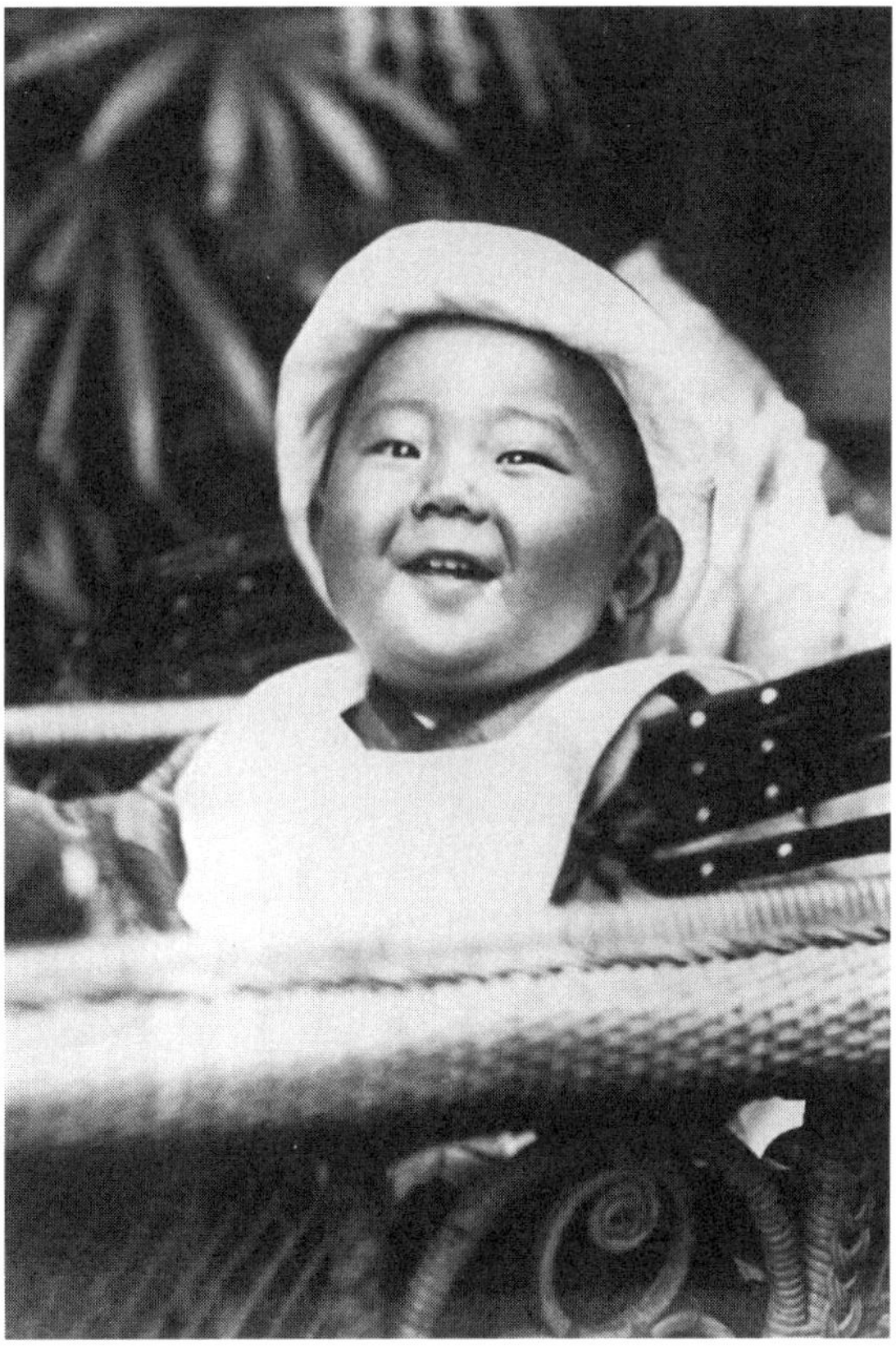

2歳の頃．1921年

1　父加藤信一の教えたこと

青山胤通に師事する

加藤の父信一(一八八五―一九七四)は、埼玉県北足立郡中丸村大字北中丸の豪農に次男として生まれ、中丸高等小学校(今日の北本市立中丸小学校、発祥は一八七三年開校の中丸学校に遡る)から埼玉県立浦和中学校(今日の埼玉県立浦和高等学校、創立は一八九五年)に入学する。県立浦和中学および県立浦和高校は、創立当時から今日まで、県下の優秀な生徒を集める。信一は県立浦和中学から第一高等学校に進む。小学校から第一高等学校時代まで、どのような生活を送ったかはまったく分からない。わずかに知りうることは、信一の兄精一が写真好きであったことは信一にも影響を与え、信一は『写真術階梯』(小西本店、一九〇四)という書物を一九歳のときに上梓したことである。これは写真を撮影する技術を論じた書物ではなく、写真機に関する書物であり、信一が工学に興味を抱いていたことが窺える。

第一高等学校を卒業後、東京帝国大学医科大学に入学し、青山胤通《たねみち》のもと内科学を修めた。一九一一年に東京帝国大学医科大学を卒業し、青山内科に医局員として配属される。

父信一が青山胤通の教え子だったことは、加藤と信一との関係にも少なからず影を落としている。そのことはのちに述べるが、青山がもっていた思想信条と関わる。

青山胤通(一八五九〔安政六〕—一九一七)は、美濃の苗木藩士青山景通の三男として生まれる。景通は平田神道の信奉者で、三男を一時平田信胤に養子として入籍させ、そのときに胤通と改名した。胤通も平田家にあって国学を修める(『男爵青山胤通先生(略伝)』苗木町銅像建立委員会編、一九三八)。東京大学で内科学を専攻し、ベルリン大学に留学する。帰国後、一八八七年に東京帝国大学医科大学教授となり青山内科を主宰し、一九〇一年に東京帝国大学医科大学学長に就く。医科大学学長とは、現在の医学部長である。青山は一九一七年まで一六年の長きにわたり医科大学学長の任にあったが、東京大学医学部の歴史のなかで任期最長の医学部長である。明治天皇の侍医であったことや、ペストと脚気の研究で業績を残したことで知られる。同じくペストと脚気について研究した北里柴三郎(一八五二〔嘉永五〕—一九三一)とのあいだに激しい確執があった。その北里を支援したのが福澤諭吉であり、青山との確執ののち北里は東京帝国大学を辞するが、福澤は北里を初代医学部長として慶應義塾大学に迎えた。

信一の学友

信一の学友には「山形から出て来て、言葉に訛のある斎藤茂吉がいたし、また後年富士見に療養所をつくり、文筆の事にも携った正木不如丘《ふじょきゅう》がいた」(二六頁、改二九頁)。

斎藤茂吉(一八八二—一九五三)は医者にして歌人である。第一高等学校を経て東京帝国大学医科大学に進み、精神病学を修める。一九二一年からヨーロッパに留学。帰国後、養父斎藤紀一が経営していた青山脳病院(一九〇七年、東京市赤坂区青山南町五丁目(現・東京都港区南青山六丁目)に開院、一九二四年火災により全焼)を松沢村松原に移転し(現・東京都世田谷区松原六丁目、一九二六年開業)、再興した。加藤は学生時代、研修のため青山脳病院に茂吉を訪ねたことがあるが、それは松原に移転した本院であり、松原は加藤が当時住んでいた町である。松原に住んだことは『羊の歌』に触れられないが、『しらゆふ』という一九四〇年に入学した医学部学生による同人誌に住所が載る。

正木不如丘(一八八七―一九六二)は筆名であり、本名は正木俊二という。やはり医者にして文学者である。正木は長野県出身で、小学生時代に島木赤彦に俳句を学ぶ。一九一三年に東京帝国大学医科大学を卒業。長野県の富士見高原療養所(結核の高原療養所として建てられた。竹久夢二や堀辰雄も入院)の初代院長になったが、苦しい病院経営を文筆で支えたこともある。探偵小説などを書いたり、家庭医学書を著わしたりした。一九四六年に医者を引退し、四八年には文筆も絶った。

父信一の同期生として、茂吉と正木に加藤が言及したのは、もちろん、ふたりが信一と親しい学友だったからだろう。しかし、それだけではなく、ふたりがともに医者にして文学者だったこともあるに違いない。加藤自身もそうであり、医者にして文学者という人物に関心が高かった。古くは本居宣長や安藤昌益、外にはゴットフリート・ベンやアントン・チェーホフ。医者も文学者も人間を考察の対象とすることで共通する。最後に書こうとして成しとげられなかった『鷗外・茂吉・杢太郎』は、医者にして文学者であった三人の活動を通して、そこに加藤自身を重ねあわせながら、近代日本思想史を書こうと目論んだものである。

父信一は歌の上では「「明星」の系統の人々との交り」(二六頁、改二九頁)が多かったと加藤は記す。「「明星」の系統の人々」とは、文芸雑誌『明星』(一九〇〇年創刊)に寄稿した若手の詩人・歌人たちである。高村光太郎、北原白秋、石川啄木、木下杢太郎、吉井勇といった詩人・歌人がいて、彼らにはロマン主義的、高踏的、耽美的傾向があった。父信一がこのうちの誰と交わったのか、信一が詠んだ詩歌や資料が残されておらず、よく分からない。しかし、『万葉集』関連書籍をもっていたことからも、信一が和歌や詩歌に相当の関心を抱いていたことはほぼ間違いない。しかも、信一の蔵書が加藤の文学に対する興味を呼び覚ます。

ところが、加藤が文学を好むようになると、父信一はそれを嫌った。文学は信一の「見果てぬ夢」であり、それゆえに文学青年たちを蛇蝎のごとくに嫌ったのかもしれない。そこには屈折した心理が働いているように思える。しかし、屈折した心理は、文学嫌いにだけ表われていたのではなかった。

青山胤通の後継者問題

青山内科を主宰した青山胤通が一九一七年に亡くなる。当然のことながら、青山の後任問題が生じた。大学当局は、当時九州帝国大学に在籍した青山の直弟子である稲田龍吉(一八七四―一九五〇)を後任に充てる案をもち、医局の現場では当局案に反対して、当時京都帝国大学に在籍した「島薗順次郎(一八七七―一九三七)を推した」(本村久子氏談)らしい。そのとき青山内科の医局長だった信一は、医局員の先頭に立った。しかし、稲田が青山の後任として呼ばれ、稲田内科を主宰することになる。

加藤信一ら医局員がなぜ稲田ではなく島薗を推したかについては不明だが、稲田は青山の直弟子であり、島薗は三浦謹之助の教え子であったから、社会通念に従えば稲田が継ぐのが順当だったかもしれない。なお、島薗は三浦の定年退職後の一九二四年に東京帝国大学医学部に戻った。

「後任の教授が決定されたときに、大学を去って、開業した」(二七頁、改三〇頁)と加藤は記しており、信一が大学を辞したのは、人事問題が決着した直後のように読める。しかし、東京大学医学部の人事記録によれば、稲田が青山のあとを継いでからもおよそ四年余りのあいだ、信一は稲田内科の医局に勤務した。職を辞したのは一九二二年のこと、ときに信一は三七歳だった。

信一はなぜ人事問題が起きて四年余りのちに職を辞したのだろうか。明らかな証拠は見つからないが、私は次のように推測する。内科医局長であった信一は、いわば中間管理職である。そして、医局員側に立って島薗を推した。しかし、稲田が青山のあとを継ぐ結果となり、それでも信一は職を辞さなかった。その理由は、いまだ学位を取っておらず、いずれは学位を取って医学者の道を歩む希望を捨ててはいなかった、ということではないか。

ところが、信一が島薗を推したということは稲田も知っていたはずであり、稲田と信一との関係は必ずしも良好とはいえなかっただろう。そういうこともあって、東京帝国大学医学部附属医院のなかで医学者の道を歩める可能性は限りなく小さいと判断し、職を辞することを決断したのではなかろうか。その決断を下すまでに四年余を要したということではないか。信一の患者であり、フランス文学者の辰野隆《ゆたか》が聞いた「青山のあとでは、誰が来ても話にならねえ」(二九頁、改三三頁)という信一の言葉は、稲田と信一との関係を示唆し、おそらく島薗が来てもダメだったろうと信一が考えていたことを含意し、かつ信一の複雑に屈折した心理を物語っているように読める。

余談だが、信一の長男が加藤であり、島薗の長男が島薗安雄(精神科医、一九二〇―一九九七。宗教学者島薗進の実父)である。ふたりはともに、一九四〇年に東京帝国大学医学部に入学し、一九四三年九月に繰り上げ卒業し、敗戦直後に広島における「原子爆弾影響日米合同調査団」に加わった。それらは奇しき縁とでもいえようか。

開業するも流行らず

かくして父信一は大学を去り、町医者として開業する、というよりも開業を余儀なくされた。しかし、町医者としては流行らなかった。信一はどういう人物だったのか。

町医者が不幸にして成功しなかったというようなことではなく、そもそも若くして隠者の風を備えた男が、敢えて医業を心の赴くままに営んでいた、とでもいうべきことだろう。その頃医薬分業が話題にもならなかった時代に、町医者はしばしば診察料をもとめず、愛想よく応待〔ママ〕して多くの患者をあつめ、薬を売りつけることで暮しをたてていた。そういう町医者に慣れた人々が、「あなたの病気は、安静を必要とするが、今のところどんな薬も必要としない」と無愛想に宣言する医者におどろいたのは、当然である。それは士族の商法ではなかった。学者になりえたかもしれない地主の息子の気位が、「世間」とその風俗を無視して成りたった一種のぜい沢だったのではなかろうか。

(二八頁、改三一頁)

軽い症状の病のほとんどは安静にしていれば、時間はかかろうともおのずと治る。純粋に医学的見地から「何の病気かまだ分からない」とか「安静を必要とするが、今のところどんな薬も必要としない」というのは、たとえ真実であっても、こういう言葉を無愛想に伝える医者は、今も昔も流行るはずがない。にもかかわらず、信一が自らの考えを貫いたのは、「隠者の風」という生来の性格も与っただろうが、性格の問題だけではなかったろう。そこには、学者になる希望を抱いていたにもかかわらず、学者になる機会を逸した人間の強烈な「裏返しの自尊心」があったからに違いない。同時に「世間」に合わせてまで働くことを潔しとはしない、あるいはそうしなくてもすむ、大地主の家に育った者がもつ生活信条や生活習慣があったのだろう。この点では、第3章第1節に述べるように、信一の兄精一が仕事に就かず、朝酒を飲む習慣をもっていたことと通底するものがある。つまるところ「商売」どころか「仕事」もあまりしない。それは、商売をうまくやろうとして、うまくいかなかった「士族の商法」ではなく、はじめから「商売」や「仕事」を忌避していた。それでも生きられるということであり、「一種のぜい沢」であると加藤は解釈した。

父信一の言動から、はなはだ合理的な、論理的な思考の持ち主であり、考えたことをそのまま口にする性格であったことがよく伝わる。しかし、論理的に正しいだけでは通らないのが浮世の常である。信一のような言動では世間に通用しないことを母織子はよく知っていた。

開業医であった信一のところに「患者が来て、父が診療室へ起っていったのを、ほとんど覚えていない」(二九頁、改三二頁)と加藤はいうが、これを額面通りに受けとれば、その流行らなさ加減は呆れるほどである。しかし、わずかの「かかりつけ」の患者から往診を求められた。信一の「かかりつけ」の患者として言及されるのは、「辰野家」であり、「ある財閥の本家」であり、作家にして編集者の風間道太郎(一九〇一―一九八八)である。

「辰野家」といっても、日本銀行本店や東京駅の設計で知られる建築家の辰野金吾(一八五四(嘉永七)―一九一九)は、信一が開業したときにはすでに亡くなっている。かかりつけの患者としては、辰野金吾の長男隆(仏文学者)や次男保(陸上競技選手、弁護士、政治家)の家族だったのだろう。辰野隆(一八八八―一九六四)は加藤が東京帝国大学文学部仏文研究室に出入りするきっかけをつくった人である。辰野保には加藤が常磐松小学校に入学するために寄留させてもらった。このように辰野家と加藤家との関係は浅くないが、両家の関係がどこで生じたかは不詳である。辰野金吾は肥前国唐津出身であり、信一の義父増田熊六と同郷だったことに因るのかもしれない。

「ある財閥」とは、安田財閥である。安田財閥とは、安田善次郎(一八三八(天保九)―一九二一)が一代で築きあげた日本の四大財閥のひとつであり、銀行業や保険業など金融関係を中心にして企業集団を組織した。東京大学を象徴する「安田講堂」は安田善次郎の寄付によって大正年間に建てられた。信一と安田財閥の関係がどこで結ばれたかも不詳である。信一が診察したのは二代目の安田善三郎(一八七〇―一九三〇、安田家の婿養子)と、その夫人暉子(初代の次女、一八七五―一九三三)だった。暉子が亡くなったあと、信一と安田家の関係は遠くなる。

もうひとりの患者として『羊の歌』に言及があった風間道太郎は、信濃追分の油屋旅館の主人小川誠一郎と親しく、信一の求めに応じて小川を紹介した。加藤が夏に、はじめは油屋旅館に逗留し、のちには信一の手に入れた別荘に滞在するようになるきっかけをつくった人である。

父信一の処世法

加藤が出生したのは、一九一九年九月一九日である。東京府東京市本郷区本富士町一番地に出生した。しかし、まもなく豊多摩郡渋谷町大字中渋谷に引っ越す。「中渋谷」は一九二八年に「金王町《こんのうちょう》」と改称された。今日「金王町」という町名はなく、東京都渋谷区渋谷二丁目から三丁目にあたる。

信一の父加藤隆次郎は次男のために「金王町に土地をもとめると、さる豪家の売物に出ていたのを買いとって、解体してはこばせ、そこに建てさせた」(二七頁、改三〇頁)。それは財産を継がない次男に対する父親の配慮だったろう。金王町に建てられた父信一の自宅は、「一〇畳の部屋が八つある家だった」(本村久子氏談)というから、大邸宅だったといえるだろう。

今日では豪家の移築はほとんど皆無だろうが、昭和初期までは、そういう移築があったようだ。戦前から戦後にかけて孤高を貫いた思想家林達夫(一八九六―一九八四)も、一九三七年に、ある農家を解体して移築し、ハーフティンバー様式のイギリス風邸宅を建てた。今日、国の登録有形文化財となった林の邸宅を、花田清輝は「前近代を否定的媒介にして近代を超える」という自説のよき例だといった(『林達夫著作集4』「解説」平凡社、一九七一)。

父信一が東京帝国大学医学部附属医院の職を辞したとき、加藤は二歳であり、妹久子は一歳である。母織子には将来に対する不安もあったろうが、それ以上に「進退にいさぎよい夫の決心を支持した」(二七頁、改三〇頁)。しかし、もともと信一は大学を辞するつもりはなかったのである。それゆえ「学位をとることをいそがず」(同上)にいた。学位を得ようとして得ることができなければ、当人には何らかの影響が生じる。信一が屈折したところのある人物だったのは、こういう経緯と無関係ではないだろう。しかも、その後の信一は表立った仕事に就いていない。あるいは金王町や美竹町で、戦後には目黒区宮前町で医院を開くが、どこで開業しても患者はきわめて少なかった。あるいは東京瓦斯の嘱託医を務め、あるいは久里浜や武蔵村山などの病院や療養所に単身赴任した(加藤は「伊豆」に行ったと書くが、伊豆には行っていない)。「収入もそれほど多くはなかった」と妹久子は述べる。この事実は、加藤の大学進学問題に少なからず影響を与えることになるが、そのことは第Ⅱ部第5章に述べる。

学者になり得たにもかかわらず、学者への道は閉ざされたことを信一も自覚していた。そういう人物は、往々にして過剰反応を示すことになる。戦時中、日系アメリカ人は、実際にはアメリカ人とはみなされなかった。そういう境遇にあって、日系アメリカ人には「一二〇パーセントアメリカ人」つまり「アメリカ人以上にアメリカ人」といわれた人たちがいた。それに似た行動を信一はとったのだろう。かくして「実際に学者になった人物が研究室のなかだけに限ったでもあろう実証主義的なものの考え方を、日常生活のなかにまで拡げよう」(四七頁、改五三頁)とした。それは、加藤に対して過剰なまでに実証主義的考え方を教え込もうとしたことにも表われている。多くの日本人は、タテマエとホンネ、公と私をたくみに使いわける術《すべ》を心得ている。しかし、信一はそういう術を身につけていなかった。

父信一は合理的にものごとを考える能力に長けるが、人間の心のひだを解する能力、どんなときに世間知が必要であるかを判ずる能力には欠けていた。しかも交際術の才能には恵まれず、そのうえ骨身を惜しんで働くことをあまり好んではいなかった。そういう性格をもち、そういう性格を変えようとはしなかった、あるいは変えられなかった。

起源の明らかでない平等思想

母方の親類の親たちは、町の子どもと交わることは「良家の子弟」に相応しくないと考えていた。しかし、父信一はむしろ町の子どもと交わることが大切だと考えた。母方の親類たちの考えや行動に対抗する意識があったのかもしれない。あるいは次男として財産を相続できない立場から得た考え方かもしれないが、信一は一種の平等思想をもっていた。「金があるかないかによって、人間の価値がきまるのではない」(四九頁、改五六頁)という考え方は、平等思想といえるだろう。

「平等思想」と呼ばれるものには、三つの契機がある。第一に、人は生まれながらにして平等であるという信条である。第二に、さまざまな制約があって、人の世ではその平等が実現せず、不平等な現実があるという認識である。第三に、現実にある不平等は何らかの人為・工夫によって克服され、平等を実現できるという信念である。これら三つを備える思想が平等思想である。

父信一の平等思想は、「起源のあきらかでない」(同上)ながらも、合理的な考え方だと加藤は判断した。母織子にとっては「信じていたカトリック教と抵触せずに受け入れることのできる考え」(同上)であった。

実証主義的方法の伝授

父信一は一定の教育方針をもっており、自然科学を学んだことで実証主義的考え方に徹底していた。

しかも、学者になれなかったみずからの境遇を不遇と意識したに違いなく、その不遇の意識は息子には不遇であってほしくないと考えさせ、またみずからの信条を過剰なまでに教えることで、不遇の埋め合わせをしようとした。

私は本を読み、多くの言葉を覚え、それ以上に多くの疑問をもっていた。その疑問をはらすために、相談することのできる相手は、身の廻りでは、父の他にいなかった。当然私は父と話し合うことが多く、そのものの考え方から強い影響を受けざるをえなかった。話相手の少かった父自身が、小さな息子と話すことを好んでいたということもあるだろう。(中略)小学校へ行くようになると、私はただちに、他の子供たちが、私と父との間での話題に、なんの関心ももっていない、ということを知った。私は、彼らが問題そのものを発見していない、ということを発見し、いよいよ父との会話をたのしむようになった。

(四七頁、改五三頁、傍点は引用者)

信一が話すことを加藤は理解したので、信一はさらにその先へ進みたくなる。かくして「悪循環」あるいは「好循環」に拍車がかかる。そうなれば「同じ年頃の子供たちとの話に、私は満足することができなくなった」(同上)のも当然の結果である。信一は「町の子供と交ることは、(中略)もっとも大切なこと」(四九頁、改五六頁)だと考えていたにもかかわらず、結果としてその芽を摘んでいたわけである。

その影響はあまりにも大きかったと加藤は自覚していたがゆえに、信一の「ものの考え方から強い影響を受けざるをえなかった」と書き、父の影響は圧倒的だったと綴った（四七頁、改五三頁）。それは適度を越えて、加藤に幻滅をもたらすほどであった。

加藤は成人の言葉でものを考える習慣を身につけ、成人の言葉で世界を理解しようとしていた。それはほとんどの子どもには出来ないことである。したがって、加藤は児戯に興ずる子どもたちになじめない。周囲の子どもたちになじめない自分となじみたい自分との葛藤が、おそらく加藤にはあった。その葛藤は自己嫌悪の一歩手前にまで至る。

自己嫌悪の一歩手前まで連れていったのは父信一である。その父に加藤の「自己嫌悪」は理解できるはずもない。母織子は、そういう関係から自由であり、加藤に対する深い愛で、加藤が「自己嫌悪の一歩手まえ」（四八頁、改五五頁）にいることを理解した。

理科の松本先生

父信一から与えられていた実証主義的なものの考え方を補強した小学校教師がいた。四年生のときの学級担任で、理科が専門の教師である。その教師は本名を松本謙次といった。

松本先生は「よく事実を見なければいけない」（六二頁、改七〇頁）とか「そういうのは、正確でないね。正確にいえば、少しむずかしくなるけれど」（同上）というのが口癖であった。「酸素を封じこんだガラス器のなかの細い鉄線を花火のように燃え上らせ、ナトリウムの小片を水中で魚のように走り廻らせ、蛙の体内からとり出した心臓を、リンゲル液のなかで鼓動させてみせ」（六一頁、改六九頁）たりして、生徒たちの知的好奇心を刺激しようとしたのだろう。「酸素を封じこんだガラス器のなかの細い鉄線を花火のように燃え上らせ」るのは、酸素の燃焼実験である。空気中では鉄線などは燃えにくいが、純酸素のなかでは鉄線も激しく燃えあがる。「ナトリウムの小片を水中で魚のように走り廻らせ」る実験は、金属ナトリウムを水に入れて反応させ、水素ガスを発生させる実験である。そのときに金属ナトリウムは水のなかを激しく動きまわる。これを「魚のように走り廻らせ」たと加藤は記した。カエルの解剖実験は、小学校や中学校の理科の授業ではどこでも行なわれるものである。

旧制中学の教員免状をもちながら小学校で教えていること、松本先生には「どこかに淋しい影があるようにみえた」(六一頁、改七〇頁)こと、授業には淡々とした調子があることが述べられる。淋しさや不満を抱えていた教師にとって、自分が伝えたいことをたちどころに理解する加藤は、その鬱屈した気分を晴らしてくれる存在だったのだろう。

周囲の人たちとは違った興味や関心を抱き、疎外感を抱きながら少数者あるいは余所者として生きていることへのなんらかの共感と連帯の意識が、加藤にはあったに違いない。松本先生と加藤は「しばしば他に誰もいない教室で、黄昏の迫るまで話していることがあった」(六二頁、改七〇頁)。

父に対する違和感と批判

『羊の歌』では母織子については深い愛情をもって描かれるが、父信一についてはやや冷ややかに表現され、それが何度も繰りかえされる。信一に対して違和感を覚え、批判的に見ていたことは明らかだろう。加藤が信一に疑問を感じたのは次の三点である。

ひとつは信一が実証主義者、合理主義者であり、加藤にそれを理解する能力を認め、必要以上に実証主義、合理主義を教えたことである。それについては先に述べた。しかし合理主義だけでは世界を理解できないことも加藤は感じていた。

ふたつ目は信一の社会認識の問題である。加藤の家では、毎日、新聞を読み、食事や団欒のときには、しばしば政治問題を話題にする習慣があった。その話題はいつも信一がもちだした(一〇五頁、改一一九頁)。しかし、信一の話によって、事態が解き明かされたという実感を加藤はもてなかった。信一の意見は「あるときには、あまりに当然だと思われ、あるときには、私とは別の時代に育った人の奇妙な感情的反応にすぎないと思われた。事件と事件との間の関係が、父の話を通じてあきらかになるということは、ほとんどなかった。(中略)明日がどうなるかわからぬということは、父の世界の本質そのものであった」(一〇七頁、改一二一頁)というのである。

信一は自然科学者として、実証主義的な考え方を身につけ、みずからの立場に選んでいた。にもかかわらず、一九三〇年代の日本の状況に対する認識は、「充分に考えぬいてはいなかった」(一〇九頁、改一二四頁)と加藤は推測する。若いときから反戦思想を抱いていた加藤は、父信一に対しても容赦しなかった。「充分に考えぬいてはいなかった」という点において、戦時下の多くの知識人と父信一に共通する弱点を見出していたのである。

交戦国の国民の大多数は、いつどこでも、自国の政府の立場に自分の立場を一致させるものらしい。対外問題について、国際連盟脱退を支持していた父も、その例外ではなかった。しかし父の場合には、国内で時の権力のみならず、時勢の全体に激しい不満を抱いていたので、国外問題については政府を支持する心理的な必要がいよいよ大きかったといえるのかもしれない。私が中学生であった頃の父は、もはや出身の大学医学部とはほとんど関係がなく、土地の医師会ともほとんどつき合っていなかった。（中略）家族は、みずから選んだ孤立のなかで暮していて、社会的には全く無力であり、開業に成功せず、父自身は仕事にどういう満足も、よろこびも、見出していなかった。その人柄は、責任感がつよく、正直であったが、他人に対して、決して寛大ではなかった。その辛辣な批判は、周囲のあらゆる人間に向けられ、しばしば鋭かったが、またしばしば一面的でもあった。（一〇七—一〇八頁、改一二一—一二二頁）

父信一のような人間は、往々にして、徹底した孤独を生き抜くか、狂信的な愛国主義に走るか、革命に向かうか、宗教に入るかになりがちである。信一の場合には、革命に向かうには社会科学の知識が足りず、狂信的な愛国主義に走り、あるいは宗教に入るには徹底した実証主義的な考え方が許さなかった。とすれば、ほぼ孤独に生きるしかなかった。しかし、不満ゆえの孤独に生きれば生きるほど、かえって不満の度合いは高まる。わずかに天皇に対する崇拝と対外的日本主義のみが、みずからと折りあえる不満解消の手立てになった。その事情について「周囲の社会のあらゆる面に不満を感じていたにも拘らずではなく、まさにその故に、父は「陛下」を崇拝し、対外的な意味での「日本」を強調しなければならなかった」（一〇八頁、改一二二—一二三頁）と加藤は述べるのである。

しかも、父信一は青山に対する畏敬の念ももっていた。天皇に対する崇拝は、師と仰ぐ青山胤通の国学思想とも折りあえる。青山のもつ思想が加藤と父信一との関係に影を落としている、と先に述べたのは、このような背景を考えるからである。

三つ目の問題は、信一が人生を降りたような態度に終始したことである。加藤は勤勉であり、勤勉でない人間を好まなかった。ところが、信一は、性は狷介、しかもみずから恃《たの》むところ大きく、いわば中島敦『山月記』の李徴のごとくに、みずからが受けいれられないことに対する不満も大きかった。そしてなかば「人生を降りた」。それゆえ、社会的交わりをほとんど絶ち、「みずから選んだ孤立のなかで」、後半生を過ごした。このような行動をとった信一を、父親だからという理由で加藤が愛することができるはずはなかった。

2　母加藤織子の教えたこと

熊六の次女として

加藤の母織子(一八九七―一九四九)は、増田熊六とツタの次女として東京原宿に生まれる。幼女から少女時代のことはまったく分からない。しかし、雙葉高等女学校に中途入学しカトリックに触れ、二〇歳頃に生死の境をさまよう大病を患い、そのときに入信したことはすでに述べた。

織子が加藤の父である加藤信一と結婚するのは一九一六年のことである。いわゆる見合い婚であったが、誰が仲人したかは不詳である。両人が結婚したときには、織子の兄明懋《あきもと》は存命だったから、熊六が夭折した長男の代わりを求めたということではない。ふたりは年齢がひとまわり違う同じ酉年で、信一は三〇歳、織子は一八歳であった。ふたりの性格の違い、育ちの違い、考え方の違いは『羊の歌』のそこここに繰りかえし描かれる。

母織子は自分の考え方をはっきりもっていて、その考え方は開明的であった。しかも、自分の考えをためらわずに述べる性格だったに違いない。先に述べたように、夫信一が故あって大学を辞するときも「進退にいさぎよい夫の決心を支持した」(二七頁、改三〇頁)というところにも、その一端が表われている。

父信一は「起源のあきらかでない平等思想」をもっていたことも前節に述べたが、母織子はカトリックに触れており、その意味では「起源のあきらかな平等思想」をもっていた。

都会の上流中産階級の家庭としては普通のことであるが、子どもの教育には熱心であった。そして加藤と妹を平等に扱う教育に徹底していた。その点では、祖父熊六とは大いに異なる。あるいは大正デモクラシーの影響もあったかもしれない。

家刀自として取り仕切る

『羊の歌』には母織子のことが繰りかえし書かれ、そこから織子の人となりが見えてくる。

父方の伯父が仕事もせずに朝から酒を飲んでいることについて、「いやねえ、男のくせに、丈夫なからだで、なんにもしないなんて……」と母織子はいっていた。（一四頁、改一五頁）

父方の祖父が鶏をさばくのを見せられるが、その嫌悪感と好奇心が渦巻くなかで加藤は泣き出してしまった。「救いに来てくれた母は、「気味がわるかったのね」と優しくいった」。（二二頁、改二四頁）

「子供の頃の私は、父が「医者は薬屋ではない」というのをよく聞いたし、「むずかしいのは診断だ、診断がきまれば、治療法は本にも書いてあるだろう」というのも聞いたことがある。「それでも患者さんの気もちになってみなければ……」と母がいうと、「医者は太鼓もちではない」と答えていた」。（二八頁、改三二頁）

幼い加藤が「家にばかりいて他の子供との接触のあまりに少いことを心配したのは、母親の方である」。（三三頁、改三七頁）

幼い加藤はときどき悪夢を見た。「悪夢からさめると、母は子供の冷汗をぬぐいながら、「また夢をみたのね、心配することはない、夢だから……」といった。その優しい声が、恐怖の世界から、午前の静かな陽ざしのなかで何事もなくそこにある日常の世界への、私の移行を援けてくれた」。（三六頁、改四一頁）

加藤はよく病に伏せった。「父はそこへ一日に一度診察にやって来た。しかし母は、食べものをはこんだり、薬を飲ませるためにたびたび来て、ときにはそのまま枕元に坐り、童話を読んでくれることもあった」。（三七—三八頁、改四二頁）

父の姉の長男が加藤の家に寄宿していたときのことである。「父には窮屈な思いをしていたらしいが、母にはうちとけて、大学から早く帰ってくると、お茶を飲みながら、長い間母と話していて、なかなか自分の部屋へひき上げようとしなかった」。（四〇―四一頁、改四六頁）

「従兄と私たちを連れて出た母に、道玄坂の往来で、酔っぱらいのからんできたことがある。母はとり合わなかった」。（四一頁、改四六頁）

小学校の友だちが加藤の家に来たとき、「母の用意してくれる茶菓子にひどく驚くということにも、驚いていた。あるときそのひとりは感にたえたようにいった、「おまえのおっ母《かあ》はいいなあ」」。（五〇頁、改五七頁）

父信一が加藤に飛び級で中学校に進学させることを考えたときも、母織子は「そうまでする必要があるのかしら」といった。（七〇頁、改七九頁）

開業医としての父信一の収入がますます少なくなり、生活を切りつめなければならなくなったとき、母織子は「その予算を、私にも、また雙葉高等女学校へ通いだしていた妹にも、はっきりと説明していた。私たちはこれを買うためには、それをあきらめなければならないということを、よく知っていた」。（八三頁、改九四頁）

「その頃、美竹町の家には、押し売りや乞食のやってくることがあった。応待〔ママ〕に出た母は、さまざまの口実を設けて押し売りを拒絶し、乞食には最小限度の金をあたえていたようである」。（同上）

美竹町に住まいした頃、崖下の祖父の家で祖父と祖母のあいだにいさかいが生じ、手に負えなくなると、同居していた叔母は、「崖の上の家まで母をよびに来た。「お父様はわたしのいうことなどお聞きにならないから……」と叔母はいった。たしかに祖父は、祖母や叔母を怒鳴りつけているときでも、私の母に対してはおとなしく、かえって同情をもとめるという風であったらしい。「おまえのいうことだけは聞くのだな」と父はいっていた」。（八四頁、改九五頁）

祖父の女遊びをめぐって「母はその「人間らしさ」を貴んでいたし、父はその「道徳」を強調していた。「二人の女を愛するというのは、誰も愛していないということだ。女遊びにすぎない」と父はいった。「そうかしら、信者が神を愛して、また夫を愛するということもあるでしょう」と母はいった。「どうかな、神を本気で愛すれば、それだけ夫を愛することは少くなるだろう」「あたえても減らないのが愛じゃないでしょうか」「それは言葉にすぎない」「でも一人の女に情の深い人は、他の女にも情が深いということがあるでしょう……」というような果のない議論のきっかけをつくるのは、いつも父の方からだった」。（八六頁、改九七―九八頁）

「高等学校の入学試験をまえにして、小説を読むほど馬鹿げた時間の使い方はないではないか」という父信一に対して、母織子は加藤を弁護して、「たとえ社会の役にたたないとしても、詩文の美しさというものがあり、父自身も「万葉集」に凝り、歌をつくったではないか」といった。（九九頁、改一一二頁）

これほどまでに繰りかえし母織子について語るところに、母に対する愛がにじみ出ている。これらに描かれる織子は、子どもにはあくまで優しく、周囲への気配りができて、社交性に富み、てきぱきと物事を処理する。合理的な判断を大事にすると同時に、その行き過ぎの弊も知っている。いうべきことは夫に対しても、他人に対しても遠慮はしなかった。もめごとを解決する政治力もあり、人から信頼されるタイプでもあった。必要に応じて毅然とした態度で臨み、追いつめられてもひるまない。子どもを決して子ども扱いにせず、したがって、子どもに対して問答無用の態度を取ることなく、理解すべきことはきちんと説明する人間像が浮かび上がる。加藤の家に使用人はいなかったものの、使用人を雇っていた家に育ったことが影響しているのだろう。商家の「家刀自《いえとじ》」のように、家内を取り仕切り、差配していたに違いない。

このような母親は子どもにとってきわめて魅力的であり、加藤は母織子のことを晩年に至るまで心から敬愛していた。しかし、もう一面では、家刀自はまた家族ひとりひとりを支配する存在でもあり、ひとりひとりに強い影響を及ぼす存在である。この一面を理解してこそ、第4節で述べる「悪夢」の話が理解できるし、『続羊の歌』に描かれる母の死をめぐる叙述が納得できるものになる。

詩人の魂

加藤の少年時代から青年時代は詩に満ちた暮らしを送っていた。しばしば加藤が綴っていることだが、小学校時代に父信一の書斎で『万葉集』の註釈書を見つけ、それを披《ひら》いた。それが加藤の文学への関心を呼びさます大事な契機であったろう。それだけではなく、母織子もまた詩に親しんでいた。

私の伯父は若いときに新詩社の同人と交っていた。父は『万葉集』に凝っていた。私は『乱れ髪』と『竹之里歌』と『万葉集』とを同時によみはじめ、まず『乱れ髪』に感心し、最後に『万葉集』に感心した。その間に母が牧水を教えた。私は牧水にも夢中になった。その頃私のよんでいた小説は、菊池寛の新聞連載小説だけであったから、私は日本文学を抒情詩からはじめたということになるだろう。

（「日本の抒情詩」『図書』一九五七年四月号、『著作集15』二四一頁）

しかし、母織子が加藤に教えたのは若山牧水だけではなかった。島崎藤村も土井晩翠も、そしてジョン・キーツも織子がもっていた書物を介して知ったのだろうと思われる（九七頁、改一一〇頁）。「日本文学を抒情詩からはじめた」と加藤はいうが、加藤の両親ともに、詩歌に親しむ習慣をもっていた。父信一は加藤が文学に凝りはじめたことを快く思わなかったのに対して、母織子が加藤をかばったのは、織子のアイデンティティが詩歌にあったことも影響していたに違いない。

3　父と母との関係

父と母との違い

『羊の歌』のなかで何回も言及されているが、父信一と母織子とは必ずしも折合いがよいとはいえず、いさかいが生じることもあった。父信一は研究室では欠かせない論理的思考を大切にし、それを家庭にもちこむ性格であったし、母織子は「自分自身の「気持ち」に対しても敏感であり、しばしばみずから信じるところに従って争いを辞さなかった」（一三九頁、改一五七―一五八頁）。こういうふたりが同じ屋根のもとに住まいすれば、言い争いもあったであろうことは想像に難くない。

その意見のちがいをつきつめれば、都会で育ち、派手ではなかったが、交際を娯《たのし》もうとしていた女と、大きな地主ではあっても質素な田舎の家の風習を身につけ、酒も煙草も飲まず、家に居て本を読むことを好んだ男との、相互の不満のあらわれであったといえるかもしれない。

（二三頁、改三七―三八頁）

とりわけ加藤の教育方針について両親は意見を異にした。カトリックの幼稚園に行かせることについても、ふたりの意見は違った。徹底した無神論であった父信一はキリスト教系幼稚園に行かせる必要を認めず、カトリック系の学校に通った母織子は行かせたがった。結局、織子の意見が通って、加藤は幼稚園に通うことになるが、カトリック系の幼稚園になじめず、ほどなく退園することになる。加藤が文学を好みはじめたときにも両親の考え方は一致しなかった。『羊の歌』の限りでいえば、父母のあいだで意見の対立があったとき、多くの場合に母織子の意見が通っている。

父信一は加藤に期待するところ大きかったのだろう。その期待とは、学業で優秀な成績を収め、自然科学を専攻し、卒業しては社会に貢献し、名誉も手にする、という類のものであったろう。目指すは「末は博士か大臣か」であり、詩人や作家は含まれていなかった。そこには小学校を五年で卒業し、中学校を四年で修了すること、すなわち二度「飛び級」することを含んでいたろう。そういう期待からすれば、「「つまらぬ小説」に凝っている息子に満足しなかった」(九九頁、改一一二頁)のは当然である。「文芸の閑事はいかに社会の役にたたぬものであるか」(同上)という主張が、あるいは父信一がもつ文学観であったかどうかは分からない。しかし、文芸に従う者は高等遊民であり、質実剛健の者がとうてい能くすることのできぬものであるという考え方は、戦前にはごく一般的であった。

一方、母織子は「たとえ社会の役にたたないとしても、詩文の美しさというものがあり」、「たとえ小説を読んでいても、高等学校の入学試験に通りさえすれば、側からあまり文句をいわない方がよい」(同上)という考えの持ち主であった。加藤がどちらの考えに共感をもったかは明らかだろう。

ともあれ、このように父信一と母織子の意見の違いが繰りかえし紹介され、その都度、父信一と加藤との疎隔が拡がっていくように読める。

「悪夢」という小説

戦後になって、加藤は「悪夢」(『人間小説集』鎌倉文庫、一九四七年一二月号。「道化師の朝の歌」第一章として短編集『道化師の朝の歌』河出書房、一九四八所収)という小説を書く。加藤が育った家庭と同じように、両親と中学生の僕と妹が暮らす家庭が舞台であり、そこに両親のいさかいが描かれる。その迫真的な口論は、とうてい想像でもってよく書けるところではない。この小説が書かれたとき、加藤はすでに結婚しており、加藤と妻綾子とのあいだにもいさかいはあったろうが、内容から推測して両親のいさかいが写しとられたものであろう。

父信一と加藤とのあいだもまた折合いが悪かった。父信一は「文学青年」を蛇蝎のごとくに嫌い、加藤が文学に入れあげはじめたときには、「よりによってわが息子が文学にはまるとは……」という心境であったろう。信一は加藤が科学者になることを期待し、工学の道に進むことを望んだ(本村久子氏談)。医学の道を勧めたのは母織子なのである。加藤が若いときには、しばしば父とのあいだに激論が交わされた。長ずるに及んで激論はなくなったが、会話もなくなった。「晩年に至るまであまり口をきかなかった」と加藤のパートナーだった矢島翠はいった。折合いのよい夫婦だったとはいえないにもかかわらず、その家庭が暗くならなかったのは、ひとえに妹の力である、と加藤は信じていた。

小説「悪夢」でも、家を飛び出そうとした「僕」を、家に留めたのは「妹の眼」である。

——出て行け。

——あなたこそ出るがいゝ。こゝはあたしの家だ。

怒号、悲鳴、硝子の割れる音、——その時僕は、着物を着換へて、階段のところまで来てゐた。争ひの間に入るためではなく、争ひから離れるために。一歩降りると、階下の居間の騒ぎは耳の傍に聞え、その音に混るやうに、梅雨どきの暗い階段の湿つた黴《かび》くさい匂ひが、強く鼻を打つた。その幾度となく朝毎に嗅いだ匂ひは、その時、僕のなかに、この家ですごした長い年月を一瞬の間に再び甦へらせ、悔恨や涙や諦めと共にすぎた多くの夜と昼とをよび戻し、こゝが僕の家であつたことを深く感じさせたが、さう感じさせることによつて、今こゝが僕の家ではないことを、思ひ知らせた。こゝはあたしの家だと言ふ母の言葉は、父の暴力を誘ひだしたにちがひないが、父を傷ける単純な真実であるのみならず、別の意味で僕にとつてもそれ以上に痛い真実であることを、その言葉を夢中で、しかし効果を充分に測つて後に叫んだ母自身は、少しも気がつかなかつたにちがひない。階段を降りながら、耳には居間の騒ぎをはつきりと聞きわけながら、僕のなかでは、こゝが僕の家ではないといふ意識が、次第に、朝の夢のなかの意識へ重なつて行く。僕は確かに覚めて階段を降りてゐるのだが、階段はもはや階段ではなく、何かわからぬ空間であり、父と母とは居間で争つてゐるのだが、もはや居間で争つてゐるのではなく、何か海のやうな流れに、浮き沈みしながら僕の傍を遠ざかる。足は確かだし、もう悪寒も大分前に去つた。しかし、階段を降りる時間は、夢のなかで流れてゆく父や母を見つめてゐた時間に他ならず、おそく、しかし、確実に、避け難く、ある終局に向つてすゝみ、何ごとかゞ遂におこらざるを得ないといふ宿命的な予感に、充たされてゐる。その時間が息づまるやうに過ぎ、次第に強く張り徐々に引きのばした糸が、将《まさ》に切れようとする瞬間に、——一方では、こゝが僕の家ではないといふことを心のなかで繰り返し、この家を出ようといふ決心を、全く意識的に、かためてゐたのだが、——ちやうど夢のなかで妹の歌がいきなり僕の耳を打つ正にその瞬間に、僕は、現実の妹が、と言つても妹も亦《また》父と母との流れる同じ流れのなかに、遠く感じられたのだが、階段の下にたつて、不気味なほど大きな眼を見開き、幽霊のやうにぢつと僕を見つめてゐることに気がついた。

(「悪夢」『道化師の朝の歌』一六六―一六八頁)

両親のいさかいを前にして、加藤は家を出たくなるような心境になったこともあったのだろうか。しかし、それを思いとどまらせたのは、妹だった。実際、妹久子の加藤に対する影響力は、きわめて大きかった。甥の本村雄一郎は「伯父〔加藤〕は、最後まで母〔妹久子〕に頭が上がらなかった」という。

4 悪夢と「魔王」

なぜ「悪夢を見た」のか

一枚の写真が遺されている。加藤が第一高等学校に通っている頃の写真である(次頁)。家族四人が自宅の縁側に座っていて、前列中央に加藤が胡坐《あぐら》をかいている。その左右に母親と妹が手を前に組んで正座する。三人からは笑みがこぼれる。父親は三人のうしろに控えるように座っている。その存在感はうすい。そして前列三人のなかに入りきれていない感じを受ける。写真を見たとき、これは加藤の家族関係を象徴していると思った。子どもたちは父親よりも母親に親近感を抱いていて、それを明

左より母織子，父信一，加藤，妹久子．高等学校の頃．自宅にて

らかにすることに躊躇《ためら》いがない。

加藤の家族は、母親・加藤・妹による世界がつくられ、その世界に父信一は加われなかった。そして加藤は母親を強く敬愛し、妹を深く愛した。しかし、父親とは距離を置いた。母織子や妹久子に対して加藤が深い愛情を注いでいることは『羊の歌』のそこここによく描かれる。

ところが、加藤と母織子の関係にはもう一面があることに気づかされる。子どもの頃に悩まされた「悪夢」について語る件である。「巨大な車輪のようなものが近づいてきて、私を圧しつぶそうとする」夢や「うず巻きと共に深く落ちてゆく」夢……ここに述べられるふたつの悪夢について、どのように解釈すべきだろうか。


子供の頃の私は、しばしばのどを腫らして、熱をだした。そして高熱の度に、いつも悪夢に悩まされた。その悪夢のなかには、決して色もなく、音もなく、はっきりした形さえ見分け難かった。ある巨大な車輪のようなものが――それが車輪であったかどうかははっきりしないが、音もなく、ゆっくりと、しかし確実に近づいてきて、私を圧しつぶそうとする。圧しつぶされるときに、私が消えてなくなり、私の世界の全体が永久になくなってしまうということは、実にはっきりとわかっているが、どう逃れようとしても、逃れるみちはない。（中略）私自身がうず巻きと共に深く落ちてゆくこともあった。宇宙の全体が、うず巻きとなり、それが気体か液状のものかそれとも他の何ものであるかはわからず、とにかく廻転しながら限りなく深く吸いこまれてゆく。底に何があるかは私にわかっていない。おそらくそこには何もないのであり、無限に下降しながら、無限に私の世界――理解することのできるこの世界から遠ざかってゆく。その恐怖は、大きな車輪のようなものに圧しつぶされようとするときの恐怖と全く同じものであった。
（三五頁、改三九―四〇頁）

ユング派の人ならば、これを「グレートマザー」と関連させて解釈するだろう。「グレートマザー」とは、子どもに対して限りなく優しい態度で包みこむ母親であり、同時に子どもに対して圧倒的な力で支配しようとする母親である。そういう母親のもとに育つ子が見る夢であると解釈する。子どもだった加藤は、母織子のなかに、限りない優しさと、自分を支配しようとする圧倒的な力とを感じていたのだろうか。

ふたつの夢は、得体の知れない、強い力で迫ってくるものがあることを加藤が感じとった、あるいは世の中に不可知なもの、不条理なものがあることを加藤がうすうす感じていた、ということを意味するだろうか。

　この二つの型の——といっておくことにしよう——悪夢のなかでの恐怖は、ながい間、現実の生活のなかでも、また夢のなかでも、私を脅かした唯一のおそろしいものであった。悪夢のなかで私は何に対してそれほどの怖れを抱いていたのだろうか。死に対してであったろうか。それとも家庭の外に無限に拡っていた人間の社会に対してであったろうか。あるいはむしろ未知なるもの、一般に理解できぬものに対してであったのだろうか。いずれにしても、恐怖は、一切の破滅の予感と分ち難くむすびついていたようである。それは合理的な秩序、従って理解することのできる世界の破滅を意味していたのかもしれない。もしそうであったとすれば、合理的な秩序の下にかくされた暗い、不透明な、激しく、不合理な現実の深淵は、たとえ熱にうなされた時にかぎられていたにしても、私の幼年時代にすでに大きく開いていたといわなければならない。しかし現実のなかで私が深淵をのぞいたと思ったのは、はるか後になってからのことである。悪夢からさめると、母は子供の冷汗をぬぐいながら、「また夢をみたのね、心配することはない、夢だから……」といった。その優しい声が、恐怖の世界から、午前の静かな陽ざしのなかで何事もなくそこにある日常の世界への、私の移行を援けてくれた。何事もなく——と子供の私は感じていたのである。私は甘やかされてはいなかったが、世間の風からばかりではなく、家庭のなかでのあらゆる問題から、また子供が自分自身についてもつ問題からさえも、注意深く隔てられていた。現実は遠いところにしかなかった。それが「良家の子弟」という言葉のもつ唯一の意味だろう。

悪夢はしばしば私を襲ったけれども、しっかりと親の腕に抱かれた子供を、魔王は遂に奪い去らなかった。

（三六―三七頁、改四〇―四一頁）

この悪夢は死への恐怖だと子どもの加藤が考えたのだろうか。必ずしもそれだけではなく、悪夢についてを述べたひとつの理由は、加藤と母親との関係を示唆するためだったろう。悪夢を見る要因も、悪夢から救ってくれるのも母親である。この二重の関係が加藤と母織子との関係である。もうひとつの理由は、このすぐあとにゲーテの「魔王」を引合いに出すための伏線を敷いたことにある。「悪夢はしばしば私を襲ったけれども、しっかりと親の腕に抱かれた子供を、魔王は遂に奪い去らなかった」。悪夢から救ってくれたのは、父親ではなく、母親の優しい声であった。ここでは父親にまったく言及されないことに注意しなければならない。この件は、ゲーテの詩「魔王」を踏まえて書かれる。

おとうさん　おとうさんてば　あれがきこえない？
魔王が　こごえで　あんな約束するよ――
こわがるな　吾子《あこ》よ　こわがるな
枯れ葉にかぜがざわめくのだよ――

「うつくしい子よ　さあ　いっしょにゆかないか？

わたしの娘は着飾って　そろっておまえをもてなすよ
娘らは夜の踊りの輪をえがき
おまえをゆすり　おまえとおどり　歌をうたって眠らすよ」

おとうさん　おとうさん　でもあれが見えないの
あの怖いくらがりに　魔王のむすめがひそむのが？——
吾子よ　吾子よ　はっきりと判るじゃないか
あれはうすぐらい　年寄りの柳の影なのだよ——

「わたしはおまえが好きだ　うつくしい姿が心そそるのだ
いやというなら　力ずくでもつれてゆく」——
おとうさん　おとうさん　魔王がぼくをつかまえる！
魔王はぼくに　痛いことしたよ！——

父は聞くよりおぞけ立ち　さらにも馬をひた駈けに
両腕《もろうで》は　くるしみあえぐ子をいだき
ちからつくして館に着く
いだかれたまま　子は息たえていた

（生野幸吉訳、『ドイツ名詩選』岩波文庫、一九九三）

「おとうさん　あれが見えないの？」「おとうさん　おとうさん　あれがきこえない？」「おとうさん　魔王がぼくをつかまえる！」などと繰りかえし訴える。しかし、ついに父は、子が見ているもの、聞いているものを、見ることができず、聞くことができず、子を失う。

父信一は家のなかにまで実証主義をもちこんだ。ものごとをひたすら合理的に解釈してきかせるが、にもかかわらず、子は納得せず、不合理なものの恐怖に怯える。あたかも自分たち父子に似ている、と加藤は思ったことだろう。「おとうさん」は父信一であり、「子」は加藤である。しかし、「子」は魔王に奪い取られずに、母織子によって救われる。

ここで加藤がゲーテの「魔王」に言及するのは、父信一との関係について、さらに父母との関係について示唆を与える意図があったからだろう。つまり「悪夢」にからめて母を語り、「魔王」に及んで父と母を語ったのである。

第3章 全体的認識へ向かう

父信一の姉ふじが嫁いだ新井家の様子．加藤の祖父母の家も新井家と同じように豪農であったが，その屋敷の様子はこれに似ていたという．画・新井藤三

1　父の生家と親族たち

父方の親族たち

父加藤信一が生まれた家は、江戸時代には苗字帯刀が許されていた豪農として知られ、地元では地名をとって「中丸様」と呼ばれていた。加藤家は農地およそ三十数町歩(約一〇万坪)と山林(広さは不詳)を所有していたと思われる。農地の九割を戦後の農地改革で失った。ただし、家屋敷(三〇〇〇坪、現・北本市北中丸一丁目)と山林は農地とみなされずに、農地改革の対象から外された。

父の生家について加藤は「熊谷にちかい村」(一三頁、改一四頁)にあったと書くが、生家があった埼玉県北足立郡中丸村大字北中丸は熊谷からは遠く、はるかに鴻巣に近い。この地域には今日でも「加藤」姓が多い。現在、北本市には加藤に直接つながる家屋敷は残っていない。わずかに薬師院という加藤家直系の墓所と、寿命院という菩提寺があるのみである。薬師院には加藤の父方の祖父母およびその直系の子孫が葬られている。

加藤の祖父母は、加藤隆次郎(一八五六〔安政三〕―一九四二)と、たき(一八六〇〔万延元〕―一九二七)という。隆次郎・たき夫妻の「いちばん上の娘」(一三頁、改一四頁)は、名をふじ(一八七九―一九五七)といい、加藤たちは「高尾の伯母」と呼んでいた。ふじが一六歳で嫁いだ先は北足立郡高尾村(現・北本市高尾)の新井家であり、夫は藤助(一八七二―一九四〇)といった。新井家では当主は代々「彌兵衛」を名乗り、今日でも「彌兵衛様」と呼ばれることがある、とふじの孫稲葉すゞはいう。加藤家と同じく豪農で、江戸時代には苗字帯刀を許されていた。ふじの人となりについて「美人ではなかったが、頭が良く、大雑把なところがあるが、やさしい人だった」(稲葉すゞ氏談)らしい。

新井藤助とふじの長男が新井光彌(一九〇一―一九六〇)といい、加藤の従兄にあたる。早稲田大学在学中に剣道部に籍を置き、加藤たちの家に寄宿していた。剣道部の「主将をしていた」(四〇頁、改四六頁)と加藤は書くが、主将であったかは不明で、同じく加藤は「四段」(四二頁、改四七頁)というが二段だった、と光彌の三男新井藤三は語った。

隆次郎・たき夫妻の長男は加藤精一(一八八二―一九五〇)といい、加藤の伯父にあたる。東京高等商業学校(一橋大学の前身)を卒業するも定職には就かなかった。だが、写真に関心を抱き、一時写真学校で教えていたことがある。詩歌にも親しんだらしい。「学校を卒業してから死ぬまで四十余年の間、どんな職業にも就かなかった」(一四頁、改一五頁)。生家に寄りつかず、東京・神田淡路町に住まいし、朝酒の習慣をもつ人物だった。大地主という身分が生んだひとつの型だろうが、こういう人物は、文学的にはともかくも、市民感覚的には好ましいとはいわれない。だからこそ母織子は「いやねえ、男のくせに、丈夫なからだで、なんにもしないなんて……」(同上)といったのである。しかし、加藤は伯父に「一種のあたたかさ」を認め、「卑屈なところがなかった」と好意的に受けとめていた。

されればこそ、その人物には卑屈なところがなかったし、出世を望んで出世できなかった大阪商人の息子のように下品なところがなかった。働き者で小利口な女房のように、人の背後でたち廻る狡猾さもなかった。役人になった東京帝国大学の秀才のように高慢な口調がなく、子分を従えた代議士のように豪傑じみた高笑いをすることもなかった──要するに、子供の私にとって「いやな」ところが、少しもなかったのである。私はこの伯父が社会にとって何の役にもたたぬ人間だろうとは、その頃考えてもみなかったし、ましてその役にたたなさと人柄のいや味のなさとの間におそらくはあり得たでもあろう密接な関係を、想像してみることもできなかった。

（一四―一五頁、改一六頁）

父方の伯父精一に対する評価基準は、母方の祖父熊六に対する評価基準と同じである。地位肩書、位階勲等、他人から聞く噂や評判などには従わない。あくまでも自分の判断に従う。

「なんにもしない」伯父と対比しつつ、姻戚関係にある数人に対する加藤の人物評が述べられる。ここで遣われる「卑屈」「下品」(母方の義理の叔父)、「小利口」「狡猾さ」(父方の義理の伯母)、「高慢な口調」(母方の従兄)、「豪傑じみた高笑い」(母方の義理の伯父)は、いずれも普通には褒め言葉ではない。しかも、括弧内に示したように、それぞれ誰のことを指しているかが明らかな場合もある。加藤の人物判定は、姻戚であることを斟酌しない。

『羊の歌』に言及される父方の親族は少ない。伯父の加藤精一と従兄の新井光彌を除いては、ほとんど触れられない。しかし、父の実家を訪れたときに経験したことは、加藤に大きな印象を残した。

2　感覚の歓びを知る

田舎に魅了される

加藤の生涯を貫く特徴のひとつは、感覚的な歓びを感じとることに優れ、それを大事にしたことである。こういう特徴は父信一の実家を訪れたときの体験にも根ざしている、と私は思う。

加藤は子どもの頃ときどき父の実家を訪ねた。父の実家に行くには上野と高崎を結ぶ鉄道高崎線に乗る。父方の祖父母の屋敷があった中丸村大字北中丸の最寄り駅は北本宿駅(現・北本駅)であったが、同駅が開業するのは一九二八年のことである。それまでは、高崎線開通時から設けられていた鴻巣駅が最寄り駅であった。したがって、加藤が九歳くらいまでは、東京上野から鴻巣まで鉄道に乗り、実家の誰かが「鴻巣駅までリヤカーで迎えに来てくれた」(本村久子氏談)。加藤の叙述では、熊谷まで行き、「汽車を降り、長い間自動車を待って、その自動車にしばらく揺られ」(一六頁、改一八頁)ながら行ったとある。しかも、自動車を傭えば普通なら家まで乗りつけるだろうが、自動車で村まで行き、そこで自動車を降りて「村のなかをしばらく歩いてから家にたどりつくまでには、かなりの時間がかかった」(一五頁、改一七頁)とある。このように書いた理由は何だろうか。おそらく、このあとの件で、加藤と村の子どもたちとの関係が述べられるが、その伏線としてこのように記す必要があったのだろう。

村に入ると、そこには東京にはないものが溢れていた。直接に、見えたもの、聞こえたもの、匂っていたものを通して、加藤は「田舎」を満喫した。

　その村の道は、田や畑の間を縫い、竹藪につき当って折れ、森の繁みの下をくぐりながら、しばらく農家の土塀に沿うかと思うと、また小さな四つ辻を曲る。麦畑にはひばり、竹藪には藪鶯の声をきくこともある。黄金色の田に風が渡り、案山子《かかし》につないだ鳴りものが乾いた音をたてていることもある。雨あがりのぬかるみの道には、小さな蛙が飛び出す。炎天の地平線には、壮大な夏の入道雲が眩しく輝くのをみることもあった。そして常に変らぬ香り——おそらく藁と肥料の匂いの混り合った独特の土の香りが、そこにあった。それこそは、日本の農家の匂いであり、今でも私に、田舎が私にとって意味するもののすべてを、どこにいても、たちどころに想い出させずにはおかないものである。

(一七頁、改一九頁、傍線は引用者)

「農家の土塀」や「黄金色の田」や「夏の入道雲」は視覚に関わり、「ひばり」や「藪鶯」や「鳴りもの」の「乾いた音」は聴覚に関わり、「藁と肥料の匂いの混り合った独特の土の香り」は嗅覚に関わり、「風が渡り」頬を撫でるのは触覚に関わり、「雨あがりのぬかるみの道」も触覚に関わる。すなわち、視覚、聴覚、嗅覚、触覚を通して、「田舎」を感じた。そこには東京にはないものがあり、「田舎」に魅了される。加藤の特徴である優れた感性は、父の実家があった「田舎」によって強い刺激を受けたに違いない。とりわけ田舎の匂いが加藤には印象的だった。だからこそ、この章題を「土の香り」としたのだろう。

加藤は想い出すままに光景を描いたのではない。田舎を感じるとしたら、視覚、聴覚、嗅覚、触覚、味覚を通して感じるのであり、味覚を除いた四つの感覚の例として、これらを意識的に挙げたのである。このような列挙の仕方は、加藤の基本的な叙述法のひとつであり、『羊の歌』のみならず、加藤の文の至るところに見られる。

母屋のたたずまい

加藤の祖父の家屋敷は、どんなたたずまいだったのだろうか。「新井の家屋敷にとてもよく似ていた」と新井藤三はいう。新井の屋敷は五〇間(約九〇メートル)×六〇間(約一〇八メートル)で、一町歩(三〇〇〇坪)あり、周囲は築地塀や漆喰壁で囲まれていた。長屋門という門が設けられ、馬に乗った人が通り抜けられる高さがあった。母屋の建坪は約一三〇坪、床面積は約一六〇坪。母屋は平屋だったが六部屋あり、母屋南西部分に「新座敷」(二階建て)と呼ばれる建て増し部分があった。母屋が平屋で六部屋あり、母屋南西部分に「新座敷」があったことは、加藤家も同じである。

「新座敷」の前には中庭があり、池がつくられ、樹木が植えられていた。母屋の両側は竹林、そして母屋の北側と東側には掘割があって、逆さ釘が打たれた板塀で囲まれる。屋敷の北側は防風林として杉林が覆っていた。さらに養蚕室、穀物倉庫、材木置き場、家畜小屋などが母屋の南側、東側に広がっていた。「名主の家の造り方はほぼ決まっていたのだろう」と東北大学で建築学を学んだ新井藤三はいう。加藤の父信一の実家もおおかたこういうものだったろう。

村のなかでいちばん高い杉の森を背にした祖父の家は、二階建ての母屋を中心として、広い敷地の周囲を、高く築いた土塀でかこんでいた。土塀の内側には、塀に沿って、納屋や農具の置場所、馬小屋や鶏の小屋があり、四つの白壁の蔵は、杉の森との境にたっていた。母屋の二階は養蚕に使われ、暗い急な階段をのぼると、その季節には、蚕の桑の葉を食う音が、雑木林に降る時雨のように、聞えてきた。（中略）その暗がりのなかで蠟燭の火影が壁に揺れるのを眺め、湯のなかに深く身を沈めていると、燃えのこりの薪の匂いと、風呂桶の杉の香りが、たちのぼる湯気にまじって鼻を襲う。それは、暗がりのなかに、微妙な官能的なよろこびをつくりだした。

（一九―二〇頁、改二二―二三頁、傍線は引用者）

ここでも、視覚、聴覚、嗅覚を通して「田舎」を感じたことが綴られる。「蚕の桑の葉を食う音」や「雑木林に降る時雨」の雨音に耳をすませ、「暗がりのなかで蠟燭の火影が壁に揺れる」様子をじっと眺め、「燃えのこりの薪の匂いと、風呂桶の杉の香り」に感覚的な歓びを感じていた。

「高原牧歌」という章には次のような叙述がある。

高原の夏は、郭公の声と共にはじまる。中学校の最後の年の夏を、信州の追分村で過してから後、私は毎年の七月にその声を聞くようになった。浅間山麓のから松のなかで、その声は遠くまた近く、澄んだ空気をふるわせ、かえって周囲の自然の静寂をひきたたせた。東京の騒音は俄かに遠く、私は林の中の小さな家に着いた瞬間から、汗と埃にまみれた合宿練習や、渋谷駅の雑踏や、美竹町の家の西陽のさす二階の部屋を忘れた。そこには郭公の声と共に、芝と火山灰の小径があり、青空のなかで微風にそよぐ白樺の梢があり、雑木林の間を縫って流れ来り流れ去る霧があり、また浅間の刻々に変る肌と、遠く西の地平線を限る紫の八ヶ岳があった。そこでは群青の空が深く、真昼の入道雲が壮大で、夜空の星は鮮かであった。

（一三六―一三七頁、改一五四―一五五頁、傍線は引用者）

「郭公」はカッコウ科の鳥で、日本では北海道から九州まで棲息するが、その鳴き声に特徴がある。代表的な夏鳥で、秋から冬にかけては温暖な地方に渡って越冬する。日本で郭公の声が聞かれるのは五月下旬頃からであり、いわば夏を告げる鳥である。前述のように、加藤が自然を描写するときには、「感覚」に関わることを意識的に綴っている。

この件も「郭公の声」と「自然の静寂」、すなわち「聴覚」に関わることから始める。つぎに「視覚」に関わる言葉として「西陽」「青空」「白樺」「霧」「浅間の刻々に変る肌」「紫の八ヶ岳」「群青の空」「真昼の入道雲」「夜空の星」という語が重ねられる。このように色彩感覚に溢れた文章は、清少納言『枕草子』第一段を連想させる。

『枕草子』第一段には、「全体に一貫した動機がある。光と色である。光は「すこし明かりて」「月光」「闇」「蛍」「夕日」「雪明かり」「炭火」「昼光」。色は「紫」「黒」「赤」「白」」(坂口由美子「『枕草子』第一段について」『枕草子』角川ソフィア文庫、二〇〇一、一五頁)。まことに色彩感覚溢れる描写だといえるが、まさに加藤の文と同じである。

加藤の文には、このように、聴覚、視覚、嗅覚、触覚に関わることを畳みかけて叙述することが少なくない。意識的に書かなければ、このような叙述にはならない。

加藤の感覚に刺激を与えたものは田舎ではごくありふれたものだったろうが、こういう何の変哲もないありふれたものにも感覚的な歓びを感じるのが、加藤の感性の特徴である。

闇を恐れず、鶏のさばきを恐れる

田舎で見るもの、聞くものは感覚的な歓びをもたらすものばかりではない。ときに不快な、見たくないものも見たり聞いたりすることになる。

小さな私は、暗がりを怖れていなかったわけではない。しかしそれは、風呂場や便所へひとりで行くことを、ためらわせるほどのものではなかった。「よくひとりでゆけるねえ」と、蠟燭をもって便所に起つ私に、祖母はいったものである。「お化けの出そうな気がしないのかねえ」。しかし私は、「お化け」というものがほんとうにあるだろう、とは信じていなかった。見たことのない「お化け」が実在しないという私の受けていた教育は、それが実在するかもしれないという話よりも、たしかに説得的であった。その教育が、私をとりわけ「生意気な」子供にしていたかもしれない。しかしそのために、暗やみや墓場、ひと魂や幽霊への恐怖が、私にはなかった。今でも私は怪力乱神《かいりょくらんしん》を語ることを好まない。（二〇—二一頁、改二三頁）

お化けの実在を信じないという感覚を身につけたのは、父信一の教育に因るだろう。幼い子どもがお化けや幽霊を実在しないと考え、暗闇や墓場を怖がらないというのは、「生意気な」子どもであるばかりでなく、大人の期待に反する〈可愛気のない子ども〉だったに違いない。「お化けの出そうな気がしないのかねえ」という祖母の反応は、軽い落胆と賞讃とがまじった感情の婉曲表現だろう。幼児体験は、その人の人生に大きな影響を与えることがある。「お化け」の不在を疑ったことがなかった加藤の文学的感性は魑魅魍魎の世界に向かわず、怪力乱神を語らないものになった。

続いて加藤は、ひどく怖いと感じたことについて述べる。夕食の支度のために生きた鶏を絞める作業を見せられたときのことである。その作業は「怖しくて到底見ていることができなかった」（二一頁、改二三頁）。にもかかわらず、その場を逃げださなかったのは、祖父に対する礼節ではなく、「死んだ動物の頭が動くということに抑え難い好奇心を刺戟されたからである」（二一頁、改二四頁）と述べる。嫌悪感と好奇心のあいだを揺れ動いたあげく、その葛藤から抜けでるには「泣きだすほかはない」（二二頁、改二四頁）。そして、母の「声の優しさ」（同上）に救われる。

この件は『羊の歌』のなかでも印象深い一節である。加藤の本質が表われているように思われるからである。旺盛なる好奇心は、ときに好悪の感情を超える。いわば「知性至上主義」ともいえるものだが、ここには少なくともその萌芽が見える。

3 豊かな色彩感覚

刻々と変化する色

前節で見たように、「聴覚」「視覚」「嗅覚」「触覚」に優れた感覚を培った加藤だが、なかでも「視覚」に関わる色彩感覚はとりわけ豊かであった。豊かな色彩感覚が『日本 その心とかたち』(全一〇巻、一九八七―八八、平凡社)のように、美術を通して精神を捉えるという方法を獲得する基盤となったに違いない。「美竹町の家」の章には、次のような叙述が見られる。

西の窓は、夕陽を正面から受け、陽除けをおろしても、真夏には部屋のなかが堪え難いほど暑かった。しかしせまい空地を隔てて、高い崖に臨んだその二階の窓からは、渋谷駅のあたりの谷間を越えて、はるかに遠く道玄坂の斜面が地平線までみえた。高い建物——といっても四階ばかりの建物は、谷間にしかなく、地平線につづく斜面は、低く連る黒い瓦屋根で蔽われ、夕暮には屋根の下に点々と黄色い灯がともった。晴れた日には、道玄坂の上のあたりにはっきりと富士が浮び、その富士が真白になると、私は秋の深いのを知った。三月の生あたたかい風が吹き、代々木練兵場の砂塵をまきあげる頃、富士の雪はまだ融けていなかったと思う。箱根はその下に、地平線に接して、うすく紫色に拡り、影絵のような地平線から空のなかにつき出した細い風呂屋の煙突の先で、黒い煙が風に吹き散らされていた。夕焼の雲は、あるときには、夢みるような薔薇色に染まり、あるときには、何か不吉な兆のように古い血のような色に染まった。またあるときには黄金のふちどりに輝き、豪華な色の饗宴を空いっぱいに拡げながら、見るまに色褪せてゆくと、忽ちつめたい灰色に変った。また雲のない夕暮には、広重の西空のあらゆる色調があらわれて、まだその色がすっかり褪せないうちに、宵の明星が輝いた。五年の間、西の空の夕暮を眺めることは、雨の日を除いて、私のほとんど欠かしたことのない日課であった。五年間に私の感覚がうけとったすべてのもののなかで、いちばん美しく、おそらくいちばん深く私を養ったものは、道玄坂の上の西の空であったかもしれない。私はまだボナールの薔薇色も、ティントレットの劇的な赤も見たことがなかった。私はまだ油絵というものを知らなかった。

（九二—九三頁、改一〇四—一〇五頁、傍線は引用者）

これは美竹町の自宅二階からの眺めについての叙述である。美竹町の家は渋谷宮益坂の中腹にあり、渋谷の谷間を挟んで向こう側には道玄坂があり、その先には箱根、丹沢の山脈《やまなみ》が連なり、その上に富士がひときわ高く頭を出していたはずである。「地平線」という語が何回も遣われるが、一九三〇年代には、東京でも地平線が見えたということだろう。

いったいこの件にはどれほどの「色」が使われているだろうか。「低く連る黒い瓦屋根」「黄色い灯がともった」「富士が真白になると」「うすく紫色に拡り」「黒い煙」「夢みるような薔薇色」「古い血のような色」「黄金のふちどり」「つめたい灰色」「広重の西空のあらゆる色調」「宵の明星」といくつもの色が描かれる。これらの色合いをすべて記憶していたかどうかは分からないが、加藤の色彩に対する感覚の鋭さを示すものに違いない。

夕暮れへの共感

そして「五年間に私の感覚がうけとったすべてのもののなかで、いちばん美しく、おそらくいちばん深く私を養ったものは、道玄坂の上の西の空であったかもしれない」と結論する。「五年間」というのは府立第一中学校の五年間であるが、加藤がその後に著わした文章のなかでも、夕陽の美しさに触れたものは数えられないほど多い。それほどまでに夕陽に対する愛着は強かった。

自宅の西窓から眺めた夕暮れの空の色が「夢みるような薔薇色に染まり」「古い血のような色」に染まり、「黄金のふちどりに輝き」「つめたい灰色」へと刻々と変化することに感動する。「広重の西空のあらゆる色調」といい、「ボナールの薔薇色」といい、「ティントレットの劇的な赤」という。まさしく、オスカー・ワイルドがいったように、自然は芸術を模倣する。

「五年の間、西の空の夕暮を眺めることは、雨の日を除いて、私のほとんど欠かしたことのない日課であった」という。五年間、つまり中学校時代、学校生活になじめずに、孤独の日々を過ごしていたが、その孤独な日々、ほとんど毎日のように、父の書斎に蔵《しま》われていた書物を披《ひら》き、夕暮れの空を眺めながら過ごした。その経験が、加藤の精神形成に大きな影響を与え、色彩感覚をさらに育んだことだろう。

加藤が夕暮れに共感を抱いたのは、いつごろからだろうか。『羊の歌』に夕暮れへの共感が最初に述べられるのは、「優等生」の章であり、小学生のときである。

補習からの帰り道に「葉の落ちた桜の枝が暮れ残る空に拡げる細かい網の目」(六七頁、改七六頁)を発見するが、枯れ枝がシルエットとなり、その小枝がつくりだす網の目の向こうに見える空は美しい。ことに夕暮れには空が刻一刻とその色合いを変えてゆく。枯れ枝と夕暮れの空とがつくる微妙な世界は、とりわけ加藤が好んだものである。この件でも言及されるように、二〇年後に、パリのヴァルミー河岸(パリ一〇区サン゠マルタン運河の河岸。散策の地として知られる)でも同じ世界を発見する。

加藤は黄昏時をこよなく愛し、黄昏時の何の変哲もない人びとのたたずまいにも感興を覚える。「夕食の支度の匂」「家の窓に灯がつきはじめ」「笛を吹いて通る豆腐屋」(六七頁、改七五—七六頁)というように、ここでもまた嗅覚、視覚、聴覚に関わる例を挙げるのだが、夕陽を眺めることを日課とし、黄昏時の市井の民の姿に目を留める加藤が浮かびあがる。

加藤の美意識のひとつは、暮れゆくものから生まれる寂寥、くずれゆくものに対する愛惜に関わり、決して旭日昇天や栄耀栄華に関わらない。
夕暮れの空ではなくとも、枯れ枝と空とがつくりだす美しさについても加藤は何回か記している。太平洋戦争開戦のときのこととして「ある晴れた日に」の章には次のように綴られる。

大学の構内の銀杏並木、その枯枝が空に張る細かい網、春先の煙るような緑と、両側の研究室のせまい入口を本や鞄をもって出入りする人々、また三四郎池のほとりの静かな忘れられたような陽溜り、化学教室の赤煉瓦の壁を照し出す夕陽、夕暮れの病院の暗い廊下を行き来する看護婦の白衣、本郷通りの本屋や「白十字」の窓につきはじめた夕べの灯、古本の棚の奥にうずくまって火鉢をわきにしながら帳面を見ている主人……そういうもののすべてが、私をひきつけ、ほとんどいうべからざる感動をあたえた。

（一七七頁、改二〇〇―二〇一頁）

4 「世界の構造には秩序がある」

世界には秩序がある

色彩に関わる美意識よりも、加藤にとってもっと大事な美意識がある。それは秩序ある形や姿に美を感じることである。「秩序が美しい」ことを繰りかえし指摘する。その最初の経験としては中学生の頃、大叔父岩村清一に巡洋艦に招かれたときの印象が「美竹町の家」の章に綴られる。

巡洋艦の水兵たちは少しも卑屈ではなかった。彼らはお世辞をいわず、必要最小限度以外には口をひらかず、しかし敏捷で、正確で、能率的で、艦長の客に対しては申し分なくゆきとどいていた。そこでは人間の組織が機械のように動き、ほとんど美的な感動をあたえた。その印象があまりに強かったので、私はその他のすべてのことを忘れてしまったのかもしれない。

（九〇―九一頁、改一〇二―一〇三頁、傍点は引用者）

ここには「秩序」という言葉は遣われていないが、「人間の組織が機械のように動き」、秩序立っていることに「ほとんど美的な感動」を覚えたことを述べる。いや、もっと早くに「秩序」を意識している。それは冒頭の「祖父の家」の章に述べられる。

イタリア料理店には、子供の私にとっての「西洋」があった。それは酒場の男たちのためでもなく、祖父の外国語のためでもなく、微妙な――と私には思われたその料理の味のためであり、機げんのよい祖父がくちずさんだイタリア歌劇の詠唱の節のためであった。（中略）イタリアの節は、私が家庭で聞いた琴や尺八の旋律からも、また小学校の唱歌からさえも、遠く隔っていた。

そこには感覚の別の秩序があった。その秩序を私があらためて、その頃と同じ程度に鋭く感じたのは、二〇年の後、地中海の紫の潮と大理石の町をはじめて自分の眼で見てから後のことである。

（一〇―一一頁、改一二頁、傍点は引用者）

世界の構造には「秩序」があるという認識は、加藤に一貫して見られる基本的な立場となる。西洋料理の味や西洋音楽の旋律は感覚的なものであるが、料理や旋律にとどまらず、「革の椅子」（一一頁、改一二頁）や西洋語の抑揚や身振りにも、相互に関係づけられた「秩序」があると認識した。それが「西洋世界」がもつ秩序の一部だと覚るのはのちのことである。それればかりではない。自分が生きる世界にも「秩序」があると加藤は理解した。

あるとき何の機会にか、宮益坂の祖父の家に親類が集っていた。私は庭で同じ年ごろのいとこたちと遊び、その一人とけんかをして、相手を殴りつけた。すると家のなかから、叔父が出てきて自分の息子をかばった。申しひらきの余地は、私の側にはなかった。そういうことに慣れていなかった私にとって、それは、小学校にも行かぬ子供に対し、成人の男の圧倒的な力を背景として貫徹された不正としかみえなかった。私はその不正を憎んだ。私はけんかの理由を直ちに忘れてしまったが、その憎悪を十年忘れず、結核で叔父が死ぬまで、一片の好意も感じなかった。叔父はみずからそれとは知らずに、私の世界の秩序そのものに挑戦していたのである。

（三二―三三頁、改三六―三七頁、傍点は引用者）

「私の世界」といわずに「私の世界の秩序」といったことに注意を払いたい。加藤は自分自身の世界にも守るべき秩序、守られるべき秩序がある、と認識していた。そうでなければここに「秩序」という言葉は遣わない。その秩序を乱されると激しい怒りを覚え、「その憎悪を十年忘れず」過ごすことになる。この執念深さもまた、紛うかたなく加藤の一面である。それから二〇年ののち、加藤はフランスに留学する。そこで発見することは、パリの街がつくりだす空間の秩序である。

> 私が東京とパリとの根本的なちがいを感じたのは、病院と研究室の外においてであった。道の両側に並んだ石造の建物は、重く堅固で、あたかもパリの街全体が一個の複雑な彫刻であるかのような印象をあたえた。その石の構造との対照において、並木の緑は、鮮かにひきたってみえ、建物と建物との間に細く切りとられた灰色の空の一片さえも、あの広くひらけた東京の空とは別のし方で、しかしそれ以上に強く私をひきつけた。「日本館」の頃の私は好んでパリの街のなかを歩いていた——私がそれまで生きていた空間とは全く別の空間がそこにあり、その空間の秩序は、いつまで見ていても倦きないものであった。
> （『続編』五三頁、改六〇—六一頁、傍点は引用者）

秩序の美意識から全体的認識へ

パリを訪れた加藤は「それまで生きていた空間とは全く別の空間がそこにあり、その空間の秩序は、いつまで見ていても倦きないものであった」という。その後も「秩序」について何回か述べるが、とりわけ強い印象を残したのは、南フランスに遊び、古代ローマ人が築いた水道橋「ポン・デュ・ガール」を眺めたときのことである。

> ローマ人の水道は、見る人の思惑とは何の関係もなく、二千年以上もそこにあった。それは私の内側とは少しも係りなく、私の外側にあるものである。またおそらくそれを築いた人間のいかなる感情とも係らずに、外部の世界の——外部の世界はつまるところ感覚的所与であるから——感覚的秩序に属するものである。この南仏の明るく澄んだ空の下では、芸術さえも、「心」や「気持ち」の表現ではなく、いわんや、「個性」の発揮でも、「体験」の告白でもなく、外側の世界に実現された一個の秩序で
>
> (『続編』七七頁、改八八頁、傍点は引用者)

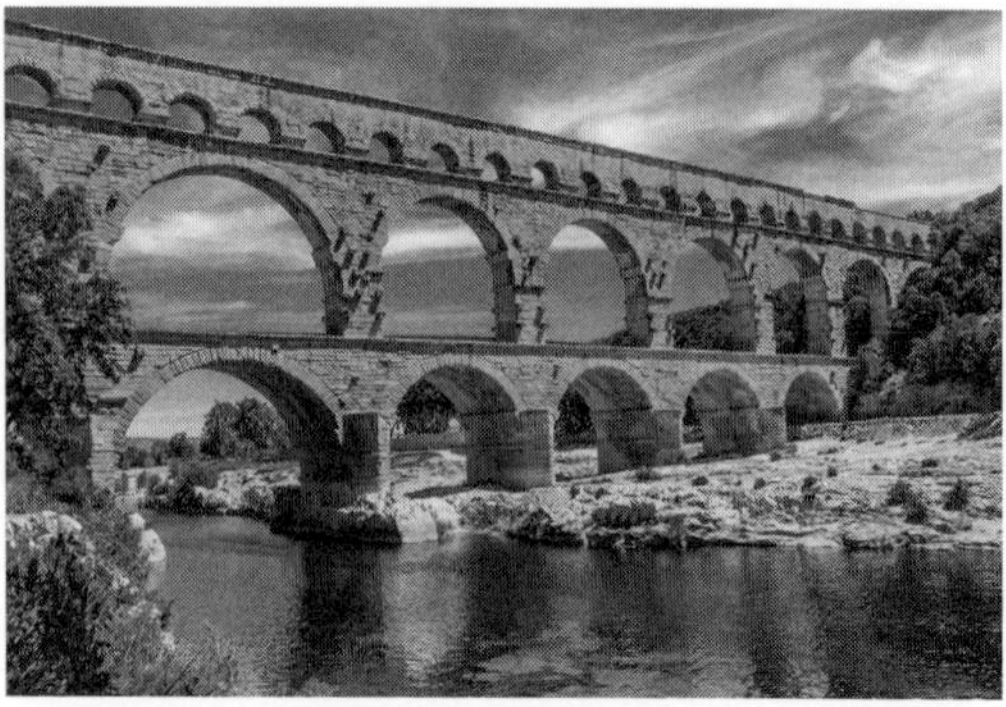

加藤に大きな影響を与えた古代ローマの水道橋「ポン・デュ・ガール」©zechal/123RF

> あるほかはなかったのであろう。

「世界の構造には秩序がある」ことを「決して疑ったことがなかった」(四五頁、改五一頁)。加藤が文筆家としての自己を意識した最初の文章は「日本の庭」(『文藝』一九五〇年二月号、『自選集1』所収)であるが、その「日本の庭」から晩年の代表作『日本文化における時間と空間』(岩波書店、二〇〇七)

に至るまで、分析の対象となる世界の秩序を明らかにしつづけた。

「世界の構造には秩序がある」という基本的な認識は、父信一によって種を播かれ、子どものときによく読んだ原田三夫（科学評論家、後述）らによって育まれたといえるかもしれない。

原田から、世界が解釈できるものであることを教えられた。たとえその解釈が「正確であるかのような」「錯覚」（四四頁、改五〇頁）であったにせよ。そして、加藤は「世界の構造には秩序がある」ことに「詩的な感動」（同上）を覚えた。おそらく加藤にとって、何かを理解することとは世界を秩序立てて解釈することであり、その解釈は言葉によって表現され、その表現は美しいと感じたのだろう。

秩序は対象の一部一部に見られるものではなく、全体を見通したときに知ることができるものである。秩序に関心が向かえば、当然、対象を全体的に捉えることになる。したがって、文化のなかに「秩序」を発見することは、その文化を全体的に認識するということに他ならない。代表作『日本文学史序説』の三五頁ほどの序章には、「秩序」、あるいは秩序に類する語、たとえば「体系」「構造」といった語が五〇回ほど遣われている。いかに「秩序」に関心が強かったかを物語る。

加藤の文学史研究の方法は、個々の作品に限定して論ずるのではなく、時代のなかで、人間の精神の営みとしての作品を捉えるという特徴をもつ。その方法は文化のなかに存在する秩序に着目することによって可能となる。

カトリックに対する共感

秩序に対する意識は、加藤にもうひとつのものをもたらした。それはカトリックに対する共感である。カトリックの教義は厳密性をもっていて、理路整然とした論理に基づく一面がある。

仏文科以外の文学部の講義では、吉満義彦講師の倫理学を聞いた。(中略)私は吉満義彦著作集を読み、その次に、岩下壮一著作集を読み、カトリック神学に関心をもつようになった。しかしそのとき、どういう意味でも、私が信仰にちかづこうとしていたのではないと思う。おそらく、日本の歴史を研究する西洋人の学者が仏教に興味をもつように、仏文学を読みはじめていた私は、カトリシスムに知的好奇心をもったのかもしれない。たしかにカトリシスムについてのほんのわずかな知識も、忽ち仏文学を新しい光のもとに照らし出した。その理路整然とした合理主義的体系は、それ自身ほとんど美しかったばかりでなく、一七世紀の合理主義の由来を説明してあまりあるように思われた。またペギーが熱情的に説いたように、人間の善意の努力の果てに悪が生れるという考え方、罪の底に深く沈めば沈むほど救いにちかづくという逆説は、人間感情の力学のもっとも深く精巧なもののようにみえた。私は説得されなかったが、感動し、みずから信仰にちかづかなかったが、もし信仰がそのような逆説的構造を中心として成りたつものとすれば、信仰をもつ人にはそれなりの理由が充分にあるのだろうと考えた。

(一七九―一八〇頁、改二〇三―二〇四頁、傍点は引用者)

この件を読めば、加藤は東京帝国大学で吉満の講義を聴き、『吉満義彦著作集』を読み、次いで『岩下壮一著作集』を読んだ、と理解できる。しかし、加藤は岩下壮一を第一高等学校時代にすでに読んでいた。「中村真一郎、白井健三郎、そして駒場――思い出すままに」(『向陵』一高同窓会、一九九八年、『自選集9』所収)によれば、一高時代に、親友垣花秀武から岩下壮一を教えられたことを綴る。

> 後日国際的に知られた核物理化学者となった垣花秀武は、今も私の親しい友人の一人であるが、その時すでに、右手にはディラックの量子力学を、左手には聖トマスの神学大全を携えていた。量子力学は私には到底歯のたたぬものであったが、理路整然たるカトリック神学の、殊に岩下壮一神父の著作の理論的魅力と倫理的な深みとを教えてくれたのが、彼である。それは私が母を通じて知っていたカトリック教会の情緒的な世界とは、全くちがう別の世界であった。(中略)私が本郷で吉満義彦からバルトの弁証法神学やマリタンのネオトミスムについて聞くのは、もっと後のことであり、吉満義彦の死後、その著作集の編集に垣花と共に参加するのは、さらにそれよりもはるか後のことである。しかしそのすべては駒場で始っていたのだ、と今あらためて思う。
> (『自選集9』四三二頁、傍点は引用者)

一高時代に岩下壮一を読み、次いで大学時代に吉満義彦の講義を聴き、著作集を読んだのだろう。岩下をよく読んでいたことは本村久子も記憶に留めている。

カトリシズムについて知的理解を得たことによって、フランス文学がたちまち「新しい光のもとに照らし出」されたのは、当然であろう。近代日本文学を理解するのに仏教思想の理解はほとんど必要ないが、近代フランス文学を理解するには、カトリシズムの理解が不可欠である。それほどに宗教が暮らしのなかに浸透し、作家のなかに重要な問題として認識されているということでもある。「理路整然とした合理主義的体系」「理路整然たるカトリック神学」といって、カトリシズムの合理主義的体系に着目し、それを「美しい」と表現する。カトリシズムを「美しい」といったときの加藤には、カトリシズムに対する共感があったに違いない。

さらに「ペギーが熱情的に説いたように、人間の善意の努力の果てに悪が生れるという考え方、罪の底に深く沈めば沈むほど救いにちかづくという逆説」は、美意識の問題としてではなく、加藤の思考に触れあったはずである。『羊の歌』が書かれたのは一九六〇年代半ばであるが、このときすでに「親鸞」(『日本文化研究』第八巻、新潮社、一九六〇、『自選集3』所収)を著わしていた。同論文で、親鸞のなかにキリスト教の考え、いや超越的な宗教に共通する考えを加藤は見ていた。親鸞の悪人正機について、同論文「註(12)」は次のようにいう。

「悪人正機」の善悪は現世的であり、それと往生を中心としてみた善悪とは、逆の関係にある。キリスト教的人間理解の基本的な構造がここにあることは確かであり、現代ヨーロッパ思想のなかでカトリシズムの復活がこの考え方を支えとしていることも注意に値するだろう。

(『自選集3』一三〇頁)

加藤がここでいう「ペギー」とは、シャルル・ペギー Charles Péguy(一八七三—一九一四)であり、フランスの詩人にしてカトリック左派の思想家である。ドレフュス事件に際してエミール・ゾラやジャン・ジョレスとともに活動する。しかし、事件が政治的妥協で終結すると、社会主義勢力に対する弾劾をはじめ、カトリックの立場から、左翼の政治主義と右翼の権威主義とを激しく批判したが、次第に孤立無援の闘いを余儀なくさせられた。

「私は説得されなかったが、感動し、みずから信仰にちかづかなかったが、もし信仰がそのような逆説的構造を中心として成りたつものとすれば、信仰をもつ人にはそれなりの理由が充分にあるのだろうと考えた」という件を、学生時代に読んだ私は――まだ加藤に面識はなかったが――、加藤は半分くらい説得されていて、将来カトリックに入信する可能性を考えているのではなかろうか、と思ったものである。実際、加藤が晩年にカトリックに入信したことを聞いたとき、最初に私の脳裡に上ってきたのは、『羊の歌』のこの件と次の件だった。

私のカトリシスムとのつき合いは、子供の私をおびえさせた西洋人の尼僧たちにはじまった。その後現代のトミストとカトリック作家が、大学生の私をひきつけたが、私はその間に、一度も教会へ行ったことがなかったし、礼拝に出たことも、説教を聞いたことも、一人の宣教師と話したこともなかった。それればかりではなく、そもそも周囲の社会に、教会のどんな影響もほとんど認めたことがなかった。選挙に干渉し、大学の人事を左右し、産児制限と離婚を困難にし、隣の娘の品行を弾劾してやまない教会と教団と信者の巨大な圧力を、私は身にしみて感じたことがなかった。私はカトリシスムに一種の《プラトニック・ラヴ》を抱いていたのかもしれない。

（一八一頁、改二〇五頁）

加藤は幼児のときにカトリック系幼稚園に通いはじめたが、尼僧たちになじめず、ほどなく退園している。そのことは「渋谷金王町」の章に述べられた。高校から大学時代にかけて、加藤が親しんだのは、ジャック・マリタンであり、ポール・クローデルであり、フランソワ・モーリヤックであり、グレアム・グリーンであり、エティエンヌ・ジルソンである。いずれもカトリックの思想家、文学者である。

書物を通してカトリックの思想家、文学者を知っていたかぎりでは、カトリックの別の側面、すなわち教会が異端に対して非寛容であり、政治に力を及ぼそうとし、大学の人事にも影響力を行使し、人びとの私生活にも干渉し、富める者のみならず貧しき者にも寄進を求めることなどは、身をもって体験してはいない。マイナスの側面を見ないままカトリックに対する思いを抱くことを、《プラトニック・ラヴ》と形容したのだろう。

第4章 「高みの見物」の自覚と決意

小学校に通いはじめた頃の加藤．1926 年

1　余所者であることの自覚

石垣と金網

『羊の歌』全編に繰りかえし現われる動機は「疎外感」あるいは「余所者意識」である。しかも、それは『羊の歌』だけでなく、加藤の人生に一貫して現われつづける。

西洋趣味に溢れていた美竹町の熊六の家は、幼い加藤が住んだ金王町の自宅のすぐ近くにあり(本書一〇三頁地図参照)、加藤はしばしば熊六の家を訪ねた。熊六の家には、伯母幾子の家族が暮らしていたことがあり(藤山一家)、叔母道子の子息(増田良道)も居ついていたことがある。そのときの経験を語る件がある。

私は生籬《いけがき》の内側で親類の子供たちと駈け廻っていたが、その生籬は、斜面の低くなったところにあり、生籬のすぐ下には低い石垣があって、石垣に沿うせまい道とその道に向って戸口をならべた長屋がつづいていた。長屋の人々——戸口のまえで赤ん坊をあやしている婦人や、道で石けりをしている私たちと同じ年頃の子供たちは、私たちとは別の世界に住んでいて、眼と鼻の先にいながら何らの交渉もなかったし、そもそも交渉の可能性の想像もできないような人々であった。私はそのことを少しも不思議に感じていなかった。そのために私は、その長屋がすべて祖父のもち物であること、それればかりではなく宮益坂を上ってくるときに、左側にならんでいる小さな店のほとんど全部が、屋敷の門のすぐ下まで、祖父の貸家であることを知ったときに、異常な衝撃をうけた。長屋の人々と私たちの間には関係がなかったのではなく、祖父の差配が毎月家賃とりたてに廻る度に、直接の関係があったのである。ただ私は、その関係の内容を詳しく知らなかったし、その意味するところを知らなかったにすぎない。深い関係があって、しかも全く関係のない人々の存在は、私の解釈することのできないものであり、総じて明るく澄んだ私の空にのこされた大きな暗点であったといえるだろう。祖父の家へ行くたびに、長屋の人々をなるべく見ないようにする習性を、私はいつのまにか身につけていた。（一一一―一一二頁、改一三―一四頁）

加藤が「社会」というものに気づいた最初だろうか。社会には、内側の世界(ウチ)と外側の世界(ソト)とがある。そのふたつの世界を隔てているのが「石垣」だった。ウチとソトとは「深い関係があって、しかも全く関係がない」。加藤は、ソトを「なるべく見ないようにする習性」を身につけた。「なるべく見ないように」したのは、加藤にとっては、ソトよりもウチが優位にあることを感じ、ウチは世の中では圧倒的に少数であり、かつソトに自分が属していないことを認識したからにほかならない。一種の「疎外感」あるいは「余所者意識」である。しかし、ソトは自分が属している世界でないにもかかわらず、ウチとはどこかでつながっている関係にあることを、おぼろげながらに知った。それが石垣のことを述べた意味である。

とはいっても、未就学期に、このような「疎外感」や「余所者意識」について深く考えたわけではないだろう。だが、問題をおぼろげながらにも意識したとすれば、いずれ問題への対応を迫られるはずのものである。就学年齢に達して、加藤は渋谷町立常磐松小学校に通った。その頃のことである。


桜横町を通り、八幡の境内を抜けると、その頃の私は金王町の家のすぐちかくまで長井邸の金網に沿って歩いた。長井邸は広大な敷地に、木造の西洋館をいくつも建て、一九二〇年代の末にそれを西洋人の家族に貸していた。金網の外から見ると、西洋館の間には、よく手入れをした芝生と花壇があり、そこで異国の子供たちが遊んでいた。(中略)毎日学校の行き帰りに、金網の外から私は彼らを観察し、彼らの方では、何人の子供が金網につかまって中を覗いていても、全く気にもかけず、決してこちらを見ることがなかった。金網はあまり高くなくて、乗り超えようと思えば、乗り超えられなかったわけではない。誰もそれを乗り超えようとしなかったのは、金網が単に物理的なものではなく、心理的なものでもあったからだろう。彼らは私たちを見たことがなかった。彼らにとって私たちは存在しなかった。(中略)私自身は、長井邸の芝生と、桜横町の雨にぬかる道との間に、全く関係がないばかりでなく、そもそもいかなる関係も成りたち得ないだろう、という動かすことのできない印象をもっていた。

(五八―五九頁、改六五―六六頁)

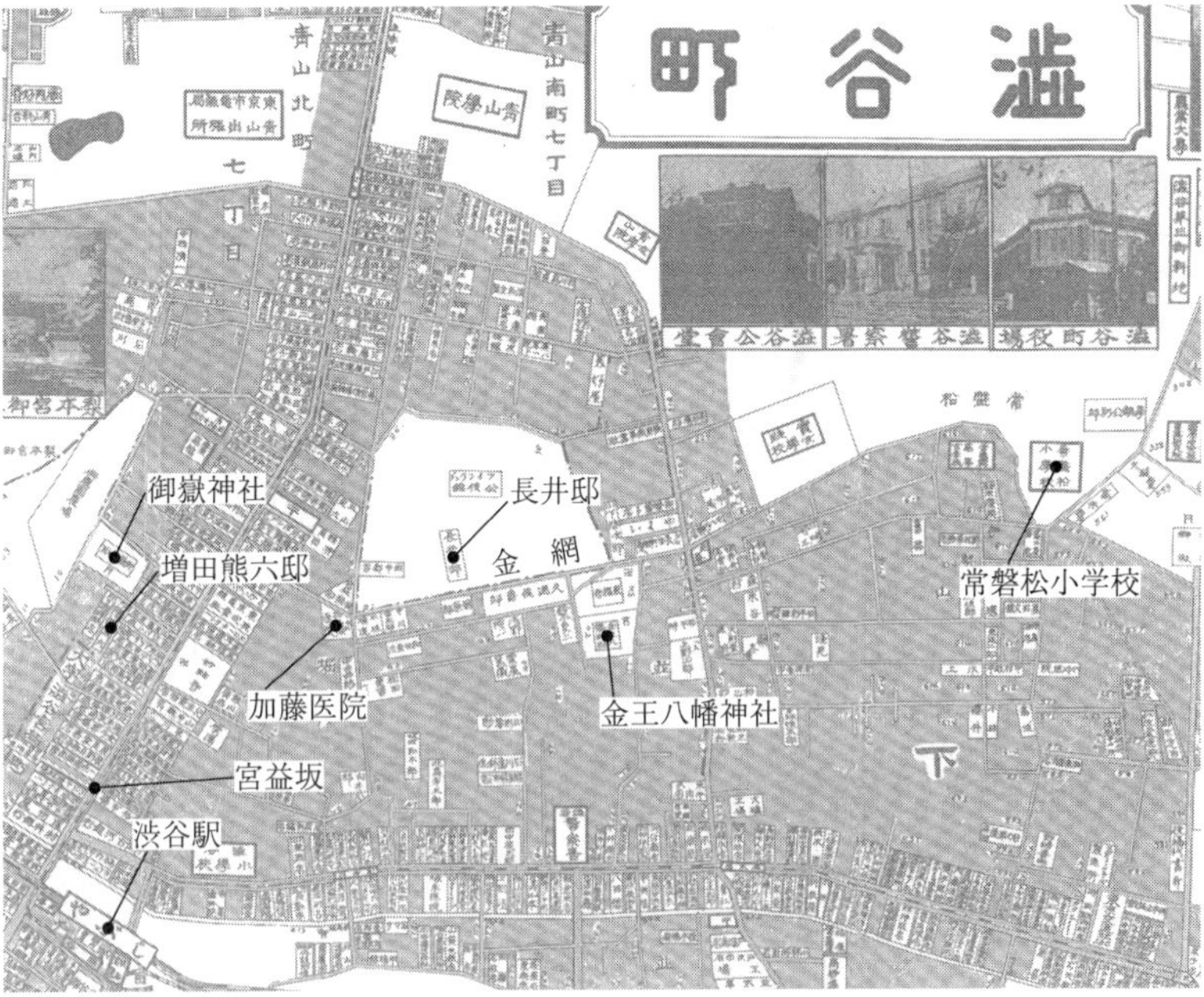

1925年12月に東京交通社より発行された「渋谷町」の地図

金王八幡宮の近くに、日本近代薬学の開祖といわれる長井長義（一八四五〔弘化二〕—一九二九）の大邸宅があった。「長井邸」は今日の渋谷区渋谷二丁目（現在、六本木通りの脇に建つ長井ビルのあたり）に位置し、その敷地は一万坪を超えていたという。その広大な敷地には、日本と外交関係をもって間もないフィンランドの公使館があり、外交官とその家族たちが暮らしていた。その「異国の子供たち」は「決してこちらを見ることがなかった」。西洋人家族と加藤ら日本人とを隔てていたのは「金網」である。金網は、ふたつの世界を峻別し、ふたつの世界に属する人たちはそれぞれに別の世界に生きていることを意識させる。

「彼らは私たちを見たことがなかっ

た。彼らにとって私たちは存在しなかった」。この件は「祖父の家」の章の末尾に重なる。すなわち「私たちと同じ年頃の子供たちは、私たちとは別の世界に住んでいて、眼と鼻の先にいながら何らの交渉もなかったし、そもそも交渉の可能性の想像もできないような人々であった」という。

加藤は長井邸の「金網」を通して敷地を覗いたとき、美竹町の祖父の家と長屋の人びととを隔てていた「石垣」が意識に甦ってきたに違いない。双方とも加藤と社会との関係を象徴するものとしての石垣であり、金網である。それらは加藤に社会関係のなかでの自分の位置を考えさせたろうし、あるいは西洋と日本の関係に考えが及んだかもしれない。

田舎人と東京人

余所者であることは父信一の実家を訪れたときにも意識させられた。加藤が田舎を訪れたときに発見したのは、第3章で述べたような感覚的なことだけではなかった。「田舎を知ったのではなく、私自身が「東京の人」であることを発見した」(一八頁、改二〇頁)。田舎には自然があるだけではなく、そこに暮らしている人びとがいる。しかし、田舎に暮らす人びとのなかには溶けこんでいけなかった。「東京の人」に対する憧れと憎悪が混じった好奇の視線に阻まれる。そのとき、加藤は自分自身が何者であるかを見つめ、葛藤のなかで、みずからが「東京の人」であることを「発見」する。

加藤が発見したのは、自分が「東京の人」であることにとどまらない。おそらく、心中ひそかに周囲に溶けこむことを願っても、周囲に溶けこむことが不可能だということ、つまり「余所者」であるという事実を目の前に突きつけられたのである。

彼らは私たちが通りすぎるのをじっと見送った後——私たちのあとについて来ることは、めったになかった——急に駈け出したかと思うと、散り散りにどこかへ消えゆく。しばらくの間私たちだけが、畑のなかの道にとり残される。しかし少し歩いて竹藪や森にかくされた道を曲ると、先廻りをした彼らが、行手に待っていた。私たちが近づくのを眺め、眼のまえを通りすぎるのを観察し、行きすぎてしばらくすると、再び散開し、もっと先の方で待ち伏せをくりかえす。それは出没自在の伏兵に似ていた。（二八頁、改二〇頁）

子どもたちは村の隅々までを知っていて神出鬼没の行動をとったのである。地域社会に生きる人びとは、お互いに「見る」「見られる」関係を生きる。しかし、その地域社会に生きていない人は、「見られる」ことはあっても「見る」ことは出来ない。この件では、地域に根ざさない余所者と地域に根ざす地元民とのあいだに存在する「見えない壁」が述べられる。自分がその集団に属していないという意識は、田舎の子どもたちとのあいだだけではなく、加藤が通う小学校での生活のなかでも味わうことになる。

学校の近くには、八幡神社があった。同じ小学校の子供たちの多くは、その境内で野球のまね事をしたり、相撲をとったり、独楽《こま》を廻したり、「メンコ」を打ったり、凧をあげたりしていた。私は学校の行き帰りにその境内を通り抜けたけれども、その仲間に加わったことはない。（中略）

その仲間に私が加わろうとしなかったのは、彼らが私を相手にしなかったからでもあるが、彼らの世界のなかでは私自身がとるに足らぬ存在にすぎないだろうことを、知っていたからでもある。(中略)しかし私が理解していなかったことは、私の択んだ社会とその価値の体系が実は全く子供の社会のそれではなかった、ということかもしれない。

私が町の小学校で、町の子供たちと交る、ということは、おこらなかった。それは私の側からもおこりようがなかったが、町の子供たちの側からもなおさらおこりようがなかった。(中略)要するに私はまちがって紛れ込んだ局外者にすぎず、仲間として扱いようのない存在であったにちがいない。

(五五—五六頁、改六二—六三頁)

ここで語られる「野球」「相撲」「独楽」「メンコ」は男の子たちの代表的な遊びだった。このような遊びに興じない子どもはほとんどいなかったし、遊びに興じない子どもは仲間には入れなかった。子どもの世界に入れなかったことによる「間隙」を、加藤は父信一との成人の言葉による対話で埋めたのだろう。

加藤は町の子どもたちと交われるはずもなく、「私はまちがって紛れ込んだ局外者にすぎず、仲間として扱いようのない存在であったにちがいない」。ここでも加藤は、自分が「余所者」あるいは「局外者」であることを思い知らされる。

自分が余所者であるという自覚が強くなれば、みずから周囲の人と交わることに臆病になる。桜横町の「女王」に対する淡い気持ちを抱いても、とうてい自分とは関係を結べる人ではないと決め込んでしまう。

桜横町の住宅の一軒には、同じ小学校に通う娘が住んでいた。彼女は大柄で、華かで、私にはかぎりなく美しいと思われたが、私は彼女と一度も言葉を交したことがなかった。女王のようにいつも崇拝者たちを身の廻りにあつめているその娘を、私は遠くから眺めながら、もし彼女と二人きりになることができたら、どんなによいだろうか、と空想していた。しかし、もしそうなったら何も話すことがないだろうし、私が彼女の気に入ることは到底ありえないだろう、とも考えていた。(中略)今日までの経験によれば、それはまだ恋ではなかった。しかしその頃の私を、またおそらくはその後の私の多くをさえも、よく説明している経験にはちがいなかった。私は私のみずから欲するものに近づくのに臆病だった。そして私のみずから欲するものは、しばしば私が参加することの到底不可能な別の世界に属していた。

(五九―六〇頁、改六六―六八頁)

そのあとに続く「私は町の小学校で、社会を知ろうとしていたのではない。社会のなかでの自分の位置を知ろうとしていたのだ」(六〇頁、改六八頁)という文は、ウチとソトとの関係があることをおぼろげながらに知った未就学のときよりは成長を示している。さらに、「ある晴れた日に」の章に「私自身はいくさが大日本帝国の正体を暴露したと考えていたが、いくさが暴露したのは実は私自身であったかもしれない」(一七八頁、改二〇一頁)と綴ったいい回しに重なってくる。『羊の歌』では、たえず自身が何を発見したかについて意識が向かい、加藤がいかに自分と社会との関係を摑もうとしていたかが物語られる。

2 「高みの見物」の決意

宴会を観察する

余所者であることを自覚させられれば、その集団や社会に対する態度は「観察者」であることを余儀なくされる。その経験は、やはり父の実家を訪れたときに見た「宴会」によってもたらされた。田舎では冠婚葬祭のたびに「宴会」が行なわれる。

そういう宴会の事の次第は、法事でも、結婚式でも、ほとんどちがわなかった。別のことばでいえば、坊主なり神主なりのそこで演じる役割は、無視できるほどに小さかった。死者の想い出や結婚の当事者の都合は、昼頃からはじまって深夜までつづく宴会の全体のなかでは、全くとるにたらない。酔った人々の声は高く、賑かで、一種の活気を呈し、葬式だろうと、法事だろうと、飲んだり、食ったり、汗をかいたり、子供をつくったり、生きている彼ら自身のことでいっぱいであるようにみえた。しかし男たちは、踊りもしなかったし、ほとんど唱いもしなかった。酌をする女たちにからむということもなかったし、また決して乱暴でもなかった。大地主のふるまい酒に、小作人たちがはめを外すことはできなかったのかもしれない。それは、あのペーテル・ブルーゲルが描いた「農夫の結婚式」の光景とは、よほどちがうものであった。ブルーゲルの絵のなかの西洋の農夫たちは、飲みかつ唱い、男女入り乱れて踊りまくり、彼らの間だけで愉しみをつくしていたようにみえる。

（二三—二四頁、改二六—二七頁）

田舎で行なわれる冠婚葬祭の次第は、都会の少年には興味深いものだったのだろう。祭事のあとに飲んだり食べたりするのは、冠婚葬祭の直会《なおらい》であるが、直会は死の当事者のためにあるわけでもなく、結婚の当事者のためにあったわけでもなく、共同体の関係をなめらかにするために行なわれるし、行なわれた。直会の参加者と共同体の構成員はほとんど重なり、直会に参加できない人は共同体の構成員とは認められず、共同体の構成員でなければ、「余所者」とされ、直会に参加することはできない。そうなれば共同体の「余所者」は、共同体の規律に同化してその一員であることを認めてもらうか、さもなければ「観察者」に徹する、あるいは徹せざるを得なくなる。加藤は「観察者」として宴会を眺めた。だからこそよく記憶したに違いない。

私はといえば、法事にしても結婚式にしても、そのような宴会を全く自分とは関係のないものとして、片隅から眺めていた。（中略）そのときほど、私が純粋の観察者であったことはない。ま

たそのときほど観察の対象が、私にとって無意味にみえたこともない。（二四頁、改二七頁）

「私と田舎との関係が、一方では村の子供たちから見られる関係、他方では宴会の男女を見る関係からはじまった、ということには、注意しておく必要があるかもしれない」（二四頁、改二七頁）と加藤は読者に注意を促す。一方で「見る関係」、他方で「見られる関係」を取りむすぶというのは、「私と田舎との関係」にとどまらない。それは「私と他者」「私と外界」「私と世界」との関係に通底するものだ、と加藤は意識していた。どういう関係においても、当事者になれなければ、「観察者」として生きざるを得ない。あるいは「観察者」として生きることができる。それは意識的な選択なのであって、だからこそこの章の末尾に「一種の決断を迫るものにはちがいなかった」（二六頁、改二九頁）と記すのである。

このように自分が観察者であることを自覚させられた「事件」として、もうひとつの宴会について対照的に述べる。その数十年後に、メキシコ・シティーで参加した宴会である。

かすかに花の香りのする夜の風が、酒にほてった頬に快かった。それは私の田舎の、あの独特の匂いをこそ含んでいなかったが、何十年もまえに、父の生家の庭で宴会の夜に子供の私が感じた夜気のひえびえとした肌触りを、そのまま想い出させた。同時にあの田舎のすべてが甦り、私は晩夏の「新座敷」の降るようなひぐらしの声さえも聞いていた。私は一瞬の間、何十年の歳月を越え、太平洋の遠い距離を越えて、変わらぬ「私自身」なるものを生きていたようである。

（二五頁、改二八―二九頁）

ここに描かれる宴会では、飲み、喰らい、踊り、笑う、その宴会の興奮のなかで「突然、なんの動機も、格別の理由もなく、私にとって、そういうことのすべてが全く無意味だという妙に鮮かな、否定することのできない考えが、浮んだ。（中略）私はにわかに人の傍を離れ、ひとりで暗い庭へ出た」（二五頁、改二八頁）。

宴会というものは、参加者にとっては、享楽であり興奮であり義務であるが、参加しない者にとっては、無意味な喧騒であるに過ぎない。参加者と不参加者との違いを鮮やかに示すものである。「私は、すべての宴会なるものに対して私自身がいつも他処者であるほかはないのではなかろうか」（二五頁、改二九頁）。自分が余所者、すなわち、参加しない人間であり、観察者であることを、宴会によって自覚させられたとするこの件は、きわめて象徴的に書かれる。

しかし、いかなる集団や社会からも「余所者」として生きるには、相当の精神的・肉体的な負荷を覚悟しなければならない。人生とは、大きな選択、小さな選択などさまざまな「選択」の積みかさねである。「余所者」として生きる選択は、軽いものではなく、もっと重たい「決断」としてなされると意識した。いかなる負荷にかかわらず、加藤は、「余所者」として生きることを決断し、「観察者」として生きることを決然として宣言したのである。「祖父の家へ行くたびに、長屋の人々をなるべく見ないようにする習性」を身につけていた加藤は、ついに「余所者」として自覚的に生きることを「決断」する。

旅という方法

余所者として生きるならば、徹底して余所者として生きることを考えるしかない。徹底して余所者として観察するには、「旅」はひとつの確実な方法であるに違いない。

子供の私はその小さな旅行を待ちのぞみ、この上もないたのしみとしていた。おそらくそのたのしみの性質は、後年の私が、時に太平洋を越え、時にインド洋を越えた旅のたのしみと、あまりちがわなかったかもしれない。汽車が荒川の鉄橋を越えるときに、私のもうひとつの世界がはじまる。鉄橋を渡る車輪の規則的な音が俄かに高まり、私はいつもの生活の時間表から、そのとき、決定的に解放されるのを感じた。車窓には屋並みも人影も消えて、河原の広い空と河原との間に、荒川の水が光る。住みなれた町の空間とは全く別の、もうひとつの空間がそこに拡っていた。

(一五―一六頁、改一七頁)

旅に出る動機のひとつに、未知の世界に対する「強い好奇心」がある。旅に出れば、自分にとって未知の世界が目の前に存在し、そこにはまったく別の時間が流れ、まったく別の空間が拡がる。たとえば、小田実の『何でも見てやろう』(河出書房新社、一九六一)は、強い好奇心に支えられて世界を行脚した記録である。加藤の旅を後押ししたのも強い好奇心であり、「もうひとつの世界」を理解したいという知的欲求だった。

加藤は生涯にわたって旅を好み、人生のかなりの日々を旅に過ごした。旅は日常からの離脱だから、旅に出ると解放感を味わう。そして、旅先に暮らす人びとが日常のなかに埋もれて気づかずに済ましていることに容易に気づくことができる。

また同時に、既知の世界に対する知識と見解の見直しを迫られる。「海外旅行に出て日本を見直した」という感想をしばしば耳にするが、旅に出ることで既知の世界に対する客観的視点を獲得することもある。

加藤はフランスに留学し、フランス文化に直接触れることで「比較」という視点を獲得し、日本文化を再確認するきっかけを与えられた。それ以降、たえず海外に出ては、彼我の文化の「比較」や「対比」を試みつづけた。こうして「比較」や「対比」は加藤の基本的な方法として確立される。

しかし、旅する者には限界がある。旅する者は旅先の世界で、決して当事者、あるいは主体にはなれない。あくまでも観察者、あるいは傍観者、あるいは余所者であるほかはない。だが旅する者の限界を逆手にとって、観察者や傍観者や余所者であるからこそ、目の前の世界を客観的に、あるいは全体的に眺めることができる。

正確であり、役に立たない見方

観察者として「観察」するときには、どういう方法があるだろうか。観察者は「当事者」ではないから、当事者にしか知り得ない、身近で直接的な、あるいは感覚的な情報は手に入らない。遠くから眺めるしか方法はない。遠くから眺めるのに同じ高さではよく見えない。高みに上って眺めるに如《し》くはない。それが「高みの見物」である。

高みの見物ということばがある。ある社会のなかへ入ってゆかずに、外から大勢をみわたして眺めることをいうのだろう。社会のなかへ入れば、多かれ少なかれ一種の責任をもつことになる。またその社会のなかでの一つの立場をとることになる。高みの見物にはそれがない。無責任であり、特定の立場によらず、すべての立場に対し公平な態度をとることができる。

(中略)

たとえば私はフランスの社会をみて、そのなかでごたごた議論しているフランス人の大部分よりも、ごたごた議論されている事柄の結着を早く正確にみとおせるように思う。たとえばいくさの結着、先の見透しというようなことだ。しかしかりに私の見透しが正確であるとして、私の見透しがフランスの社会にとっては何の役にもたたないということも考える。またただ役にたたないばかりでなく、私の見透しの正確さは、私の見透しの役にたたぬということ、そのことを前提としてなりたっていると考える。一般化していえば、高みの見物は正確な判断をあたえるが、その判断は役にたたぬ。たまたま役にたたぬのではなく、役にたたぬことそのことが、判断の正確さの条件になっている。つまり事の本質上無益で正確な判断が高みの見物の結果だということになる。従ってもし私と社会との関係が、本来〝解釈することが目的でなく、改造することが目的だ〟という原則にたっているとすれば、高みの見物ではこまる。たとえある場合には正確さをいくらか犠牲にしても、有益な判断、役にたつ判断を必要とするということになるだろう。

（「高みの見物について」『雑種文化』講談社文庫、一九七四、一八―二〇頁）

「高みの見物」の主張は、フランス留学中に書かれ（『文学』一九五四年五月号）、直接的には西洋見物について語ったものである。しかし、西洋見物だけにとどまらず、加藤の社会に対する態度の取り方――個人の人生の問題や芸術の問題は高みの見物では通用しないことを、この論考の最後にいっている――として主張された。対象となる社会に距離を置き、高みに上ったうえで、全体的にかつ総合的に分析するという方法なのである。

この「高みの見物」という主張から私が連想したのは、戦国時代の「横目」という役割である。「横目」は、戦場近くの高いところに上り両軍のたたかいの様子を横から眺めるが、決して戦闘に参加することはない。状況を把握して味方の将兵に伝えるのが役目なのである。

あくまでも客観的な立場というものは、いかなる主体的な立場でもない。それゆえ、ある特定の主体的な立場に対する発言が有効性をもつとは必ずしもいえない。それでも客観的立場に立つことを加藤は選択した。余所者として生きる覚悟を固め、すぐに役に立つことを優先しない代わりに、徹頭徹尾事態を分析し、事柄の本質を正確に明らかにしようとした決意表明である。その後の加藤の基本的立場となるものであった。加藤が自分の姿勢を「高みの見物」と称するのは、決して当事者にはなれないという自覚の表現であり、高みから全体的に俯瞰したという自負の告白でもあったのだろう。

第5章 優等生意識と反優等生意識

府立一中時代．1935–36 年頃

1　優等生であること──小学校時代

町の小学校に入学

一九二六年四月、加藤は、東京府豊多摩郡渋谷町立常磐松尋常小学校(現・東京都渋谷区立常磐松小学校)に入学する。渋谷町立渋谷尋常高等小学校(現存しない)が本来の通学校だったが、父信一の意向で前年に新設された常磐松小学校に入学させた(本村久子氏談)。そのために、南青山に住まいする辰野保(フランス文学者辰野隆の実弟)の家に加藤を寄留させてもらった。「町の小学校」に通うのがよいと考えていた父信一が、わざわざ寄留させてまで常磐松小学校に入学させた理由はよく分からない。それでも、誰もが通える町の小学校に通ったということは、加藤の精神形成に少なからぬ影響を与えた。ところが、町の小学校に通ったものの、級友たちのなかに友人を発見することはほとんどできなかった。

私はすでに、小学校の校庭で何の差別もなく戯れたり、けんかをしたりしていた級友の態度が、家の門の前まで来ると、微妙に変る、ということに、気がついていた。私は自分の家の門のなかに駈けこむ。しかしそれまで一しょにいた友だちはついて来ない。おどろいてひき返すと、彼らのなかには、逃げ帰ろうとする者もあり、逃げずに入ることをためらっている者もあった。私には、彼らが教室へはいつも先を争って入り、私の家の門のなかへは、私のあとについてでなければ、決して入ることができないという理由が、どうしても理解できなかった。

（五〇頁、改五六―五七頁）

学校の教室における秩序と、学校外の遊び場における秩序、友人の家における秩序は、それぞれ異なる。教室における行動、遊び場における行動は、そのまま友人の家における行動にはならない。遊び場にあっては加藤に対して圧倒的に優位に立つ友人も、加藤の家に来れば、加藤の屋敷のたたずまいがもつ隠然たる力が作用して、加藤が圧倒的に優位に立つ、ということを加藤は知った。

「教室では、国定読本を自由自在に読む子供が尊重されて、「メンコ」に熟達した子供は小さくなっていた。八幡宮の境内では、「メンコ」の上手な子供が周囲に号令して、国定読本を読む能力には一文の値うちもなかった」（五五頁、改六二頁）ということも同じことである。

しかも、子どもたちが興ずる遊びに加藤はまったく関心がもてなかった。それでは町の子どもたちと交われるはずもなく、「私はまちがって紛れ込んだ局外者にすぎず、仲間として扱いようのない存在であったにちがいない」（五六頁、改六三頁）。ここでも加藤は、自分が「余所者」であることを思い知らされる。

友人の発見と自分の発見

友人関係をつくることができなかった加藤であるが、例外がまったくなかったわけではない。ふたりの男の子について加藤は語る。

「教室のなかでいつも出来がわるく、教師から怒鳴られてばかりいた男の子」(五一頁、改五七頁)がいた。ところが、学校では動作が鈍く、奇妙に頭の大きいその子が、道玄坂の夜店で見せた敏捷な振舞いに加藤は圧倒される。「父が氷の代を払い、その子がうけとる」(五三頁、改五九頁)。父信一と頭の大きな子とのあいだに対等な取引があるものの、「私は単にそれを見ているにすぎない」(同上)。成人に伍して、いきいきと振るまう級友を「再発見」し、同時に成人に伍して何も行なえない自分を「再発見」したのである。

もうひとりは大工の息子である。その子は教室では加藤と同等の学力をもっていたが、家に帰れば、子守をはじめ家事の手伝いをしなければならなかった。加藤はそういうものから一切解放されていて、時間は好きなだけ勉学に費やせた。「教室での彼との競争が、全く条件のちがう競争であったということを理解し」(五四頁、改六一頁)た。親の経済的社会的諸条件の制約を受け、加藤は自分が圧倒的に優位に立った競争をしているに過ぎないことを悟る。そして自分の置かれた社会的位置について「ほとんど後ろめたさ」(同上)を感じる。

自分が圧倒的に優位に立った競争をしていることに「後ろめたさ」を感じる根底には、単純であろうとも、平等思想の考え方がある。それは、多くの子どもがもっている素朴な正義感であり、日常的に両親の言動から知らず識らずのうちに教えられた平等意識でもあったろう。加藤が「町の小学校」(四九頁、改五五頁)ではなく、「特殊な」(同上)小学校に通ったとしたら、このような社会関係を意識することはなかったか、少なくとも意識するのが遅れただろう。その意味では、父信一の教育方針が功を奏したといえる。

加藤が社会関係というものを意識したのは、これが初めてではない。「祖父の家」の章にも述べられるように、「長屋の人々をなるべく見ないようにする習性を(中略)身につけていた」(一二頁、改一四頁)。ところが小学校高学年になると、自分の社会における位置を「再発見」し、そのことに「後ろめたさ」を感じるまでに成長した。加藤がもちつづけた社会的弱者への共感は、こうした小学校時代の経験に根ざしている。

進学組の特訓

小学校では、「手腕家の校長」(六五頁、改七三頁)の方針のもと、有名中学へ卒業生を送り込むべく、受験のための学習体制をつくった。

第四学年の末に、私たちは中学校へ進学する組と、進学しない組とに、わけられた。(中略)進学を望む生徒は、男女をわけ、それぞれ一学級とし、殊に男の進学組には、最終二学年を通して、新任の若い教師が配せられた。校長は、新進気鋭の専門家に、一組の生徒を二年間徹底的に訓練して、そのなかの数人を、有名な中学校へ送りこむ仕事を委任したのである。若い教師は、師範学校を抜群の成績で卒業したばかりで、自信にみち、野心に溢れ、あたえられた仕事を果すことに熱中して、忽ち入学試験競争の素晴しい調教師となった。私たちは第五学年に進むと、まず、入学試験のむずかしさの度合に応じて、整然とならべられた中学校の等級を示された。七年制高等学校の中学部と、東京府立第一中学校は、第一級であり、陸軍幼年学校その他は第二級であり、第三級以下は話にもならない。また小学校にも等級があり、本郷の誠之小学校や青山師範の附属小学校のように、毎年第一級の中学校に多勢の卒業生を送りこむ学校は、第一級の小学校である。私たちの目的は、誠之小学校や附属小学校の成績に追いつき追いこすことでなければならない。

（六五―六六頁、改七三―七四頁）

優等生とは、往々にして評価する人間がもつ価値体系の鋳型にはめられる性向をもつ人であり、したがって、生徒たちは「調教される存在」であり、教師は「調教師」となる。「教師」を「調教師」と表現したところに受験勉強本位の教育に対する批判が込められるが、加藤が小学生のときには、むしろ「調教される存在」に一種の満足を感じていた。

体操や図画の時間は、しばしば入学試験に必要な課目にふり変えられ、授業は時間表の終った後も、暗くなるまで続けられた。夕闇の迫る学校の大きな建物に残っていたのは、当直の小使いと私たちだけで、広い校庭には昼間の子供たちの影も形もなかった。しかし教室のなかには活気があり、ひとつの目的に向って――その目的がどれほど特殊なものであったとしても、全力を挙げて努力する一団のほとんど連帯感とでもいうべきものが支配していた。もっともその連帯感は、調教師の指示に従って充分に走ることのできた子供たちの間にかぎられていて、半数の生徒たちは、走ることに疲れ、興味を失い、目的そのものを疑っていたのかもしれない。(中略)あるとき調教師は、「今日の補習——と時間表に載っていない授業はよばれていた——は長くなる。家に帰りたい者は帰ってよろしい」といった。馬上のヘンリー五世が、窮地に臨んで、「去る者は去れ」と叱咤したように。

(六六—六七頁、改七四—七五頁)

学校が授けていたのは一種の英才教育である。英才教育を施すにはいくつかの仕掛けが必要となる。第一に、英才と非英才とを峻別する。そのために能力別クラス分けか志望別コース分けするのが一般的である。クラス分けやコース分けは、優秀なクラスやコースに組みいれられた者にとっては、みずからを優越者として自覚する効用をもつ。第二に、同じ目的をもって、同じ方法で、目標に向かって全力を集中させ、時に競争を強いる。目的外のことに目をくれてはいけない。そういう人間は脱落者である。競争と団結が同居し、お互いの競争意識と連帯感はいやがうえにも高まる。第三に、脱落は本人の問題であり助けることはしない。脱落者が出ることは脱落しない人の励みとなるから、英才教育には脱落者が必要なのである。したがって脱落しそうな生徒には「質問もしなければ、叱りさえもしなかった」(六六頁、改七五頁)、そして「家に帰りたい者は帰ってよろしい」という指導になる。ここで席を立って家に帰れば、その時点で完全なる「脱落者」の烙印を押されると同時に、脱落しなかった人たちに勝利の感覚とさらなる連帯感をもたらすことになる。

「去る者は去れ」と引用されるが、これはシェークスピア『ヘンリー五世』第四幕第三場における科白である。「このたびの戦いにのぞむ勇気をもたぬものは／立ち去るがいいと。そのものには帰国の許可証も出し、／その財布には旅費も入れてやることにしよう。／われわれは、ともに死ぬことを恐れるようなものと／ともに死ぬことを望みはしないのだ」(小田島雄志訳『ヘンリー五世』白水社、一九八三、一四八―一四九頁)。このようにいわれて、われこそは勇士だと任じている者は、決して立ち去ることができない。去れば脱落者となり名誉を失う。

小学生の加藤には、受験競争に努力を集中することに対する疑問はなかった。「中学校の入学試験は私の本業」(六八頁、改七七頁)であると考え、「本業に精を出し」(同上)、そういう「自分自身に満足し」(同上)ていた。入学試験が本業だと考えられれば、祭りのにぎわいにも子どもたちの遊びにも、心がひかれることはなかったろう。まさしく優等生の条件を満たしており、優等生の条件を満たせば、受験勉強はほとんど運動競技の練習のようなものであり、練習はそれなりの成果をあげ達成感を得ることができる。

能力の高低で希望通り進学できたりできなかったりすることにも、加藤はおそらく疑問を抱いていなかった。しかし、進学するかどうかが生徒の能力ではなく、家庭の経済状態によって決まることに、強い疑問を抱いた。大人との会話で、あえてその疑問を述べているが(六八―六九頁、改七七―七八頁)、強い疑問だったからこそそのことである。上級学校に進学するか否か、進学したいにもかかわらず断念せざるを得ない人は、いつの時代にもいる。教育の不平等が生ずるのは、個人の責任か、社会の責任かとは、いつの時代にも問われる問題である。

激しい受験競争によって子どもがもつ正義の感覚、公平の感覚が崩されない限り、子どもはこの問題について、個人の責任としてよりも、むしろ社会の責任として捉える。だが、いつしか日常の忙しさと慣れのなかで、世の中の仕組みに組みこまれていき、多くの人は問題そのものを考えないようになる。ところが、加藤は、個人の責任ではなく、社会の責任だという捉え方を晩年までもちつづけた。

高校から大学時代までに綴られた8冊の「青春ノート」

原風景としての桜横町

ふたりの男の子に次いで、ふたりの女の子との交わりについて加藤は述べる。そのひとりは加藤に芥川龍之介を教えた。その娘の名を山田千穂子(生歿年不詳)といい、のちに加藤の妹久子と仲良くなったが、早逝する。加藤は千穂子に対して好感を抱いていたのだろうか、「青春ノート」には千穂子を詠んだ詩を綴っている。しかし、「恋心」を芽生えさせたわけではなかった。淡い恋心を抱いた相手は桜横町に住む「花の女王」である。彼女は大柄で華やかで美しかったが、言葉を交わすことはなかった。

この「花の女王」が誰であるかは分からない。しかし、加藤はその後、学生時代にも桜横町に足を運んでは、この娘を想い出している。よほど印象深く、記憶に残った娘だったのだろう。淡い思いを抱いたのは、いったいいつのことだろうか。高校生のときに書いた「青春ノート」には「小学一年にして恋を知つた」と記される。小学一年生のときのことだったのだろうか。ともあれ、詩に詠まれた「花の女王」がその「恋」の相手に違いない。「花の女王」のことは「さくら横ちよう」(『綜合文化』一九四八年一月号、『自選集1』所収)という詩に詠んだ。

春の宵　さくらが咲くと
花ばかり　さくら横ちよう
想出す　恋の昨日
君はもうこゝにゐないと

あゝ　いつも　花の女王
ほゝえんだ夢のふるさと
春の宵　さくらが咲くと
花ばかり　さくら横ちよう

会ひ見るの時はなからう
「その後どう」「しばらくねえ」と
言つたつてはぢまらないと

心得て花でも見よう
春の宵　さくらが咲くと
花ばかり　さくら横ちよう

（『マチネ・ポエティク詩集』真善美社、一九四八、四八―四九頁）

この詩は、発表は戦後であるが、一九四三年に詠まれた。いつ召集され、いつ命を落とすかもしれない、そういう恐れを日々感じながら生きていたからこそ、詠んだ詩に違いない。この詩は別宮貞雄によって歌曲に作曲され（一九五一）、中田喜直もまた歌曲に作曲した（一九六二）。作曲家の創作意欲を刺激する詩だということだろうか。そしていろいろな歌手によって今日も歌われつづけている。二〇一八年の「東京・春・音楽祭」でもこのふたつの曲が歌われた。

加藤が例外的に友人関係をもった男女四人の友だちに言及されるが、加藤が関心を抱いたどの子も学校のなかでは多数派には属せず、少数派だった。加藤の共感は早くも、多数派の人びとではなく少数派の人びとに向かっていた。

2　ふたつの裏切り

小さな「大事件」

加藤の少年時代に大きな心の傷として残ったふたつの小さな事件がある。ひとつは小学校時代に、もうひとつは中学校時代に起きた。

小学校の門のまえには、文房具屋とならんで小さなパン屋があった。弁当をもって来なかった子供は、昼休みに、そのパン屋でパンを買って食べることを許されていたが、その他の時に、学校の門の外へ出ることは、かたく禁じられていた。ところが私たちは、教師の眼を盗んで、素早く門の外へ駈け出し、パンを買って駈け戻れば多分見つからずにすむだろうということを考えついた。その考えには生徒を手荒く叱らない受け持ちの教師に、つけ込もうという思惑も混っていたにちがいない。事件を発見し、その思惑を見抜いていた松本先生の態度は、例になく、厳しかった。「門の外へ出た者は名乗り出ろ」ということになり、名乗り出たのは、学級の男の生徒の大部分であった。そのひとりびとりに、「誰がいい出したのか」とか、「なぜついて行ったのか」とか、という尋問がはじめられた。（中略）「誰がいい出したのか」。誰がいい出したのかわからない、大勢が駈け出したので後からついて行ったのだ、と私は答えた。「規則は知っていたろう?」「知っていました」「大勢が駈け出したら、なぜ止めようとしなかったのだ?」「……」「止めようとしても、止められなかったのか」「……」「止めようとして、門の外まで追っていったのか」——というところまで尋問が来たときに、突然、私はその尋問が、見かけの厳しさにも拘らず、実は私を救うための誘導にすぎないということを、はっきりと理解した。「はい、そうです」といえば、ただちに解放される。しかしそれは事実に反する。しかし「いいえ、止める気はありませんでした」といえば、私はどんな罰をうけるかわからない。それればかりではなく、誘導尋問を誘導として理解しない私自身の愚かさを認めるか、理解していてもさしのばされた手を拒絶する頑固さを認めることになるだろう。私は自分が愚かであるということも、頑固に反抗的であるということも、承認したくなかった。私は混乱し、迷い、一瞬の後、「はい、そうです」と小さな声でいっていた。

「おまえはよろしい、もう行ってよい」という声を、そのとき私はほとんど聞いてはいなかった。解放されて歩み去るときに、私が背後に感じたのは、一列にならんだ同罪の生徒たちの視線だけであった。その見えない視線は、私の嘘を非難していたのではなく、裏切りを軽蔑していた。同時に、私は自分自身を軽蔑し、激しく自分自身を憎んでいた。(中略)その後、私は何度も、たとえば、一九六〇年に、本郷通りで「安保反対」の看板を掲げながら、大学の正門を出てくる学生たちの一隊に出会ったときに、小学校の門からパンを買うために駈け出した子供たちと、彼らを止めようとしていたと主張することで、教師と馴れ合った私自身に対する憎悪を、想い出したのである。

（六二―六四頁、改七一―七三頁）

この件に描かれる事件は、子どもが成長する過程ではよく起こる、ごくありふれた出来事であり、ほんのささいな事件に過ぎない。しかし、加藤にとっては「大きな事件」として心に刻まれた。

生徒や学生が学校の規則を破るという行為は、ときに教師や学校という権威や権力に対する反抗を意味する。どんな教師に対しても反抗を試みるわけではない。小学生にも打算はあり、規則違反に対して寛容な教師が狙われる。一方、学校の規則を破る仲間はおたがいに「連帯感」を抱いている。連帯感は、自分たちを支える重要な契機であり、連帯感を崩されれば、仲間として拠って立つ場所がなくなる。だからこそ、暗黙のうちに仲間の裏切りは認めない。もし裏切れば仲間ではいられなくなる。それは今日の小学生でも了解している事柄である。学校の規則を破り、教師から尋問を受け、助け舟を出された「贔屓」の生徒がその舟に手を伸ばせば、仲間はそれを「裏切り」だと考えないわけにはいかない。

そのときの加藤に葛藤がなかったわけではない。しかし、その葛藤は、正直に話すことと仲間を裏切ることとのあいだの葛藤ではなかった。「誘導尋問を誘導として理解しない私自身の愚かさを認めるか、理解していてもさしのばされた手を拒絶する頑固さを認めることになるだろう。私は自分が愚かであるということも、頑固に反抗的であるということも、承認したくなかった」。結局、加藤は教師の助け舟に乗った。この行動こそが、章題にもなっている「優等生」の行動である。

「優等生」とはどういう人をいうのか。前に多少触れたが、第一に、指導者や社会が価値とする目標が何であるかを正確に理解することができること。第二に、その目標に向かって、全力を集中することができ、かつ成果をあげることができること。第三に、指導者や設定された目標に従順であり、抵抗を示さないこと。この三つの条件を満たす人を「優等生」という。したがって「優等生」には体制派の表象がまとわりつく。加藤の場合は、第一、第二の条件に関しては申し分なく、第三の条件についで葛藤があったが、優等生としての行動を選択した。

同級生たちの「見えない視線は、私の嘘を非難していたのではなく、裏切りを軽蔑していた。同時に、私は自分自身を軽蔑し、激しく自分自身を憎んでいた」と綴り、「その後、私は何度も、(中略)教師と馴れ合った私自身に対する憎悪を、想い出した」というように、この事件は加藤の心の大きな傷となって残った。

ノーブレス・オブリージュ

もうひとつの「裏切り」は東京府立第一中学校のときに起きる。「ネギ」と呼ばれる図画の教師が、試験監督のない試験を実施したときのことである。生徒たちはネギ先生の意図を理解できずに、不正を行ない、ネギ先生の期待を裏切った。

生徒たちは教師のなかで誰に力があるかということに、敏感であり、教師の弱みにはただちにつけこもうとしていた。しかし「ネギ」とよばれていた高木先生の弱みと私たちが考えていたことは、実は決して弱みではなかった。(中略)「私は諸君を子供として扱わない、責任のある人間として扱いたいと思う」とあるとき高木先生はいったことがある。「だから私は試験を監督しない。どうか不正をしないでもらいたい。みていないところでも、正直に行動してもらいたい。教育の目的は、不正を妨げることではない。不正をしようと思えばできるところで、不正をしない人間をつくることだ、その方が試験の成績などよりどれほど大切かわからない……」。しかし生徒たちは監督されない試験に慣れていなかったし、慣れていない事業を共同でやりとげるのに充分なほどの連帯感ももっていなかった。

（七八―七九頁、改八九頁）

鼻先の赤い図画の教師を「ネギ」と呼んでいたが、そればかりではなく、やせ形の長身だったのだろう。容姿や顔貌からつけられた「ネギ」という綽名は軽い感じが否めない。そこに名づけ親である生徒たちは、高木先生（本名は高城次郎）をつけ込みやすい先生だと感じとっていたのだ。

その「ネギ」先生は「諸君を子供として扱わない」といって、監督なしの試験を行なった。生徒たちに「ノーブレス・オブリージュ noblesse oblige」（名誉ある義務）を求めたのだ。しかし、これはものの見事に失敗する。「東京府立第一中学校の生徒には、「人格に対する侮辱」を侮辱としてうけとるだけのはっきりした人格の観念がありませんでした。そして学校の教育方針は、監督された試験で、「またおそらくは監督された人生で」よい成績をあげる生徒をつくることにあり、その試験に監督を必要としない生徒をつくることにはなかったのです」（「「ネギ先生」の想い出」『6・3教室』新教育協会、一九五一年九月号、『自選集1』所収）。

加藤はこのとき不正行為に加わらなかっただろう。それでも強い印象を残した出来事だったからこそ、高木先生のいったひとことひとことを「ほとんどことばどおりにおぼえています」(前掲「「ネギ先生」の想い出」)と記すのである。

ひとつは小学校時代に起きた加藤個人の「裏切り」であり、もうひとつは中学校時代に起きた加藤の同級生たちの先生に対する「裏切り」である。個人の裏切りは加藤自身のなかに深く沈潜し、同級生たちの裏切りは加藤に受験教育に対する批判の眼を育てることとなる。

加藤はその後も「裏切り」だといわれることに強く反応する。たとえば『続羊の歌』「広島」の章で、アメリカ軍医から「それでは日本帝国に対する裏切りではなかったか」(『続編』二二頁、改二五頁)といわれ、加藤は激しくひるむ(第Ⅱ部三二五—三二六頁参照)。「裏切り」ではないか、といわれてひるんだ理由は、小学校時代のこの「小さな」あるいは「大きな」事件に胚胎していたに違いない。また、憲法改定に反対する理由として加藤が「親友を裏切りたくない」としばしばいったのも、おそらくこのふたつの事件と関わっているだろう。

3 優等生であることへの疑問——中学校時代

受験体制はみだし組

一九三一年四月、加藤は東京府立第一中学校(現・東京都立日比谷高等学校)に入学する。小学校で児童たちを進学組と非進学組とに分ければ進学組、そのなかでも優等生を中心にして学校は動く。上流中産階級の家庭、とりわけ加藤が育った戦後の家庭を先取りしているような家庭の場合には、ほぼ子どもを中心にして家庭は動く。したがって、家庭でも学校でも、自分を中心にして世界は動く、という意識を加藤はもっていた。ところが、中学校に入ると加藤を中心にして学校は動かない。世界はまったく違った動き方をするように見えた。それを「コペルニクス的転換」(七一頁、改八一頁)と加藤は表現した。

府立一中は、その頃すでに、第一高等学校へ多くの卒業生を送ることで世間に知られていた。その受験予備校としての性格は、新設の町の小学校の入学試験熱などとは到底くらべものにならない。もし一方が入学試験準備の職人芸であったとすれば、他方は工業的な技術と組織であったといえるだろう。(七二頁、改八一頁)

小学校における受験準備のための教育が「職人芸」であったとすれば、府立一中の教育は「工業的な技術と組織」であったというのは、小学校の職人芸では少量生産であったが、一中では大量生産になったということである。それだけではなく、工業的な技術と組織が生みだすものは「規格品」であり、個性がない規格品を生みだす教育であった、という意味も込められている。

しかし、どんな進学校でも必ず受験体制になじまない「はみだし組」がいる。加藤は「二つのちがった型の反応」(七二頁、改八一頁)と述べるが、府立一中の受験教育体制からはみだした生徒たちのふたつの型である。ひとつは、運動競技に凝り碁に熱中して「学校の授業を無視する」(七二頁、改八二頁)生徒である。当然、学業成績は芳しからぬことになる。もうひとつが「軟派」と呼ばれる生徒である。彼らは「宝塚少女歌劇に夢中になり」「動作もなよなよとして、女のことばかり話していた」(同上)。軟派たちとはある程度のつき合いをしたものの、「彼らが教室で簡単な問題に手こずってい るのをみると、幼稚でつき合いかねる、とも考えないわけにはゆかなかった」(七三頁、改八二—八三頁)から、人格と人格とが触れあうような友人関係には至らなかった。

このふたつの型に属する「反優等生」たちは、学校の受験教育体制に対して疑問を抱き、かつ反抗した人たちである。「反優等生」が少数派であることはいうまでもない。

しかし「反優等生」になるにも一定の条件が必要だろう。第一に、優等生を目指す集団に一度は入ることができる学力をもっていること。第二に、みずからの考えがしっかりとあり、それに反する教育に疑問を抱けるだけの思考力があること。第三に、みずからの考えを、意見あるいは行動として示すことができる勇気をもっていること。加藤はこれらのすべての条件を満たしていた。しかし、なおかつ「反優等生」集団に属することにためらいを感じていた。

それは「反優等生」が「反優等生」であることを目指し、演じているうちに、勉学においてあまりにも幼稚になりがちなためである。そういう生徒にも加藤は共感をもてなかった。したがって、加藤は「優等生」にも「反優等生」にもなることができなかったのである。

完全な生徒

府立一中の大半の生徒は、「一高・東大をめざす」という学校の教育方針に疑問を抱かず忠実だった。「学業に励み、遊びごとはほどほどにし」「あらゆる課目に申し分のない成績をあげる完全な生徒さえもいた」(七三頁、改八三頁)。難関校に進学しながら、その受験教育体制に疑問を覚える生徒は、いつの時代も多くはない。中学校でも加藤は少数派だった。

丸山眞男(一九一四―一九九六)も「一中」の生徒たちを分類した(『丸山眞男回顧談 上』岩波書店、二〇〇六)。丸山が分類する第一グループは模範生も含む一般生徒。一中では、成績一番から一〇番までを優等として、優等生は襟に徽章をつけたという。第二グループは「不良」。ダンディーで、決まった服装をしていた。不良にとって服装は大事である。なぜなら服装は意思の表示であり、反抗の証だからである。第三グループは反正統派。一中の教育方針や校風に反対しているだけのグループである。丸山はこのグループに属していた、とみずからいう。丸山は、誰とも友人関係を結べなかったわけではなかった。生涯の友人を一中時代に得ている。

学友について加藤は、従順で素直で勉強熱心な「完全な生徒」ではなく、「聡明で、興味に従って学んだり、遊んだりしながら、学力抜群の生徒もいた」(七四頁、改八三頁)と述べる。そういう例として、「ゴリラ」と綽名のついた生徒と矢内原伊作を挙げる。

「ゴリラ」と綽名のついた友人の名は藤田惇二という。きっと頑丈そうな体つきをしていたのだろう。「ゴリラ」は「高等学校に私よりも一年先に入り」(七四頁、改八四頁)というのは、飛び級をして中学四年修了時に一高に入ったからである。「ゴリラ」は一高在学中に急病で亡くなるが、そのとき、加藤は「私の見た惇二君」という追悼文を「青春ノートⅡ」に残した。これを読むと、加藤は藤田とかなり親しくつき合っていたと思われる。だが、加藤は「ゴリラ」に共感は覚えていたが、深い友人関係を結ぶには至らなかった。新教徒の家庭に育ったゆえの「禁欲的で厳しい正義感」(七四頁、改八三頁)に、窮屈でなじめないものを感じていたのだろうか。

矢内原伊作(一九一八―一九八九)は、哲学者、評論家。矢内原忠雄(第7章第2節参照)の長男である。矢内原について「いたはずだ」(同上)と表現するが、一高時代もしくは浪人時代にはじめて友人関係が出来たのではなかろうか。一九三九年から四〇年にかけて『崖』という同人誌を小島信夫や加藤とともに編集したからである。それ以降、矢内原の晩年まで親しい友人であった。

府立第一中学校での私は、多くの同級生を知り、また彼らを通じて多くのことを覚えたけれども、ほとんどひとりの友だちをも見出すことができなかった。つき合いは、学校のなかだけに、いや、休み時間の数分の間だけに、かぎられていた。仲間の連帯感は、全くなかった。私は、同級生相互の間にも、また教師との関係にも、人格的な交渉の入りこむ余地のほとんど全くない世界に生きていた。「人生は舞台である、誰でも仮面をかぶってそこに登場するのだ」と私は自分自身にいっていた。そのとき私が「人生」ということばで意味していたのは、東京府立第一中学校である。もし人生に空白の時期があり得るとすれば、私には、渋谷の家と平河町の学校との間を往復して暮していた五年間がそう見える。

（七四―七五頁、改八四頁）

中学校時代を人生唯一の「空白五年」と呼ぶ。加藤は生徒会やクラブ活動などの課外活動にはいっさい参加せず「帰宅部」だったのだろう。府立一中には校内雑誌『学友雑誌』があり、のちに文筆活動をする人たちが寄稿しているが――丸山眞男も水田洋も隅谷三喜男も寄稿した――加藤は一度も寄稿していない。「渋谷の家と平河町の学校との間を往復して暮していた」のである。卒業時には卒業記念写真を撮るが、一九三六年卒業の記念写真に加藤の姿は見えない。撮影当日欠席の生徒は脇に丸窓を設けてそこに顔写真を載せるが、それさえ拒否したようである。

一中の教師群像

「空白五年」のあいだに親しくした友だちがいなかったからだろうか、『羊の歌』に友人たちのことにはほとんど触れられないが、その代わりに、何人かの教師について言及がある。

加藤が入学したときの府立第一中学校の校長は川田正澂《まさずみ》（一八六四〔文久三〕―一九三五）である。校長在任は一九〇九年から一九三二年まで。川田校長は、イギリスのパブリック・スクールを高く評価して、イートン校を目指し、「西のイートン、東の一中」とよくいったらしい。リベラルといわれる校風をつくりあげたが、一面では詰め込み教育と規則学校といわれるような厳格な校風もつくった。

突然「なぜ窓の外ばかり見ているのだ?」という教師の怒った声が降ってきた。私はおどろいて我にかえり、同時に、どういう風の吹きまわしか、勝手にしろというすてばちの気分に捉えられた。「調べて来いとおっしゃったから、調べてきました」と私はいった、「わかってしまったことを聞いていても、意味がないと思います」「ほんとうにみんなわかっているのか」「では訳します」といって、私は英語の教科書を訳しはじめた。「訳はまちがってはいない。しかし授業中に外を見ていてはいけない」と若い英語教師はおだやかに同情するようにいった、「他の諸君のことも考えないといけないからね」。その教師は、東京帝国大学の英文学科を卒業したばかりで、市河三喜教授を崇拝し、わかりきった関係代名詞がどこにかかるかを説明することに、彼自身退屈していたらしい。もと「明星」派に属して歌もつくり、詩も書いていた江南文三は、私たちの学校で英語を教えていたが、退屈をまぎらすのに、独特の方法を用いていた。(中略)また白髪の漢文の教師はもっと正直だった。「これから論語を読むが」といいながら、「これは諸君などにわかる本ではごわせん」と宣言した。そして一行読む毎に、私たちにはほとんど全く通じない感想をいつまでも独言のように喋っていた。「この字を箇野はこういって居るが、箇野などにわかることではごわせん」。――しかし箇野道明にわからぬことが私たちにわかるはずはなかった。

(七六頁、改八五―八六頁)

学校の授業には、加藤ばかりではなく、何人かの教師もまた退屈していた。「若い英語教師」は分かりきったことの説明に自分も退屈していたから、分かってしまっていた加藤をたしなめるのに「同情するように」いったのだろう。この若い教師は若林秀喜といって、一九二九年に東京帝国大学の英文科を卒業し、一九三〇年に赴任した。若林が尊崇する市河三喜(一八八六―一九七〇)は、日本の英語学界の第一人者だった。英語教育に力を注ぎ、市河編著の『英語学辞典』(研究社、一九四〇)は、戦後も長く使われた。

もうひとりの英語教師である江南文三(一八八七―一九四六)は、明治から昭和にかけての詩人・歌人である。四高(現・金沢大学)から東京帝国大学英文科に進学する。四高入学以前から『明星』に詩を発表し、一九一〇年頃から石川啄木のあとを承けて『スバル』の編集人となり、同誌の全盛期をつくる。江南は生徒にキャラメルを配り、英語の文法を「キャラメルについての文例だけで説明してみせた」(七六頁、改八六頁)という。

「白髪の漢文の教師」は「スカンク」という綽名をもつ渡貫勇(一八七〇―一九五三)である。渡貫もまた生徒に『論語』を教えるのに退屈していた。渡貫が言及した簡野道明(一八六五(慶応元)―一九三八)は、明治から昭和初期にかけての漢学者である。小学校教員を経て東京高等師範学校を卒業。『故事成語大辞典』(一九〇七)や『字源』(一九二三)を編纂した。戦前の漢文教育の権威で、簡野の作成した教材は広く中等教育で使われた。白髪の漢文教師の「簡野などに」という表現は、簡野に対する一般的評価とは異なるが、簡野の学殖を正当に評価したうえでの言であるかどうかは分からない。渡貫は依田学海らに漢文を学び、町で漢学塾を開いていたが、一九一五年に府立一中に赴任した。漢文のみならず詩書画に通じた文人であり、文人としての自負がいわせた言葉だろう。

一九三〇年代はじめの中学校には、軍事教練のために予備役の下級将校が配属されていて生徒に歩兵銃の操作や分列行進のし方を教えていた。「テカ」はそういう配属将校の一人で、ながく学校に勤めていたために、軍人であるよりはむしろ一種の教育家になっていた。(中略)彼は決して生徒を殴らず、またどういう生徒に対しても、どこかに温情とでもいうべき思いやりを失わなかったと思う。そのために私たちの方でも、彼には一種の親しみを感じていた。

(七九―八〇頁、改九〇―九一頁)

配属将校の「テカ」は高橋準造という将校で、古武士風の雰囲気をもち、ユーモア感覚も備えた将校であったらしい。一九二五年から一九三七年まで府立一中に勤め、その後応召したが、一九三八年に戦死した。

「テカ」は生徒に親しまれていたが、恐れられていたのが「ドブラ」だった。

たとえばその頃の教頭は「ドブラ」といわれた。「ドブラ」の意味はおそらくどぶねずみで、「ラ」はねずみという英語の頭をとったのであろう。その教頭にはたしかにどぶねずみの感じがあった。

(七七頁、改八七頁)

「ドブラ」と呼ばれたのは岡田明達という教頭で、いつも黒メガネをかけた英語科の教師であり、厳しい授業を行なったことで、生徒たちに恐れられていたようである(『日比谷高校百年史 中巻』日比谷高校百年史刊行委員会、一九七九参照)。

府立一中で出会ったほとんどの教師に対して加藤は共感を覚えることはなかった。しかし、たったひとりの例外が「ネギ先生」こと高木先生だった。その高木先生に対してでさえ「あの瞬間」(八一頁、改九一頁)だけに共感し、尊敬の念を抱いたに過ぎない。

学校の教育方針に拘束と強制しか感じなかった加藤は、飛び級して小学校を卒業するときには後ろ髪を引かれる思いで「ほとんど悲しんでいた」(七〇頁、改八〇頁)が、中学校を卒業するときには「解放感」(八一頁、改九二頁)だけが湧いてきた。

4 言挙げと反抗——高等学校時代

学生寮における自治

第一高等学校理科乙類に入学するのは一九三六年四月である。旧制高校は、全寮制と自治制を基本とした。それはイギリスのパブリック・スクールやドイツのギムナジウムに範を求めたということである。しかし、それだけではなく、広い地域から学生が集まれば、通学のための交通機関が必要不可欠となる。ところが、当時の日本には交通機関が十分に発達していなかったために、高等学校を全寮制にせざるを得なかったという事情もある。

同世代の若者が寮生活を送り、しかも「自治」によって寮生活を営むことになれば、寮生たちのあいだにはおのずと連帯感が生まれる。そこには「一種の民主主義」(一一六頁、改一三二頁)があり、「一種の個人主義」(同上)があった。

旧制高校の自治寮には「自由の雰囲気」があったといわれる。自治の観念や大正デモクラシーと結びついた「自由」尊重の風土もあったのだろう。それだけではなく、旧制高校は大学予科としての性格が強く、帝国大学に進学することがほぼ約束されていた。小学校、中学校時代に、今日よりも激しい「受験競争」を勝ち抜いて入ってきた旧制高校生は、大学に進むことが約束されていれば、おのずと解放感を満喫し、ひとりひとりが自由に行動するようになる。旧制高校の「一種の個人主義」や「一種の民主主義」には、そういう側面もあったに違いない。一高の自治寮に見られたこの民主主義と個人主義は、選良意識に裏打ちされた民主主義と個人主義だったのである。

旧制一高生たちのみならず、当時の日本社会全般に、人間はすべからく平等であるべきだという考え方は稀薄であった。しかも、現実に存在する不平等は、階級あるいは出自による不平等とは考えられていなかった。むしろ個人の能力による不平等だと考えられ、能力は努力に正確に比例すると前提されていた。したがって、自分の能力や他人よりも努力したことは正当に報いられるべきであるとされる。これが「特権意識」の根拠となる。しかも、努力を払い、能力を得た人間同士には連帯感があり、その連帯感を基礎に、おたがいの個性と自由を認める。これが旧制高校の「一種の民主主義」と「一種の個人主義」だろう。

一高の学生たちが「天下国家を、現に自分たちに属していないとしても、やがて属すべきものと考えていた」(一一七頁、改一三三頁)のは、教育の目的が国家に枢要なる人材の育成とされ、そのことが社会全般に示されていたからである。自分たちは天下国家にやがて関わるのだという意識は、加藤の時代もその後もまったく変わらなかった。

精神主義の跋扈

「選良」の合理主義と同居して、そこにはまた一種の精神主義、あるいは道徳主義があった。寮生のすべてに及ぶ規則は、合理的につくられていたが、寮生の一部、殊にたとえば運動部の部員のためにだけ適用される規則や慣習は、独特の精神主義のために、全く不合理なものであった。(中略)私が駒場の寄宿寮に入り、庭球部の部屋に住むようになった三〇年代の末にも、当の寮生たちは「一高三高戦」なるものに熱心——というよりも熱狂していた。私たちは秋の三高との対校試合に「勝つ」ために、四月の学年のはじめから、毎日授業が午後四時頃に終ると、ただちに庭球場に馳せ参じて、練習をしなければならなかった。　(一一九頁、改一三三—一三四頁)

運動部における「激しい練習」(一一八頁、改一三四頁)や「精神力の鍛錬」(一一九頁、改一三五頁)のための練習は、一九三〇年代だけのことではなく、二一世紀となった今日でさえよく見られることだろう。

いかなる運動競技にも選手が従うべき規則と判定がある。ところが、「規則」はしばしば変更され、審判の「判定」もしばしば間違う。にもかかわらず、選手にとって、そのときどきの「規則」や「判定」は絶対不可侵であって、これらを疑いはじめたら運動競技は成りたたない。したがって、規則や判定に疑問をさしはさまない選手を育てる必要がある。こうして有無をいわせぬ規則や練習を強いて、それを守り、それに耐えるのは精神力の鍛錬だと称するのである。有無をいわせぬ規則や練習に慣れた学生は、疑問をもつことがなくなる。

しかも、運動競技には体力が必要であり、普通は体力が増すに従い競技能力は上がる。その体力は鍛えれば鍛えるほど増すという誰しもが経験する事実がある。いきおい、体力がないのは鍛え方が足りないからだ、と考えることになる。また、運動競技にも専門技術が必要であり、運動競技の専門技術は「畳の上の水練」では上達を望めず、地道な練習を重ねなければならない。地道な練習に耐えるには精神力が必要で、精神力をつけるには我慢を強いなければならないと考えがちである。

こうした精神主義的な練習はまったく不合理なものだと加藤は考え、不合理なものを放置することを、指導者にもみずからにも許さない。だからこそ、なんらか改善すべきだと「提案」あるいは「異議申し立て」をすることになる。

運動競技は勝負である。どちらが競技に勝つと確実には断定できないが、おおむね技術に優れた者が勝つ。しかし、技術が優れた方が一〇試合やって一〇試合勝つとは限らない。競技者の心理が勝敗を左右したりもする。心の強い者は劣る技術を補うこともあり、心の弱い者は優れた技術を損なうこともある。したがって、精神力を鍛えることも必要だと認識される。たまたまそれが一〇回に一回の珍事であっても、精神力にものをいわせて勝てば、精神力など勝敗に関係がないという主張は説得力をもたない。

応援が競技者の心理に影響を与え、勝敗を左右することもある。かくして相手を野次り、味方を拍手喝采で支える。野次や拍手だけでは足りず、鉦《かね》、太鼓、のぼり、喇叭《らっぱ》を動員して、味方を勇気づける。アマチュア競技、プロ競技を問わず、応援団が活躍することになる。そういう競技外の要素が勝敗を左右するとなると、はたしてそれが「フェア・プレイ」(一二〇頁、改一三六頁)なのかという疑問にもなる。

試合の興奮は、すでに当日のはるか前からはじまっていて、選手団を勇気づけるための全寮生の集会で頂点に達した。各運動部の主将は選手を代表して起ち、寮生と応援団に答えて、誓をたてる。それは簡単な文句で、ただ「野球部は必ず勝つ」とか、「庭球部は絶対に勝つ」とかいうのであった。主将はその文句を大真面目で言い、集った寮生たちは「ようし」などと叫んで、拍手をした。しかしもちろん来るべき試合に必ず勝つかどうかは、相手のある仕事だから、やってみなければわからない。「どうしても勝ちたい」というべきところで、「必ず勝つ」というのは、修辞上の悪い習慣であり、少くとも知的「選良」の集りには適《ふさわ》しくないだろう——と私はその大集会にはじめて出席したあとで言ったことがある。

（一二二頁、改一三七頁）

これも一九三〇年代に限られた現象ではない。一九六〇年代後半の学生運動の集会でも、「（敵を）粉砕！」や「ようし！」は連発されていたし、一九七〇年代、一九八〇年代の労働運動の集会でも「必ず勝つ」や「ようし」は当たり前のことであった。「ようし」は、日本社会のもろもろの運動に共通する「合言葉」だった。

結局、そういう言葉は護符であって、誰も本当には信じていなかったに違いない。誰もが信じているふりをしていたのである。しかし、そういう態度や行動は知的選良には相応しくない、と加藤は「異議申し立て」をする。世なれた人から見れば、あるいは大勢順応派の人から見れば、およそ「大人げない」行動だと蔑まれるだろう。物分かりのよすぎる人の多い日本社会で、「異議申し立て」をする加藤の行動は少数派のそれである。

庭球部では、練習の時間を定めたり、それに伴ういくつかの規則をつくるのは、主将を中心とした三年の学生たちであって、部員の全体ではなかった。寮の「自治」主義は、外側の社会に対しての特権意識に支えられていたと同時に、また寮の内側の運動部のなかにまでは徹底しないものであった。一方には学業そのものの要請する「合理主義」があり、他方には生活上の不思議な精神主義があった。庭球部では三高との試合が終るまで、煙草を飲んではならないということになっていたが、廊下を高歌放吟して通り、他人の睡眠を妨げることは黙認されていた。それは試合のための練習に、喫煙が睡眠不足よりも有害だと考えられていたからではない。禁煙ということがそれ自身価値であり、寮歌の高唱は「一高魂」の――それは「大和魂」のもっとも高尚なるものにちがいなかった――昂揚を意味していたからである。私たちは夜を徹して小さなことにも議論をたたかわせながら、同時に、「不言実行」ということを強調していた。「ノー文句」という相言《ママ》葉が尊重され――その相言葉のなかの「ノー」は英語の否定詞である――「馬鹿になる」ことの漠然とした人間的・道徳的な必要が説かれていた。「馬鹿になる」ことが正確に何を意味するかは明かでなかったが、私たちがみずからを馬鹿でないと確信していたことだけは確かである。正直な連中は「たまには馬鹿になれ」とさえいったものだ。普段いつでも馬鹿であり得るかもしれないという考えは、全く念頭にうかばなかったようである。

（一二一―一二二頁、改一三七―一三八頁）

「ノー文句」は「不言」を意味するから、ふたつとも「異議申し立てはするな」「言挙げはするな」ということである。「不言実行」「ノー文句」が「夜を徹した議論」と両立しているところが、旧制高校の精神風土だった。おそらく寮生活や庭球部の「大事」には「不言実行」「ノー文句」が求められ、ささいな「小事」には「夜を徹した議論」が認められていたのだろう。

この件は皮肉と諷刺に満ちているが、こういう文章を書いたのは、加藤が一高の庭球部の生活にあまり馴染んでいなかったからだろう。かくして「しばしば規則を破り、異議を申立てて、紛争の源をつくった」（一二三―一二四頁、改一四〇頁）のである。

「たまには馬鹿になれ」という言葉は、おそらく二一世紀に入っても、いわれつづけているに違いない。「普段いつでも馬鹿であり得るかもしれないという考えは、全く念頭にうかばなかったようである」という表現は痛烈な、ある意味嫌みな皮肉である。

意思の統一を図るためことあるごとに催された「コムパ」(一二四頁、改一四一頁)に参加して初めて「仲間として交際できる」のである。「コムパ」(コンパ)に参加しなければ、「仲間はずれ」である。コンパにはアルコール類が付きもので、新人にアルコール類を「痛飲」することを求めるが、これは今も昔もあまり変わらずに見られる「通過儀礼」の一種である。コンパで大事なのは、「内心の吐露」であり、その集団の上層部に対する悪口や不満を口にすることである。また、しばしば「自分には弱いところがある、お前と自分とは同じだ」という「負の連帯」を演出する。下からいえば、上層部に対する悪口を述べあって、不平不満を発散させる機会であり、上からいえば、高まった不平不満の「ガス抜き」である。

コンパを通して、少数意見を説得し、あるいは無理やり納得させ、全員一致に到達する。そのための小道具として酒の効果は欠かせない。また、指導層に不平不満をもつ学生たちは、その不平不満を解消させるためにも、酒が必要であった。

「おそらくすべての共同生活のために必要であるだろうあきらめや、妥協や、ごまかし」(一二五頁、改一四二頁)を学んだということは、日本社会そのものを学んだということとほぼ同義である。集団主義の性格が強い日本社会では、全員一致を理想として、集団への献身が求められる。しかし、加藤は、日本社会が求める集団への献身を、あくまでも拒もうとした。一高生を辞めないかぎり「寮生活」から脱することは不可能であるが、庭球部から脱することは可能であった。こうして「二年が過ぎ去り、三年になったときに」(一二四頁、改一四〇頁)庭球部を退部したのである。

加藤は日本社会の集団主義を、駒場の寮生活および庭球部で身をもって体験し「発見」したのだろう。「日本社会が集団主義的である」という視点は、加藤の日本社会を分析する方法における示導動機のひとつであり、その視点を晩年まで一貫してもちつづけた。

一高の教員たち

学生たちが「寄宿寮にその古い習慣を維持しようとしていた」(一二六頁、改一四二頁)ことに続いて、教員たちが「教場でもその「伝統」に忠実であった」(同上)ことが述べられる。当時の一高にはどんな教員がいたのか。

夏目漱石がその小説のなかで「大いなる暗闇」と称《よ》んだ哲学の岩元教授は、その頃私たちにドイツ語を教え、浪漫派の小説を読んでいた。(中略)学生にドイツ語の小説の一節を訳させてから、その誤を正す。「それはちがうな」としわがれた声で、呟くようにいった、「それはかの女が、かの男に、懸想したということじゃ」。その他の説明は一切なかったから、初等文法三ヵ月の知識では、なぜそういう意味になるのかよくわからなかった。教場での質問は禁じられていた。試験では半分以上の学生が落第点をとった。(一二六―一二七頁、改一四三頁)

「哲学の岩元教授」とは、岩元禎《てい》(一八六九―一九四一)である。鹿児島出身、高等師範学校講師を経て、一高教授となる。ドイツ語を教えたが、ギリシア哲学、漢学にも通じていた。「日本十大奇人学者」といわれる名物教授であったが、試験の採点の厳しいことでも知られた。秀才の誉れ高かった和辻哲郎も赤点をもらった。岩元は漱石の『三四郎』に登場する広田先生のモデルともいわれる。小説では三四郎の友人である佐々木与次郎が広田先生を「偉大なる暗闇」と綽名した。

初等文法三か月で、質問を禁じられて、小説を読まされたら、分からないのが普通である。授業の水準と学生個人の水準との差を埋めるのは学生自身の問題だという認識なのだろう。岩元については、高橋英夫『偉大なる暗闇――師岩元禎と弟子たち』(新潮社、一九八四)に、その人となりが詳しく紹介される。しかし、加藤が岩元から大きな影響を受けた様子は見られない。

日本に長く滞在し仏典の研究で本国に知られていたペツォルト教授は、作文を教えていた。しかし私たちには教師のいうことがほとんどわからず、また私たち自身がドイツ語で何か意味のあることを作文できるはずもなかった。(中略)ペツォルト教授は、ほとんど日本語を話さなかったし、私たちはほとんど全くドイツ語を解せず、また仏教に何らの興味ももっていなかった。受けとり得たかもしれない深い影響を、私たちが受けとる道は閉されていたのである。私がペツォルト教授を想い出したのは、その後二十年以上も経ってからのことだ。そのとき私は、ミュンヘンの大学で、学生たちに「正法眼蔵弁道話」をドイツ語で説明していた。もし私のペツォルト教授に出会うことが二十年早すぎなかったら、日本仏教について話しあうことがあったかもしれない

し、一種の親交さえ成りたっていたかもしれない。（一二七―一二八頁、改一四三―一四四頁）

ペツォルト教授とは、ブルーノ・ペツォルト Bruno Petzold（一八七三―一九四九）である。ジャーナリストにして仏教研究者、そして第一高等学校のドイツ語教授だった。東京特派員として一九〇九年に夫妻で来日し、一九一七年に一高に教職を得て、一九四三年まで教鞭を執る。一九二八年に上野寛永寺で得度し、大僧都になったドイツ人である。「ゲーテと大乗仏教」「天台教学の真髄」といった論文を著わす。

仏教学者中村元は、一高時代にペツォルト教授の授業を聴き、仏教の指導を受けた。ペツォルトの授業は、日本の小学校教科書をドイツ語に翻訳するというものだったが、仏教の話を好んでしたと中村はいう。中村が授業を受けた数年後に、加藤がペツォルトの授業を受けている。しかし、一高でのペツォルトとの早すぎた出会いは、不幸にして加藤にほとんど何ももたらさなかった。

その後加藤は、日本文学史に関心を抱き、日本仏教史を深く学んだので、ペツォルト教授との出会いが「二十年早すぎ」た、と口惜しんだのである。加藤が「ミュンヘンの大学」で短期間ではあるが教鞭を執ったのは、一九六四年のことである。この頃の加藤は道元に関心を抱いており、『正法眼蔵辦道話』を講じている。

加藤が感銘を受けたひとりは当時新進気鋭の『万葉集』研究者、五味智英《ともひで》（一九〇八―一九八三）だった。五味は一九三五年に東京帝国大学国文科を卒業。加藤が出会ったのは、五味が大学を卒業してまもなくのことであった。のちに『万葉集』の権威となる。代表作に『萬葉集講義』（全三巻、光村図書出版、一九八五―八六）や『萬葉集の作家と作品』（岩波書店、一九八二）などがある。

駒場の高等学校の教室で、私はまた精読の実際にもたち会ったのである。後に東京帝国大学の国文学科の主任となった五味教授は、その頃まだ若くて、駒場の理科の学生のために国文の古典を教えていた。一字一句をおろそかにせず、正確であり得る限度まで正確であろうとするその態度には、少壮有為の学者の迫力と緊張感があふれていた。おそらくその影響のもとで、後の国語学者大野晋や、国文学者小山弘志も育ったのである。私は国語や国文学の専門家にはならなかったけれども、彼らを育てた厳格な学問的雰囲気からは強い印象をうけた。彼らの仲間が集って、万葉集輪講の会をはじめたときに、私はただちにその会に参加した。子供のときから読み慣れた万葉集を、できるだけ正確に解釈するための方法を、私はそのときはじめて、五味教授の若い弟子たちから教わったのである。（一三二頁、改一四八頁）

加藤は、講義のほかに五味が指導していた「万葉集輪講の会」にも参加した（「万葉集輪講の会」の意味については第7章に述べる）。五味や大野、小山によって、一言一句をおろそかにせず『万葉集』を、いや古典文学を正確に読む方法を身につけた。この経験は加藤の財産になったと私は考える。

片山敏彦とフランス文学

加藤のフランス文学に対する関心は芥川龍之介を読むことによって芽生えた。芥川が関心を抱いていたアナトール・フランスやポール・クローデルをきっかけにして、フランス文学の森に足を踏み入れたのである。さらにその先へと進めたのは片山敏彦(一八九八—一九六一)である。フランスの思想・文学をはじめとする海外の思想・文学への関心をかきたてられた。

片山敏彦は、ドイツ・フランス文学者、詩人、翻訳家、ロマン・ロランやライナー・マリア・リルケの研究者である。一九二四年に東京帝国大学独文科を卒業したが、若い頃からフランス文学も学ぶ。一九二九年から三一年にかけてヨーロッパに滞在し、ロマン・ロランをはじめ、マルセル・マルティネ、シャルル・ヴィルドラック、ジョルジュ・デュアメル、シュテファン・ツヴァイク、アルベルト・シュヴァイツァーなどフランスやドイツの文学者たちと交わる。また、ノヴァーリス、ジェラール・ドゥ・ネルヴァル、オルダス・ハクスリ、ラビンドラナート・タゴール、スワミ・ヴィヴェカーナンダなどを深く敬愛した。

詩人の片山敏彦教授は、教科書にベルグソンの「形而上学序説」の独訳を用いた。「これは翻訳ですが、内容が実におもしろいです」と片山教授は少し弁解するようにいった、「疑問を生じたときには、フランス語の原文を参照しましょう」。しかしドイツ語を三ヵ月習っただけの私たちのなかに、フランス語を読める者は一人もいなかった。

(一二八頁、改一四五頁)

片山はなぜベルクソンの『形而上学序説』を採りあげ、しかもその独訳を学生に読ませたのか、その理由はよく分からない。ベルクソンの哲学には自然科学の考え方が基礎にあり、理系の学生にも理解しやすいと考え、加えて受講生が独語専修の学生たちだったので、原書ではなく独訳本で読んだのだろうか。

日本が軍国主義化を進め中国を侵略することに心を痛め、極度の飢えのために肉体を衰弱させていても、片山は魂を売ることはなかった。そして次のように日記に記した。「星座に似た真理のかたちを実らすために人は「痩せること」を厭ってはならない。一つの英雄主義が今私には緊要のことに思われる。それは、私の周りに自明なものと見なされているような自然主義的・経験主義の立場からではなしに、宇宙的ヴィジョンの立場から日常的なものを、星座的な生命によって生気づけると同時に秩序づける仕事の英雄精神である」(「自分に言う言葉」一九四〇年八月九日、『片山敏彦著作集』第九巻、みすず書房、一九七二、二四一頁)。

片山が「星たち」と敬愛した人たちを加藤は知りたいと考え、「「星たち」の世界の探検に乗り出そうと考えた。外国語の本を早く読むことはできなかったから、翻訳を読み漁り、三日に一冊、年に百冊に及ぼうと決心した。私はその決心を実行した」(一三〇頁、改一四七―一四八頁)。

片山について加藤は『羊の歌』正編・続編に三回言及する。加藤の交友録『高原好日』(信濃毎日新聞社、二〇〇四、『自選集10』所収)にも一章を設ける。これほど繰りかえし片山に対する想い出を綴るのは、加藤の片山に対する敬愛の念が強かったことを物語る。

それは何故だろうか。片山は積極的に反軍国主義を語ったわけではなかったが、世の片隅にひっそりと暮らしつつも、決して軍国主義の風潮に同調せず、孤独を貫いた文学者だった。それは加藤が歩んだ道であったかもしれず、片山に対する共感があったからである。『高原好日』で、加藤は片山について次のように綴る。

ああ、片山先生の話題は、たとえ飢餓に脅やかされている時でも、詩であり、音楽であって、その他のものではないのだ、と私はその時に思った。それは、戦時中でも、戦後――はその八月に始まった――でも、決して変わらなかったことである。それはまた詩人と芸術家の世界を土足で踏みにじるあらゆる暴力に対しての激しい怒りとも結びついていた。詩人片山敏彦は、その人が師として仰いだロマン・ロランのように、「擾乱を超えて」生き、狂信的な軍国日本のなかで第一次世界大戦当時のロランのように孤立していた。
(『自選集10』一三四―一三五頁)

『向陵時報』と『校友会雑誌』

庭球部を退部した加藤は、一九三八年に前年度文芸部委員の推薦を受けて文芸部委員となる。そして『校友会雑誌』の編集委員に就いた。加藤が編集したり執筆したりした『向陵時報』や『校友会雑誌』に関心をもつ学生はごく少数で、ここでもまた「少数派」として生きることになる。

『向陵時報』は、一高の寄宿寮内の新聞で、学生によって編集発行されていた。創刊は一九二二年六月一日。その紙名は、一高が東京府本郷区向ヶ岡弥生町にあったことに因み、「陵」は大きな岡を意味する。一九三五年に東京府目黒区駒場に移転したのちも、紙名を変えることなく、二度の休刊を挟んで一九四九年二月まで刊行されつづけた。二〇一八年八月現在確認できるところで、加藤は同紙に二〇回寄稿した。そのうちの一〇点は一九三八年の作品であり、加藤が最上級生だった年である。

一高以外にも旧制高等学校ではそれぞれの「校友会雑誌」が発行されたが、一高の『校友会雑誌』は一八九〇年の一高の自治寮開設とともに創刊され、一九四四年に終刊した校内誌である。「校友会」は、教員、職員、学生によって構成され、「文武の諸技芸の奨励」を目的として発足した。ボート部、ベースボール部などが創設されるとともに、文芸部は『校友会雑誌』の編集発行の任にあたった。その編集委員は教員や前編集委員によって決められたようである。『校友会雑誌』には、のちに学術・文芸の世界で活躍する数多くの人たちが作品を発表した。上田敏、阿部次郎、谷崎潤一郎、林達夫、川端康成、堀辰雄、中島敦、立原道造、福永武彦、中村眞一郎といった人たちが寄稿したり、編集したりしている。

加藤は『校友会雑誌』に三つの小説を寄稿している。いずれも一九三八年の『校友会雑誌』に載るが、「正月」(同三六二号、『自選集1』所収)、「従兄弟たち」(同三六三号、単行本未収録)、「秋の人々」(同三六四号、単行本未収録)である。このほかに二度「編輯後記」(同三六三号の「後記」は『自選集1』所収。同三六五号の「後記」は単行本未収録)を書いている。「その頃の駒場でものを書き、あるいは将来書くことに関心をもっていた」(一四八―一四九頁、改一六八頁)のは、加藤のほかに小島信夫(のちに作家)、相沢英之(のちに衆議院議員)らがいた。

この頃の加藤は文学を本格的に勉強しようとしていた。あるいは詩人ないし作家を目指していた。学生時代に綴った「青春ノート」には数多くの詩が詠まれ、いくつかの小説が書かれている。『向陵時報』にも『校友会雑誌』にも小説を寄稿していた。しかし、自分が理想とする小説と自分が書いた小説との間に大きな違いがあることを認識していた。加藤が理想とする小説は全体小説であり、加藤が書く小説は私小説的であった。

その頃の私は、小説を書こうとして、長い時間を無為のうちに過していた。しかし私が小説だと考えていた形式に適しい話の内容は、私の経験のなかにはなかった。(中略)私は本を読み、音楽を聞いて感動したし、また坂を転りはじめた車のように、とめどもなく狂ってゆく社会を、傍から眺めながら、つまるところどういう破滅がわれわれを待っているのだろうかと考えていた。しかしそういうことと、文芸とか小説とかいうことの間には、どういう関係もなさそうにみえた。それにも拘らず、私は無理に小説らしいものをつくりあげようとしながら、私の感動や経験と、つくろうとしていた小説の世界とのいちじるしいくいちがいを、次第に鋭く感じはじめていた。

(一五九―一六〇頁、改一八〇―一八一頁)

学内からマルクス主義が消えて

『校友会雑誌』の編集に携わっていたため、加藤は「その頃の駒場でものを書き、あるいは将来書くことに関心をもっていた学生のほとんどすべてを知るようになった」(一四八―一四九頁、改一六八頁)。

彼らのなかには、弾圧の時代に生きのびてきた少数のマルクス主義者がいた。学校のなかにもはや左翼の組織はなく、彼らが学外の組織に属していたかどうかも疑わしい。おそらく孤立した理論家であったのだろう。そのひとりは、戸坂潤を尊敬し、大森義太郎を愛読し、三木清に強い関心をもちながら、文壇の全体と京都の哲学者たちを徹底的に軽蔑していた。またもっと教壇的な学問に熱心な学生もいた。一部の学生は、ドイツ観念論の煩瑣な概念を操作しようとしていたし、また別の学生たちは、まえにも触れたように、「万葉集」を原文について読もうとしていた。また詩人もいた。立原道造や中原中也や宮沢賢治に傾倒し、前世紀末今世紀はじめの頃の欧洲殊にフランスの詩を読んで、誰にもわかり難い詩を書いていた。小説家には、徳田秋声を祖として、いわゆる「自然主義私小説」を試作する者があり、太宰治を範として、酒と女に溺れ、または溺れるかのように構え、折にふれてその見聞を綴ろうとする者があった。またあるいは「人民文庫」と「文学界」の双方を気にしながら、西洋の小説を読み漁り、そのどこかに小説の理想をもとめようとする者もいたのである。（一四九頁、改一六八―一六九頁）

駒場時代に加藤の周囲にいた学生の群像を描く。それぞれが誰を指すかはよく分からない。まず「学校のなかにもはや左翼の組織はなく」なっていたことに触れる。加藤が入学する四年前に丸山眞男は一高の二年生だったが、そのときの学内の状況について次のように語る。

二年のときは昭和七年(一九三二)ですが、(中略)寮の生活は快適だったけれど、左翼運動の最高潮の時代です、イデオロギーの対立がいちばんひどかった。四〇人のクラスは、左右の対立で暗澹たる空気です。（前掲『丸山眞男回顧談 上』五〇頁）

はじめに経験した寮の生活は、寮歌に歌われているようなロマンティックな向陵というものから、およそ遠かったということも事実です。これは、なんといっても左翼運動が大きいですね。左翼運動の嵐が吹きすさんでいる。
（同上書、五四頁）

加藤が一高に入学するのは一九三六年であるから、わずか四年のあいだに、状況は大きく変わっていた。その間に一九三三年の左翼大弾圧があり、逮捕された共産党幹部の佐野学、鍋山貞親の獄中転向宣言とそれにつづく大量転向が左翼運動を崩してゆく。かくして加藤が一高に入学する頃には、学内には左翼組織がほとんど消えていた。

『羊の歌』にはマルクス主義との接触については書かれないが、加藤がマルクス主義と接触したひとつの機会は、川島武宜《たけよし》やその弟子の立石芳枝と行なっていた研究会だろう。川島と知り合ったのは、加藤の府立一中時代からの友人立石龍彦の姉芳枝を介してのことである。その経緯については『過客問答』や『高原好日』に記されている。

第6章 文学・芸術への目覚め

大学生の頃．中西哲吉(右)，
山崎剛太郎(左)とともに

1　童話と音楽

病の床にあったとき

加藤が文学や芸術へ向かう第一歩は、病の床から踏み出された。少年時代に病弱であった加藤は、しばしば病の床に就いた。そこでは「母の至れりつくせりの世話を独占できるという無上のよろこび」(三七頁、改四二頁)を感じることができた。それほどに母の愛を求めていたということだろう。加藤と妹久子とは年子であり、久子が生まれてからは母の愛を独占できなかったに違いない。年齢の近い兄弟姉妹の年長者によくあることだが、加藤には母の愛を独占できないことに対する葛藤があったのだろう。それが生涯もち続けた母に対する深い愛の一因かもしれない。ところが、病のときだけは、正々堂々と母の愛を独占できた。

病のときに与えられたものは「母の愛」だけではなかった。母織子は病の床に来ては「童話を読んでくれることもあった。猿かに合戦や浦島太郎の話、また赤頭巾や森の眠り姫や小公子の物語を私はそうして聞いた」(三八頁、改四二頁)。

童話を聴く習慣は、童話を読む習慣を生み、本を読む習慣へとつながる。かくして「両親の心配は、子供があまり本を読まぬだろうということではなく、読みすぎるということだけであったらしい」(四〇頁、改四五頁)。そして病の床にあって、本を読む習慣を身につけたことが、のちに本を書くことを思いついた要因であると加藤は振りかえる。

音楽との出会いも母織子がもたらした。「私の音楽とのつき合いは、おそらく母の琴の音をもってはじまった」(三八頁、改四三頁)。父信一は尺八を吹いたが、尺八の音には少しも心を動かされない。それは、琴の音と尺八の響きとの違いを聞きわけたというよりも、琴を弾く母に対する思いと、尺八を吹く父に対する思いとの違いによるものだろう。母に対する思いは熱く、父に対する思いは冷めている。この傾向も『羊の歌』全編に見られる。

母織子が弾く琴の音から加藤にとっての音楽が始まるが、しかしそれは加藤の感情の深くまでは響かなかった。加藤の感情に深く響いたのは「酒は涙か溜息か」や「枯れすゝき」といった歌謡曲だった。「酒は涙か溜息か」(高橋掬太郎作詞、古賀政男作曲)も「枯れすゝき」(野口雨情作詞、中山晋平作曲。のちに「船頭小唄」と改名)も、一九二〇年代、三〇年代に大流行した唄である。その後も高度成長期までは誰ひとり知らぬ者はいないほどの唄だった。

加藤がこれらの唄を口ずさんだことは、小学校時代はともかくも、その後はまったくなかったに違いない。しかし、これらの唄を忘れることもなかった。その後四〇年を経て『日本文学史序説』のなかでこの唄に言及する。『万葉集』の大伴旅人の「讃酒歌」に触れて次のように記した。

賢《さか》しみと物いふよりは酒飲みて酔泣《ゑひなき》するしまさりたるらし　(三四一)

「酔泣」の語は、この一首を含めて、一三首のなかの三首に繰返されている。これは劉伶や李白の酒ではない。あきらかに旅人その人の挫折感・疎外感の表現であったはずだろう(その意味ではかえって後世の俗謡に、「酒は涙か、ため息か」というのに似ている。八世紀の貴族から一九二〇年代の東京市民に到るまで、わが「酔泣」の光輝ある伝統は、連綿として尽きることがなかった)。

(『日本文学史序説　上』ちくま学芸文庫、一九九九、一〇四頁)

もうひとつ加藤の耳に響いてきたものがあり、それは「具体音楽」である。「ミュジーク・コンクレート」と表記されることが多いが、外国語のカタカナ表記を嫌う加藤は「具体音楽」という。「具体音楽」とは、外界に存在する具体音を素材につくられ、二〇世紀中頃にフランスのピエール・シェフェールによって創始された。

「廊下を近づいてくる母の足音」や「遠い台所での物音」や「玄関の戸の開く音」は家のなかの音であり、家の外の音には「納豆売りの声」「豆腐屋のらっぱの音」「しじみ売りや竿竹屋やパン屋」の物売りの声、「シナそば屋の笛」の音、通りに響く「下駄の音」、「雨戸を鳴らす木枯、渋谷駅を通る貨物列車の遠い汽笛」(三九—四〇頁、改四四—四五頁)があった。これらの音が音楽のように加藤の耳に響いた。町の音は、それだけでは音楽ではないだろうが、加藤がいうように「音楽に向って私を準備するものであった」(四〇頁、改四五頁)に違いない。

ここで加藤は「街のざわめき」を連想する。ポール・ヴェルレーヌの『叡智 *Sagesse*』(一八八一)に詠まれる詩である。ヴェルレーヌがランボーに対して発砲し傷害を与えた事件で獄につながれたとき、獄窓を通して聞こえてくる町の音を詠んだ詩である。

葉の揺すられる音、鐘の音、鳥のさえずりが、「街のやすらかなざわめき」として詠まれる。学生時代から加藤は、このヴェルレーヌの詩を好んでいた。加藤が学生時代に綴った「青春ノートⅧ」の「一九四一年十二月八日」の項には、この詩の第一行目がフランス語で書かれている。

Le ciel est, par-dessus le toit,
　Si bleu, si calme!
空はいま、屋根の上に、
　あんなに青く、あんなに静か!
（「空はいま、屋根の上に」渋沢孝輔訳、『フランス名詩選』岩波文庫、一九九八）

2 『子供の科学』と『小学生全集』

原田三夫と兼常清佐

病の床にあるときに限らず、小学生の頃に加藤はどんな本を読んでいたのだろうか。記憶に残る作家として原田三夫と兼常清佐《かねつねきよすけ》のふたりを挙げる。

原田三夫(一八九〇—一九七七)は大正から昭和にかけての科学評論家である。『科学画報』(一九二三年創刊)や『子供の科学』(一九二四年創刊。今日も刊行されつづけている)の創刊にかかわり、『子供の聞きたがる話』(全九巻、誠文堂、一九二〇—二二)など、啓蒙的著作を多く著わした。加藤は子どもの頃に『子供の科学』を愛読する。加藤がいうように、原田は「森羅万象」(四四頁、改四九頁)を扱い、人気の高い評論家だった。

原田は加藤に何を与えたのか。「世界は変えられるためではなく、まさに解釈されるためにのみ、そこにあった」(四四頁、改五〇頁)といい「自然科学を学んだのではなく、世界を解釈することのよろこびを知ったのである」(四五頁、改五〇—五一頁)という。そして「原田三夫は、その世界の正確な解釈をあたえなかったかもしれないが、少くとも正確であるかのような解釈の錯覚をあたえた」(四四頁、改五〇頁)と註する。こうして、加藤は「世界が解釈することのできるものだということ、世界の構造には秩序があるということ」(四五頁、改五一頁)を学んだのである。

一方、兼常清佐(一八八五—一九五七)は音楽学者である。日本の古典音楽、西洋音楽を学び、音響学に進む。菊池寛編集、芥川龍之介協力による『小学生全集』(全八八巻、興文社、一九二七—二九)の一巻『音楽の話と唱歌集』を兼常が書き、少年時代の加藤が読んだ。

原田と兼常を比較して、加藤は次のようにいう。「原田三夫という著者の話の内容を覚えているけれども、その文体を覚えてはいない。兼常清佐については、逆にその話の内容をほとんどすべて忘れてしまったが、その独特の語り口にはじめて出会ったときの、強烈な印象を、今も昨日のことのように想い出すことができる」(四五頁、改五一頁)。

兼常は加藤に何を与えたのか。「誰にもわかりきった無害の事実を、猫なで声で喋ろうという文章ではなく、誰にもわかりきった真実というものはないという立場にたって、みずから信じるところを訴えようとする文章であった」「彼がなにをいっているのかほとんど全くわからなかったが、彼が訴えているのだということはわかったし、彼がみずから感動し、みずから考え、諧謔を弄し、皮肉を放ち、攻撃し、防衛し、要するにその本のなかで生きているのだ、ということはわかった」(四五—四六頁、改五一—五二頁)。「兼常清佐の文章のなかに、文学を発見していた」(四六頁、改五二頁)という。

兼常は「諸君は学校で小学唱歌というものを習っているだろう。あんなものが音楽だと思ったら大まちがいである。とにかく一度《冬の旅》を聞いてみ給え……」(四五頁、改五一頁)といってのけた。

小学唱歌が音楽だと思ったら大間違いだ、というのはその通りかもしれないが、文部省唱歌を習っている小学生に向かって、いきなり「一度《冬の旅》を聞いてみ給え」といっても、シューベルト『冬の旅』を本当に理解できる小学生は当時も今日もほとんどいないだろう。ともあれ、一般的には、兼常の文章を文学とはいわない。ここでいう「文学」とは、加藤が一貫して主張する広義の文学概念における「文学」である(「文学の擁護」参照。『自選集5』所収)。

3 『万葉集』、芥川龍之介からフランス文学へ

『万葉集』との出会い

加藤が中学校へ入った頃というから、一九三一年頃のことになるが、加藤の家は金王町から美竹町に引っ越した。加藤が移り住んだ美竹町は宮益坂を上がる坂の左側に広がっていた。今日の東京都渋谷区渋谷一丁目の南半分である。加藤の家は「祖父の屋敷よりも一段と高い崖の上に」あり「木造二階建の新築の白い家」(八二頁、改九二―九三頁。次頁写真参照、森のなかの白い二階建てが加藤の住んだ家)だった。「反対側は氷川神社の垣に接して」(八二頁、改九二頁)いたと加藤は記しているが、それは「御嶽神社」の間違いである。御嶽神社に因んで界隈は美竹町と名づけられた。

「美竹町の家は、診療所の上に二階がのっていて、その南西の角の部屋が父の書斎になっていた。

父が日中その書斎を使うことは稀だったから、私は学校から帰ると夕食までしばらくの間を、しばしばその書斎ですごした」(九一頁、改一〇三―一〇四頁)。そこで加藤が発見したことは、夕陽の美しさであり、『万葉集』の言葉の美しさである。夕陽に対する感覚についてはすでに触れた。

1937年の宮益坂．左手奥，木が茂るなかに見える白い建物が，中学生の頃に転居した「木造二階建の新築の白い家」．写真提供・渋谷宮益商店街振興組合

学校から帰り、二階の父の書斎へあがると、私は教科書を見る代りに、詩歌文芸の書を探しだそうとした。大きなドイツ語の医書にみたされた書棚のなかには、文芸の書が少く、片すみに若干の歌書があるだけで、しかも歌書の半ば以上は、「万葉集」の古い註釈本であった。

(九六―九七頁、改一〇九頁)

父の書棚にあった『万葉集』註釈本とはどんなものであったか。そのなかに『萬葉集略解』(上下二巻、佐佐木信綱・芳賀矢一校註、博文館、一九一二)があったことを「好きな詩」(『俳句とエッセイ』一九八六年四月号、『著作集15』所収)に述べている。

私ははじめて、意味から切り離された言葉を見たし、言葉の、意味とは別の性質や、その性質が示唆する可能性を意識した。「近江の海夕なみ千鳥汝がなけば……」私は「万葉集」の音楽とでもいうべきもの、詩的な文芸の微妙な性質とそのいうべからざる魅力を、発見しようとしていた。

(九七頁、改一一〇頁)


詩歌はことばの意味や表象を遣うと同時に、音の響きを使った表現である。だからこそ、「「万葉集」の音楽とでもいうべきもの」を「発見しようとしていた」というのである。たとえば、

近江の海夕なみ千鳥汝《な》がなけば心もしのに古《いにしへ》思ほゆ　柿本人麿

という歌は、母音iを繰りかえす前半部、母音aを繰りかえす中間部、母音oを繰りかえす後半部というように、音の響きに留意してつくられている。

これは近代の詩歌であっても同じであり、たとえば北原白秋の「落葉松」第一連は、

からまつの林を過ぎて、
からまつをしみじみと見き。
からまつはさびしかりけり。
たびゆくはさびしかりけり。

(『白秋全集4』岩波書店、一九八五、一六八頁)

であるが、母音a音を主体にして、二行目のみ母音i音を主体にすることで変化を生みだす。

こうして加藤は『万葉集』のいくつかの和歌を覚え、「詩とは何かを考えるときに、藤村・晩翠を考えず、またいかなる外国の詩人のことも考えず、まず何よりも「万葉」の歌人たちを想いうかべる」(九八頁、改一一〇頁)とまでいうのである。高等学校時代も五味智英に『万葉集』を指導されるなど、加藤の『万葉集』理解は筋金入りである。このようにして詩歌における音の響きを発見したことは、のちにマチネ・ポエティク運動のなかで、押韻詩に情熱を注ぐことにつながるだろう。

芥川龍之介の発見

加藤は中学時代には、周囲にも自分自身にも満たされぬものを感じていた。自分自身に対するやり切れなさの由来と意味を解きあかそうとしたとき、加藤に語りかけてきたひとりの作家がいた。それは芥川龍之介である。芥川を知るきっかけは、「日本郵船の船長の娘」(五六頁、改六三頁)として言及される山田千穂子から与えられた。おしゃまな千穂子は「馬鹿ねえ」が口癖で、加藤に対して「馬鹿ねえ、芥川を読んだことがないの」(九八頁、改一一一頁)とたしなめた。

千穂子から借りて、おそらく最初は小説を読んだが、やがて『侏儒の言葉』に出会う。そして「短篇小説にも感心したが、それ以上に「侏儒の言葉」におどろいた」(同上)。

『侏儒の言葉』は一九二三年から二五年にかけて『文藝春秋』に連載された芥川の箴言集である。

『侏儒の言葉』に感動したことを、その後加藤は繰りかえし述べている。その一篇に記される「軍人は小児に似ている……」(同上)という件を加藤は何回も引用する。「小児」という表題で書かれた芥川の文は以下の通りである。

軍人は小児に近いものである。英雄らしい身振を喜んだり、所謂《いわゆる》光栄を好んだりするのは今更此処に云ふ必要はない。機械的訓練を貴んだり、動物的勇気を重んじたりするのも小学校にのみ見得る現象である。殺戮を何とも思はぬなどは一層小児と選ぶところはない。殊に小児と似てゐるのは喇叭《らっぱ》や軍歌に鼓舞されれば、何の為に戦ふかも問はず、欣然と敵に当ることである。この故に軍人の誇りとするものは必ず小児の玩具に似てゐる。緋縅《ひおどし》の鎧や鍬形《くわがた》の兜は成人の趣味にかなつた者ではない。勲章も――わたしには実際不思議である。なぜ軍人は酒にも酔はずに、勲章を下げて歩かれるのであらう?　(『芥川龍之介全集』第十三巻、岩波書店、一九九六、三七頁)

加藤が『侏儒の言葉』を読んだのは、発表されてからほぼ一〇年後のことである。そこに書かれている事柄は、加藤が実際に見聞きしたことである。それゆえ「学校でも、家庭でも、世間でも、それまで神聖とされていた価値のすべてが、眼のまえで、芥川の一撃のもとに忽ち崩れおちた。それまでの英雄はただの人間に変り、愛国心は利己主義に、絶対服従は無責任に、美徳は臆病か無知に変った。私は同じ社会現象に、新聞や中学校や世間の全体がほどこしていた解釈とは、全く反対の解釈をほどこすことができるという可能性に、眼をみはり、よろこびのあまりほとんど手の舞い足の踏むところを知らなかった」(九八―九九頁、改一一一―一一二頁)とまでいうのである。

加藤が文学の道を志したのは芥川と出会ったときであり、文章を表そうとしたのも『侏儒の言葉』を読んだときだろう。これ以降、加藤は内外の小説を読み漁るようになる。府立第一中学校の生徒たちは、第一高等学校への「飛び級」の資格試験を受けるのが習いだったが、「その準備のために必要最少限度以上の時間を使おうという気は全くなかった」(九九頁、改一一二頁)。

かくのごとくに加藤は芥川に心酔し、全集を古書店で購《あがな》い、愛読した。加藤の蔵書には、一九三五年刊行の『芥川龍之介全集』(全一〇巻、岩波書店、ただし第七巻のみ欠本。現在、立命館大学「加藤周一文庫」所蔵)が収められていた。そして、芥川を媒介にして、加藤はアナトール・フランスやポール・クローデルを読むことになり、フランス文学やフランス演劇に興味と関心を拡げていくことになる。

アナトール・フランス Anatole France(一八四四―一九二四)は、今日でこそ読む人はそれほど多くなったが、戦前から戦後初期までは日本でも圧倒的な人気を保っていた作家で、その全集が翻訳出版されるほどであった。林達夫も石川淳も渡辺一夫も、アナトール・フランスを好んで読んだ。

ポール・クローデル Paul Claudel(一八六八―一九五五)は、フランスの詩人、劇作家、外交官である。敬虔なカトリック教徒であり、それは作品にも投影されている。加藤は敗戦直後からクローデルをいくつか論じ、クローデル原作のオラトリオ『火刑台上のジャンヌ・ダルク』(アルテュール・オネゲル作曲)を留学中のパリで観た。姉の彫刻家カミーユ・クローデルの影響もあり、日本文化を好み、日本にフランス大使として赴任したときには能や歌舞伎に親しんだ。そして能に触発された作品も残している。日仏会館設立に努め、日本の女子カルメル会修道院の設立にも力を注いだ。

4　映画から演劇への関心

映画との出会い

祖父熊六が加藤たちを映画に連れていったことは第1章に述べた。「空白五年」のあいだに、加藤が遊んだ、あるいは逃れた想像の世界は、ひとつは「活動写真」であり、もうひとつが「文芸」の世界である。活動写真に通うことも、文芸の世界に浸ることも、一高を目指す知的選良たちが積極的になすべきことではなかった。そういう暗黙の了解が、学校にも生徒たちにも保護者にもあった。にもかかわらず、そういう世界に親しんだのは、親しむこと自体が「反抗」を意味したからである。

加藤は「中学生の私は想像の世界を必要とし」(九七頁、改一〇九頁)たと述べる。「人が生きるに必要なものは、想像力と勇気とほんの少しのお金」(チャールズ・チャップリン『ライムライト』)である。人生を生きるに必要な想像力を、加藤は「反抗」を通して育んだのである。

映画を観た経験が、一高に入ったとき「映画演劇研究会」に入部させる。先に述べたように「新しく封切られる映画はほとんどすべて観ていた」。加藤は映画を「西洋への窓」と位置づけていたのである。観た映画についての感想を加藤は『向陵時報』に何回か寄稿した。映画評には「ゴルゴタの丘」(一九三六年一二月)、「新しき土」(一九三七年二月、『自選集1』所収)、「鎧なき騎士」(一九三八年二月)、「『冬の宿』について」(一九三八年一〇月)がある。

歌舞伎座と築地小劇場

『向陵時報』に寄稿したのは、映画についてよりも演劇についての方が多い。一九三七年から三八年までの二年間で、七本の演劇評を寄せている。

加藤は歌舞伎座を見物し、築地小劇場へ通った。歌舞伎を観て感動したのは、役者の「芸」である。『勧進帳』でもなければ『仮名手本忠臣蔵』でもなく、「羽左衛門、菊五郎、吉右衛門」(一三一頁、改一四九頁)、すなわち一五世市村羽左衛門、六代目尾上菊五郎、初世中村吉右衛門の芸に魅了された。いずれも戦前から戦後初期にかけて活躍した名優である。加藤が歌舞伎座に通ったのは一九三〇年代後半であるが、歌舞伎が輝いていた時代である。

「科白の意味などはどうでもよかったし、いわんや芝居のすじは問題ではなかった」(一三二頁、改一四九頁)というが、全体の構造をたえず問題とする加藤に、このようにいわしめたのは役者個人の芸の力が大きかったということである。

加藤が通った劇場は、歌舞伎座のほかに築地小劇場があった。築地小劇場に通ったのも一九三〇年代後半であるから、築地小劇場がプロレタリア演劇運動の拠点だったときである。公演する側もその観客も、プロレタリア演劇運動に共感をもつ人々であり、日本社会が軍国主義化を進めるなかでも、劇場のなかには「連帯感とまでゆかぬにしても、反時代的な精神において舞台と観客との間に一種の暗黙の了解が感じられた」(一三二頁、改一五〇頁)のは、当然であろう。

加藤が築地小劇場に通いながら学んだものは、歌舞伎座の場合とは違って、「科白の意味」であり、「登場人物の性格や立場や心理」(一三二頁、改一四九—一五〇頁)であった。

歌舞伎座の件では、役者の個人名を挙げてその芸の力に触れるが、築地小劇場の件では、ひとりの俳優についても、ひとりの演出家についても触れていない。個人の演劇人がもっていた芸の力を学んだのではなく、要するに「ドラマトゥルギー」あるいは「演劇運動」というべきものを学んだのだ。「私にとっては(中略)芝居見物とはその暗黙の了解を見ず知らずの観客と共有する経験に他ならなかった」(一三二頁、改一五〇頁)。これは、のちに加藤が戯曲執筆(『消えた版木 富永仲基異聞』前進座公演、一九九八)を請われて、引きうけたひとつの理由でもあったろう。芝居を通して観客と連帯する。その連帯感を目指して戯曲執筆に赴いたのではなかろうか。

加藤は築地小劇場でどんな芝居を観たのだろうか。『どん底』(ゴーリキー、当時の邦題は『夜の宿』)、『桜の園』(チェーホフ)、『北東の風』(久板栄二郎)、『火山灰地』(久保栄)は間違いなく観ている。『北東の風』と『火山灰地』は初演で観ていると思われる。このほかに加藤が観た芝居は、『アンナ・カレーニナ』『春香伝』(新協劇団)、『土』『黴』(新築地劇団)、『秋水嶺』そして『釣堀にて』である。これらの劇評を『向陵時報』に寄せた。

加藤は、「歌舞伎座と築地小劇場で芝居というものを発見」(一三三頁、改一五〇頁)したのであって、西洋で芝居を発見したのではなかった。

能楽の世界と戦争

加藤は戦時中に水道橋の能楽堂に通ったことをしばしば綴っている。そのきっかけは中村眞一郎の親類の鉄工所経営者から勧められたことにある。それ以来、能楽堂に通うようになる。

燈火管制の黒い幕を窓におろした能楽堂のなかには、別の世界があった。鼓が鳴り、引き裂くように鋭い笛が響きわたると、私は橋掛りの果に、遠い世界からの人物があらわれるのを待った。再び鼓が鳴り、笛が響く。ひきのばされた期待の末に、幕があがったかと思うと——いや、気がついたときには、幕はすでに降り、その不思議な人物は、もはや舞台に登場するのではなく、橋掛りの松の側に、忽然と、降って湧いたように出現する。そして梅若万三郎の、あのさびて微妙にふるえる実に美しい声が、謡いだす。その声は——何を言っているのか文句を聞きとり難かったけれども、忽ち私を、召集令状も、食糧配給券も、国民服もない別のもう一つの世界のなかへひきこんだ。そこには武士道も、「葉隠」も、三味線や道行さえもなく、その代りに、或は人を殺し、或は人を愛し、たったひとり地獄で苦しむ男や女がいるばかりであった。地獄は社会の問題ではないから、シテはひとりで足りる。憎愛の限りは個性の問題ではないから、シテは面《おもて》を著けているだろう。あのおどろくべき能役者たちは、ただ小手をかざすことによって、忽ち舞台を波うちよせる須磨の浦の白砂に変じ、白足袋を一歩踏み出すことによって、忽ち薄の穂の秋風になびく深草の里を現じることができた。磨かれた床と正面の松一本のほかに、どういう舞台装置も必要でなかったはずだろう。私はいくさの間に、水道橋の能楽堂で、「能」を発見したのではなく、「芝居」という言葉の究極の意味を発見したのだ。それは必ずしも世阿弥の世界ということだけではなかった。役者の肉声が一体どれほど美しくあり得るかということ。その小さな所作の一つが、どれほど多くを語り得るかということ。また劇場のなかでの時間が、どれほどの期待をはらみ、どれほど張りつめた、どれほど濃密なものであり得るかということ——そもそも必要にして充分な表現が、一体芸術の世界でどういうものであり得るかということを、私はそのとき、そこで、見たのである。むろんそれは偶然にちがいなかったが、そういう偶然を別にしては、私が日本人であるということの意味もない。どこで生れて育ったか、つまり、どこから始めたかが、一人の男の国籍をきめる。どこに行き着くかが、ではない。現にその後、私は、ほとんど世界中の劇場で、一流の芝居を見るようになったが、それは、私がまず梅若万三郎の謡うのを聞き、金剛巌《いわお》の舞うのを見ていたからである。決してその逆ではないと思う。

（一九五―一九七頁、改二二一―二二三頁）

加藤が能楽を観るように勧められたのは、一九四三年の学徒出陣以降のことであろう。能楽堂のなかには、現実の世界とはまったく別の世界があり、現実の世界でさまざまな煩わしさと深い孤独感のなかに暮らしていた加藤には、みずからが救われる時間と空間だった。

能舞台の橋掛りの揚幕の奥には、現実の世界とは異なる別の世界があり、登場人物はしばしばその別の世界から現実の世界にやって来る。能楽の橋掛りは歌舞伎の花道とは異なり、客席のなかには置かれていない。そのことが象徴する意味は小さくない。能楽の橋掛りの奥には別の世界が広がり、歌舞伎の花道は浮世に置かれる。

若干の例外を除けば(たとえば『蟬丸』における逆髪《さかがみ》と蟬丸)、能楽におけるシテ(主人公)は一曲にひとりである。その理由を、シテが生きるところ(地獄)に社会の問題はないからであり、シテがほとんどの場合に面をつけるのは、憎愛の限りは個性の問題ではないからだ、と加藤は述べる。

能楽の演技は可能なかぎり無駄を捨象して、演技の抽象化や象徴化を進める。しかも、ほとんどの場合、顔には面をつけるので、歌舞伎とは違って、顔の肉感的な表情で何かを表現することがむつかしい(役者の演技によって面の表情が変化するのは、別の問題である)。したがって、わずかな手足の動作に大きな意味をもたせることになる。しかも、能楽では舞台装置はほとんどない。多少の演目で小さな「つくりもの」が舞台に置かれるが、多くの演目では何もない空間のなかで演技する。要するに、能楽という芝居は、最小の演技で最大の表現を目指すものである。したがって、演者の力が備わっていれば、そこに芝居というものの本質が表われる。

「いくさの間に、水道橋の能楽堂で、「能」を発見したのではなく、「芝居」という言葉の究極の意味を発見した」というのは、芝居の本質を発見したということに違いない。「いくさの間に」という一句もおろそかには読めない。戦時下にあって、若者はいつ死地に赴かざるを得なくなるかもしれない。そういう日々を暮らす若者にとっては、生と死の問題が表現される能楽に触発され、その本質を発見しやすかったということであろう。

「どこから始めたかが、一人の男の国籍をきめる。どこに行き着くかが、ではない」とは、何を意味するのだろうか。ここでいう「国籍」とは「文化的帰属意識」のことだろう。加藤は西洋文学に興味をもってはいたが、「文化的帰属意識」はまぎれもなく日本文化にあることを自覚していた。「一人の男」と表現したのは、加藤自身に引きつけて考えていたからである。これを書いた一九六〇年代半ばには、すでに『日本文学史序説』を著わす意思を固め、『日本　その心とかたち』や『日本文化における時間と空間』に向かう自分を意識していた。能役者のなかで加藤が感動したのは、梅若万三郎であり、金剛巌だった。

梅若万三郎とは初世梅若万三郎(一八六八―一九四六)、観世流シテ方である。声質、声量、容姿に恵まれた名優として知られ、当時の現行曲を完演した。加藤が「梅若万三郎の謡うのを聞き」というのは万三郎の芸質を捉えた表現である。「戯画」の章で加藤は「先代梅若万三郎の舞台を除けば、およそ日本語の科白から、それほど直接に感覚的な強い衝撃をうけたことは、一度もない」(一三二頁、改一四九頁)とまで綴っている。

金剛巌とは初世金剛巌(一八八六―一九五一)、シテ方金剛流宗家であった。初世は優美な姿に定評があり、声のみならず舞に優れていた。だからこそ加藤は「金剛巌の舞うのを見ていた」と表現したのである。能楽五流のうち金剛流だけは京都に本拠を置く。加藤が能楽堂に通ったのは戦争末期だが、その頃に金剛巌は上京して演能したのだろうか。現宗家の金剛永謹《ひさのり》夫妻から、初世金剛巌が戦時中にもかかわらず、しばしば上京して演能していたことを御教授いただき、その資料も見せていただいた。しかし、それは水道橋の能楽堂とは限らない。当時、東京にも関西にも、今日より能楽堂は多くあり、それぞれが活動していたからである。加藤は水道橋以外の能楽堂にも足を運んだと思われる。

5　『校友会雑誌』と同人誌への寄稿

中西哲吉、あるいは「空又覚造」のこと

加藤が『校友会雑誌』の編集委員を務めているときに、筆禍事件が起きた。加藤の後輩中西哲吉が書いた小説が文芸部長によって問題とされたのである。

中西哲吉(一九二一―一九四五)は愛媛県出身で、父親は京城帝国大学医学部教授だった。旧制第一高等学校から東京帝国大学経済学部に進学(加藤は「法学部に通っていた」(一九一頁、改二一六頁)と書いている)。一高時代に『向陵時報』や『校友会雑誌』に盛んに寄稿した。加藤は後輩である中西の才能を評価し、親しく交わった。大学時代にマチネ・ポエティク同人となる。学徒動員でフィリピンに出征するが、そのとき中西は「幹部候補生」を志願しなかった(一九四頁、改二一九頁)。そしてふたたび日本に帰ることなく、戦病死する。加藤は親友中西の死を悔やみ、憤り、歎いた。加藤に戦後一貫して反戦の態度を取りつづけさせたひとつの大きな動機は、中西の戦死にある。

しかし中西は死んでしまった。太平洋のいくさの全体のなかで、私にどうしても承認できないことは、あれほど生きることを願っていた男が殺されたということである。生きることを願っていたのは、むろん中西だけではなかった。しかし中西は私の友人であった。一人の友人の生命にくらべれば、太平洋の島の全部に何の価値があるだろうか。私は油の浮いた南の海を見た。彼の眼が最後に見たでもあろう青い空と太陽を想像した。彼は最後に妹の顔を想いうかべたかもしれないし、母親の顔を想いうかべたのかもしれない。愛したかもしれない女、やりとげたかもしれない仕事、読んだかもしれない詩句、聞いたかもしれない音楽……彼はまだ生きはじめたばかりで、もっと生きようと願っていたのだ。みずから進んで死地に赴いたのでも、「だまされて」死を択んだのでさえもない。遂に彼をだますことのできなかった権力が、物理的な力で彼を死地に強制したのである。私は中西の死を知ったときに、しばらく茫然としていたが、我にかえると、悲しみではなくて、抑え難い怒りを感じた。太平洋戦争のすべてを許しても、中西の死を私が許すことはないだろうと思う。それはとりかえしのつかない罪であり、罪は償われなければならない。……

（一九八—一九九頁、改二二四—二二五頁）

中西哲吉とはどういう人物だったのか。マチネ・ポエティク同人として中西の知己であった山崎剛太郎は「論理的な頭脳をもち、真面目で、反軍的な思想の持ち主だった」という。中西の関心は幅広く、『校友会雑誌』と『向陵時報』の寄稿には、古典文学論あり、小説あり、戯曲あり、詩歌あり、社会時評あり、その筆の及ぶ範囲の広さは加藤のそれと同じであった。

加藤のあとに『校友会雑誌』の編集委員を務めた長谷川泉は「高校生離れをした剛腕のライターが二人いた。一人は東村勝人、一人は中西哲吉である」(『嗚呼玉杯 わが一高の青春』至文堂、一九八九)と述べている。思想的には過激なところがあり、中西の作品だというだけで事前検閲が通りそうになかった。そこで、あるときは中哲平、あるときは畠中成吉という筆名を使い、あるときは論説欄担当の柳父琢治の名を騙って、作品を掲載した(同上書)。実際中西は『校友会雑誌』に中哲平や畠中成吉という筆名で、「小都邑」(三六五号)、「蜘蛛の家」(三六六号)、「夢と知りせばさめざらましを」(三七一号)を寄稿した。

高等学校の学生であった頃、中西は一文を草して時勢を諷したことがある。私はそれを学生新聞に掲載しようとした。校正刷を見た文芸部長は、私をよびつけて、しかじかの「不穏当な箇所」を削除するように、といった、「こんなものを出したら、憲兵が来ますよ、私には責任がもてない」。それは「不穏当」ではなく、誰でも考えていることを、遠まわしにいったにすぎない、と私は説明した。しかし文芸部長は、「憲兵」をくりかえして譲らず、中西は削除に応じなかった。新聞を発行するためには、文章の全体をひっこめる他はなかった。しかしその次の号の新聞には、中西の別の文章があらわれた。その署名は、中西ではなくて、「空又覚造」というのであった。

(二〇〇頁、改二二六頁)

だが、この件は疑問が残る。旧制一高には学生が発行していた新聞『向陵時報』があり、雑誌『校友会雑誌』がある。それぞれに編集委員が選ばれていて、加藤が就いたのは『校友会雑誌』の編集委員であって、『向陵時報』の編集委員ではない。双方とも学生が自由に発行できたわけではなく、『向陵時報』は生徒主事の検閲を受けなければならず、『校友会雑誌』は文芸部長の検閲を受けなければならなかった。当時の文芸部長は沼澤龍雄教授であった。沼澤教授は保守的な思想の持ち主で、社会教育学者の三井為友によると「文芸部長も、立沢教授は自由主義者だからいかんとのことで、沼沢龍雄教授に交替させられていた」(「実践と研究の半世紀」http://hdl.handle.net/10911/3086、二〇一八年八月一九日閲覧)という。文芸部長が加藤を呼びつけたとすれば、それは『校友会雑誌』であるはずだが、加藤が編集委員を務めた期間に『校友会雑誌』に「空又覚造」は出てこない。また『向陵時報』にも「空又覚造」の名で書かれた文は見つからない。

ところが、『校友会雑誌』第三六五号(一九三九年二月)に、「中哲平」の名前で「小都邑」という小説が載っている。四国愛媛出身の青年が久しぶりに帰郷したときに、家族とのあいだに生じた疎隔を主題とする小説である。その主人公啓介は文を書くことを習いとするが、自分が書く文について次のように描くのである。

> 自分の書いた小説のために自分自身の破滅を招くやうな事にさへなつたのだつた。と云ふのは、自分の書いてゐるものが売れるかどうかと云ふことを彼は知らなかつたからであつた。そして結局、彼はちつぽけな危険人物として闇から闇へと葬り去られて了つたのであった。
>
> (同上誌、一六頁)

この「小都邑」という小説について、「編輯後記」で(S)なる編集委員は、「「小都邑」作者の異常な進歩を悦びたい。小憎らしいほどに短篇の技巧を心得てゐる。佳作」と評する。この(S)は、頭文字の(S)からしても、その文体からしても、加藤に違いない。「異常な進歩」と異常な評し方で表したのは、原稿取りさげ事件があったことを契機に中西が発奮したのか、あるいは中西に対する拍手であるか、あるいは不掲載を命じた文芸部長沼澤龍雄に対する当てつけの意味をこめた表現だったろう。しかも、(S)は同じ後記に「雑誌の発行が種々の事情で遅れた」ことを述べるが、この「筆禍事件」も刊行遅延の理由だったのではなかろうか。

それでは「空又覚造」とはいったい何を意味しているのか。「空又覚造」については中村眞一郎も『戦後文学の回想』(筑摩書房、一九六三、増補版一九八三)に書き残しており、山崎剛太郎もそういう話を聞いたことがある、という。しかし、長谷川泉の前掲書では「空又覚造」について何も触れていない。掲載を認められなくとも削除の求めには応じずに、新たな別の作品を書いた中西を「空又覚造」という綽名で呼んだか、「空又覚造」という筆名を使おうという話が、マチネ・ポエティクの同人となる人たちのあいだで出ていたのだろう。しかし、実際には使われなかったのではなかろうか。

中西哲吉は、その資質が加藤に近い。著作の範囲はきわめて多岐にわたっている。召集されたときには「幹部候補生」を拒んだ姿勢に見られるように「反軍的な思想」をもっていた。だからこそ、加藤は中西に親愛の情を抱いていた。「羊のようにおとなしい沈黙をまもろう」とするならば、中西が背後に現われて激励される、と加藤は意識した。たえず中西を意識し、中西との問答を繰りかえし、

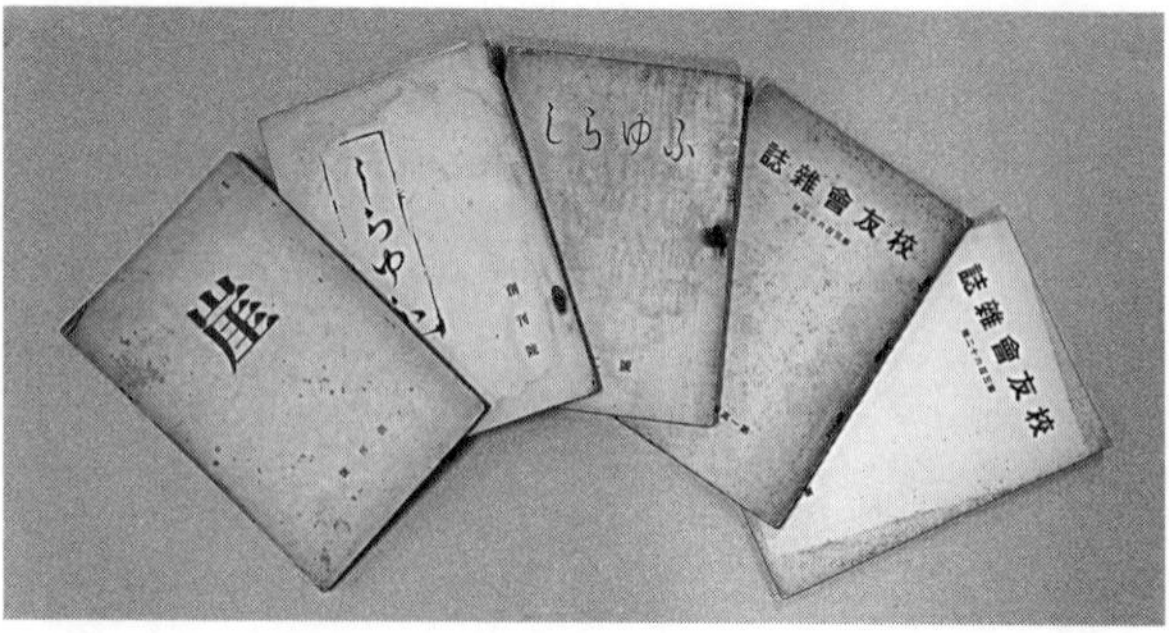

加藤が作品を発表した同人誌，左から『崖』『しらゆふ』『校友会雑誌』

中西の考えを裏切らないことを信条として、加藤は戦後における執筆を続けた。「中西よ、君とともに、ぼくはまた書くぞ」と中西に向かって叫びつづけていたのではなかろうか。それが「空又覚造」ではないかと私は考える。

同人誌における活動

第一高等学校に在籍中、加藤の発表の場は『校友会雑誌』であり『向陵時報』であった。一九三九年三月に第一高等学校を卒業した加藤は、基本的には学内紙誌に作品を発表する機会がなくなる(ただし『向陵時報』には、大学卒業後、一九四三年一一月と一九四四年五月に一回ずつ寄稿した)。それを補うように、発表の場は『崖』や『山の樹』や『しらゆふ』といった同人誌へと移っていく。しかし、この頃の同人誌における活動について、『羊の歌』にはほとんど何も書かれていない。

『崖』は一九三九年六月に創刊された同人誌で、小島信夫(一九一五―二〇〇六)を中心に、浅川淳、加藤、矢内原伊作らを同人とする雑誌だった。加藤は同誌に五回寄稿するが、みずから「『崖』では色々の形式を試みた」と語ったように、小説があり、詩歌があり、評論がある。小島信夫という名前が「青春ノートV」に書かれるが何らのコメントもなく、他には小島について加藤は何も書き残していない。

同人に矢内原伊作がいるが、学生時代に「矢内原という抜群の秀才がいるという噂が聞えてきた」が、矢内原に実際に会うのは戦後になってからであると加藤はいう（「矢内原伊作の三つの顔」『みすず』一九八九年一〇月・一一月号、『自選集8』所収）。しかし、『崖』の同人であったわけで、加藤の記述はいささか腑に落ちない。

『山の樹』は一九三九年三月に創刊された同人誌で、鈴木亨、小山弘一郎、村次郎、伊東静雄ら一一人の同人がいた。同年八月には中村眞一郎や小山正孝らが同人に加わる。加藤は同誌に二回寄稿し、カロッサ「古い泉」とリルケ「風景について」の翻訳を載せる。おそらく中村が同人になった関係で同誌に寄稿することになったのだろう。

同誌同人だったことがある堀田善衞（一九一八―一九九八）の『若き日の詩人たちの肖像』（新潮社、一九六八、集英社文庫、一九七七）に、彼らの集まりを描いた件がある。この小説に登場する人物はすべて綽名で呼ばれるが、加藤は「ドクトル」として、堀田は「若者」として登場する。そこに若者たちが、太平洋戦争直前の状況の中で、どんな気持ちで集まり、どんな会話を交わしていたかが描かれる。

汐留君（小山弘一郎）の新橋サロンへ集まった詩人たちは、彼らもまた、戦争へ戦争へと吹いて行く時代の風のなかにあって、これはいわば一種の吹き溜りのようなものかもしれない、と若者（堀田善衞）は考えていた。おれも吹き溜りのあまり優秀でないゴミのようなものかもしれない……。また、彼らは自分たちのための、自分たちだけの吹き溜りを自らつくろうと努力もしている。彼らが相互に見せている、一種異様なほどのやさしさと深切さは、その努力のあらわれでもあるのであろう。それはいわば一種の防衛努力というふうに、若者には見えていたのであったが。またこれを逆に言えば、風が次第に烈しくなって来るからこそ、彼らは懸命に勉強をし、明日を思い患う心を、つとめて読書や作詩のなかに捩《ね》じ込んでいるのだ、とも言えるのであろう。そうして、ようやく自由に使うことの出来るようになった語学力によって、西方の文学を、残された日々を指折り数えるようにして、まことに貪欲に、たとえば文学による欧州地図を、それぞれの一角から塗りつぶすようにして古典も現代もずんずんと読み進めてみれば、それは耳もとを吹く風のこととは別に、面白くて面白くてかなわず、十日間会わないでいたとすれば、それぞれがみな二十ほどは、話したくてかなわぬ、内容の詰ったものをもっていたのである。一人がジロドォの話をすれば、片方では、それにかさねてヴィルギリゥスの話がかわされ、そのまた横の方では式子内親王や建礼門院右京大夫がたちあらわれて来、その衣擦《きぬずれ》の音といっしょにマラルメやラフォルグは藤原定家や俊成卿などと、あたかも同時代の人であるかのように語られている。それは、いわば絢爛たる、夢の浮橋に似ていた。

（集英社文庫版、下巻五五―五六頁）

『若き日の詩人たちの肖像』は自伝的小説であるが、この件は事実か事実に近いものだろうと私は推測する。ここに言及されるジロドゥもウェルギリウスも、式子内親王も建礼門院右京大夫も、マラルメもラフォルグも、藤原定家も藤原俊成も、この頃に加藤や『山の樹』同人たちが関心を抱いていた詩人や作家だからである。

『山の樹』が一九四〇年一二月に終刊すると、それと入れ替わるように「新演劇研究会」が発足した。「新演劇研究会」は、加藤道夫や芥川比呂志らが始めた慶應義塾大学の仏語研究会が発展したものである。『山の樹』も「新演劇研究会」も慶應義塾大学仏文科の学生を中心に組織された。仏語研究会は、シャルル・ヴィルドラック『商船テナシティ』を原語上演したのち「新演劇研究会」に発展する。加藤周一、中村眞一郎、白井健三郎は会員ではなかったが、「熱心な観客であった」と中村眞一郎はいう(前掲『戦後文学の回想』)。のちに芥川や加藤道夫、そして女優の加藤治子と加藤が親しくなったのは、この新演劇研究会がきっかけだろう。

『しらゆふ』という雑誌

『崖』や『山の樹』に作品を掲載したのは一九三九年六月から翌四〇年にかけてのことである。そしてほとんど知られていない雑誌だと思うが、もうひとつの同人誌に寄稿している。その雑誌を『しらゆふ』と称し、漢字表記すれば「白木綿」となる。この雑誌の主体は「東京帝国大学医学部昭和十五年会」となっている。一九四〇年に入学した医学部学生たちの同人誌であろう。加藤は『しらゆふ』に寄稿はしたものの、編集には携わっていないように思われる。

この雑誌には奥付がないため刊行時期を確定することは困難である。同人たちの作品末尾に、おそらく脱稿した日と思われる日付が記されている。そこから推測すると、創刊号は一九四〇年刊行、第二号が一九四一年、第三号が一九四二年だろう。第四号以降の刊行は確認できないが、一九四三年は繰り上げ卒業の年であり、戦況が厳しくなり刊行できなかったのではあるまいか。

加藤は『しらゆふ』創刊号に「倦怠について」を、第二号に「嘗《かつ》て一冊の「金槐集」余白に」を、第三号に「頌」を寄稿した。「嘗て一冊の「金槐集」余白に」は、戦後に発表する「金槐集に就いて」（『世代』一九四七年一月号）に発展していく。『金槐集』は、加藤が戦時中に読みつづけた歌集である。加藤はなぜ『金槐集』を読み、かつ、「青春ノート」『しらゆふ』『世代』と三回も『金槐集』について綴ったのか。理由のひとつは、実朝が孤独を生きた人物であり、加藤が実朝に共感を抱いていたことである。もうひとつは、戦時下『金槐集』が万葉調の歌としてもてはやされていたことである。流行の解釈に対する批判として書いたのだろう。

マチネ・ポエティクの集まり

同人誌活動ではないが、大学時代に「マチネ・ポエティク」を結成する。一九四二年の秋のこととされる。名前の通り、詩歌中心の文学グループであった。参加者は、福永武彦、中村眞一郎、白井健三郎、窪田啓作、中西哲吉、原條あき子、枝野和夫、山崎剛太郎、小山正孝、それに加藤である。「マチネ・ポエティク」を提唱したのは誰かについては諸説あり、福永武彦という説、中村眞一郎という説、加藤という説がある。福永は自分だと主張し、中村は誰か分からないといい、加藤は何も語っていない。

「毎月一回、主として東京加藤周一の宅に会し、各自の作品を朗読の形で発表する、若い詩人の集りであつた。戦争末期に中絶したが、最近復活して、今日に至る」（「マチネー・ポエティクとその作品に就いて」『近代文学』一九四七年四月号）と加藤は記す。

しかし、マチネ・ポエティクは同人誌をもたなかった。彼らの作品集が刊行されるのは、戦後になってからである。その理由は、用紙事情が逼迫していて印刷ができなかったこともあっただろう。彼らが目指したことは、フランスの象徴詩に範をとり、日本の詩歌に押韻定型詩を確立することであった。彼らが詠んだ詩は戦後になって『マチネ・ポエティク詩集』(真善美社、一九四八、水声社、二〇一四)が刊行されるが、その冒頭に「詩の革命《マチネ・ポエティク》の定型詩について」という彼らの高らかな宣言が載っている。その一部は以下の通りである。

現代の絶望的に安易な日本語の無政府状態を、矯め鍛へて、新しい詩人の宇宙の表現手段とするためには、厳密な定型詩の確立より以外に道はない。(それが如何に困難であらうと)『歌経標式』以来、千年にわたる我々の詩人たちの夢であつた、韻の問題も、此処で始めて実現過程に入るであらう。中世以来、専ら西欧詩人達のみの形式に役立つて来た此の《双生児の微笑》を、我国の抒情詩の第四回の革命のための武器として、我々は再び東洋の手に奪還する。それは我々の愛する日本語から、計り知られぬ程の多くの美しい可能性を引き出すだらう。そして無定型詩にとつて不可避だつた詩句の不安定、任意さ、を、始めて一回限りの永遠の、決定的な配置に置き換へることが出来るだらう。此処で視像は散文的秩序を脱し、音楽性は雄弁から袂別する。日本の伝統的な抒情詩の中に可能性のまゝで眠つてゐた、普遍的な形式を発見し、意識的な抵抗として自らに課する時、詩は始めて現代的意味を獲得する。

(真善美社版、一六―一七頁)

マチネ・ポエティクに対する当時の詩壇や文壇での反応は厳しかった。冷笑され無視された。マチネ・ポエティクに集まる人びとに対する反感に発した感情的批判が多かった。そのような批判に対して、福永は呆れ、中村は落胆し、加藤は方向性は正しかったが、成功したとはいえないと総括した。そして押韻定型詩の試みをマチネ・ポエティクの同人たちは止めてしまった。

その後、加藤は「マチネ・ポエティックの功罪」(『季節』一九五六年一〇月号、単行本未収録)という文を書いている。

純粋詩というのはどうして問題になつたかというと、ヨーロッパで意識的にそのことを問題にしたのは、申すまでもなくフランスの象徴派でしよう。これは日本でいえば、たとえば芭蕉七部集のようなものだ。詩をなるべく純粋な形にしようとすると、直接ナマの言葉ではなくて、文学の言葉で書くように追い込まれる。文学的な知識がよほど豊富でないとわからないような引用、本歌取り、アリュージョンやパロディの多いものになりがちです。

芭蕉七部集は私にはもちろん、多分諸君にも註訳〔ママ〕なしではわからない。幸田露伴先生のような知識をもつていないと、あの中にあるしやれ、暗喩等を汲み取つて、味を細かく噛みしめるわけにいかない。フランスの象徴主義も、およそ同じしかけのものである。そういうことは、われわれが生きている日本の環境、日本語の状況からいつて不可能だ。不可能なことを無理にやろうとすると、結果が何が何だかわからなくなります。それがマチネ・ポエティックの重大なる罪である。

(同上書、七三頁)

第7章 原点としての「戦中体験」(1)

——満洲事変から太平洋戦争へ

医学部卒業記念写真．最後列右．ひとり無帽である．1943年9月

1　満洲事変と二・二六事件

十五年戦争の時代へ

加藤は満洲事変が始まった一九三一年に東京府立第一中学校に入学し、二・二六事件が起きた一九三六年に府立第一中学校を卒業、第一高等学校に入学した。大政翼賛会が発足した一九四〇年に東京帝国大学医学部に入学し、第一回学徒出陣が行なわれる一九四三年秋に同学部を繰り上げ卒業する。加藤の学生生活はほぼ十五年戦争の時期に重なる。

戦争への道を進んでいくさまを体験したこと、知識人たちがどのように対応したかを目の当たりにしたことは、加藤に大きな影響を及ぼした。しかし、加藤は最初から深い問題意識をもって、歴史の動きを見ていたわけではなかった。

毎日私は新聞を読み、放送を聞いていたが、日本国が何処へ行こうとしているのかを全く知らなかった。（中略）すべての事件は、全く偶発的に、ある日突然おこり、一瞬間私たちを驚かしただけで、忽ち忘れ去られた。井上蔵相や団琢磨や犬養首相が暗殺され、満洲国が承認され、日満議定書が押しつけられ、日本国が国際連盟を脱退し……しかしそういうことで私たちの身の廻りにはどういう変化も生じなかったから、私たちはそのことで将来身辺にどれほどの大きな変化が生じ得るかを、考えてみようともしなかった。（二〇四―二〇五頁、改二一八―二一九頁）

ひとつの事件や出来事はすぐさま日常の暮らしに大きな変化となって現われるわけではない。大きな変化として現われないことで、人びとはその事件や出来事に馴れて、現今の事態を当然のこととして受けとめる。また新たな事件や出来事が起きるが、それも同じように当然のこととして受けいれる。「事件や出来事」と「馴化」の繰りかえしによって「既成事実の積み重ね」が進む。誰もが気づいたときには、はるか遠くに来てしまっていて、取り返しがつかない。二一世紀初めに日本社会で起きている趨勢も、こういうことではなかろうか。

解剖学実習時の加藤. 1940 年代初め

二・二六事件が加藤に与えた意味

二・二六事件の起きた日に東京地方は大雪に見舞われたとよくいわれるが、その三日前の二月二三日に積雪三六センチ(観測史上第三位、二〇一八年三月現在)に達する大雪に見舞われ、その雪が融けないままに、二六日にふたたび小雪が降った。防衛省が保存する「警備日誌」には、「曇時々小雪」と記される。気象庁の記録でも、この日の降水量六・七ミリと録される。この日に大雪が降っていたわけではない。

二月二六日早朝、皇道派青年将校たちは、統制派軍人や対米協調路線を採る政治家を襲った。高橋是清大蔵大臣、斎藤実内大臣、渡辺錠太郎教育総監が殺害され、鈴木貫太郎侍従長は重傷を負った。岡田啓介首相と牧野伸顕元内大臣は襲われたが、あやうく難を逃れた。さらにクーデタ軍は、警視庁、陸軍大臣官邸を占拠し、陸軍に対して批判的だとみなされた朝日新聞社も襲撃する。

皇道派の指導者である真崎甚三郎や荒木貞夫はクーデタを支持し、陸軍大臣告示もクーデタを容認した。ところが、重臣たちが殺傷されたことに衝撃を受けた昭和天皇の「占拠部隊」撤収命令をきっかけにして、事態は一変する。統制派が握っていた陸軍首脳部もクーデタ軍を「反乱部隊」として、これを武力鎮圧する方向に転換した。東京警備司令官だった香椎《かしい》浩平が戒厳司令官に任ぜられ、二月二九日に、香椎は「下士官兵ニ告グ」という布告を出した。

一、今カラデモ遅クナイカラ原隊へ帰レ

二、抵抗スル者ハ全部逆賊デアルカラ射殺スル
三、オ前達ノ父母兄弟ハ国賊トナルノデ皆泣イテオルゾ

この布告は、クーデタに参加した兵士たちのあいだに動揺をきたし、原隊に帰順させる結果となった。内乱鎮圧のために、「オ前達ノ父母兄弟ハ国賊トナルノデ皆泣イテオルゾ」というほどに情緒的な布告を出す例は、日本以外では考えられないだろう。日本兵士の行動様式を踏まえた布告だった。しかし、それだけではなく、クーデタの失敗が明らかになった時点で、事件後の処罰を軽くするために出された布告でもあった。


陸軍に反対して、海軍が聯合艦隊を東京湾に集めたということを知ったときに、父は「万事が陸軍の思う通りにはゆかぬようだな」といってよろこんだ。そして戒厳司令官香椎浩平の「今からでも遅くないから原隊へ帰れ……」という放送を聞く頃には、もはや事態の結着はあきらかだと考えていた。反乱軍が帰順すれば、それに越したことはない、帰順しなければ、短い戦闘が万事を片づけるだろう、どっちにしても私たちとは関係がない。……

食卓で、その放送を聞きながら、私たちは妹がもらって来た仔猫になにを食べさせて、どの部屋に寝床をつくり、どういうしつけ方をしたらよいかという話をしていた。失敗した反乱の結着があきらかになった瞬間から、事件の全体は、私たちにとって、もはや一匹の仔猫ほどにも現実的ではなかったのである。

（一一三頁、改一二八頁）

歴史の転換点となる二・二六事件が起きていたにもかかわらず、加藤の家では「一匹の仔猫ほどにも現実的ではなかったのである」。これは加藤の家に限ったことではなく、一九三〇年代の日本に限ったことでもなく、古今東西の「善良な民」に共通の現象だといって過言ではなかろう。

それでも二・二六事件は、政治に対する加藤の見方を決めた契機である。性来の質《たち》として大言壮語や徒党を組むことが好きではなかったが、加藤は「反乱軍の将校が裏切られたということのなかに、政治的な権力というものの言語道断な冷酷さを見た」(一一四頁、改一二九頁)。かくして「政治に近よるべからず」を信条とするようになる。その信条を述べたものに「政治について」(「わが思索わが風土」『朝日新聞』一九七二年一月二一日、「私の立場さしあたり」の一部として『著作集15』所収)という文がある。

私は「政治」を好まない。むしろ私は実験医学の研究室で、あたえられた情報から、水も洩らさぬ論理でひき出せる結論だけをひき出すことの、一種の知的潔白さを好むのである。「政治」については、そういうことができない。政治についての意見は、ほとんど常に、不充分な情報から疑わしい手続でひき出された不確かな結論である。また私はひとり閑居して詩句を弄ぶことを愉しみとするが、「政治」は、徒党を組んで行うほかない事業である。来る者は拒まず、去る者は追わず、これはいわば私の個人的信条だが、「政治」的行為は、来る者を拒み、去る者を追い、殊に他人の生活に力を用いて介入する。故に私は「政治」を好まない。しかし「政治」は、こちらから近づかなければ、向うから迫って来る何ものかである。(『著作集15』三一〇―三一一頁)

「「政治」を好まない」が、「他人の生活に力を用いて介入する」政治は払いのけなければならない。その両方の感覚が加藤の政治的態度をつくっている。一方では、政治や権力に近づかない。もう一方では、政治的社会的問題に対してもたえず発言を続けていく。

よくいわれるように、加藤が「非政治的」あるいは「政治的傍観者」だった、と私は思わない。言論活動は十分に政治的活動であるし、加藤は水面下での政治的活動も行なっていた。長洲一二が神奈川県知事のときには長洲の相談に乗っていたし、防衛庁(当時)の研修に招かれて、二度「日本の安全保障」について講じたりしている。これらは政治的活動以外の何ものでもない。

二・二六事件にかかわって、加藤が関心を抱いたのが一九三六年五月七日に帝国議会で行なわれた斎藤隆夫(一八七〇―一九四九)の「粛軍演説」である。斎藤は兵庫県出身、一九一二年に初当選した衆議院議員だった。軍部の政治介入に反対しつづけ、二・二六事件直後に「粛軍演説」(「帝国議会会議録検索システム」というサイトで全文を読むことができる)と呼ばれる質問演説を行なった。

さらに一九四〇年二月二日の帝国議会では日中戦争における政府の政策を批判したが、これは「反軍演説」だという理由で、衆議院議員を除名された。しかし、一九四二年の翼賛選挙において、非推薦で立候補したにもかかわらず最高点で当選を果たした(兵庫五区)。戦後は、日本進歩党や日本民主党結成の中心的人物となり、第一次吉田茂内閣と片山哲内閣のときに国務大臣を務める。

斎藤隆夫について、加藤は「一九四〇年の想出」(「夕陽妄語」『朝日新聞』一九九四年一一月二一日、『自選集9』所収)の冒頭に言及する。当時の政治状況が戦前の状況に似てきたことを憂え、注意を喚起した文である。この頃から加藤の政治的態度がそれ以前と比べて積極性を帯びたものに変わる。「他人の生活に力を用いて介入する」ようになった政治に抵抗しようとしたのである。

2 矢内原忠雄の講義と横光利一との座談

自由主義者の遺言

第一高等学校で高校生活を送るなかで、ふたりの知識人の言動が加藤に衝撃を与えた。ひとりは東京帝国大学教授の矢内原忠雄(一八九三―一九六一)であり、矢内原が担当した理系学生のための「社会法制」という講義に出席したときのことである。

当時、東京帝国大学教授が第一高等学校で教鞭を執ることは珍しくなかった。矢内原だけではなく、橋田邦彦も片山敏彦も東大教授であったが、この三人の講義を加藤は一高で聴いている。

矢内原先生は、議会民主主義の最後の日に、その精神を語ろうとされたのかもしれない。内閣の軍部大臣を現役の軍人とするという制度を利用することで、陸軍は責任内閣制を実質的に麻痺させることができる、と矢内原先生はいった。「なるほど陸軍大臣がなければ、内閣はできないでしょう」と学生の一人が質問した、「しかし議会が妥協しなければ、陸軍もまた内閣をつくることができないわけですね。陸軍が内閣を流産させたら、政策の妥協をしないで、いつまででも内閣の成立しないままで頑張れないものでしょうか」。顔を机にふせて質問をじっと聞いていた矢内原先生は、そのとき急に面をあげると、しずかに、しかし断乎とした声でこういった、「そうすれば、君、陸軍は機関銃を構えて議会をとりまくでしょうね」。——教場は一瞬水を打ったようになった。私たちは、軍部独裁への道が、荒涼とした未来へ向って、まっすぐに一本通っているのを見た。そのとき私たちは今ここで日本の最後の自由主義者の遺言を聞いているのだということを、はっきりと感じた。二・二六事件の意味はあきらかであり、同時に私にとっては精神的な勇気と高貴さとが何であるかということもあきらかであった。

（二一四—二一五頁、改一二九—一三〇頁）

矢内原の講義が行なわれた日を「議会民主主義の最後の日」と加藤がいうのは、二・二六事件によって軍部大臣現役武官制が復活し、それをもって議会民主主義の終焉だと位置づけたからである。「「なるほど陸軍大臣がなければ、内閣はできないでしょう」と学生の一人が質問した」というが、この質問はほかならぬ加藤自身によってなされた。のちに加藤は前掲「中村真一郎、白井健三郎、そして駒場」（『自選集9』所収）において、次のように書く。

矢内原忠雄教授は、教室で、陸軍大臣を現役の軍人とする制度が、軍人の政治介入のためのいかに強力な道具であり得るかを、説いていた。（中略）陸相指名の拒否という手段によって、事実上陸軍はみずから好む首相を択ぶことができる。「それならば議会も、陸軍に迎合しない首相を、次から次へ指名し続けることで、対抗できないでしょうか」と私は質問した。矢内原教授は言下に「その時には陸軍が機関銃で議会を包囲するでしょう」と答えた。その一瞬、教室は暗然として静まりかえった。

教室全体が暗然としたかどうかは分からないが、少なくとも加藤は暗然たる気持ちになった。この講義を受けたのは一九三七年秋のことだろう。矢内原が『中央公論』（一九三七年九月号）に寄せた「国家の理想」という論文があり、これは当局から処分を受けることを覚悟して発表したものである。実際、その数か月後の同年一二月に矢内原は東京帝国大学教授を辞する。そのあいだに、身に危険が及ぶ可能性があったにもかかわらず、高校生に向かって、自分の信ずることを伝えようとし、加藤はそれを自由主義者の「遺言」と受けとめた。それは「精神的な勇気」（一一五頁、改一三〇頁）がなくてはかなわないことであり、少数者としての矜持をもって生きるということは、「高貴さ」（同上）を備えていなければできないことだ、と加藤は認識した。

横光利一との論争

衝撃を受けたもうひとりの知識人は人気作家横光利一（一八九八―一九四七）である。軍国主義への道を足早に進むようになって、当時、「小説の神様」と崇められていた人気絶頂の作家横光利一を「講演会」に呼ぶことになった。これは一九三八年のことに違いない。人気作家の講演会ということで、会場は立錐の余地がないほどの満席になったと加藤は書く(一五一頁、改一七一頁)。ところが、中村眞一郎は「一高国文学会」主催の「座談会」に呼んだと前掲『戦後文学の回想』に綴る。弁護士にして詩人の中村稔(一九二七年生まれ)もまた「座談会」だという。ふたりとも講演会があったとはいっていない。

加藤の言に従えば、講演会後に座談会となり、その座談会で横光を学生たちは激しく攻撃することになった。その様子は『羊の歌』「縮図」の章に描かれ、つとに知られている。横光と一高生の論争に加藤はどれほど係わったのだろうか。『羊の歌』に描かれるように、主催者の立場で少し控えていたのだろうか。中村眞一郎が記すように、加藤や白井健三郎が先頭に立って横光を「激しく攻撃した」のだろうか。

中村稔が書いた「加藤さんと『世代』の仲間たち」(『著作集8』月報)という証言もある。

私の入学前、一高国文学会が横光利一を招いた座談会で加藤さんが横光と論争した話は、加藤さんも『羊の歌』で回想しておられるはずである。昨年(一九七八年)四月号の『世界』に載った座談会で、この論争について日高(晋)が、「加藤さんの論争ぶりの見事さといったら、名人舞踊家のひと踊りをみるような感じで、見終わってホッとため息がでるほどの水際だったあざやかさだった」と語っているが、僕が一高にいた頃から、この論争の逐一が上級生から下級生へと順次語りつがれて、僕もくりかえし聞かされていたのだった。

横光と一高生の議論が『羊の歌』にどれほど正確に記されているかは分からない。だが、大筋このような議論に終始したのだろう。それは横光の発言が横光の書いたことと矛盾していないからである。横光の発言にある「西洋の物質文明」「近代の物質偏重」「厳しい時代」「偉大な時代」「みそぎ」「民族の心」(一五二―一五四頁、改一七二―一七四頁)は、当時、流行った、というよりも、日本浪曼派や京都学派の論客たちが流行らせた言葉である。そういう流行語を遣って、横光は自分の考えを表そうとしたに違いない。高校生からほぼつるし上げられた横光は激して「そんなことをいうから君たちはだめなのだ」(一五四頁、改一七四頁)と口走った。

「だめなことはないでしょう」と私は声をしずめていった、「文学芸術の趣味は、化政の江戸で洗練の極に達していた。それはほんとうの《伝統》ではないというわけですね。しかし元禄――といってみたところで、代り映えもしないではないですか。元禄振りと《みそぎ》とは何の関係もない。平安朝の物語、いや、万葉集までさかのぼっても同じことだ。なんですか、一体、その万葉・源氏・西鶴・近松と全く関係のない日本文学の伝統というのは」。

「横光さんは、《ヴァレリーもフランスでみそぎをしている》といわれましたね。あれはどういう意味ですか」と別の男はいった。「密室の思想がみそぎに通じるという意味だ」「そんなことはないでしょう。《海辺の墓地》の風とおしはよいですよ」「ぼくは《テスト氏》のことをいっている」

「いや、そうでしょう。そうでしょうが、みそぎと関係はないですね。一体みそぎといわれるのは、本気ですか」。

（一五五頁、改一七五―一七六頁）

「化政の江戸」も皮肉ならば、「《海辺の墓地》の風とおしはよい」というのも揶揄である。おそらくこのふたつは加藤自身の発言だろう。その「海辺の墓地 Le cimetière marin」は、ポール・ヴァレリー Paul Valéry（一八七一―一九四五）が一九二二年に詠んだ詩のことである。

「ぼくはもう帰る」と横光氏は怒鳴った。「実に不愉快だ、こんなことははじめてだ」「それはそうでしょう」と私は、そのときに再び介入していった、「駒場ではみんなが考えを自由に話しますからね。念のために、《みそぎ》についてつけ加えれば、みそぎと関係があるのは、ヴァレリーではなくて《金枝篇》でしょう。みそぎとか、祓いとか、それに類したことは、なにも日本にかぎったことではない、原始的な部族の宗教にはいくらでもあることです。アフリカや東洋の《精神文明》を理解するのには、少くとも《日本浪漫派《ママ》》の《慟哭》より役にたちますよ。それで一体西洋の《近代》を《超克》できるものかどうか。人間宣言〔フランス人権宣言のこと〕以後百五十年、今どき《みそぎ》だの《神国》だのといいだすことが時代錯誤でないかどうか……」。

（一五六頁、改一七六―一七七頁）

一高生たちが執拗に横光に食い下がったのには、ふたつの理由があるだろう。ひとつは、横光に対してというより、むしろ横光のような知識人を生みだした時代に、あるいは日本社会に、とめどもない不信感と恐怖感を抱いていたこと。もうひとつは議論を始めたら、存外、相手を簡単に論破できることを知って図に乗ったこと。加藤は、「傷手をあたえることができたとすれば、それは相手が傷手をあたえる必要のない人間だったからであろう」(一五九頁、改一八〇頁)と振りかえる。

加藤が横光についてかくも精しく書いたのは、横光を戦時下の知識人の典型と捉え、そういう知識人に怒りを覚えていたからだろう。

ヒトラー・ユーゲントへの反応

横光との論争についての叙述のあとに、「ヒトラー・ユーゲント」が駒場を訪れたときのことが綴られる。「ヒトラー・ユーゲント Hitlerjugend」とは、一九二六年に発足したナチス公認の青少年組織である。一九三六年には一〇歳から一八歳までのすべての青少年が参加することが義務づけられた。日本とドイツの同盟強化の一環として、両国の青少年団が相互に訪問した。ヒトラー・ユーゲントの一隊一五人が日本を訪問し(一九三八年八月)、日本では「万歳ヒットラー・ユーゲント」(作詞北原白秋、作曲高階哲夫)という曲をつくって歓迎した。

ヒトラー・ユーゲントが駒場を訪れたときのことである。あれほど横光に対して果敢に挑んだ加藤たちは、ヒトラー・ユーゲントに対して「白眼を以て応じ、相手にもしなかった」(一五九頁、改一八〇頁)。わざわざこの件を挿入したのは、加藤たちの横光批判が、なんら身に危険が及ぶ可能性がない条件のもとでなされたものであり、身に危険が及ぶ可能性があれば、何もしないで静観あるいは傍観するだけだったということを自省的に述べるためである。横光に対する激しい批判とヒトラー・ユーゲントに対する無批判とが、対照的に述べられる。

しかし、ヒトラー・ユーゲントを迎えた駒場の学生たちの反応について、長谷川泉は少し違った証言を遺している。長谷川によると、一方で「「バカヤロー」の連呼」があり、一方に「薄笑いを浮かべた敝衣破帽の一群の学生」がいたという(前掲『嗚呼玉杯 わが一高の青春』)。そして「来日中のヒトラー・ユーゲントのいちばん印象がよかったのは幼年学校であり、悪かったのは一高であった」(同上)と綴る。

3 万葉集輪講の会、そして日本浪曼派と京都学派

自由主義への弾圧

駒場の寄宿寮は日本社会の縮図であった。いつの時代でも、政治に関心をもつ少数者と政治に無関心な多数者。形式的民主主義と実際上の多数派による支配。共同体内部の厳しい上下関係。個人の利害より優先される共同体の利害。いずれも一九三〇年代の日本社会の縮図であり、二一世紀になって

もその状況はあまり変わらない。

駒場の寄宿寮で、加藤は指導者にならなかったが、さりとて大衆にもならなかった。指導者にもならず、大衆にもならないという選択は、加藤の生涯に一貫している。寄宿寮でも、指導者に同調せず、冷静に、あるいは厳しく批判する少数者として行動する。

加藤が一高に入学するのは一九三六年であるが、その三年前の一九三三年という年は近代日本思想史にとって重要な年である。社会主義者たちに対する思想弾圧があり、その結果として、社会主義者たちの転向が生じる。たとえば、共産党指導者だった佐野学や鍋山貞親が「天皇制下の一国社会主義」への獄中転向を発表した。それに続いて多くの共産党員が転向した。

東京商科大学(現・一橋大学)の大塚金之助、ついで元京都帝国大学教授の河上肇が検挙された。大塚は東京商大を追われ、河上は前年に共産党に入党したばかりであったが、逮捕後、獄中で引退を宣言する。共産党の理論的指導者だった野呂栄太郎が逮捕されたのも一九三三年のことである。

また、京都帝国大学教授滝川幸辰《ゆきとき》が自由主義的であるという理由により国会で糾弾され、一九三三年、鳩山一郎文相は滝川教授の免職を総長に要求し、同教授の休職が発令された。これに抗議して、法学部長以下全員の辞表が提出された。文部省は教授たちの分断を図るために、滝川ほか、佐々木惣一、末川博ら六教授だけを免官した(ひとりはのちに復帰した)。この処分に抗議してさらに十数名の教員が辞意を貫いた。これが「滝川事件」であるが、滝川は社会主義者であったわけではない。滝川事件によって権力の思想弾圧は自由主義者にも拡がったのである。

以後、マルクス主義者のみならず、自由主義者に対しても思想弾圧がつづき、一九三四年には東京帝国大学法学部末弘厳太郎《いずたろう》教授が治安維持法違反で告発され、戸坂潤が法政大学を追われ、さらに一九三五年に天皇機関説事件、三六年にコム＝アカデミー事件、三七年に矢内原事件、同志社事件（これは大学側の自主規制）、中井正一ら『世界文化』グループの検挙、三八年には大内兵衛ら労農派が検挙された「人民戦線第二次検挙」、三九年には河合栄治郎事件などが起きるのである。

このように、次々とマルクス主義者や自由主義者が弾圧されていく一方、「流行の論客たち」（一五一頁、改一七〇頁）が、にぎやかに論壇を席捲しはじめていた。「流行の論客たち」とは日本浪曼派のことである。こういう歴史の流れのなかで加藤は高校生活を送った。

国民精神総動員

加藤が第一高等学校二年生のとき、一九三七年六月に第一次近衛文麿内閣が発足するが、その直後に盧溝橋事件が起き、戦線が拡大する。近衛内閣は「挙国一致」「尽忠報国」「堅忍持久」を掲げて、民心の統合を図った。次いで同年八月には「国民精神総動員実施要項」を閣議決定する。「国民精神総動員」とは、戦争協力体制をつくるための思想教化運動である。さらに一九三八年には国家総動員法を公布し、一九四〇年に大政翼賛会を発足させる。

この間に日常生活のすみずみにまでわたる指示や命令が出され、それらを徹底させるためにさまざまな標語がつくられた。短い言葉で、語呂がよいのが標語であり、したがって覚えやすい。標語がもつ特性を政府は盛んに利用したのである。一九四二年には大政翼賛会とそれに協力するいくつかの新聞社が「国民決意の標語」を募集し、「欲しがりません勝つまでは」「足らぬ足らぬは工夫が足らぬ」

ほか一〇点が入選作として選ばれたが、その選定にあたったひとりが、当時大政翼賛会宣伝部に所属し、戦後「一銭五厘の旗」を掲げ『暮しの手帖』を編集した花森安治であるといわれる。「ぜいたくは敵だ」という標語もよく知られる。普通には一九三九年九月に毎月一日を「興亜奉公日」として、この日は一汁一菜の食事と日の丸弁当を義務づけ、待合、バー、料理屋で酒を飲ませることを禁じたが、そのときに「ぜいたくは敵だ」というポスターやのぼりがつくられたのが最初だとされる。

標語だけでなく、さまざまな護符、たとえば「大和魂」「武士道」「葉隠」「神国日本」などを使って、国家主義へと民心を駆りたてた。

「東洋の精神文明」といういい方もされた。これは「西洋の物質文明」といういい方と一組のものであり、明治の初期から「和魂洋才」といういい方で、日本人の帰属意識を確保していたこととつながる。次第に欧米諸国との対立が鮮明になると、欧米諸国を凌駕するものが、手の内に必要になる。こうして「和魂洋才」の延長上に、「東洋の精神文明」が主張された。「和魂」から「東洋の精神文明」に拡大したのは、いうまでもなく、近衛内閣が打ち出した「東亜新秩序の建設」と呼応している。

万葉集輪講の会のにわか人気

一高時代、加藤は五味智英の正規の講義を受けただけではなく、五味の指導する「万葉集輪講の会」にも参加したことについては第5章に触れた。五味は、のちに『万葉集』の権威となるが、東京帝国大学国文科を卒業したばかりの新進気鋭の国文学者だった。「万葉集輪講の会」には、のちに作家となる中村眞一郎、同じく国語学者となる大野晋、能狂言研究者となる小山弘志らが参加していた。この「万葉集輪講の会」について、中村眞一郎が前掲『戦後文学の回想』に綴っている。

私が高等学校に入ったころ(昭和十年)は、国文学は全く人気がなかった。近代文学(明治以後の文学)の研究は未だ学問とは認められず、恐らく殆どの大学にも、専門の講座は設けられていなかった。そして、一般の文学愛好者にとって、「文学」とは西欧の近代文学であった。

私が子供の頃から、わが国の伝統的な文学に深い興味を持っていたのは、多分、特殊であったようだ。国文学や漢文学に趣味のある連中というのは、高等学校の同期生でも、殆どいないと言ってよかった。そして、高等学校には数多くの文化団体が、運動部と張り合っていたが、「国文学会」は全く目立たない存在で、わずかに、歌舞伎や能や新派などの切符を割引で売る事務をする場所として、掲示板のうえにだけ存在しているという実情だった。

(中略)

この「国文学会」が、百人以上の会員を擁し、寮内に一部屋を獲得するという盛大さを誇示するようになったのは、私の卒業(昭和十三年)後で、大野や小山の努力が大きいものと思う。が、彼等の努力だけでなく、時代の流行が一変したので、毎週一回の『万葉集』の輪講などは、何十人という学生たちが、熱心に出席していた。それに、私や加藤らも顔を出した。

(同上書増補版、五三―五四頁)

「万葉集輪講の会」は、「一高国文学会」という倶楽部活動の一環として行なわれた。その「一高国文学会」というのは、中村眞一郎らが組織した団体で、当初は五人で始めたと中村は回想する。ところが、「『万葉集』の輪講などは、何十人という学生たちが、熱心に出席していた」というのは、「時代の流行が一変した」からである。軍国日本を支えるイデオロギーを提供した日本浪曼派は、思想の根拠を日本の古典に求め、とりわけ『古事記』『日本書紀』『万葉集』がもてはやされたのである。軍国日本のスローガンはしばしば『万葉集』から引かれた。日本浪曼派が力を得るようになり、第一高等学校でも『万葉集』輪講はにわかに人気を得たのである。

軍国日本を支えた「西洋の物質文明、東洋の精神文明」あるいは「日本回帰」という考え方は、日本古典ブームをつくりだし、東洋史の人気を高めた。こういう風潮に抵抗する意味をこめて、たとえば西郷信綱は二・二六事件ののち東京帝国大学英文科から国文科に移り、丸山静は東京帝国大学仏文科を卒業したのち、京都帝国大学東洋史学科に入学した(北河賢三『戦争と知識人』山川出版社、二〇〇三)。日本古典文学や東洋史は、日本浪曼派や新日本文化の会を代表とする「日本イデオロギー」との「国内思想戦争」の戦場だった。加藤らが「万葉集輪講の会」で『万葉集』を一言一句正確に読もうとしたことは、このような思想戦を戦う意思の表われであった。「青春ノートⅥ」に記した「覚書」(一九三九年一〇月三日)に、加藤が「レトリックの戦場で僕は之から戦はうと思ふ」と綴っているのは、そういうことではなかったろうか。

日本浪曼派と京都学派と

日本浪曼派とは保田與重郎(一九一〇―一九八一)を中心にして機関誌『日本浪曼派』に集まった人びとを指す。その主張は、反近代主義であり、日本古代への讃歌である。日本浪曼派は、保田のほか、亀井勝一郎、神保光太郎、中島栄次郎、中谷孝雄、緒方隆士によって発足した。

「大東亜共栄圏」建設の理念として、「八紘一宇」がさかんに喧伝された。もとは『日本書紀』の「八紘《あめのした》を掩ひて宇《いえ》にせむ」に由来する。全世界を一軒の家のような状態にするという意味である。一九四〇年に第二次近衛内閣が決定した基本国策要綱において、「八紘を一宇とする肇国の大精神に基き」「大東亜の新秩序を建設すること」を掲げた。

「八紘一宇」という標語の意味は、誰にもはっきりしていなかったが、「日本は神国」であるとか、「東洋の精神文明」の伝統だとか、そういう申し分とどこかで結びついていて、私たちには頭の悪い時代錯誤としか思われなかった。しかし駒場の外の世界では、そのとき、マルクス主義者の弾圧に、自由主義的な学者の教職追放がつづき、流行の論客たちが、賑かに、わかりにくい言葉で「戴冠詩人の御一人者」とか、「殉国精神」とか、「信仰の無償性」とかいうことを叫びたてていたのである。

(一五〇―一五一頁、改一七〇―一七一頁)

「戴冠詩人の御一人者」(『コギト』一九三六年七月・八月号。のち単行本として、東京堂、一九三八)は、日本浪曼派の指導者保田與重郎の著作であり、その主題は悲劇の英雄日本武尊である。日本武尊は、偉大な武人であると同時に、偉大な詩人であったという論である。

「殉国精神」あるいは「殉国の論理」を訴えた人は、当時、数多《あまた》いる。そして「殉国」の精神を貫いた人としてもっとも知られていたのが吉田松陰である。吉田松陰に関する書物は、一九三〇年代後半、数多く出版された。「殉国」は「すてみ」と読まれることもあった。身を捨てて、国に殉ぜよという主張である。

「信仰の無償性」は、同じく日本浪曼派の指導者亀井勝一郎(一九〇七―一九六六)の著作である。同論文は、亀井のマルクス主義から仏教への転向体験が背景にある。『文學界』(一九四一年一〇月号―四二年一月号)に連載されたこの論文は、太平洋戦争開戦の直前に発表されたものである。その文の最後は次のように結ばれる。

――かくしてはじめて神仏の悲心はあらわれるというのか。浄土は近しと言えるか。誰がそれを知ろう。彼方より来るものに一切を委ぬるがいい。では彼方より来るものは必定であるのか。誰がそれを知ろう。疑念あらば疑念の底へ行け。信ありと思わば、また不信のあることをも御身のこととして担え。神仏の実在を証明するものは、生涯を賭けて御身が実証した人生苦自体である、無始劫来つきることはない。最低の地獄を継いで崩れざる人柱たること、これを捨身という。かくて神仏の立ちあらわれるは必定であるのか。誰がそれを知ろう。徒労というか。永遠の徒労は永遠の生命を得る。

――人生に耐えよ。

(『現代日本思想大系32』筑摩書房、一九六六、二〇一頁)

日本浪曼派が好んで遣った「慟哭」という語もある。「激しく嘆きかつ泣くこと」であるが、漢語にすることで感情の高揚をもたらす。漢語は遣い方によって感情を高揚させる効果が期待できる。

「京都学派」とは、京都帝国大学哲学科の西田幾多郎・田辺元とその子弟たちのグループを指す。誰を京都学派とするかについては論者によって違いがある。西田・田辺のほか、三木清、戸坂潤、和辻哲郎、西谷啓治、高山岩男、高坂正顕、下村寅太郎らである。西洋の哲学と東洋の哲学との融合を目指したが、国家主義と西洋批判の風潮のなかで、次第に、西洋の近代文明はゆきづまっているから、日本人が「近代」を超えた文化を建設する必要があると唱えるようになっていく。その代表が『文學界』(一九四二年九月・一〇月号)の座談会「近代の超克」である。この座談会には、京都学派のみならず、日本浪曼派も参加していたが、当時の「大東亜共栄圏」構想に対する、あるいは中国への侵略戦争に対する理論的根拠を与えることとなる。かくして、戦後、京都学派の「戦争責任」が問題とされるようになったのである。

「慟哭」という言葉で想い出すことがある。一九六〇年代後半の学生運動が盛んな頃、「状況」という語に代わって「情況」という言葉がよく遣われるようになった。そのとき、私は強い違和感を覚えた。情緒的な感じのする「情況」という言葉と、一九六〇年代の「新左翼」の激情とは、おそらく深い関係があるのだろう。二〇一〇年代に入ると、書籍の題名や雑誌の表題に、あるいは文中に「慟哭」という語が、意識的にあるいは不用意に遣われるようになってきた、と私は何回も感じている。こういうところにも時代精神は微妙に反映される。国家主義的な政治と国家主義的な思潮が生みだした傾向に違いない。

「近代の超克」と並んで「世界史的立場」も、京都学派が好んで主張した論である。座談会「近代の超克」と同じ年に行なわれた「世界史的立場と日本」(『中央公論』一九四二年一月号)という座談会がある。「日本的なもの」というのも、日本浪曼派や京都学派の人たちがしきりに主張したことである。西洋のものを借りてくるのではなく、日本独自のものを大事にし、それを育てることを主張したのであるが、それは西洋コンプレックスの裏返しでもあった。しかし、何が「日本的なもの」であるかについては、論者によって違いがあり、一様ではなかった。

いずれにせよ、加藤は、戦中から戦後まで、日本浪曼派や京都学派をまったく評価しなかった。

「世界一」の主張

知識人には「近代の超克」や「世界史的立場」が護符になり得ても、大衆には通用しない。そこで世界に冠たる日本を訴えるのに、いくつもの「世界一」を大日本帝国はつくりだした。

それが富士山であり、「皇紀二千六百年」であり、大和魂であり、醇風美俗であった。そして五輪大会を東京で開くことを計画し、一九四〇年には東京五輪大会が予定されていた。

明治政府は国民統合形成のために「国体」という観念をつくりだしたが、「国体」観念は漠としてよく分からない。その国体の分かりやすい象徴として、桜と富士山を使うことを思いついた。かくして、小学校教育では桜と富士山を使った教科書が次々と編集される。欧米との対立が激しくなるに従い、国体の精華たる富士山は、世界の人が仰ぎ見る山だという主張になる。一九四一年の国定国語教科書には、「世界の人があふぎ見る」山として描かれ、同年度の唱歌教科書には、

今　日本に　たづね来る
よその　国人　あふぐ　山
いくまん年の　のちまでも
世界　だい一　神の　山

という唱歌が載る(阿部一「近代日本の教科書と富士山」『富士山と日本人』青弓社、二〇〇二)。

「皇紀二千六百年」とは、大日本帝国下の紀年法に基づく。神武天皇が即位したのは西暦でいえば紀元前六六〇年二月一一日だとして(一八七二年の太政官布告)、これを「皇紀元年」とし、即位日を「紀元節」として祝日にした。一九四〇年は皇紀二六〇〇年にあたり、大日本帝国政府は大々的に祝い、海外でも祝っていることを演出した。そのひとつがリヒャルト・シュトラウスらに依頼した祝典曲である。依頼に応えて、リヒャルト・シュトラウスは『大管弦楽のための皇紀二千六百年に寄せる祝典曲』を作曲した。

それは二一世紀初頭の国家主義的政権のもとに、日本が世界に誇る山として富士山が「世界遺産」に登録されたことに対して国を挙げて喜び、あれから八〇年後に東京で五輪大会を開くことに血道をあげていることとよく似ている。二一世紀初頭の富士山人気も五輪大会熱狂も、国家主義の昂揚と無関係とはいえない。

敵性語の禁止

「国民精神総動員」は、さすが「総動員」というだけあって、人びとの暮らしのすみずみにまで干渉する運動であった。その運動の武器が「隣組」であり、「標語」であった。そもそも「国民総動員」とか「一億総動員」とかいう言いまわしがまがまがしい。ところが、近頃「一億総ナントカ」といういい方が再び用いられはじめた。そのたびに私は「国民精神総動員」を連想する。

衣服は「国民服」を着ることが求められ、女性はパーマネントの自粛を強いられ、男性は丸刈りが望ましいとされた。「パーマネントはやめませう」であり、「それでもお前は日本人か」である。「非国民」といういい方が人びとのあいだに浸透していた。

「それでも日本人か」といういい方は、一九三〇年代末から敗戦までよく遣われ、いまでもときどき遣われ、近い将来ふたたびよく遣われるようになるかもしれない表現である。あるべき日本人像があって、それに合わない人を糾弾するときに用いられる。加藤には「「それでもお前は日本人か」(「夕陽妄語」『朝日新聞』二〇〇二年六月二四日、『自選集10』所収)という随筆があり、宗左近が『詩《うた》のささげもの』(新潮社、二〇〇二)に紹介したある出来事についての感想が記される。

宗が召集される前夜に、宗の家で歓送会が開かれたときのことである。集まったのは、宗によれば、東京帝国大学法学部の学生で『護国会雑誌』(『校友会雑誌』が改名された)の文芸部委員だった橋川文三、その同級生街風伸雄《つむじ》、海軍司令部勤務の白井健三郎、『護国会雑誌』編集の後輩飯田桃(のちに、いいだもも)、中村稔、矢牧一宏だった。橋川、街風と白井とが、ひょんなことから論争となり、橋川らが「きみ、それでも日本人か」といい、白井は「いや、まず人間だよ」と答えた。橋川は「そんな非国民、たたきき〔っ〕てやる」と叫んだが、周囲の人がとりなしたという。加藤はいう。

〔一九〕四五年八月以前に、国民の圧倒的な多数が前者〔「まず日本人」主義者〕に、ほとんど例外的な少数が後者〔「まず人間」主義者〕であったことはいうまでもない。その晩の白井健三郎は一人で二人に対していたのではなく、ただひとり社会の圧倒的多数意見に対抗していたのである。しかも多数意見は官製であった。「まず日本人」説を作り、鼓吹し、教育して、多数意見としたのは、国家権力である。それが圧倒的な多数意見となった状況——それこそ四五年三月の状況に他ならない——の下で、「まず日本人」説を主張するのは、多かれ少かれ大勢順応主義であり、当人が自覚しようとしまいと、権力順応主義でもあった。そこに同調せず自説を曲げなかった白井の精神の自由を私は尊敬する。（『自選集10』一八二—一八三頁）

「「まず日本人」主義者と「まず人間」主義者との多数・少数関係は、四五年八月を境として逆転した——ように見える。しかしほんとうに逆転したのだろうか」（同上書、一八三頁）と加藤はわれわれに問うている。

それでも「国民精神総動員」という思想は、農村には浸透していなかった、と加藤はいう。おそらく父の生家が農家であり、農村と多少の行き来があり、追分でも農民とつき合いがあった加藤には、そういう風潮が農村には浸透していなかったことを知っていたに違いない。鶴見俊輔との対談（『二〇世紀から』潮出版社、二〇〇二で、加藤は次のように語る。

上からの洗脳にいちばん頑強に抵抗したのは「村」であり、ふつうの農民だったと思うのです。学校教育や徴兵でそれこそ「三代にわたる国民」に組み込むのが明治以来の教育で、それが戦争でさらに強化され、「天皇皇后両陛下御写真」になるわけですが、それは「村」の中で生きている農民にとっては別の世界のもので、明治国家は最後まで農民を完全には取り込めなかったと思う。

(同上書、四一頁)

加藤の軍国主義嫌いは、当初は、思想的なものではなく、生理的な反発や抵抗感から生まれた。それは受験優先の中学時代の教育と同じように、「強制」に対する抵抗、いいかえれば自由の感覚に基づいた反発であった。制服も、受験教育も、唱歌の唱和も、隊伍を組んだ行進も、いずれも「強制」を伴う。「強制」を伴うものに対する抵抗感は人一倍強かった。加藤は「御真影」とは決していわない。

加藤は生涯を通して少数派として生きたが、少数派として生きるには、心にかかる負担を押しのけなければならない。とりわけ言論の自由がない大日本帝国の下で、少数派として反戦の立場を貫くには、たえず権力に拘引される危険、生命を脅かされる危険を意識せざるを得ない。

しかし、加藤は自説を曲げることなく、戦時下を生きた。なぜ説を曲げることなく生きられたのか。ひとつには、幸いにも、実際に拘引され拷問を受けたわけではなかったこと、もうひとつは加藤の傍に渡辺一夫や川島武宜がいたことである。「仏文研究室」の章で、「〔渡辺の〕抜くべからざる精神が、私たちの側にあって、絶えず「狂気」を「狂気」とよび、「時代錯誤」を「時代錯誤」とよびつづけるということがなかったら、果して私が、ながいいくさの間を通して、とにかく正気を保ちつづけることができたかどうか、大いに疑わしい」（一八四―一八五頁、改二〇九頁）と加藤は述懐する。

また、前掲『過客問答』では、次のように語る。

戦争に対する態度、権力に対する態度に関して私が強い影響を受けたのは、渡辺さんと川島さんの二人です。個人的にも度々会って話をしました。（中略）法学部で知っていたのは川島さんだけだった。戦争に対して全く妥協の余地のない、鋭い、全面的批判を抱いていたのは、私の知る限りではこの二人です。馬鹿げた戦争でもちろん負けるに決まっていて、こういう愚かな事業に参加して戦死したらもったいないから、なるべく命は助かるようにしよう、ということで、もう頭から全面否定でした。（中略）植民地獲得のための帝国主義反対の確信は、マルクス主義を機械的には適用しない人たち、渡辺さんとか、川島さんとか、そういう人たちとの接触を通じてますます強められました。戦時下に小人数でも、周りの空気から孤立していても、もしかしたら私の方が間違っているんじゃないかとは毛頭思いませんでした。（同上書、一三五―一三六頁）

日本文化に対する関心の芽生え

第一高等学校時代の加藤は、西洋文化に親しみを感じ、西洋文化に触れたが、十分に理解できているという自覚はなかった。一方、伝統的な日本文化に浸った暮らしではあったが、日本文化の精神についてほとんど何も理解していないと自覚していた。何事についても、中途半端で、不徹底な自分だという自覚を十分にもち、かつそれは強い自覚だった。そういう自覚をもちながらも、どのように打開したらよいか、見当もつかぬままに日々を過ごしていた。まさしく青春である。

両大戦間の東京は、思えば不思議な街であった。そこには沢山の翻訳文学と、印象派以後の絵画の複製と、ドイツ浪漫派の器楽があり、それは日本の伝統的な文化を忘れさせるには充分で、西洋の文化を理解させるには不充分であった。(中略)また神道や儒仏の事については、ほとんど何の知識もなく、日本人の精神を長い間養ってきた観念の体系について全く無知でありながら、長い間祖先の身体を養って来たみそや米や豆腐をたべ、長い間日本人が歩いてきたあのぬかるみの道を長靴か足駄で歩いていた。古来の「淳風美俗」に従い、日常生活では、親しい一人の女さえも知らなかった。(中略)そういう自分を、一時代の文化の戯画として、私自身がはっきりと意識したことはない。しかし私自身のなかの二番煎じのもの、不徹底なもの、あやふやで堅固でないものを、おぼろげながらも感づいていないわけではなかった。その対策をみずから講じることが、その頃の私にできるはずはなかったろう。対策は、後になって、いわば外からやってきたのである。その第一は、医学であり、その第二は、太平洋戦争である。医学は知識の普遍性を保証し、太平洋戦争は日本社会の不確かな部分から私を切り離したので、あとには、その確かな部分を発見する仕事だけが残った。

(一三五—一三六頁、改一五三—一五四頁)

そういう問題に対する対策は、加藤自身のなかから生まれたわけではなく、外側から与えられた。ひとつは医学部に進学して、医学の方法を否応なしに身につけたことであり、もうひとつは太平洋戦争が始まり、日本社会、あるいは日本文化のもつ弱点を見せつけられたことである。

医学の実証主義的方法をもって、太平洋戦争が露わにした日本社会と日本文化を分析することが可能となるだろう。そして、日本社会や日本文化の不確かな部分をえぐり出して、その何たるかを理解することができるだろうと判断した。しかも、日本社会や日本文化には「弱点」だけではなく、「確かなもの」があると知って、それは何だろうか、という問題意識が加藤のなかに芽生える。

その問題意識が芽生えたことで、一本のはるかな道が加藤のまえに見えてくる。その道のはるかな先に『日本文学史序説』や『日本　その心とかたち』や『日本文化における時間と空間』が待っていることを、おぼろげながらに気づいたということであろうか。加藤はすでに高校生のときに、みずからの生涯の仕事が何であるかについて、気づきはじめたということである。フランス留学から帰ってきて、日本文化に対する関心が芽生えたわけではない。

4　一九四一年一二月八日

太平洋戦争の開戦を知る

一九四一年一二月八日の日本時間午前三時に、日本軍はハワイ真珠湾に碇泊するアメリカ海軍太平洋艦隊の空襲を始めた。日本放送協会は午前七時に臨時ニュースで日本の開戦を知らせた。大本営発表後、各新聞社はただちに「号外」を編集し発行した。号外を二回、三回と発行した新聞社もあった。『羊の歌』には、大学構内で、学生の一人が号外を読みあげ、「一種のざわめきが波のように拡った」(一六九頁、改一九一頁)と記される。相当に大勢の人が聞いていなければ、ざわめきが波のように拡がることはないだろう。そして「私は周囲の世界が、にわかに、見たこともない風景に変るのを感じた」(同上)と続く。加藤はそれまで放送の臨時ニュースも新聞の号外も知らなかったということだろうか。

加藤が学生時代にとっていた「青春ノートⅧ」の「一九四一年十二月八日」には、少し違って録される。「K君が朝大学の裏門を潜つた所で、無造作に話かける。《とう〳〵やつたね》」。加藤は開戦の事実を友人の話で知ったとある。『羊の歌』に書かれる状況は、あるいはそのあとのことだったのかもしれない。

「周囲の世界が、にわかに、見たこともない風景に変るのを感じた」というのだから、開戦の知らせは衝撃的なことだったに違いない。アメリカ、イギリスとの開戦の可能性が高いとは考えていたが、それが今日この日だとは思っていなかった。大きな事件も、小さな事件も、あらかたは、青天の霹靂のごとくに起きるものである。教室での教授は「何事もおこらなかったかのように平然として」（一七〇頁、改一九三頁）いたと『羊の歌』には書かれる。

ここも「青春ノートⅧ」の記述とは異なる。「青春ノートⅧ」には、「T教授が授業のあとで、手術台に手をかけながら、《医学生の覚悟》を促す。《はぢまりましたね、かう云ふ緊張した所で勉強するのも、男子の本懐ですかな。やりませう》と、S助教授は胃癌を論じはぢめる」と記される。

T教授も、S助教授も、開戦について触れている。そして「医学生の覚悟」を促し、この時期に学ぶのは「男子の本懐」だという。むしろこちらの方がありそうな話である。あるいはT教授やS助教授のほかに、何事もなかったかのように平然と授業を始めた教師もいたのかもしれない。その一方を「青春ノート」に残し、もう一方を『羊の歌』に留めたのだろうか。

「青春ノートⅧ」によれば、T教授やS助教授の言葉には共感を示さず、加藤はヴェルレーヌやヴァレリーや広重に想いを馳せたことを記す。

最も静かなものは空である。今日、冬の空は青く、冷く、澄んでゐる。水のやうに静かに。ヴェルレーヌの聖なる静寂《トランキュア》を想はせる。Le ciel est par-dessus les toits, ――は何と美しい言葉であらう。そしてヴァレリーの海辺の空！ Toutes choses, autour de moi, étaient simples et pures : le ciel, le sable, l'eau. のみならず maison de charité を出た僕は、西の方、工場の煙突の上に、折から暮れやうとする広重の空を見た。

（「一九四一年十二月八日」「青春ノートⅧ」）

さらに続けて加藤は「僕らの必要とする覚悟は弾丸に対するものであらう。或ひは飢えに対するものであらう。弾丸や飢えは僕を変へるであらう。（中略）勇気の要るのもその時であらう」（同上）と心境を綴る。

『羊の歌』に描かれる加藤は、開戦を知って茫然自失とまではいかないまでも、大きな衝撃を受けた。「青春ノートⅧ」に描かれる加藤は、あくまでも冷静沈着である。ともに加藤の素直な反応だったのかもしれない。一方では、とうとう始まってしまったか、という感慨があり、もう一方には、今後にもたらされる戦争の自分への影響を見つめる冷静な分析があった。その両方があったが、それをひとつずつ書きわけたのだろうか。

ピアノを聴いたか、文楽を観たか

太平洋戦争開戦の日に、文楽を観に行ったというのは、『羊の歌』のなかでもとくに有名な件である（一七一―一七二頁、改一九三―一九五頁）。太平洋戦争開戦の当日に、滅びるだろう日本文化に哀惜の念をこめて文楽を観たということで、しばしば文筆家やジャーナリストによって引用される。

前掲「青春ノートⅧ」の「一九四一年十二月八日」によれば、この日加藤は大学から自宅に戻り、レコードでショパンの音楽を聴く。そして「豊増昇のベートーヴェンをきゝに行かうと思つたが、妹が心細いと云ふからやめた。警戒管制の家で、ショパンのワルツをきゝながら、この文を草する」とある。

豊増昇(一九一二―一九七五)は佐賀県出身、戦前から戦後にかけて活躍したピアニストで、指揮者の小澤征爾やピアニストの舘野泉の師匠である。豊増は一九四〇年から四一年にかけてベートーヴェンのピアノ協奏曲およびピアノ奏鳴曲(ソナタ)の全曲演奏に挑んでいた。「青春ノートⅧ」に従えば、加藤は豊増の演奏会の切符をもっていた。しかし、妹が心細いといったので、いったんは外出を止めた。このあたりの叙述について、妹久子に確認すると、記述の通りであった。

ところが、加藤は夕刻になって、やはり出かけた。「母は外出を何度も止めました」と久子は証言する。それを振りきって加藤は出かけた。行く先については「さあ、コンサートだったかしら、そのあたりの記憶は、はっきりいたしません」という微妙な表現をした。久子は記憶力や判断力にきわめてすぐれ、今もその力は衰えていない、と私は確信している。

一二月八日夜に「豊増昇洋琴独奏会」が明治生命講堂にて催された。「洋琴」とはピアノのことである。ベートーヴェンの最後の三つのピアノ・ソナタ、すなわち作品一〇九、一一〇、一一一が演奏された。ベートーヴェン・ピアノ曲連続演奏会の最終回であった。

大阪・文楽座の公演は夕方から新橋演舞場で始まった。開演時間はおよそ二時間しか違わない。したがって、両方の公演に行くことはほぼ不可能である。加藤は、豊増昇の演奏会の切符を入手していたうえに、文楽の切符も入手していたのだろうか。「青春ノートⅧ」の「一九四一年十二月八日」の項では、豊増昇のベートーヴェンには言及するが、文楽にも豊竹古靱太夫《こうつぼだゆう》にも触れていない。そればかりか、八冊の「青春ノート」のどこにも、一語も記されていない。

しかも『羊の歌』のなかで、文楽に触れるのはこの件だけである。日本の伝統演劇について語り、歌舞伎役者や能役者のことを述べたところでも、古靱太夫についてはまったく触れていない。

「古靱太夫」とは、二世豊竹古靱太夫(一八七八―一九六七、のちに豊竹山城少掾《やましろのしょうじょう》を名乗る)で、義太夫節の名人と讃えられた。すでに述べたように、加藤の日本の伝統演劇に対する態度は、芝居のドラマトゥルギーに共感するのではなく、演者の個人芸に共感するものである。おそらく加藤は古靱太夫の芸に触れたかったのだろう。

大阪・文楽座の引越興行は、戦争中でもほぼ毎年のように行なわれていた。一九四一年は一一月二九日から一二月二三日まで、新橋演舞場で公演を行ない、古靱太夫が出演したことも記録に残る。

疑問を解く鍵は、加藤が引用した「今頃は半七さん……」(一七一頁、改一九四頁)という科白が握っているかもしれない。これは『艶容女舞衣《はですがたおんなまいぎぬ》』「酒屋の段」の科白である。酒屋の半七は女房お園をもつ身で、女舞芸人の三勝《さんかつ》と抜きさしならぬ関係となり、三勝とのあいだに子をもうけ、家にも寄りつかない。お園は「今頃は半七様、どこにどうしてござろうぞ」と歎き、訴え、悲しむのである。『艶容女舞衣』のなかでクドキの場面としてよく知られる。文楽が盛んだった戦前には、『艶容女舞衣』は人気が高くしばしば上演され、この科白は義太夫を聴かない人でも知っていた。

ところが『義太夫年表 昭和篇』第2巻(和泉書院、二〇一三)によれば、文楽座公演は、一二月八日までと、一二月九日からとでは、演目が違っている。『艶容女舞衣』「酒屋の段」は一二月九日から一三日までの演目である。したがって、一二月八日には上演されていない。

もうひとつの問題がある。同上書によれば『艶容女舞衣』に古靭太夫は出演していないのである。一九四一年一二月だけではなく、古靭太夫は一九三〇年から四六年までのあいだ『艶容女舞衣』を一度も語っていない。古靭太夫の聞書きである『豊竹山城少掾聞書』(茶谷半次郎著、和敬書店、一九四九)には次のようにある。「私もことし(昭和二十一年)は、四月に南座、五月に文楽座と、つづきに「酒屋」を出しましたが、「酒屋」をやるのは十六年振でした」(同上書、九〇頁)。

古靭太夫が出演したのは、一二月八日には『義経千本桜』「鮓屋《すしや》の段」、そして一二月九日から一三日までは『奥州安達原』「袖萩祭文《そではぎさいもん》の段」だった。いずれにしても「女の恋の歎きを、そのあらゆる微妙な陰影を映しながら、一つの様式にまで昇華させた世界、三味線と古靭大《〔ママ〕》夫の声の呼吸に一分の隙もない表現の世界」(一七二頁、改一九四頁)とはいいにくい。

親友垣花秀武と加藤は、期せずして、同じ日に同じ劇場で同じ演目を観ていたことを、戦後になって知って、お互いに驚きあう。垣花はそのことを二度、文章にしている。一度目は一二月九日のこととして書き、二度目は一二月八日のこととして綴った。垣花は一二月九日に行ったに違いない。しかし、二度目に書くときには、加藤が一二月八日に行ったと書いていることを知り、それに合わせたのではなかろうか(詳しくは拙著『「加藤周一」という生き方』筑摩書房、二〇一二参照)。

妹久子が一二月八日の加藤の行き先について「さあ、コンサートだったかしら……」と微妙ないい方をしたこととも符合する。もろもろ考え合わせると、加藤は一二月八日には豊増昇のコンサートに行き、一二月九日から一三日のあいだに、新橋演舞場に行ったのかもしれない。その間に文楽を観たと仮定すれば、『艶容女舞衣』「酒屋の段」や『奥州安達原』「袖萩祭文の段」が演じられていたことになる。そして『艶容女舞衣』「酒屋の段」の筋に感動し、『奥州安達原』「袖萩祭文の段」の古靭太夫の芸に魅了された。そしてこのふたつを結合させ、一二月八日のこととして「文楽の話」を綴ったのではないか。

加藤は一二月八日には新橋演舞場に文楽を観に行かなかった。それにもかかわらず、なぜ一二月八日に行ったことにしたのか。なぜ『艶容女舞衣』について触れたのか。

『艶容女舞衣』「酒屋の段」は、「子を想う親の情」が主題である。それ以外は何も語られない。徹底した「極私的世界」。そこには国家も、戦争も、世間も入りこまない。そういう世界が戦争の始まるそのときに演じられたことに対して、加藤には深い共感があったのだ。

一二月八日に文楽を観ようが、一二月九日に文楽を聴こうが、よしんばそれを実際には観なかったにせよ、『艶容女舞衣』「酒屋の段」は上演されており、上演されたことの意味は変わらない。しかも、そのことを訴えるには、加藤が一二月八日に行ったことにするのが、もっとも効果的である。だからこそ、この件がしばしば引用されるに違いない。このような修辞的効果を意図した文章を書く加藤だからこそ、ずっとのちに世阿弥の『花伝書』をはじめとする能楽論を「兵法の書」として捉えることができたのだ(「世阿弥の戦術または能楽論」『日本思想大系24 世阿弥・禅竹』岩波書店、一九七四、『自選集5』所収)、と私は考える。

太平洋戦争開戦に対する国内外の反応

太平洋戦争は、対外的にはアメリカとイギリスに対する宣戦布告をもって、国内的には昭和天皇の

「詔書」をもって始まった。真珠湾攻撃の直後には、その成功に日本国中が沸いた、とされる。

大学教授にも「ぼくは愉快だね」と受けとめた人がいた(一七二頁、改一九五頁)。おそらく辰野隆だろう。「仏文研究室」の章に「辰野先生は、いくさのはじめの頃、日本軍の大勝利をよろこんでいた。「真珠湾」は、「痛快な」活劇であった」(一八三頁、改二〇七―二〇八頁)とあるからである。

開戦を喜んだ「有名な歌人」(一七二頁、改一九五頁)とは斎藤茂吉に違いなく、「詩人」(同上)とは高村光太郎(一八八三―一九五六)だろう。

茂吉はおびただしい数の戦争讃歌を遺しているが、開戦直後に、

学校より帰りて居りしわが娘と正午勝関《かちどき》に和《わ》しをはりけり

(『大東亜戦争歌集 愛国篇』天理時報社、一九四三、一二一頁)

大きなる時に会ひつつはふりくる勇みの涙のごひにのごふ

(『斎藤茂吉全集』第六巻、岩波書店、一九五四、二四三頁)

われ遂にこの戦《たたかい》に生きあひておごそかに幸《さち》のかぎりとぞせむ

(同上、二五〇頁)

と詠んだ。戦いが始まったことに、娘とともに勝関をあげ、限りない幸せを感じ、感涙にむせぶ。高村光太郎もまた戦時下に戦意発揚の歌をしきりにつくった。たとえば「十二月八日」という詩は次のようなものである。

記憶せよ、十二月八日。
この日世界の歴史あらたまる。
アングロ・サクソンの主権、
この日東亜の陸と海とに否定さる。
否定するものは彼等のジャパン、
眇たる東海の国にして
また神の国なる日本なり。
（中略）
東亜を東亜にかへせといふのみ。
彼等の搾取に隣邦ことごとく痩せたり。
われらまさに其の爪牙を摧《くだ》かんとす。
われら自ら力を養ひてひとたび起つ、
老若男女みな兵なり。
大敵非をさとるに至るまでわれらは戦ふ。
世界の歴史を両断する
十二月八日を記憶せよ。

（一九四一年一二月一〇日作、『大いなる日に』道統社、一九四二）

真珠湾攻撃は、「手の舞い足の踏むところを知らな」(一七二頁、改一九五頁)いほどに、日本人に狂喜をもたらしたが、世界各地の指導者たちも「ベルリンだけを唯一の例外として」(一七三頁、改一九五頁)、「手の舞い足の踏むところを知らな」いほどに歓喜した。ヒトラーは日本の真珠湾攻撃の報を聞いて愕然としたという。そのことによって、アメリカが参戦することは間違いないと考えたからである。「ロンドンは米国の参戦を確実にした日本の行動に狂喜していた」(一七三頁、改一九六頁)とあるが、チャーチル首相は対独戦争に手を焼き、「モンロー主義」を掲げてヨーロッパへの不干渉政策を採るアメリカに、何とか参戦させたかった。日本がアメリカ、イギリスに対して宣戦布告したのを受けて、同日にドイツ、イタリアもアメリカに宣戦布告した。これによって、アメリカがヨーロッパ戦線に参戦せざるを得ない状況がつくりだされた。チャーチルにとっては「思う壺」にはまって、大いに喜んだはずである。チャーチルは『回顧録』のなかに、日本が真珠湾攻撃をしたことに触れて「ヒトラーの運命もムッソリーニの運命もすでに定まった。日本も滅びなければならない」と綴った(チャーチル『第二次大戦回顧録 抄』毎日新聞社、一九六五、中公文庫、二〇〇一)。

ナチス・ドイツ軍がパリに無血入城するのは、一九四〇年六月一四日であるが、フランスのドゥ・ゴール将軍(一八九〇―一九七〇)はロンドンに亡命し、自由フランス軍を組織して連合軍に加わった。自由フランス放送を使って、国内のナチス・ドイツおよびその傀儡政権ヴィシー政府に対する抵抗運動を鼓舞しつづけた。一九四四年にはアルジェでフランス共和国臨時政府を樹立する。ドゥ・ゴールにとってもアメリカ参戦は最大の援軍であって、「これで勝負はきまった」(一七三頁、改一九六頁)と快哉を上げたというのも、むべなるかなである。

「米国では――太平洋問題研究所の会議で」(同上)とあるが、これは、一般的には「太平洋問題調査会 Institute of Pacific Relations」(略称IPR)と呼ばれる研究機関のことである。その会議の模様を細かく伝えるが、おそらくこの事実は、一九六〇年代、加藤がカナダのブリティッシュ・コロンビア大学赴任中に、太平洋問題調査会の構成員だったウィリアム・ホランドから聞いた情報に基づくと思われる。太平洋問題調査会の反応を、世界の知識人が示した反応の象徴として描いたのだろう。

世界の政治的指導者あるいは知識人が見せたこのような太平洋戦争開戦の受けとり方を、東京の人びと、あるいは日本の人びとは知らなかったから、素直に喜んでいられたのだ、と加藤はいう。しかし、加藤とて世界の指導者や知識人の反応を知っていたわけではなかった。にもかかわらず加藤は、太平洋戦争が始まったこと、そして東京の人びとの反応を暗澹たる思いで受けとめた。大多数の日本人と違って、開戦を喜べず、有頂天になれず、またしても自分が「少数者」であり「余所者」であることを意識させられる。

「そのときほど私が東京の人々を遠くに感じたことはない」(同上)というのは、そのときに「余所者」であることをもっとも強く意識させられたということである。

しかし、真珠湾攻撃の報に、東京の人びとが歓喜していたかどうかについては別の証言もある。たとえば、フランス人ジャーナリストのロベール・ギランは、開戦の日、東京の人びとが開戦を静かに受けとめていることを記録した(『アジア特電』平凡社、一九八八)。もっとも歓喜していたのは、政治的指導者と日本浪曼派や京都学派に親近感を抱く知識階級の人びと、そしてメディアの人びとではなかったろうか。

加藤は古靱太夫が語る「日本」を限りなく近くに感じ、勝ち誇る軍国「日本」、そして軍国「日本」を支持する知識人、メディアを限りなく遠くに感じた。勝ち誇る軍国「日本」の意味は分かるとして、古靱太夫が語る「日本」とは、どういう意味だろうか。それはひとりの人間とひとりの人間とがつくりだす小さな世界、そこには生きる喜びがあり、悲しみがあり、希みがあり、諦めがあり、愛があり、憎しみがある。そういう、ひとりひとりの小さな世界を「かけがえのない」ものとして大事にすることではなかったか。だからこそ『艶容女舞衣』を観たといったのである。

加藤の思想と行動の核の部分には、私的な、小さな世界を「かけがえのない」ものとして大切にして生きるという姿勢がある。加藤は理想主義的に、あるいはイデオロギーとして「平和」や「反戦」を主張したのではない。目の前にいるひとりの人間を限りなく大切にしたい、という溢れる思いがあり、それが「反戦」や「平和」を主張させるのである。このような加藤の考え方、あるいは感じ方を見のがすと、加藤の知の世界を正確に理解することにはならない。理想主義やイデオロギーは時代の変化や権力の圧力によって捨ててしまいやすい。しかし、目の前にいる人間を大切にするという態度は変わりにくい。加藤が時代を超え一貫して「平和」や「反戦」を主張しつづけられたのは、こういう核をもっていたからだ、と私は確信する。

日本帝国の没落の予想

一二月八日に、日本、ドイツ、イタリアから宣戦布告を受けたアメリカは、まずヨーロッパ戦線に重点をおいた。これはイギリスのチャーチル首相の要請でもあった。日米の戦線は太平洋のかなたであり、日本本土が直接的な被害を受けることはなく、太平洋戦争開戦によって「日常生活に大きな変化がなかった」（一七四頁、改一九七頁）。

美竹町の広い屋敷は、祖父熊六と叔母道子の所有であった。その不動産を抵当流れで失うと、祖父と道子一家は目黒区宮前町に二軒の家を買って、引っ越した。加藤の家も土地は叔母道子の所有であったため、上物を売り世田谷区赤堤に借家住まいをすることになったのである。

父信一は金王町でも美竹町でも「加藤医院」を開業していた。しかし、開業してもうまくいかないことを悟ったのか、赤堤では開業しなかった。開業しない代わりに病院勤めを始めた。その病院を加藤は「伊豆の結核療養所」（一七五頁、改一九八頁）というが、妹久子は「父が伊豆の療養所に勤めたことはありません。父の赴任先は三浦半島の野比の海軍病院でした」という。野比の海軍病院は、一九四一年に横須賀海軍野比分院として開院し、四二年に野比海軍病院として発足した（今日の国立病院機構久里浜医療センター）。

一九四一年一二月八日の真珠湾攻撃から、四二年六月五―七日のミッドウェー海戦までは、日本軍はそれこそ「破竹の勢」（一七五頁、改一九八頁）で進軍した。アメリカ政府は、日本軍のアメリカ上陸まで想定していた。しかし、ハワイから先には進めず、ハワイより西方にあるミッドウェー島で四隻の空母を失って、戦局は大きく転換する。目先の利く人たちが「買溜め」や「「疎開」の準備」などに走るのを見ながら、加藤はひたすら戦争の行方を見定めようとした。「行動と関係のない判断において、希望的観測を排することは、容易であった」（一七六頁、改一九九頁）という表現は、「必勝の信念」をいいながら、個人的利害で行動する人たちに対する皮肉と揶揄の表現である。

「「没落」を理解する以外に「没落」を超える道はない」(一七六頁、改一九九―二〇〇頁)というのは、その通りであろう。「没落」の過程に、歴史が抱えていたすべての問題が見えてくるのだろう。それが見えるのは、没落の渦中にいる人間であり、そのごく少数者のみである。『平家物語』に描かれる平知盛は「見るべきほどのことは見つ」といった。『愚管抄』を書いた慈円は歴史が道理によって動くことを見抜いた。『幕府衰亡論』を著わした福地源一郎は、前例踏襲を因として江戸幕府の崩壊は必然の数、すなわち道理だと論じた。いずれも「没落」の側に属し、没落を超えた数少ない人たちである。

東京はまだ廃墟ではなかったが、私は眼のまえにあったほとんどすべてのものに、それが焼き払われた後の荒涼たる廃墟の幻を重ねて見ることがあった。すると、俄かに、あらゆるものが、思いがけない美しさに輝いた。赤門前の果物屋の店頭に積まれたみかんやりんご――冬の午後の陽ざしに照し出されたその色と冷い肌触りの予感は、それだけでも、私をしばらく舗道にたち止らせるのに充分だった。大学の構内の銀杏並木、その枯枝が空に張る細かい網、春先の煙るような緑と、両側の研究室のせまい入口を本や鞄をもって出入りする人々、また三四郎池のほとりの静かな忘れられたような陽溜り、化学教室の赤煉瓦の壁を照し出す夕陽、夕暮れの病院の暗い廊下を行き来する看護婦の白衣、本郷通りの本屋や「白十字」の窓につきはじめた夕べの灯、古本の棚の奥にうずくまって火鉢をわきにしながら帳面を見ている主人……そういうもののすべてが、私をひきつけ、ほとんどいうべからざる感動をあたえた。そういうときに、私は、はじめて、宮城の石垣や千鳥ケ淵の春の水が光るのを見たといってもよいだろう。いや、それればかりではない。東京の街のざわめき、舗道の凹凸、季節と共に移る風の肌触りのすべてを、私が感じたのは、そのときであった。（一七七頁、改二〇〇—二〇一頁）

「余所者」であり「観察者」であることを余儀なくされた加藤は、「旅行者」の意識で東京の街を歩いた。「旅行者」とは、「余所者」であり、かつ「観察者」である。余所者の観察者だからこそ、土地の人が発見できないものを発見できることがある。

東京の街がこれまでとはまったく違って見えた。何の変哲もない光景が、いいようのない感動を加藤に与えた。そしてここも視覚を中心にして、触覚、聴覚に関わるもの、そして加藤の感性の特徴を示すものが挙げられる。「枯枝が空に張る細かい網」に感動したのは、小学生のときだった。補習から帰る夕暮れに桜の枝がつくりだす網の目の美しさを発見した（「優等生」六七頁、改七六頁）ことはすでに述べた。

「荒涼たる廃墟の幻」、加藤は東京が灰燼に帰すことを予感していたということである。その廃墟の幻影も見えた。

「化学教室の赤煉瓦の壁を照し出す夕陽」「夕暮れの病院の暗い廊下を行き来する看護婦の白衣」「「白十字」の窓につきはじめた夕べの灯」……加藤が黄昏時を好むことは、これまでも何回か指摘した。「白十字」は東京大学正門前にあった喫茶店で、「仏文研究室」の章に、渡辺一夫、中野好夫らとともに談論を楽しんだ場所であることが描かれる。

「私は、はじめて、宮城の石垣や千鳥ヶ淵の春の水が光るのを見た」と加藤はいうが、そのとき宮城（皇居のこと。戦前から敗戦直後まではこのようにいっていた）の石垣や千鳥ヶ淵の水を「はじめて」見たわけではない。「あらゆるものが、思いがけない美しさに輝いた」ことに気づいたのである。

この文からふたつのことを私は想いおこす。ひとつは、すでに見たように加藤は滅びゆくものに「美」を感じる感性をもっていたことである。これは「青春ノートⅧ」にも綴られる。「この十五年間を、他日後世は、我等が今 Rome の没落を見る如く眺めるかもしれない。（中略）《ほろびしものは美しきかな》……」。

もうひとつ連想するのは、『日本文学史序説』における建礼門院右京大夫の「星空」の発見の件である。加藤はいう。

> 今や夢昔やゆめとまよはれていかにおもへどうつゝとぞなき　（下巻、二三九）
>
> しかし「失われし時をもとめて」余生を追憶に暮らす女の眼には、現実が夢のようにみえたばかりでなく、また嘗て女房社会のなかに浸りきっていたときにはみえなかったものがみえてきた。「月をこそながめ馴れしが星の夜の」（下巻、二五一）「こよひはじめてみそめたる心ち」（同上、前文）がしたのは、そのためである。月をながめ馴れたのは、文化的組みこまれであって、自然愛ではない。星の夜がはじめてみえたのは、自然の発見である。彼女は、社会を失ったときに、自然を見出した。
>
> （ちくま学芸文庫版、上巻二二六頁、傍点は引用者）

『建礼門院右京大夫集』の歌は、「月をこそながめなれしか星の夜の　ふかきあはれをこよひしりぬる」(岩波文庫版、一二一頁)である。加藤は「失われし時をもとめて」いたのだろうが、社会から強く疎外された意識を抱いていた。いわば「社会を失った」、そのときに、はじめて、皇居の石垣、千鳥ヶ淵の春の水の輝き、いままでは見ていても気づかなかったものに気づいたのである。それは建礼門院右京大夫の「星空」と同じである。だからこそ「はじめて」といい「読点」で句切って表現したのだ。

私は東京で生きていなかったときに、東京を発見した。「もう一つのドイツ」とトマス・マンがいい、「もう一つの日本」と詩人片山敏彦はいった。しかしそんなことはない。私はそもそものはじめから、生きていたのではなく、眺めていたのだ。私自身はいくさが大日本帝国の正体を暴露したと考えていたが、いくさが暴露したのは実は私自身であったかもしれない。

(一七八頁、改二〇一頁)

第8章 原点としての「戦中体験」(2)

―敗戦を迎える

信州上田に疎開していた佐々内科の人たち．加藤は前列左から3番目．ひとり帽子をかぶる．1945年9月

1　仏文研究室の人びととの交流

渡辺一夫と川島武宜

一九四〇年四月に加藤は東京帝国大学医学部に入学する。しかし、文学を学びたいという欲求はやみがたかった。加藤の希望を叶えさせようと、父信一が辰野隆のかかりつけの医者であったことから、父が辰野に加藤の希望を伝えたところ、「どうぞ」という返事をもらう。かくして医学部に学ぶかたわら仏文研究室にも出入りすることになった。その頃の東京帝国大学仏文科は、教授に辰野隆、助教授に渡辺一夫、鈴木信太郎、講師に中島健蔵という布陣であった。そして、大学院生に森有正、学部学生に三宅徳嘉がいた。

講義のあとでそういう人々が集ってする雑談は、医学部とは全くちがう雰囲気をもち、独特の活気にみちていた。医学部では、学生が教室以外のところで、教師と話し合う機会は、ほとんどなかった。いや、そういうことばかりでなく、仏文科研究室の集りには、私の知っていた周囲の社会から遠く隔った何ものかがあった。それは権力を意識することなしに、何についても、かなりの程度まで、自由に話すことができた、ということかもしれない。

（一八一―一八二頁、改二〇五―二〇六頁）

仏文研究室にもさまざまな考え方の人がいた。その様子は『羊の歌』によく描かれる。しかし、それぞれの意見の違いを楽しむ風習はあっても、少数派を排除したり、意見の異なる人に怒りを向けたりすることはなく、軍国政府の批判を述べても、それを密告したりする人はなく、咎められることもなかった。また、徒党を組んでことを進めるという風習もなかった。

なかでも渡辺一夫は、自分自身と周囲を「天狼星〔シリウス〕の高みから」（一八四頁、改二〇九頁）眺めようとしていた。歴史のなかに現在を見、現在のなかに歴史を見る渡辺の視点にも加藤は感嘆させられた。戦争がいよいよ深刻になり、追いつめられた意識をもっていた加藤は、医学部卒業後も仏文研究室を訪れることを止めなかった。人びとを狂気に駆り立てる戦争のさなかにあって、精神を正常に保つ拠り所だったのである。

私がいちばん強い影響を受けたのは、おそらく、戦争中の日本国に天から降ってきたような渡辺一夫助教授からであったにちがいない。渡辺先生は、軍国主義的な周囲に反発して、遠いフランスに精神的な逃避の場をもとめていたのではない。そうするためには、おそらくフランスの文化をあまりによく知りすぎていたし、また日本の社会にあまりに深く係っていた。日本の社会の、そのみにくさの一切のさらけ出された中で、生きながら、同時にそのことの意味を、より大きな世界と歴史のなかで、見定めようとしていたのであり、自分自身と周囲を、内側からと同時に外側から、「天狼星の高みから」さえも、眺めようとしていたのであろう。それはほとんど幕末の先覚者たちに似ていた。攘夷の不可能を見抜き、鎖国の時代錯誤を熟知し、わが国の「後れ」を単に技術の面だけではなく、伝統的な教育とものの考え方そのものに認めて、その淵源を日本国の歴史のなかにもとめ……もしその抜くべからざる精神が、私たちの側にあって、絶えず「狂気」を「狂気」とよび、「時代錯誤」を「時代錯誤」とよびつづけるということがなかったら、果して私が、ながいいくさの間を通して、とにかく正気を保ちつづけることができたかどうか、大いに疑わしい。

（一八四―一八五頁、改二〇八―二〇九頁）

渡辺について「天から降ってきたような」というのと、「天狼星の高みから」眺めようとしていた、というのはともに、日本社会を超えた普遍的視点から日本社会を見定めるということであり、これはヴォルテール『カンディード』の一句を踏まえた表現である。

戦争に対する態度において、もっとも強く深い影響を受けたのは渡辺一夫であったが、渡辺だけではなかった。すでに紹介した『過客問答』では、川島武宜と渡辺一夫のふたりの名前を挙げる。そして『私にとっての20世紀』では大叔父岩村清一について語るが、それは第1章に触れた。とりわけ川島からは、反戦的態度だけではなく、マルクス主義的なものの考え方を学んだに違いない。

私が非常に親しい関係を戦時下に続けていて、影響を受けたということになると、マルクス主義者がいないんです。しかし、マルクス主義の影響は非常に強かった。本で知ったマルクス主義と、一種の個人主義、リベラリズムの渡辺さんと、マルクス主義者ではないけれども、マルクス主義と関係が深かった社会科学者としての川島さんのものの考え方、見方、その三つの影響が私にはあると思います。（前掲『過客問答』一三六頁）

フランス文学を読む

この頃、加藤はフランスの作家の著作を集中的に読んでいた。ある年の夏に追分で、日高六郎は村人から「毎日、朝から晩まで、フランス文学ばかり読んでいる人がいる」と教えられ、それが加藤であったことを綴る（「加藤周一追悼」『月刊百科』平凡社、二〇〇九年四月号）。フランスを中心としたヨーロッパの状況を摑むために『ユーロップ』や『N・R・F』をよく読んだ。それは「青春ノート」からも窺い知ることができる。このときの蓄積があるからこそ、敗戦直後に、フランス文学思想関係の論考を次々と発表できたのである。

加藤は仏文研究室に出入りして多彩な交友関係をつくる。同世代で交友した人に、森有正と三宅徳嘉がいた。森は戦後のフランス政府給費留学生の一期生で、三宅は加藤と同じ二期生である。

森は「本郷のYMCA」に暮らしていた。その歴史は一八八八年まで遡り、アメリカYMCAの支援のもと「帝国大学青年会」として発足する。その目的はキリスト教徒学生の親睦を図り、キリスト教を東大生のあいだに宣べ伝えることにあった。一八八九年には本郷に土地を求めて寮を建てた。東大YMCA寮に暮らした人に、吉野作造(政治学者)、片山哲(政治家)、大塚久雄(経済学者)、木下順二(劇作家)らがいる。木下と交友関係をもつのもこの頃のことであり、東大YMCAを舞台とした。

いくさの成りゆきは、不幸にして、その後、私たちの考えの正しかったことを示すようになった。米国の加わった聯合軍は、欧洲でドイツ軍を圧迫し、太平洋で日本軍の占領した島をとりかえしはじめた。大学の卒業年限は短縮され、四月卒業が九月卒業になり、「学徒動員」が行われた。私は医学部を卒業し、附属病院で働くことになったが、その後もながく、研究室自身が「疎開」したときまで、仏文研究室を折にふれて訪ねることだけはやめなかった。それはもはや仏文学のためではなくて、ただ嵐のなかで、誰かと話し合うことが必要だったからである。破局はちかづき、私は自分自身が次第に追いつめられてゆくのを感じていた。

(一八六—一八七頁、改二一一—二一二頁)

「私たちの考えの正しかったこと」というときの「私たち」とは、渡辺一夫や川島武宜や森有正や三宅徳嘉、そしてマチネ・ポエティク同人たちを指しているのだろう。そういう人たちとの一種の連帯感があったからこそ加藤は「私たち」と記したのである。

太平洋戦線で戦局が転換するのは一九四二年六月のミッドウェー海戦である。さらに三次にわたるソロモン海戦(同年八月、一一月)で、日本はことごとく敗れた。以後、連戦連敗を繰りかえす。

「大学の卒業年限は短縮され」いわゆる「繰り上げ卒業」が行なわれるのは、すでに一九四一年一〇月からのことである。四一年度卒業生は三か月短縮され、四二年度卒業生は六か月短縮された。こうして、加藤は一九四三年九月に卒業した。何のための「繰り上げ卒業」か。太平洋戦争開戦のとき、すでに日本軍は兵士の数が不足していた。その不足を補うために、徴兵適齢を下げると同時に上げ（最終的には、一七歳から四五歳までが徴兵適齢となった）、徴兵猶予されていた大学生のうち理系と教員養成系を除く学生には徴兵猶予を廃した。そして卒業を繰り上げて、一日も早くと軍隊に送りこんだのである。

医学部を繰り上げ卒業した加藤は、医学部附属医院に配属され無給の副手になった。副手になっても加藤は仏文研究室に出入りすることを止めなかった。それは日本社会のなかで、また医学部においても、少数者として孤独を生きていた加藤が、唯一、心を休められたところが仏文研究室だったからである。少数者が少数者であり続けるためには、少数者同士の連帯が必要であることを痛切に感じたのだった。その経験が、時代が悪くなってきた一九九〇年代以降、白沙会や凡人会をはじめとする少数派の集会に積極的に足を運んだひとつの理由だろう。

2　内科教室での論争

実験科学の手ほどき

東京帝国大学医学部を繰り上げ卒業して、「無給の副手」(二〇〇頁、改二二七頁)として入ったのは、佐々《さっさ》(貫之《かんし》)内科である。佐々は青山胤通の教え子のひとりであり、同医局には中尾喜久《きく》(一九一二―二〇〇二)、三好和夫(一九一四―二〇〇四)という血液学専門の医師がいた。このふたりから加藤は「血液学一般の手ほどきを受け、殊に血液や骨髄の細胞の形態学を習った」(二〇一頁、改二二八頁)。

加藤は中尾、三好というふたりの「厳格な」先輩医師に医学研究の手ほどきを受けた。「それだけの事実から、そういう結論は出ないね、そうであるかもしれないが、確かにそうだとはいえない」(二〇一頁、改二二八頁)と中尾はいったし、「自分で測りなおさなければだめだ」「誰の数値でも、それをもとにしてものがいえると思ったら、大まちがいだぜ」(同上)と三好はいった。ふたりは、たんに専門的医学の方法だけではなく、ものの考え方の基本を加藤に教えたのである。

戦局が不利になるに従い、病院の医師たちも軍医として出征することを希望して、出征していく医師たちが増えた。加藤は軍医になることを望まず、軍医にならなくて済み、研究室に残った。しかし、病院の医者が少しずつ減り、加えて空襲による罹災者が増えてくれば、仕事量はおのずと増える。そういう状況のなかで、多忙をきわめた加藤は、仕事を終える時間が晩くなり、ついに病室に泊りこむようになる。

加藤は「二等病室」に泊まった。当時の病室は、部屋の広さや部屋から見える景観によって、「一等病室」「二等病室」「三等病室」の区別があり、病室の利用料金が異なった。いちばん多い病室が「二等病室」である。たとえば慶應義塾大学病院では、病院開院時(一九一九)に一等病室が二六部屋、二等病室が一二四部屋、三等病室が四六部屋あった(『慶應義塾百年史 中巻(前)』八五七頁)。

「はじめのうち私たちは空いている病室を探して泊っていたが、(中略)二等病室の一部を泊りこみの用にあてることが、医局の暗黙の習慣となった」(二〇二―二〇三頁、改二二九頁)とある。恣意的・偶発的現象も繰りかえすうちに慣習化され制度化される。こうして「いつのまにか私の専用となった二等病室に住んでいた」(二一一頁、改二三八頁)のである。病院に寝泊まりしたのは加藤だけではなかった。

同僚医師との論争

実証主義的な考え方が徹底している医局だったが、それは医学の範囲に留まっていた。医学以外の事象については、まったく実証主義が活かされない。あるとき、医局内で戦争に関する見通しについての論争が生じた。

ある晩、私たちは、米軍がまた日本軍のまもる一つの島に上陸したという報道を聞いた。「断乎敵を粉砕する」と、その報道はつけ加えていた。「そうはゆかないだろう、どうせまた米軍が占領するのだろう」と私は呟いた。そう呟いても誰もとり合わずに、話はそのまま身の廻りのことに移ってゆくのがいつもの慣わしでもあった。しかしその晩当直して犬鍋の宴会に加わっていた若い医者は、私の言葉にこだわった。「どうせまた、とは何ですか」と思いがけなく激しい声で彼はいった。「情報局が、断乎敵を粉砕するといったのは、今日がはじめてではないからさ」と私は話を打切るつもりで応じた。しかし相手はひき下らなかった。「けしからぬではないですか、どうせ敵が勝つだろうというのは」「そうだろうか」と私はいった。「そうだろうかじゃない、今、米軍がまた占領するだろう、といったばかりでしょう」「もちろん、そういったさ。それで君が怒ることはないだろう。今まで米軍が太平洋の島に何度も上陸して占領に成功しなかったことは一度もない。とすれば、今度の上陸も、失敗の見透しよりは、成功の見透しが大きかろう」「そうとはかぎらない……」と相手はいった。「確かに成功するとはかぎらない、明日のことは確かにはわからない、しかし米軍が占領に失敗するだろうと想像するための材料はない。成功するだろうと考える材料だけが多いということだ」「あなたという人は、必勝の信念が……」「……あってもなくても、これは信念の問題ではない。客観的な状況判断の問題にすぎない」「敗北主義だ」と彼は叫んだ。「ちょっと待ち給え」と私はできるだけ興奮を抑えていった、「ぼくは島の日本軍がおそらく敗北するだろう、といったので、敗北することが望ましい、といったのではない。その二つは、全く別のことだ。敗北することが望ましい、といったとすれば、精神的な裏切りで、敗北主義かもしれない。しかし敗北しないことがどれほど望ましくても、その望みと、おそらく敗北するだろうという判断とは、全く関係がない。(後略)」

（二〇三―二〇四頁、改二三〇―二三一頁）

加藤が勤めた医局の雰囲気はそもそもどんなものだったろうか。「社会の動きと関係の深い学部ではなかった。とくに医学部内の空気は時代とは関係ない。（中略）ファシズムに賛成もしないけれど反対もしない。技術者としての、要するに医者の話以外はもう何にもない。話題は食べ物とかスポーツだけという感じなんですね」（前掲『過客問答』一二五―一二六頁）というように、専門以外には関心をもたない、したがって社会的発言をすれば通俗的見解あるいは権力やメディアのいうところから一歩も出ない。みずからの実証主義的思考、合理的思考を使って社会的問題や政治的問題を考えるという習慣がまったくない。どうしてこのような考えになるのかという疑問を加藤は抱いた。この疑問が原点となって、加藤は日本人のものの考え方の特徴を追究し、ついには『日本文学史序説』や『日本 その心とかたち』を著わすことになるのである。

右のような雰囲気が医局を支配していれば、たとえ加藤が戦争についての意見を述べたとしても、「話はそのまま身の廻りのことに移ってゆく」に違いない。さりとて加藤の発言を当局に密告するという人もいない。加藤の意見を「聞き流す」というのが医局の大方の受けとめ方だった。それは加藤の意見が支持されていたことを意味しない。むしろ支持されていなかった。そういう雰囲気のなか、ひとり若い医師は大方の同僚とは異なる反応を示した。

「敗北することが望ましい、といったとすれば、精神的な裏切りで、敗北主義かもしれない」と書かれるが、この「精神的な裏切り」とは、誰の誰に対する裏切りだろうか。「精神的な」とは何だろうか。おそらく、戦争の渦中にある日本の「臣民」はすべて一体であることが期待され、日本の「臣民」はすべて戦争に勝つことを望んでおり、負けることを望む人は、日本の「臣民」に対する「裏切り」だということだろう。「精神的な」というのは、裏切り行為を行動としては起こしていないが、心が裏切っているという意味合いだろう。加藤が「裏切り」といわれることに対して敏感に反応することはすでに述べた。その敏感さがこの「論争」を激しいものにしている。

若い医師との「論争」が書かれる通りであったかどうかはともかくも、若い医師が加藤に対して強気の態度で挑んだのは、おそらく彼の意見が、医局においても、あるいは世の中に出ればなおさら、圧倒的に支持される意見であるという認識があったからに違いない。若い医師は、暗黙の、かつ見えない支持を恃《たの》んで、加藤に対して強い態度で臨んだのである。加藤が論争していた相手は、目の前の若い医師ではなく、圧倒的に多数の世論であると加藤は自覚していたはずである。

同時に、この「論争」を挑まれたことで、加藤は内科教室においても「孤独」であり、「余所者」であることを思い知らされた。周囲あるいは時代に対して苛立ちを覚えていたことは間違いない。

「(前略)信念だの敗北主義だのと、そんなことは軍人がうんざりするほどいっている。大学は学問をするところだ、学問にとって信念などはびた一文の値うちもない。われわれは、どういう事実を知っているか。上陸した米軍の兵力も、島の日本側の兵力も、われわれにはわからない。われわれの知っている事実は、太平洋の小さな島に米軍がすでに何度も上陸し、上陸して占領しなかったことは今までに一度もなかったということだけだ。それだけの事実から、今度の上陸の成功と失敗のいずれが、より確からしいと判断できるか。ぼくは米軍が確かに成功する、とは決していわなかった。おそらく成功するだろう、といったのだ。そのどこにまちがいがあるのか。それが情報局の気に入らぬだろうというのならば、話は別だ。はっきりそういったらいいじゃないか。ただ情報局をかさに着て、いいがかりをつけるのはよせ。敗北主義だの何だのと、馬鹿々々しくて聞いちゃいられない。よくもその程度の頭で……」。（二〇五頁、改二三二頁）

ここに書かれる考え方こそまさしく実証主義的考え方である。「確かな事実にもとづいて結論できることだけを結論し、検証することのできないすべての判断を疑う」（二〇一頁、改二二七―二二八頁）とすれば、アメリカ軍が沖縄に上陸し、沖縄占領に成功する可能性は、沖縄占領に失敗する可能性よりもはるかに高い。事実判断と価値判断とを峻別するのは学問の基本であるから、「信念」は学問とはいちおう無関係である。

「それが情報局の気に入らぬだろうというのならば、話は別だ。はっきりそういったらいいじゃないか。ただ情報局をかさに着て、いいがかりをつけるのはよせ。敗北主義だの何だのと、馬鹿々々しくて聞いちゃいられない。よくもその程度の頭で……」。このいい方は激しい。「語るなら声低く語れ」を信条とする加藤が、これほど激しく相手をののしることが本当にあったかどうかは分からない。しかし、激しく相手をののしったと綴った。

『ある晴れた日に』の論争との違い

ところが、右の件とほぼ同じ内容の話が小説『ある晴れた日に』(『人間』鎌倉文庫、一九四九年一月号—八月号。単行本として、月曜書房、一九五〇、岩波現代文庫所収)にも描かれる。論争の相手は、『羊の歌』では同じ医局の若い医師だが、『ある晴れた日に』では外科の先輩医師である。そして『羊の歌』よりも詳しく論争が描かれる。その論争はアメリカ軍の沖縄上陸をめぐって起きた。アメリカ軍の沖縄本島への上陸は、一九四五年四月一日であり、六月下旬にはほぼ占領される。この「論争」が実際にあったとすれば、沖縄本島上陸直後の四月上旬か中旬のことだったろう。

しかし、それにしても、例えば火傷の治療法については綿密な論理を操り整然と語ることのできる男が、何故沖縄の運命については簡単な論理さえも冷静に辿ることができないのだろう? 医学には詳しいが、戦局には知識がないからか。しかし、客観的な判断と自己の希望との不手際な混同は、知識の不足によるものだろうか。例えば新聞の記事にしても、五万トンの戦艦というような噂にしても、外科学会雑誌の報告は慎重に吟味した後でなければ決してそのまま信用しない岡田〔外科医〕が、何故新聞の記事は無造作にそのまま本当のこととして話すのか、理解することができない。同じ人間が、あるときには論理的であり、あるときには非論理的である。あるときには慎重であり、あるときには軽率を極めるというのは、一体どういうことか。戦局の判断に関しては、非論理的であり、軽率であることが、愛国的なことであるのか。

（岩波現代文庫版、一一三頁）

小説『ある晴れた日に』では、先輩医師に対して加藤は、やんわりと応じている。一方『羊の歌』では激しい感情を露わにしている。実際の「論争」があったとして、その相手が、先輩医師であったか、後輩医師であったかは分からない。しかし、戦争末期の状況にあってさえ、いまだ情報局や新聞・ラジオの報道に疑いをさしはさまない人びと、少なくともそういう知識階級の人に対して、加藤が激しい怒りを覚えていたことは間違いない。その激しい怒りは、『ある晴れた日に』のように先輩医師に対することとしてやんわりした態度で臨んでいたのでは伝わりにくい。『羊の歌』のように後輩医師に対することとして激しく主張することで、その真意が伝わりやすくなる、と判断したのではなかろうか。加藤の怒りは、先輩医師や若い医師に対してというよりも、むしろ戦争を指導した人たちに対して、戦争を積極的に鼓舞する人たちに対して、そして戦争を消極的に支持する人たちに対して、向けられたものだった。

渡辺一夫装丁『ある晴れた日に』.
月曜書房刊

友人の多くが死地に赴かざるを得ない状況にもかかわらず、加藤自身は前線よりはるかに遠く、はるかに安全なところにいることに強い後ろめたさも感じていた。この「後ろめたさ」の感覚は、召集されなかった当時の若者に共通するものではなかったか。この感覚が、加藤が晩年にしばしば口にした「サヴァイヴァル・コンプレックス」を生むことになるのだろう。

ひとりの看護婦を発見する

病室に住みこむようになって、私は看護婦たちの顔を覚えた。そのなかの一人は、彼女の当直の晩に——看護婦たちは交代で、二人ずつ当直し、夜どおし起きていた——田舎の生家からはこんできた白米や卵を使って、私のために夜食をつくってくれた。私は夜の看護婦室で、白衣の娘が消毒用のガスや水道を利用し、手早く、器用に、料理をつくるのを、感心して眺めていた。（中略）料理ができあがると、私はひとりでそれを平げた。みずから用意したその夜食を、彼女が共にすることはほとんどなかった。あたかも私の家庭で、父や私が、家事に指ひとつ触れず、母と妹が万事をとりしきるのが、当然のこととされていたように。私はひとりの看護婦の好意と、好意にもとづく奉仕——にそれはちかいものであった——を、平然と受け入れながら、何ら彼女に報いる術を知らなかった。

（二〇六—二〇七頁、改二三三—二三四頁）

病室に住みこめば、病院で働くひとりひとりがよく見えてくる。おのずと顔見知りになり、顔見知りになれば親近感も抱くようになる。いいかえれば、住みこまなければ医師は看護婦の顔さえも覚えない関係であったことが示唆される。当時、医師と看護婦とでは、学歴が大きく違い、大きな地位の差があった。千葉県出身のひとりの看護婦は加藤に親近感を抱いて、夜食をつくってくれた。しかし、その夜食を加藤はひとりで「当然のこと」のように「平然と」「平げた」が、つくった本人は一口も食べなかった。今日ならば考えられないような、医師と看護婦とのあいだの「関係」——差別的関係が垣間見える。その「関係」は、家庭内の女性と男性の関係にも通じるものであった。男尊女卑と医師と看護婦の差別的関係とを加藤が自戒を込めて綴った件である。そうでなければ、この件に「当然のこと」「平然と」という語を入れることはない。

部屋の四方には、薬の棚や医療器具があり、病人の記録(それは「カルテ」とよばれていた、その頃の日本の医者は、ドイツ語、またはドイツ語に似た多くの術語を用いていた)が積み重ねられ、壁には黒板に白墨で患者の処置の予定表が書きこまれていた。また薬屋の広告用の暦もかかっていて、その大きな色刷りの写真は、富士の雪とか、平安神宮の桜とかいった種類の風景をあらわしていた。天皇皇后両陛下の写真や、活動写真の人気俳優の肖像を見ることはなかった。机には看護学教程といった風の本や、婦人雑誌のおいてあったこともある。その部屋は、一見したところ無秩序にみえた。しかし、しばらくそのなかにいると、一種の秩序がその雑然とした全体のなかからはっきりと感じられた。それは投げやりにされた混雑ではなく、それぞれのものが目的に応じて細心に配置された複雑さであった。机の上の花びんには、いつも小さな花が活けてあり、それが不思議に全体の空気をやわらげていた。(二〇六—二〇七頁、改二三三—二三四頁)

ここには看護婦が働く部屋がこと細かに描かれる。要するに、加藤に「眼の変化」が生じたのである。「眼の変化」は対象に対する意識の変化を意味する。加藤に好意をもった看護婦にいつしか加藤も好意をもったに違いない。ある人に好意を抱くということは、その人に対する関心を高めるということである。それまでは看護婦の顔さえ覚えなかったにもかかわらず、これほど細かく描写できるまでに、加藤はその看護婦の仕事場を、さらにその看護婦を見つめていたのである。

看護婦室は一見雑然として見えたが、そこには「秩序」があり、それを「細心に配置された複雑さ」だと加藤は感じた。「雑然」と「細心に配置された複雑さ」とは似て非なるものである。そのふたつを分けるのは、そこに「秩序」を認めるか否かである。「机の上の花びんには、いつも小さな花が活けて」あることに気づくのは、加藤ならではの感覚である。おそらくその看護婦が活けたものだ、と加藤は考えた。この件では、一方で「秩序」を認識し、一方で「小さな花」を発見している。ともに加藤がこよなく愛したものである。

ついに加藤はこの看護婦を「女友だち」(二〇七頁、改二三五頁)だと自覚した。おそらく医局における孤独の意識も余所者の意識も、加藤の心を彼女に向かわせた一因だったろう。ふたりは「話し合うことは何もなかった」(同上)にもかかわらず「何かを話し合っていた」(同上)。おそらく「女友だち」以上であると意識していたろう。そうでなければ、その娘の生まれ故郷内房に一緒に行くというのは、あり得ないことである。

内房へ向う電車に乗ったとき、私は周囲の乗客を、長い旅から帰ってきたときのように、一種の好奇心をもって見廻した。国民服の人々、買出しの人々、それぞれ何かの用事で忙しそうな人々……週末に海を見にゆこうという人間は、たしかに、私のほかにいるはずもなかった。私は突然よそ者としての私自身を、実に鋭く――あたかもその「よそ者」という言葉のなかに、私と社会との関係の一切が要約されてでもいるかのように、鋭く感じた。(中略)私の最初の女友だちは、ある日一種の幸福感で私をみたしたけれども、私の内部を決定的に変えるということはなかった。

(二〇七―二〇八頁、改二三五―二三六頁)

彼女を育てた世界に入ろうとした瞬間に、その世界でもまた自分が「余所者」であると鋭く意識する。それは看護婦との関係がそれ以上に進まないことを意味する。「私の内部を決定的に変える」女性ではないことを自覚した。余所者であるという意識が彼女に近づかせ、余所者であるという意識が彼女から遠ざからせたのである。

3　東京大空襲、そして別れ

東京大空襲

日本がはじめてアメリカ軍の空襲を受けるのは一九四二年四月一八日である。真珠湾攻撃からわずか四か月後のことである。アメリカはいつでも日本列島を空襲できる能力をもつことを示したかったに違いない。しかし、それから二か年半のあいだ、空襲はなかった。この間にアメリカ軍はB29という大型爆撃機を開発製造した。B29による空爆が始まるのは一九四四年六月一六日である。この日、北九州の八幡製鉄所が空襲を受けた。そして同年一〇月には沖縄の那覇が焼き払われる。東京近辺に本格的な空襲が始まるのは同年一一月二四日である。当初のアメリカ軍の攻撃目標は、軍需工場や軍事施設が中心であったが、次第に住宅街をも爆撃するようになる。

連日のように空襲警報が鳴り、アメリカ軍の飛行機が飛来するのを目の当たりにすれば、いよいよ敗色が濃いと考える人が生まれる。それでも、多くの人は敗戦ということを考えない、あるいは考えたくない。敗戦は確実だと考えていた加藤には、自分が市民とともにあるという連帯感は生まれない。

一九四五年三月一〇日未明に東京は大空襲に見舞われる。三〇〇機のB29が一六六五トンの焼夷弾を投下したといわれる。折からの強風で焼失面積は四〇平方キロに及び、死者は一〇万人に達した。

病院へは、火傷を負った人々が次々に担ぎこまれてきた。いくらか空いていた病室は忽ちいっぱいになった。寝台の数は限られていたから、床にふとんを敷き、病室の床ばかりでなく、廊下にも病人を寝かせた。看護婦のすべて、医局員のすべてをあげて、私たちは、応急の処置に全力をつくした。火傷の患者は、重傷の場合には、循環障害をおこす。応急処置といっても、局所の手当ということだけではすまない。数日の間誰もがほとんど文字どおり寝食を忘れて働きつづけた。私はその後もながく病院で働いていたが、そのときほど我を忘れて働いたことはなかったし、またそのときほど我を忘れて働く人々の仲間であったことはない。担ぎこまれた患者たちは、老人も、子供も、男も、女も、同じ爆撃を忍び、同じ生死の境に追いこまれた一種の仲間にちがいなかった。彼らは相互にたすけ合って私たちの手の足らぬところを補ってくれたし、私たちの仕事そのものが、私たちを含めての仲間のなかでの、たすけ合いに他ならなかった。爆撃機が頭上にあったときに、私は孤独であった。爆撃機が去って後の数日ほど、私が孤独でなかったことはない。

(二一〇頁、改二三八頁)

東大構内の罹災

東京大空襲のとき、東京帝国大学の被害は、周辺と比べたときそれほど大きくはなかった。その理由として、アメリカ軍が占領したときの本部を東大に設置しようとしたからだとか、コンクリート造りの建物が多く、爆撃しても被害が小さいので爆撃しなかったからだとか、東京大学の建物は文化財なので、それを保護しようとしたからだとかいわれるが、その真偽のほどは不明である。罹災がどんな状況であったかについて、当時学生であった何人かが記録を残している。そのうちのひとり、解剖学教室の山田致知《むねさと》は次のように記録する。

昭和廿年三月九日夜、十一時ごろ警報発令さる。数目標北上中とあり、十日午前一時半ごろよりB29約一三〇機が果然大挙夜間来襲し、各一機ないし少数機の編隊で低空をもつて帝都に侵入し、焼夷弾を雨あられと投下し来る。空襲警報鳴りわたるころにはすでに東の方には紅蓮《ぐれん》の焔天を焦がし、東北風吹き荒れて惨絶、飛来する敵機は文字どおり応接に遑《いとま》なく、各所に捕捉する数条づつの照光燈の光芒、轟然砲火をあびせる高射砲、始めて活躍する高角機関砲の音、空つ風の唸りに点綴して壮、弾幕に包まれ火の玉となりて彼所此所に墜る敵機の断末魔。

然るところ各方面より侵入の敵は東方より序々〔ママ〕に投弾目標を西漸し、(医学部)本館上より望めば遂に病院裏に、ついで大学西北方に、さらに投弾は構内に及び一連の落下によりテニスコートの線は東西に火の海となり、荒れ狂ふ火の玉の狂乱は遂に懐徳館官舎をなめつくし、物療、歯科病室、耳鼻科外来、看護婦寄宿棟二は何れも相ついで火を発し、官舎の火は渡り廊下より懐徳館に入り、何れも相前後して燃え落つ。

投弾は本郷台上に点々し、警察、郵便局、区役所を始め、本郷三丁目を中心に一帯に兇火の狂ふにまかせ、荷物を負ひ、いとけなき幼き者をひき構内に難を避くるもの陸続として跡をたたず、遂に本館、一号館は避難者のために門扉を開放す。

（「東京大空襲と東大病院」『東大病院だより』二〇〇五年一月二四日、八頁）

戦争や大災害で罹災したとき、罹災者と救援者は寝食を忘れ、我を忘れて行動する。そこでは罹災者同士に、あるいは罹災者と救援者とのあいだに「連帯感」ともいうべきものが生じる。一九四五年三月一〇日の東京大空襲のときも、加藤が描くような光景が繰りひろげられていたのであろう。そして、阪神淡路大震災のときも、東日本大震災のときも、同じような光景があちこちに見られた。

加藤の人生についてまわるひとつの感覚は「孤独感」である。しかし、一九四五年三月一〇日から数日のあいだは、その例外である。加藤と同僚の医師や看護婦たちとのあいだに、あるいは加藤を含めた医師や看護婦と罹災者たちとのあいだに、たしかな「連帯感」があった。それから六〇年後に加藤は「六〇年前東京の夜」（「夕陽妄語」『朝日新聞』二〇〇五年三月二四日、『自選集10』所収）という一文を書いた。

もし私が三月一〇日に焼夷弾の降る東京の真ん中の病院にいなかったら、あれほど強い被害者との連帯感は生じなかったろう。

もしその連帯感がなければ、なぜあれほど悲惨な被害者を生み出した爆撃、爆撃を必然的にした戦争、戦争の人間的・社会的・歴史的意味についての執拗な関心はおこらなかったろう。知識の動機は知識ではなくて、当事者としての行動が生む一種の感覚である。しかし戦争についての知識がなければ、反絨毯爆撃・反大量殺人・反戦争は、単なる感情的反発にすぎず、「この過ちを二度とくり返さない」ための保証にはならぬだろう。

（『自選集10』三三九頁）

右の件では、対象を「深く感じる」ことと、対象を「深く知る」こととの関係が語られる。加藤の言動の基本を語ったものだと私は思う。すなわち対象を「深く知る」という態度は、対象に対して「深く感じる」ことなくして生まれない。しかし、対象に対して「深く感じる」だけでは、対象を「深く知る」ことはできない。目の当たりにした爆撃による悲惨な罹災者たちとの強い連帯感から、戦争がもつ「人間的・社会的・歴史的意味」を加藤は問うたのである。その結果として、加藤は終始一貫、戦争に反対しつづけた。それればかりではなく、戦争につながる可能性に反対しつづけた。その原点のひとつは、一九四五年三月の東京大空襲にあった。

その爆撃の後もつづけて、私はいつのまにか私の専用となった二等病室に住んでいた。夜おそくひとりで、遠い国の詩文を、鉄の寝台の上で読むこともあり、世田谷の家からはこんで来た携帯用の小型蓄音器で、わずかばかりの音盤をきくこともあった。若干の詩と、若干の音楽は、その頃すでに私の、たとえどこに住んでいても、必需品にちかいものになっていたのだろう。その部屋へ誰かが病院の外から訪ねて来るということはなかった。昼間私は部屋にいなかったし、夜の外出は、もはやいつどこで出会うかわからぬ空襲のために、危険になっていたからである。東京は戦場になり、荒廃していた。しかし本郷のＹＭＣＡに住んでいた森(有正)さんだけは、例外であった。燈火管制の黒い幕を窓におろし、扉をしめきった狭い病室のなかで、私たちはいくさの成りゆきや、生きのびる工夫や、しかし生きのびる見透しの甚だ心もとないことなどを話し合っていたにちがいない。ある晩私たちは、セザール・フランクの交響変奏曲を聞いた。美しいものの何もなくなった東京の夜のなかで、音楽は、かぎりなく美しく、かぎりなく私を感動させた。

（二一一頁、改二三八―二三九頁）

加藤が勤めた佐々内科は、一九四五年春に信州上田に疎開するが、それまで加藤は「二等病室」に暮らした。昼間は医療行為に携わり、夜に「自室」に戻ると、「遠い国の詩文」とは主としてフランスの詩文を繙き、音楽に耳を傾けた。少し前までは夜になると看護婦が加藤の「自室」にやってきていたが、彼女も姿を見せなくなった。加藤との関係が壊れたからである。そのいきさつは『羊の歌』には述べられないが、前掲『ある晴れた日に』には詳しく述べられる。医局で孤立していた加藤は、ついに、好意を抱いてくれていた看護婦とも連帯の意識をもてなくなったのである。

ただひとり森有正だけは近くの本郷ＹＭＣＡからやってきて、文学談義、音楽談義に花を咲かせ、越し方行く末について話し合ったのだろう。

ふたりが聴いたセザール・フランク César Franck（一八二二―一八九〇）は、ベルギー生まれのフランスの作曲家、オルガン奏者、教育者である。オルガン奏者として評価され、パリ音楽院のオルガン科教授に就く。さかんに作曲活動を行なったのは五〇代になってからである。加藤と森が聴いた『交響的変奏曲』（一八八五）のほかに『交響曲ニ短調』（一八八八）や『ヴァイオリン・ソナタ』（一八八六）、『ピアノ五重奏曲』（一八七九）などがある。フランクの音楽はバッハから学んだ論理性と精神性が兼ね備わっている。『交響的変奏曲』は演奏時間十数分の短い曲だが、ふたつの主題がピアノと管弦楽のあいだで受け渡され変奏される。フランクは生前にはそれほど高く評価されなかったが、今日では「フランス近代音楽の父」とまでいわれる。加藤と森には少数派として生きたセザール・フランクに対する深い共感があったのだろう。

4　一九四五年八月一五日

研究室の疎開

一九四五年三月に東京が大空襲を受けると、「本土決戦」という言葉も現実味を帯びてくる。東京帝国大学でも、各研究室で、あるいは個人で疎開先を探して東京を離れていった。のちに広島で原爆調査を行なう都築正男の教室は山形県新庄に、物療内科の三沢教室は山形県上山に、小児科の栗山教室は群馬県前橋に疎開した。各教室の「疎開」は、大学が計画したのでもなく、医学部が手配したのでもない。各教室の才覚と知己に頼った疎開であった。大学や医学部は、戦争末期に至って、組織としてまったく機能しなくなっていたのである。

加藤が所属した佐々内科が疎開したのは「信州上田の結核療養所」(二一二頁、改二四〇頁)であり、一九四四年に創設された日本医療団上田奨健寮だと思われる(のちに国立東信病院となり、現在は国立病院機構信州上田医療センター)。

当時、加藤一家はばらばらに暮らしていた。父信一は、三浦半島の野比にあった海軍病院に「単身赴任」(本村久子氏談)しており、母織子と加藤は世田谷区松原の借家に住まいしたが、加藤は病院に暮らし週末に家に帰るだけであった。妹久子は本村二正との婚姻を一九四三年に届け出て、世田谷区東松原に住んだが、夫二正は中国に出征してしまった。二男正二郎を出産するときには、埼玉県北本の新井家に世話になった。

ところが、母織子が信濃追分に疎開したため、一九四五年のはじめに、妹久子も幼い子どもふたりを連れて、追分に疎開した。同年春に加藤が疎開した信州上田と母と妹が疎開していた追分は、距離にして四〇キロほどしか離れておらず、しかも鉄道一本で結ばれている。往診の謝礼としてもらった食料を追分に暮らす母と妹に届けることもできたのだから、加藤にとって上田への疎開ほど「有難いものはなかった」(同上)に違いない。

荒井作之助のこと

私たちが毎年水汲みの仕事や家の管理を頼んでいた農家の主人は、妹の子供を見て、「わしの眼の黒いうちは、この子たちを見殺しにはしない」といった。主人はもう六十に近かったが、出征したひとり息子の嫁と二人で畑で働き、嫁が畑に出ている間、その子供は、腰の曲りかけた

「ばあさん」にあずけていた。しかし畑仕事が六十の身体にこたえなかったはずはないだろう。「大東亜とか何とか大きなことをいっても」と老人はいった、「わしにゃむずかしいことはわからねえが、口で大きなことをいうだけじゃ、どんなもんだかね。こう若い者をとられちまっては、どうもならないです。いいかげんにいくさをやめてもらわねば……」。

(二一四―二一五頁、改二四三頁)

父信一が追分に別荘を購入していたことはすでに述べたが、別荘を所有すると冬季のあいだの管理や、夏季のあいだでも家事の手伝いやちょっとした家の修理などを請け負ってくれる人が必要になる。加藤の家では、ある農家の主人にこの仕事を頼んだのである。この主人の名前を荒井作之助という。加藤が敗戦直後に著わしたふたつの著作、すなわち「天皇制を論ず」(『大学新聞』一九四六年三月二一日、『自選集1』所収)と「天皇制について」(『女性改造』一九四六年六月号、『自選集1』所収)は、この「荒井作之助」という筆名を使って書かれた。農民荒井作之助の考えを代弁する、という意味を込めたに違いない。農民にとっては、大東亜共栄圏よりも、天皇よりも、目の前の農地、作物の作柄のほうが大事である。自分たちは天皇にも大日本帝国政府にも助けてもらっていない。それどころか重要な労働力であるひとり息子さえも兵隊にとられてしまって、「どうもならない」という意識をもった人たちも少なからずいた。

そういう考えの持ち主であっても、戦争が負けるという気配がないときには、口に出してはいえなかった。口に出していえるようになったのは、口に出す人も、それを聞く人も、この戦争は近いうちに敗戦に終わると意識しはじめたことを物語る。

加藤の妹久子のふたりの息子――本村雄一郎(一九四三年生まれ)と本村正二郎(一九四五年生まれ)である――を見て「この子たちを見殺しにはしない」といった背景には、かつて存在した地域社会のなかで子どもを育てていくという意識があっただろうし、自分の子どもを戦争にとられているが、この子たちは戦争にとられたくないという願望もあっただろう。そういう考えに加藤は共鳴したからこそ「荒井作之助」という筆名を使ったに違いない。

戦況の悪化と新聞論調の変化

戦況はますます日本に不利となり、沖縄がほぼ占領されるのが一九四五年六月下旬である。アメリカ軍の日本本土に対する空襲は、当初は北九州、東京、名古屋、大阪、神戸といった大都市を対象に行なわれたが、次第に中小都市にも拡がっていく。空襲は太平洋の小島――サイパンやグアム――から発進した大型爆撃機だけではなく、航空母艦で接近し母艦から発進する爆撃機で行なうこともあった。さらには戦艦を沿岸近くまで寄せて、戦艦から砲弾を発射する「艦砲射撃」が加わった。アメリカ軍が艦砲射撃を行なうのは、一九四五年六月から七月にかけてのことである。要するに、この頃には、帝国陸海軍は日本列島周辺の制海権も制空権も失っていた。

にもかかわらず、大日本帝国政府は、戦争を止められない。いったん始めた戦争を止めるには、始めるとき以上の判断能力と勇気がいる。そのどちらも大日本帝国政府はもち合わせていなかった。「竹槍」で対抗できると考え、日本のすべてを「焦土」にしても戦いつづけると唱え、「水際」までひきつけて一気に反攻することを思い描いた。いずれも空想の域を出ず、正気の沙汰ではなかったが、戦争は、前線においても銃後においても、人間に正気を失わせるものである。

大日本帝国政府と一体化した日本のメディアは「一億玉砕」を掲げて、世論を鼓舞する。人びとも「悠久の大義」や「鬼畜米英」を信じたか、あるいは信じたふりをして、少なくとも異議は唱えなかった。

一方、連合国は、日本の敗戦に向けて着々と手を打っていた。一九四五年七月二六日に、日本に対して無条件降伏を求めた「ポツダム宣言」が発表された。これに対して鈴木貫太郎内閣は、七月二八日に「ポツダム宣言を黙殺する」と発表した。しかし、加藤は日本の敗戦が近いことを予測していた。

七月の末「ポツダム宣言」の「無視」と「戦争完遂」の発表から、八月一五日の天皇の放送まで、ほとんど何ごとも手につかぬまま、私は政府がどういう決定をするのか、どんな小さな徴候からでもそれを推定しようとして、新聞や放送に注意していた。広島の原爆、ソ連の参戦、長崎の原爆と、事態は急に進んでいた。もはや日本側が決定を先へのばすことはできず、「降伏」か、「本土決戦」か、そのどちらかが数日のうちに決まるほかはないと思われた。(中略)そして遂に「降伏」の決定がやって来た――それはめだたぬように、かすかな光の反映のように、私たちのところまで、とどいてきた。院長と私は、八月一〇日頃を境として、新聞が「決戦・玉砕・焦土戦術」の代りに、「国体護持」を強調しはじめたのを、見逃さなかった。「決戦」を主張する勢力の強いことはいうまでもないとして、支配層のなかに、「降伏」を唱える有力な勢力のあらわれたことに、もはや疑の余地はなかった。希望は大きくなった。一五日の「重大放送」が予告されたとき、私は降伏宣言の側に六分の期待をかけていた。（二一六―二一七頁、改二四五―二四六頁）

ポツダム宣言を黙殺された連合国は、八月六日に広島に原爆を投下し、八月八日にソ連が対日参戦を果たし、さらに八月九日には長崎に原爆を投下した。長崎への原爆投下以後、新聞の論調は大きく変わりはじめる。それまでは「敵を殲滅する」とか「一億玉砕」とかいった調子だったものが、一転して「皇国護持」（『秋田魁新報』八月一〇日）、「国体護持」（『読売報知』八月一一日）、「大御心を奉戴 最悪の事態に一億団結」（『朝日新聞』〈東京〉八月一二日）、「私心を去り国体護持へ」（『毎日新聞』八月一三日）が見出しに掲げられるようになる。

八月一四日に御前会議を開き、ポツダム宣言について議論を交わし、天皇の「聖断」によって同宣言を受諾すること、すなわち無条件降伏することを決めた。そして八月一五日に昭和天皇の「詔勅」がラジオを通して発表され、一五年にわたる戦争は敗戦に終わった。

敗戦を告げた玉音放送は機械の調子が悪くて聞きとりにくく、かつ漢語が多い文章で、何をいっているかが分かりにくい放送だった。事態の意味をつかみかねて、事務長は「これはどういうことですか」（二一七頁、改二四六頁）と院長に尋ねたのである。

しかし、玉音放送の効果は抜群であった。「鬼畜米英」「一億玉砕」「焦土作戦」といった標語およびそういう気分は、一朝にして雲散霧消した。百八十度の方向転換につきものの混乱はほとんど何も生ずることなく、体制転換は表面上はなし遂げられた。

余談だが、昭和天皇が述べた敗戦の詔勅を放送でもう一度読みあげたのが、日本放送協会のアナウンサー和田信賢だった。その和田が一九五二年、パリで客死する直前に、加藤は和田を診察している。パリでの加藤の診療ぶりについて和田の後輩である山川静夫が著わした『そうそう そうなんだよ小説和田信賢』(日本放送出版協会、一九八三、岩波現代文庫所収)に詳しく述べられる。

「玉音放送」を聞いた人びとの様子が鮮やかに描かれる。「事務長をはじめ、職員や、疎開の医局員の多くは、沈鬱な表情をしていた」(二一八頁、改二四六頁)。事務長や職員、医局員のほとんどは成人男性だろう。男性優位の社会における成人男性は、社会へ組みこまれる度合いが強い。それゆえに、成人男性たちは戦争教育に強い影響を受けたか、受けたように振るまう必要がある。そうでなければ、その社会からはじき出されるからである。大日本帝国へ組みこまれる度合いが強い人ほど、敗戦という事実に困惑し、動揺した。そのひとつの例として教授の言葉が示される。

「本郷へ帰ることを考えなければなりませんね」と私は内科教室の教授にいった。「冗談じゃない、どうなるかわからない、急いでもっと疎開させなければならない位です」と教授はいった。「何を疎開させるのですか」「笑いごとじゃないよ、君、敵が来たら何もかもとられてしまう」「そうでもないでしょう。第一、先生、物量を誇る米国といって来たばかりじゃないですか。米国人は、本郷の研究室にある程度のものは、掠奪しなくても、もっているんじゃありませんか」「戦争というものはそんなものじゃありません。女がいちばん危い、東京に残っている女性は疎開させなければ、どうされるかわからんよ」。

(二一九頁、改二四七―二四八頁)

しかし、権力から離れたところに位置する成人男性は、それほど深く大日本帝国政府と自分とを一体化させていたわけではなく、「涙を流した者はひとりもいなかった」(二一八頁、改二四六頁)のだろう。若い娘たちは、成人男性よりも大日本帝国政府からははるかに遠い。「数十人の看護婦たちは――みんな土地の若い娘であった――何ごともなかったかのように、いつもの昼食の後と少しも変らず、賑かな笑い声をたてながら、忽ち病室の方へ散っていった」(二一七頁、改二四六頁)。そして「戦争は遂に――どんな教育にもかかわらず、またどんな宣伝にもかかわらず、娘たちの世界のなかまでは浸みこんでゆかなかった」(二一七―二一八頁、改二四六頁)というのである。そういう関係を明らかにしたのも「敗戦」という事実だろう。

病院のなかの空気は、八月一五日を境として、急に変った。そのまえには、事務長をはじめ多くの人々が、院長や私に話しかけるのを、それとなく避けていた。その翌日から、院長室でこれという用件もないのに話しこもうとする人たちが多くなった。(中略)院長は、いくさに批判的な言説を弄していたのだから、いくさの終った今、万事を説明することができるただひとりの人物であるはずだった!

(二一八頁、改二四七頁)

昨日までは、戦争に批判的な人として避けていた院長に対して、今日からはつき従う人として親近感を示しながら近づいてくる。いつの時代でも、変わり身の早さを器用に見せる人がいる。事務員たちは変わり身が早いが、まだ事態がつかめない。しかし、世のなかの前提が覆ったことは分かり、もっとも事態を理解しているだろう院長に近づいてくる。周囲の雰囲気は「急に」変わったのである。それにしても、一日にして「鬼畜米英」「軍国日本」から「アメリカ礼讃」「平和国家日本」へと変わったことは、やはり驚異的なことである。その変化について身をもって経験したことは、加藤に大きな衝撃を与えた。善し悪しは別にしても、いったいどうしてこういうことが起きるのか、日本人のものの考え方とはいかなるものか。

栄養不良で痩せ衰えていた片山教授は、「民主主義が勝った、これで世界がよくなるのです」と興奮して話していた。(中略)また私は築地小劇場で活躍していた俳優の鶴丸さんを、訪ねたこともある。「民主主義の勝利だって? そんなことはありません」と鶴丸さんはいった、「帝国主義相互の戦争が一方の勝利に終ったということにすぎない。もちろんポツダム宣言には、民主化の条項があるでしょう、しかし米国の占領軍は、きっと、日本の支配階級を温存するだろうね、見ていてごらんなさい……」――私はそうは考えていなかった。占領軍は、日本の軍隊を解体し、民主化を徹底させ、おそらく経済的な援助をしても、無視できない市場としての日本を復興させるだろう、と思っていた。そのとき「冷い戦争」については、何も知らなかったし、民主化の徹底(財閥解体を含むところの)と経済的な復興との間にあり得べき矛盾については、少しも考えていなかった。私がそういうことに気がつきだしたのは、戦後しばらく経ってからである。

(二一九―二二〇頁、改二四八―二四九頁)

敗戦後の日本の行方に対する知識人の見解の相違を浮かびあがらせる。片山敏彦は「民主主義の勝利」だと考え、日本も世界もよい方向に進むと断言する。つまり、戦争を「民主主義とファシズムの戦い」だと理解していた。それは欧米の左翼思想以外の人たちの第二次世界大戦に対する位置づけと同じである。

しかし、「築地小劇場で活躍していた」とわざわざ断っているのは、左翼思想の持ち主だったことを明らかにするためだが、俳優の鶴丸は「帝国主義相互の戦争」と位置づけているので、民主主義の勝利だとは考えない。連合軍——といっても実際にはアメリカ軍だが——は日本の支配層を温存すると予測した。「鶴丸さん」とは、鶴丸睦彦(一九〇一—一九八九)である。鹿児島県の医師の長男に生まれ、一九二三年に渡米し、のちにスペインへ渡る。一九二七年に帰国し、前衛劇場、東京左翼劇場、新協劇団に参加。戦後は民藝に所属した。一九三四年には、村山知義脚本、久保栄演出の『夜明け前』に出演する。おそらく加藤はこの芝居を築地小劇場で観ているはずである。

加藤は戦争を「民主主義とファシズムの戦い」と理解していたので、アメリカ政府は、日本の民主化を徹底させると予測した。その点では、欧米自由主義者たちと同じ考えをしていた。その考えは、東京の焼け野原を目の当たりにしたときの感想にも表われている。

しかし、戦後の日本の歴史は鶴丸の分析の正しかったことを証している。

九月のはじめまで、上田の内科教室は東京へ戻らなかった。(中略)私はひとりで東京へ出かけ、上野駅で、焼け野原になった東京を見た。私は四一年一二月八日の私自身の予想が、的中したことに、みずからおどろいていた。（中略）私にとっての焼け跡は、単に東京の建物の焼き払われたあとではなく、東京のすべての嘘とごまかし、時代錯誤と誇大妄想が、焼き払われたあとでもあった。「不逞の敵機が皇居の上空に及べば神風で墜ちる」ということばが、嘘であった、あるいは少くともまちがいであった、ということを、すべての日本国民に向って、否定の余地のないように、明かに示しているのが、焼け跡であったのだ。嘘は、嘘だとわかれば、もはや何の意味も残さない。焼き払われた東京には、人の心をうつ廃墟も、水火に堪えて生きのこった観念も、言葉もない。ただ巨大な徒労の消え去った後にかぎりない空虚があるばかりだ、と私は思った。しかしもはや、嘘も、にせものもない世界——広い夕焼けの空は、ほんとうの空であり、瓦礫の間にのびた夏草はほんとうの夏草である。ほんとうのものは、たとえ焼け跡であっても、嘘でかためた宮殿より、美しいだろう。私はそのとき希望にあふれていた。私はそのときほど日本国の将来について、楽天的であり、みずから何ごとかをなさんとする勇気にみちていたことはなかった。私はまだ何ごともはじめていなかったのだから、凛々たる勇気の挫けようもなかった。日本国を知らなかったのだから、悲観的になるはずもなかった。そして東条内閣の閣僚たちは、まだ戦後日本の指導者として返り咲いてはいなかったから、たしかに希望もあったのである。足りなかったのは、食糧である。しかし人はパンのみにて生くるものではない。

（二二〇—二二二頁、改二四九—二五一頁）

上田に疎開した佐々内科教室が東京に戻るのは九月に入ってからである。その前に加藤はひとりで東京に戻った。上野駅に降りたった加藤の眼に映ったものは焼け野原と化した東京であった。しかし、加藤が見たものは、建物が焼きはらわれた光景だけではなかった。「嘘とごまかし、時代錯誤と誇大妄想」がすべて焼きはらわれた光景でもあった。

「広い夕焼けの空」と「瓦礫の間にのびた夏草」は、偽物ではなく、本物の象徴である。本物の広い空の下に、夏草が伸びる大地の上に、嘘で固めた宮殿ではなく、たとえあばら屋ではあっても、そこに建てられるものは、人間を大事にする思想であり、文化であり、政府であり、なにより人間自身だ、と加藤は考えたに違いない。溢れるような希望を加藤は感じた。

加藤は孤独を生きつづけてきた。その加藤が人びとに対する強い連帯感をもったのが、空襲下の罹災者への治療をしている最中のことであり、加藤が社会に対して、人びとに対して何ごとかをなさんとする勇気をもっとも強くもったのは、戦災で焼土と化した東京の光景を目の当たりにしたときのことにほかならない。

第II部

『続羊の歌』を読みなおす

第1章 もうひとつの原点としての「敗戦体験」

宇品における「原子爆弾影響日米合同調査団」のメンバー．前列左から2番目が加藤，その右が中尾喜久，後列右から2番目がL中尉ことフィリップ・ロッジ．撮影・米軍．提供・広島平和記念資料館

1　敗戦に対する人びとの反応

風俗を観察する

敗戦後まもない一九四五年九月に、加藤が属した佐々内科は信州上田の疎開先から東京に戻る。帰京すると戦争末期とほぼ同じ仕事ぶりに戻った。週日のあいだは病院の二等病室に寝泊まりし、診察と研究と読書に明け暮れた。自宅には週末に戻るだけであった。

戦時中に加藤の家族は世田谷区赤堤に借家住まいしたが、その大家からほどなく立ち退きを求められ、世田谷区松原に引っ越し、そこもまた立ち退きを求められる(本村久子氏談)。戦争は大家に資産の売却を余儀なくさせ、借家人に借家を得ることも困難にさせた。加藤の家は戦争末期に信濃追分へ疎開したが、東京に戻ると目黒区宮前町(今日の目黒区八雲二丁目、八雲学園があるあたり)に居を定めた。祖母増田ツタと叔母増田道子夫妻が所有する一軒を借りて住んだのである。

「私の家族は、誰も、いくさのために死ななかったが、もともと多くもない家産を失い、戦後の物価騰貴に翻弄されて、生活は苦しかった」(一頁、改一頁)。戦争というものは、前線兵士の生命身体を脅かすだけではなく、銃後の人びとの暮らしや文化をも壊すものである。暮らしの破壊は住まいの焼失や物価騰貴や物不足として現われる。「戦後の物価騰貴」はすさまじく、消費者物価指数は一九四六年から一九五〇年までのあいだにおよそ五倍に上昇した。物資不足のために統制経済が敷かれるが、統制を逸脱する「闇市」が至るところに誕生する。敗戦後の状況が「焼け跡闇市」と形容される所以である。

父信一は宮前町でまた医院を開業したが、かかりつけの患者は徐々に減り、新しい患者は来なかった。地盤を基本とする開業医が、開業地を次々に変えても流行るはずもない。当然、収入は少ない。母織子は専業主婦で収入はなく、加藤は無給の副手であり、妹久子はすでに嫁していた。加藤家の経済状態は必ずしも豊かだったとはいえない。

目黒区宮前町から勤務先の東京帝国大学まで行くには、当時電車を乗り継げば片道二時間近くかかったが、「占領軍払下げの貨物自動車を改造した市営の乗合では、一時間足らずであった」(二一頁、改二一頁)。「占領軍払下げの貨物自動車」とは、敗戦により貨物自動車や乗合自動車が極端に少なくなったため、日本の復興策の一環として、占領軍は貨物自動車を日本に大量に譲渡した。これを受けて、日本政府は、払下げ貨物自動車を食料輸送、復興資材運搬、大都市通勤輸送などのために利用することを閣議決定した(「払下げ車輌処理要綱」一九四六年八月二一日)。この乗合自動車の車窓から加藤は「風俗」を観察するのだった。

「風俗」を今風にいえば「ファッション」である。ファッションは帰属意識の表現であり、ファッションによって自分が何者であるかを主張する。身につける衣服によって、その人がどんな階層に属し、どんな趣味をもち、どんな考えをもった人かが表現される。軍国日本にあって衣服が統制され、今日の学校教育でも衣服に関する規制があるのは、帰属意識をもたせるためである。規制を守らなければ「逸脱」とみなされ、処罰の対象となる。

男たちは「国民服か肩章をもぎとった軍服を着ていた」(二頁、改三頁)が、「国民服」とは、一九四〇年に制定された成人男性用常用衣服である。戦時下における「国民精神総動員」の一環として、「国民被服刷新委員会」を中心に国民服導入が図られた。色は「カーキ色」で、これは「国防色」と呼ばれた。平服としても礼服としても着用され、礼服として着用する場合には、胸に「国民服儀礼章」をつけた。国民服が「カーキ色」(khaki、枯草色)なのは、日本帝国軍人の軍服がカーキ色を採用していたことによる。国民服も軍服と同じ色にすることで、軍国日本に対する帰属意識をつくり出そうとしたのである。成人女性用には「標準服」があったが、こちらはあまり普及しなかった。

軍国日本にあっては、軍人が崇められていた、あるいは崇めていると装う必要があった。そういう時代には、軍人たちにとって、軍人であることを誇る「肩章」は必要不可欠の小道具である。ところが、敗戦直後には早くも、旧軍人たちは「肩章」をつけることが「誇り」の表現にはなり得ず、むしろ「反感」を買うことを知っていた。さりとて他に衣類を購う余裕がないので、「肩章をもぎとっ」て、ということは「軍国日本」をかなぐり捨てていうことだが、物資不足の折、否応なしに旧軍服を身につけたのである。

人びとの食糧事情は深刻で配給制が敷かれていたが、遅配や欠配はしばしば起こり、歯磨きの広告に「遅欠配は完全な咀シャクで」(資生堂、一九四七)という涙ぐましいコピーさえ現われた。配給の遅配や欠配は当たり前、少ない食料はよく嚙んで食べよう。そのためには丈夫な歯が必要であり、歯磨きで丈夫な歯をつくろうという意味である。配給だけでは足りないにもかかわらず、闇食料を手に入れることは法律違反だった。しかし、生きるためには誰も彼もが闇食料で飢えをしのがざるを得なかった。一九四七年一〇月、東京地方裁判所の経済統制担当の山口良忠判事は、職務に忠実なあまり闇食料を購うことを拒み、ついに栄養失調で死亡したほどである。

「戦後の虚脱状態」という言葉もあったが、虚脱状態に陥っていたのは、戦時中の政治的指導者や言論界の指導者たちであった。人びとは「虚脱状態」に陥っては生きられない。生きるためにたくましく新しい時代に立ちむかわなければならない。

人びとは「ストライキ」を打つことで暮らしの辛さを訴え、「ストリップ」を楽しむことで暮らしの憂さを晴らしていた。「「スト」の一語能く、戦う人民と享楽する人民、その組織と個人の全体を蔽って、戦後の一時期を象徴していた」(四頁、改四頁)と皮肉交じりに書いている。

ごく普通の人びとの風俗について述べたあとに、少数の「実力のある男女たち」が述べられる。

実力のある男たちは、闇市でもうけて、白米をたべ、米国製の煙草を吸うことを、無上のぜい沢と心得ていた。彼らは乱暴で、他人の迷惑を顧みず、社会の全体についてどういう理想も、理解も、もちあわせていなかったろうが、活気にみちあふれ、自分自身の力だけに頼り、権威を背後にして傲慢で卑屈な人間よりは、はるかに正直であったのだろう。実力のある女たちは、占領軍の将校にわたりをつけ、「PX」の新しい衣類を着て、市営の乗合にも乗りこんで来たが、彼らの顔は、得意の絶頂でうれしさに輝いているようにみえた。焼け跡の東京には、見せかけの代りに、真実があり、とりつくろった体裁の代りに、生地のままの人間の欲望が――食欲も、物欲も、性欲も、むきだしで、無遠慮に、すさまじく渦を巻いていた。（二一―三頁、改三頁）

ひとつの体制が壊れたときには、無秩序と実力と欲望とが渦を巻く。そこでは「無法者＝アウトロー」が活躍する。無法者は「乱暴で、他人の迷惑を顧みず」、従来の権威とは異なる新しい権威に取りいっては、自らの欲望を実現しようとする。無法者の数は多くはないが、圧倒的な力を誇る。敗戦直後の「実力のある男女たち」は、占領軍という新しい権威・権力に取りいろうとした。取りいった証として「米国製の煙草」を喫い、「ＰＸ」(post exchange、アメリカ軍兵士用の商業施設)で売られる新しい衣服を着る。そうすることに無上のよろこびを感じていたのだろう。

「見せかけの代り」や「とりつくろった体裁の代り」に、「真実」や「生地のままの人間の欲望」が渦巻いていた。偽善や建前ではなく、実力や本音の世界が現出する。それは一面では「正直」なことに価値を認める世界であり、一面では「理想」に意味を見出さない世界である。いつの時代も、理想主義はしばしば偽善や知性と結びつきやすく、実力主義はしばしば正直や反知性と結びつきやすい。二一世紀初めの「実力主義」も「反知性」を伴っている。

一億総懺悔

次には政治的な指導者や言論界の指導者たちの反応に触れる。「政府は、「一億総ざんげ」という言葉を思いついて宣伝していたが、誰もざんげしてはいなかったし、またその必要を感じていたわけでもない」(三頁、改三頁)。「一億総ざんげ」とは、「一億国民はこぞって天皇に対して敗戦したことを謝罪しよう」ということであり、敗戦直後の東久邇宮稔彦内閣がいいはじめたことである。ポツダム宣言を受諾した鈴木貫太郎内閣は総辞職し、替わって東久邇宮稔彦内閣が一九四五年八月一七日に成立し、降伏文書調印など敗戦処理にあたった。

東久邇宮内閣は、国民に対して「承詔必謹」を訴え、「国体護持」を説き、「一億総懺悔」を唱えた。「思いついて」といういいまわしは加藤の皮肉表現である。指導者たちは敗戦を迎えても「進め一億、火のたまだ」のイデオロギーを捨てられなかった。当時の為政者には敗戦の意味がつかめていなかったのだ。「承詔必謹」とは「天皇の言葉を聞いたら、必ず謹んで受けよう」ということであり、「国体護持」とは「天皇制の維持」である。

敗戦直後の日本の指導者たちは、天皇に対する戦争責任の追及を恐れ、天皇制国家の維持を目論んでいた。日本政府は治安維持法さえ維持しようとし、政治犯も釈放する気はなかった。三木清は、敗戦後一か月半近く経った九月二六日に獄死し、戦時下最大の言論弾圧事件だった横浜事件の容疑者たちには、一九四五年九月から一〇月にかけて、治安維持法によって判決が下されていた。三木清の獄死を知った連合国軍総司令部が政治犯の釈放と治安維持法の廃止を求めると、東久邇宮首相はそれを拒んで一〇月五日に辞職する。獄中にあった羽仁五郎は、八月一五日に、これで解放されると待っていたが、誰も解放に来なかったといい、のちに鶴見俊輔に「君は何をしていたのかね」と問うている(鶴見俊輔・上野千鶴子・小熊英二『戦争が遺したもの』新曜社、二〇〇四)。人びとには政治犯の釈放を求めるだけの力がなかった。

汚れた白衣を着た傷病兵が、どこかの駅から乗りこんで来て、車内をひと廻りすると、次の駅で、隣の車に移る。電車が次の駅に着くまでの短い間、乗客は見て見ぬふりをして、顔を窓外に向けたり、読みかけの新聞に没頭して気のつかぬ風をよそおったりしている……傷病兵がさし出す箱に、小銭を入れる者は、ほとんど一人もいないという光景。それは車中の人々が、あたかも古傷を想い出させられることを厭ってでもいるかのようであった。あたかもあの真珠湾の日に歓呼して迎えたのが、「聖戦」ではなくて、何かのまちがいででもあったかのように。

（四頁、改四―五頁）

電車のなかで加藤が目撃した三つの光景が取りあげられる。その第一が白衣の傷病兵と傷病兵に対する人びとの態度である。白衣の傷病兵が電車内や街頭で募金活動をするのは、一九四〇年代後半から一九五〇年代にかけては普通に見られた光景である。私の幼い記憶では、誰も金を箱に入れないわけではなかったが、ほとんどの人は入れていなかった。ここには「変わり身の早い」日本人の姿が活写されている。敗戦直後に多くの日本人は「聖戦」遂行が「何かのまちがい」であったかのように感じていた。今日では「平和」願望が何かの間違いであったかのように考える日本人が少なくなってきたが……。

電車のなかには、また、人の好さそうな沢山の顔があり、週末には、子供連れの父親や、夫婦もいた。彼らはそれぞれの家庭で、よい父やよい夫であったにちがいない。そのことと、その同じ人間が、昨日までは中国の大陸で人を殺していたであろうことが、どうして折合うのか。日本人の人柄が変ったのか、それとも変ったのは、さしあたりの状況にすぎず、同じような条件が与えられれば、また同じような行為がくり返されるだろうということか。子供に何かせがまれ、しきりになだめすかそうとしている子煩悩の中年の男の顔は、昨日悪魔であったかもしれないその男が、今日は善良な人間であり、明日また悪魔にもなり得るだろうという考えと共に、私には不可解な怪物のようにもみえてきた。

(四―五頁、改五頁)

加藤が観察した二番目の光景である。ここでは普通の善男善女が描かれる。善男善女は、いついかなる場合にも善男善女であるわけではない。人間は誰しも、ことと次第によっては悪魔にもなり、善良にもなる、と加藤は考える。この件を読んで私が連想したのは、ハンナ・アーレントの『イェルサレムのアイヒマン——悪の陳腐さについての報告』(一九六三)である。ナチス・ドイツによる大量虐殺の罪によりイスラエルで死刑判決を受けたアドルフ・アイヒマンの裁判傍聴をもとに書かれた書である。アーレントは、アイヒマンがごくありふれた組織人であり、命令に忠実な役人だっただけであることを論じる。加藤は「一人の男について、その性の善悪を問うよりは、多くの人間を悪魔にもし、善良にもする社会の全体、その歴史と構造について考えた方がよかろう」(五頁、改五頁)という結論に達した。

電車のなかで席に坐っている男たちは、たいてい居ねむりをして大きく股を開いていた。(中略)あるときそういう光景をみた占領軍の若い兵士が、坐っていた男たちの一人を、手まねで起たせ、その代りに女を坐らせようとしたことがある。(中略)周囲の男たちは——私も何度かそのうちの一人であったが——「余計な世話をやく野郎だ」という思いと、「そう言えないのは敗戦だからしかたがない」という思いとの間で、今見たばかりの光景をそれぞれ思い返し、女は、ばつが悪そうに、「占領軍兵士のおせっかいの片棒をかついだのは私ではない」といいたそうな顔をしているが、一度坐った席を捨てて起ちあがるというのでもない。……という具合で、米軍の日本占領は、はじまっていた。(中略)そのとき占領軍は日本人を理解していなかったのだろうが、その無理解は、席を起てといわれれば、何もいわずに起ちあがる日本人によって、恒久化されたように思われる。

(五—六頁、改六—七頁)

加藤が観察した敗戦直後の光景の三つ目は、占領軍と日本人とのあいだの関係である。占領軍と被占領地の人びととの関係は、多くの場合、異文化接触であり、支配被支配の関係である。占領軍のもつ文化を被占領地の人びとに強制するという現象が不可避的に起きる。ここに描かれるのは、自分が正しいと信じることを他人もすべきだと考える文化と、自分が正しいとは信じないことでも強い者がいえばそれに従う文化との接触という一面をもつ。

占領軍兵士にすれば、席を立った男は納得したから立ったのだと信じたろう。一方、この光景を目撃した日本人の多くは、男は納得したから立ったのではなく、若いとはいえ占領軍の兵士だからこそ、その若者の指示に従ったのだ、と考えていた。こういう齟齬あるいは無理解は、政治の世界でも経済の世界でも起こっていたに違いなく、その後もずっとふたつの文化はぶつかりあっていた。だからこそ国家主義的な考え方をする人たちは、はっきり「「NO」と言える日本」にしたいと考えるのである。

加藤はたまたま目にした光景を語ったのではない。実際に経験し、かつ衝撃を受けた事実を綴ったのである。これらの光景から「日本人のものの考え方とは、いかなるものなのか」という疑問を抱いて、日本人のものの考え方の基本を、歴史をさかのぼって明らかにしたいと考えるようになる。戦時中の知識人の思考と行動、そして戦後の人びとの態度や行動を観察したことを契機にして、『日本文学史序説』や『日本　その心とかたち』を構想したのだ、と私は考える。

2　公的な信条と私的な信条

敗戦を予測した理由

太平洋戦争開戦の日に加藤は日本の敗戦を予測した。開戦のときに敗戦を予想しえたのは加藤だけではなかったが、日本人のなかでは少数だったろう。加藤が敗戦を予測した理由はふたつある。ひとつは「神国日本」とか「鬼畜米英」といった謳い文句であり、そういう謳い文句を信じることが出来なかったからである。

もうひとつの理由は加藤がもっていた歴史観に基づく。当時の加藤がもっていた歴史観はいわゆる「進歩史観」であった。歴史は確実に理想の実現に向かって進む、というヘーゲルの歴史哲学の影響を加藤は受けていた。歴史は不可逆的に進歩すると考えれば、「後れている」日本が、「進んでいる」欧米に勝てるはずはない。この考え方は加藤が実際に欧米社会を見たことがないままに、書物で得た知識に基づく。実際に欧米を見たのちの加藤は、進歩史観に立ってはいない。

予想の的中は、一般に、必ずしもその予想の前提を正当化しないことは、いうまでもない。しかし問題は、知識の確実さではなく、一種の道義感であった。天網恢恢疎にして漏らさず。

（七頁、改八頁）

「天網恢恢疎にして漏らさず」は、『老子』の「天網恢恢、疎而不失」の読みくだしである。「天」はすべての人の行ないを見て、善を行なう人には天恵を授け、悪を行なう人には天罰を下す、という考え方である。悪人を捕らえるために天が張る網の目は粗いが、悪人を漏らさず捕らえることができる、という意味である。すなわち、「天」は人を超越した普遍的原理なのである。人を超越した普遍的原理としての「天」観念は、中国思想のみならず、西洋思想にも見られる。福澤諭吉が『学問のすゝめ』冒頭にいう「天は人の上に人を造らず人の下に人を造らずと云へり」の「天」もまた同じ意味をもつ。普遍的原理に基づく正しさの観念が「道義」である。

「天網恢恢疎にして漏らさず」という言葉の意味をほとんどの日本人は知っていたし、「お天道さま」が見ているという意識もほとんどの日本人が抱いていた。しかし「天網恢恢疎にして漏らさず」という言葉も「お天道さま」という語も「道義」という観念も、今日の日本社会から消えつつある。

ファシズムは「悪」であり、民主主義は「善」である。そのように考えた敗戦直後の加藤は、普遍的原理からしても、ファシズムは民主主義に敗れる、と結論づけていた。

このような考え方からすれば、占領軍は「天」の意思を具現するものであり、当然のことながら「民主主義を「押しつける」はず」(七頁、改八頁)だ、と加藤は考えた。

実際、日本国憲法も、基本的人権も、男女平等も、労働組合も、言論の自由も、財閥解体も、農地改革も、政治犯の釈放さえも、すべて占領軍によって「押しつけられた」のであって、日本人がみずからの手でかちとったものはひとつもない。日本政府が何を目指していたか、占領軍が何を実施したか、この両者を比較すれば、どちらが民主主義的であったかは明らかである。もし日本政府の思惑通りに政策が進められれば、戦後日本の状況は戦前の状況と大差ないものになっていたに違いない。「日本を占領した外国の軍隊が掠奪暴行の限りをつくすであろう」(同上)と予想した日本人は少なからずいた。「鬼畜米英」教育の効果であり、中国で日本軍が行なっていた略奪行為や凌辱行為をうすうす知っていたからでもあるだろう。一方、『羊の歌』「八月一五日」の章に述べられた鶴丸のように「米国資本主義が日本という潜在的な市場を破壊するのに熱心なはずがないだろう」(同上)と予測した日本人は少なかった。

しかもそれだけではない。いくさの間私は身のまわりを眺めて、数限りない日本の「後れ」を見聞していた。しかし西洋の「進み」についてはその実際を知っていたのではなく、書物にあらわれた西洋人の理想をとおして、想像をたくましくしていたのだ。(中略)私はすべての「後れ」を日本社会によって代表させ、「進み」を想像上の西洋と一体化して考える傾向を、どうしても避けることができなかった。たとえばアジア諸国は、一体、私の図式のどこに位置づけられていたのだろうか。しかしアジア諸国は、ほとんど私の念頭にうかぶことさえもなかった!

(八頁、改九―一〇頁)

この件は、敗戦直後の加藤自身の信条に対する一九六〇年代半ばの反省の辞である。「日本の「後れ」」の現実と、書物によって得た「西洋の「進み」」とを対比して、西洋人の「理想」を実現しようとしたのである。しかも、その時点での加藤の考え方に、アジア諸国の問題は意識されていなかった。一九五〇年代の加藤批判、たとえば竹内好や吉本隆明の批判は主としてこの点に向けられていた。そういう加藤の考え方が修正されるのは、フランスに留学し、西洋の現実を知ってからのことである。西洋の現実を知ったのち日本に帰国するときに、加藤のなかに「アジア諸国」に対する関心が激しく芽生える。だからこそ、一九五八年にタシュケントで開かれたアジア・アフリカ作家会議の準備委員会に参加するのである(『続編』「AA作家会議」の章参照)。

宗教的信条

いわば「公的な信条」の次に「私的な信条」が述べられる。その最初が「宗教的信条」である。私的な信条を取りあげて「宗教的信条」を最初に述べるところに、加藤の宗教に対する関心の高さが示される。

「神があるという議論は私には説得的でなかったし、神がないという証明は不可能だろうと思われた」(九頁、改一〇頁)というのは、宗教的無関心が圧倒的に多い日本人には分かりやすい見解である。しかし、この見解は加藤の独創ではなく、西洋ではよく見られる。一七世紀フランスのパスカルも同じように考えた。いわゆる「パスカルの賭け」(『パンセ』)といわれる考えである。

神は、実在するかしないか分からない。神を信じて、もし神が実在すれば天国に行けるが、たとえ実在しなくとも地獄に落ちることはなく、不都合は生じない。神を信じないで、もし神が実在すれば地獄落ちになり、実在しなければ不都合は生じない。ゆえに、地獄落ちを最悪の事態だと前提して、この最悪の事態を避けるためには、とりあえず神を信じておくに如くはない、という結論になる。

神の存在については、加藤は終生、不可知論を貫いた。にもかかわらず、死を覚悟した最晩年に加藤がカトリックに入信するのは、神の存在を確信したからではなく、神の不存在を確信したからでもなく、加藤の家族に対する親愛が主たる理由だろう（第I部第1章第4節参照）。家族に入信の意思を表明した数日後に、加藤は一度も教会に足を運ぶことなく入信が認められた。それは「帰依」といえるかどうか。カトリック教徒のあいだには、加藤の入信を認めた上野毛教会に対する批判があったと聞くが、厳密なカトリック教徒からすれば当然の批判である。

認識論的には、私は懐疑主義者であり、しかし実際にはその懐疑主義に忠実でなかった。（中略）従って、たとえば、史的唯物論も、一つの選択であり、全く同等の資格で、もう一つの選択である主観主義的立場に対立する、と結論するほかなかった。（九頁、改一〇―一一頁）

加藤は考え方の基本として懐疑主義を貫いた。加藤の「懐疑主義」とは「科学的懐疑主義」であり、経験的に証明できるもの以外は、真実であると判断しない立場である。こういう考え方を育てるに与ったのは父信一の考え方であり、東京帝国大学医学部での教育である。

科学的懐疑主義は、実証主義を導き、実証主義は、分析哲学的思考を加藤にもたらすが（拙著『加藤周一』という生き方』参照）、ここでは繰りかえさない。

しかし、懐疑主義を日常生活のすみずみにまで徹底させることは、誰にとってもむつかしい。加藤が冗談のように述べた「眼のまえのシナそばが、実在するかどうか、いかにして私が五感を通しそれを知り得るか、というようなことを考えもしなかった」(九頁、改一〇頁)のは、暮らしのなかでは当然だろう。

懐疑主義的認識論は、おのずから「価値相対主義」をもたらす。あるひとつの考え方に徹底することはできにくくなり、ある考え方を相対化し、また別の考え方も相対化することになる。こうして、加藤が拠って立つ知的世界では、「史的唯物論」も「主観主義的認識論」も同等の価値をもつことになる。史的唯物論に徹底することはなく、主観主義的認識論に徹底することもない。したがって、徹底した史的唯物論者や徹底した主観主義論者からすれば、加藤の考え方はいかにも「中途半端」にしか見えない。

道徳的信条

次に道徳的価値についても、加藤は価値相対主義の立場を採ったことを述べる。道徳的価値について価値相対主義的立場に立てば、一方では、道徳が目指す具体的内容に忠実ではなくなり、加藤を「考えの上で」「偶像破壊的にした」(一〇頁、改一一頁)し、反道徳に対しても相対主義的になるので、「行動の上で」「保守的にした」(同上)。

実際、加藤が「考えの上」だけではなく、「行動の上」においても、必ずしも道徳的ではなかったと同時に、必ずしも反道徳的でもなかったのは、基本的認識原理として価値相対主義を採ったからである、と私は考える。

心理的にみれば、私は元来臆病であったから、せめて考えの上での自主独立を望んだのかもしれない。戦火をくぐってきた勇士ではなく、また勇士であるべく心がけたこともない。(中略)私は無愛想で、頑固で、しばしば戦闘的にもみえたろうと思う。（一〇頁、改一一―一二頁）

「臆病」であるのは、想像力が豊かであることの賜物である。起こりうる望ましくない事態を十分に想像することができれば、人はおのずから臆病になる。「勇気」と称えられるものはしばしば想像力の欠如によって成りたちうるものであり、それは「蛮勇」と紙一重である。

学生時代の加藤は、無愛想で、頑固で、戦闘的だった。しかし、臆病であるからこそ、無愛想になり、頑固になり、戦闘的にもなる。加藤の医学部卒業記念写真を見ると、当時の加藤の精神的態度が透けて見える。加藤以外の医学部生は、いずれも学生服を着て学帽を被っているが、ひとり加藤だけは、学生服を着てはいるものの、無帽で、いちばん後ろにふてくされた態度で写っている。明らかに、周囲の学生に溶けこんでいない。周囲の学生にとっては、「いやな同級生」であったに違いない(第Ⅰ部第7章扉写真参照)。しかし、府立一中の卒業記念写真には加わりもしなかった加藤が、ふてくされた態度であっても卒業記念写真に収まったのは、多少世間知を身につけたからかもしれない。

「戦火をくぐってきた勇士」でないのは召集されなかったからであり、加藤が召集されなかったのは医学部の学生であったことによる。しかし、兵隊経験をもたなかったことは、加藤にとって幸いした。もし加藤が入隊していたら、その出自、その身分、その将来、その知識、その態度、いずれも古参兵からいじめられる要因となったに違いない。

そして性的経験について述べる。しかし、この頃の加藤に性的体験があったかどうかは分からない。『羊の歌』にも『ある晴れた日に』にも描かれる同僚の看護婦との関係は、ほぼ恋愛関係だったろうが、性的関係があったかは不明である。ここにも「なかった」ではなく「乏しかった」(一一頁、改一二頁)と書かれ、「乏しかった」という表現に一定の意味を付与したかどうかは分からない。「青春ノート」には遊郭に足を運んだと読める詩も詠んでいるが、それを問うことにあまり意味はないだろう。

敗戦直後であっても、若い女性たちは「黒髪を風になびかせ、にぎやかな笑声をたて、眼を輝かせながら」(一一頁、改一三頁)いきいきと生きた。その姿を「眺める」ことは、加藤のみならず若い男性には無上の喜びだろう。晩年に至るまで加藤は女性を眺める楽しみをもちつづけた。

「私は「経験」をもたず、いくつかの「観念」をもって、戦後の社会へ出発しようとしていた。私はそこで「経験」をもった人間に出会うだろうし、「観念」の無限の強みと無限の弱みとを知るだろう」(同上)。「経験」についても「観念」についても、古代ギリシアから二〇世紀まで、さまざまな考え方が提示されてきた。ここでは、そういう哲学上の厳密な議論を踏まえて遣われた用語ではなく、「経験」は、個別的・具体的な体験を意味し、「観念」は、人間の心のうちにある表象、想念、意識内容を指していると思われる。そういう意味での「経験」は、一般的にいえば、年長者ほど豊かになり、若かった加藤には不足していただろう。「観念」は精神活動の産物であるから、「経験」がなくとも身につけることはできる。観念は意識内容であり、経験の有無に関係なく、ほとんど信念に近づき、すべての経験を超越する「無限の強み」をもつものとなる。一方、観念が意識内容であることにより、ひとつの強い体験や実感の前になすすべもなく崩れ、いわば「無限の弱み」を示すことにもなる。

人間の行動の拠り所となるのは、経験あるいは経験に基づく実感か、観念あるいは理論であることが多く、人生における経験の少ない若者は、観念を拠り所にする傾向が強くなる。それゆえにこそ、観念の無限の強さと同時に無限の弱さを知ることになる。

3 広島体験の重み

原子爆弾影響日米合同調査団

敗戦直後に「原子爆弾影響日米合同調査団」が組織され、加藤はその調査団に加わることを求められた。調査団とは、連合国軍総司令部が出した「原子爆弾調査」命令に基づく調査団である。ファレル准将が率いるマンハッタン計画グループ、オーターソン大佐を代表とする軍医監本部指揮下の総司令部グループ、そして東京帝国大学都築正男教授の組織した日本人医師団の三者によって構成され、調査団の全権代表はオーターソン大佐が務めた。都築が組織した日本人医師団のひとりが加藤であった。

日本人医師団の代表格であった都築正男(一八九二—一九六一)は原爆症や熱傷研究の専門家である。大正時代に、放射線の大量かつ長時間にわたる照射が人体に与える影響についての動物実験を行なっていた。「原爆症研究の父」とも呼ばれる。六年間の海軍軍医を経て、東京帝国大学医学部教授に就く。広島・長崎の被爆者の診察・調査を行ない、その後、太平洋ビキニ環礁で被爆した第五福竜丸乗組員の診察・調査にもあたった。

都築は、この「原子爆弾影響日米合同調査団」についてのみならず、日本が独自に行なった原爆症調査の資料などを保存していた。その資料は今堀誠二が編纂し、広島市が刊行した『広島新史 資料編Ⅰ(都築資料)』(一九八一)に収められる。

都築はきわめて行動的である。築地小劇場出身の丸山定夫が率いる移動劇団「桜隊」の隊員たちが爆心地付近で被爆し、隊員九人全員が即死もしくは数日内に死亡した。隊員のひとりだった女優仲みどりは八月一六日に東京帝国大学医学部附属医院都築外科を受診する(仲は八月二四日に死亡)。このとき、カルテに「原爆症」という言葉が初めて使われた。都築はその症状のひどさに驚き、ただちに広島の被爆調査の必要性を認識し、理化学研究所の山崎文男らとともに早くも八月三〇日に広島へ入った。文部省に働きかけ、文部省は原子爆弾災害の科学的研究の必要を認め、学術研究会議を基盤として一九四五年九月一四日に「原子爆弾災害調査研究特別委員会」を設置した。その特別委員会は九学科会からなり、医学科会の会長を都築が務めた。

都築の調査より以前、大日本帝国陸海軍は、被爆直後からそれぞれ調査を行なっており、白血球数の著しい減少を確認している。そして広島にあった中国軍管区司令部は、京都帝国大学の医学部と理学部に調査を依頼し、京都帝国大学が組織した「原爆災害綜合研究調査班」は現地で調査に従っていた。ところが、九月一七日に折からの枕崎台風の直撃を受けて、調査班員一一名を含む被爆者ら五六名以上が犠牲となった。枕崎台風は各地に大きな被害をもたらしたが、とくに広島県では死者・行方不明者が二〇〇〇人を超える甚大な被害を受けた。

一方、外国人ジャーナリストによる現地取材がいくつか行なわれ、彼らは被爆の実態を世界に向けて発信した。そのひとりにウィルフレッド・バーチェットがいる。『デーリー・エクスプレス』紙の記者バーチェットは、九月二日に東京湾に碇泊するミズーリ号艦上で行なわれた降伏文書調印式を取材するよりも、広島に入って原爆投下後の実状を取材することを優先する。二日午前六時に単独で東京を発ち、三日午前二時に広島に着いた(バーチェット『広島 Today』成田良雄・文京洙訳、連合出版、一九八三)。そして広島の惨状を世界に発信したのである(〈The Atomic Plague〉、『デーリー・エクスプレス』一九四五年九月五日)。

東京に帰ったバーチェットは、連合国軍総司令部に原爆被害の惨状を告げ、アメリカから医師を派遣することを訴えたが、連合国軍総司令部の反応は「九月上旬現在、広島・長崎には原爆症で苦しんでいる者はひとりもいない」(九月七日記者会見)というものだった。権力の反応とは、いつもこういうものである。広島然り、福島然り。

一方、アメリカ政府は、原爆の影響について動物実験を行ない、核実験場のあったネヴァタ周辺で住民や動物に異変が生じていることは認識していたが、原爆によって何万人もの被災者が出た実例は知らなかった。したがって、軍事的見地から被爆者の医学的調査に関心を抱いていた。連合国軍総司令部は日本人研究者による調査が進んでいることを知って、その調査を利用したいと考えたに違いない。日本人研究者が始めた「原子爆弾災害調査研究特別委員会」を吸収するかたちで「原子爆弾影響日米合同調査団」が組織されたのである。

「日米合同調査」とはいうものの、この調査は占領軍主導のもとに、軍事的研究として行なわれたことは否定できない。合同調査団の方針にしばしば異議を唱えた都築は、一九四七年には軍医の経験があったことを理由に公職追放された(追放後も「非公式に」合同調査に参加した)。その措置に政治的意図があったかどうかは断言できないが、都築に足枷をはめると調査団の研究に支障が生じるという判断は、少なくとも連合国軍総司令部にはなかったことを意味する。

このような経緯をたどった「日米合同調査団」である。加藤が「何の躊躇もなしにその仕事を引きうけた」(一六頁、改一八頁)と、わざわざ「何の躊躇もなしに」と付けくわえたのは、まだ副手の被教育者に過ぎなかった加藤に、日米合同調査団に加わらないという選択肢はほとんどなかったにせよ、日米合同調査団の仕事についてのちにその経緯を知り、調査団に加わったことに対する忸怩《じくじ》たる思いがなかったわけではないことを物語っているだろう。

この「日米合同調査」に加藤が参加したのは、一九四五年一〇月から一二月までのおよそ二か月だけだったとされる。ところが、「都築資料」には、一九四七年六月一八日より三〇日までのおよそ二週間、九名の医学研究者が「原子爆弾の後障碍に関して医学的調査を行った」と記録される(前掲『広島新史 資料編I』一六一―一七八頁)。そのうち内科関係者は、中尾喜久、三好和夫、加藤周一の三人であり、中尾、三好は加藤を指導した医師である。彼らは追跡調査を行ない、帰京後に三人による調査報告が出されている。しかし、二度目の調査について、加藤は何も記していない。

なお、加藤の「学位」は、一九五〇年二月、東京大学医学部より与えられ、学位論文は「X線大量照射がモルモットの造血器官に及ぼす影響の病理組織学的研究」(『日本医学放射線学会雑誌』第一〇巻第一号、一九五〇年四月)ならびに参考論文三篇である。この論文は敗戦直後の広島での原爆影響日米合同調査の成果でもある。

「日米合同調査」とは名ばかりで、被占領国の研究者が集めた臨床データやスライドは、アメリカ側研究者が本国に持ち帰った。被占領国の研究者が始めた研究であっても、これを公表する自由は当初認められていなかった。都築はそれを無視して公表したが、正式に認められたのは一九四七年になってからである。だからこそ中尾、三好、加藤は、一九四七年に再調査を行なったのだろう。

日米合同調査団の調査目的はあくまでも原子爆弾の影響に関する軍事的研究である。しかし、日米の医師団には大きな違いもあった。アメリカ側医師団は原子爆弾の破壊効果に着目し、日本側医師団は破壊からの回復に着目していた。「恢復過程」に研究を拡げたと加藤が明記したのは(二〇頁、改二三頁)、アメリカ側医師団と日本側医師団の姿勢の違いについて、記しておくべきだという認識があったからに違いない。

日米軍医の違い

占領被占領の関係は、ひとつの文化接触であるから、彼我の文化の違いを知ることになる。合同調査団は東京の立川飛行場から広島に軍用機で向かうが、その軍用機のなかに、《ピン・アップ》の途方もなく大きな女性の裸体写真が貼られていることに加藤は驚かされる。そして、軍部が研究者たちをどのように遇したかの違いも見せつけられる。

米国側の調査団を率いていたM軍医大佐は、南加州大学の教授で、ビーヴァリ・ヒルズで開業し、著名な患者を沢山診ていた。(中略)M大佐ばかりでなく、優れた病理学者で、イェイル大学から来ていたL中佐も、本来の軍医ではなかった。彼らはいくさがはじまってから従軍し、大佐や中佐の待遇を受けて、軍隊のなかでも、それぞれ専門家としての能力を発揮していたのであろう。私は学者として教室全体の尊敬をあつめていた冲中助教授が、いくさの末期に、看護卒として召集されたことを想い出さないわけにゆかなかった。「看護卒というのは、病室の廊下を掃除したりするのだからね」と教室の誰かがいった、「冲中さんの指導をうけた軍医が、まさか、廊下掃除の命令も出せないだろう……」。

(一七―一八頁、改一九―二〇頁)

ここでいう「M軍医大佐」とは、ヴァーン・R・メイスン Verne R. Mason 南カリフォルニア大学臨床医学教授であり、「L中佐」とは、アヴリル・A・リーボウ Averill A. Liebow イェール大学臨床医学助教授である。いくさが始まってから従軍したにもかかわらず、大佐や中佐として遇されていた。一方、日本の軍部は内科学の権威である冲中重雄助教授を「看護卒」として遇したと噂されていた。冲中重雄(一九〇二―一九九二)は、石川県金沢市出身、自律神経系の研究者であり、神経内科という分野を確立した内科学の権威である。

日本の軍隊では、兵士の扱いはその社会的地位とはいっさい無関係であり、軍隊内の位階にのみ従う。それは「一種の平等主義」である。したがって、軍隊内では、社会的階層の低い者が社会的階層の高い者を「支配」できる。すなわち、日頃の社会的不満を解消できる機会となる。丸山眞男は二等兵として召集され、上等兵から「二等兵」としての扱いを受けた。

沖中は海軍軍医少尉として八月一五日に召集された。たった一日ではあったが、廊下の雑巾がけをさせられ、その最中に敗戦を迎える。加藤が書く「看護卒」とは、要するに「衛生兵」のことである。当時、沖中の召集にかかわる「噂」について触れたのだろうが、実際は沖中が志願したため「海軍少尉」として召集された。丸山の受けた処遇と沖中の受けた処遇の名目上の違いは、文系研究者であるか理系研究者であるかの違い、陸軍と海軍の違いもあるかもしれない。

沖中は、戦後、「私の履歴書」を『日本経済新聞』(一九七一年七月)に寄稿し、次のように書いた。

私は助教授だから召集はされまいとタカをくっていた。ところが〔昭和〕一九年に「軍医予備制度」がつくられ志願者を募った。志願すれば予備少尉として登録されるのである。私は戸籍上姫路の第十師団から二、三回、半ば強制的に誘いの声がかかった。命令ではないから黙殺していたのだが、このままだと、懲罰召集を受けるかもしれないという予感がしてきた。

そこで二〇年六月ごろ、生命の危機を本能でキャッチしたとでもいおうか、とにかく志願することにした。どうせひっぱられるなら陸軍より海軍の方がいい。海軍に志願しておけば、陸軍か

らはもう言って来まい。（中略）

ほどなくして電報で召集令状が来た。「八月一五日午前一〇時、戸塚（横浜）の海軍衛生学校に入営すべし」。一ヶ月間の教育召集の日がついにやってきたのである。その日、敵の飛行機が飛びかい、空襲警報がけたたましく鳴るなかを、戸塚駅で降りた私は松並木をトボトボと歩いて行った。背中のリュックサックが肩にくい込むように重い。目的地にたどり着いたら、全部四十すぎのロートル軍医ばかりが集まっている。顔見知りも少なくない。到着早々やらされたことが、なんとぞうきんがけ。モップで廊下をごしごしやったあとは敬礼の訓練だ。いかにも日本的な訓練だと、今思えば笑いがこみ上げてくる。

（沖中記念成人病研究所公式サイト）

口をつぐむ被爆者たち

調査団員は被爆者を診断し、標本を採り、被爆者たちへの聞き取りを行なった。しかし、被爆者たちは口をつぐんで語ろうとしなかった。

一般的に、重い経験は、それについて語ることをしばしば拒ませる。その理由は何だろう。ひとつは、いかなる経験も語るには言葉をもってなされる。過去に意味を付与された言葉および言葉遣いによって語らざるを得ない。しかし、重い経験、あるいは前代未聞の経験は、過去に意味を付与されたどんな言葉および言葉遣いをもってしても表現しきれない。どう表現しようとも、同時に、そういうことではない、という意識が生じる。もうひとつは、その重い経験を自分が乗りこえないと語ることはできない。自分なりにその経験について整理し、客観的に見られない限りみずから語ることはできない。そして、重い経験は、自分の経験であって、どう表現したところで自分以外の人間には伝わらない、という意識が生じる。これらは、いずれも、その人に経験を語ることを躊躇させる。かくして、語ろうとする者は聴こうとする者に対して、聴こうとする者も語ろうとする者に対して、「超え難い無限の距離」(一三頁、改一五頁)を感じることになる。

加藤は広島で被爆したわけではなかった。広島で被爆した人を見たのである。しかし、加藤は、はたして自分は広島を見たであろうか、という疑問を強く感じていた。アラン・レネ監督の映画 *Hiroshima mon amour* (邦題『二十四時間の情事』、脚本マルグリット・デュラス、一九五九)で、行きずりのフランス人女優と日本人男性とが一夜をともにして、「私はヒロシマを見た」「いや、きみはヒロシマを見ていない」と繰りかえす会話のように、自問自答を繰りかえしていたに違いない。

「信条」の章末を「私は「経験」をもたず、いくつかの「観念」をもって、戦後の社会へ出発しようとしていた。私はそこで「経験」をもった人間に出会うだろうし、「観念」の無限の強みと無限の弱みとを知るだろう」(一一頁、改一三頁)と結んだが、早くも広島で「経験」の重さと「観念」の弱さを知ることになった。

「ノー・モア・ヒロシマ」という言葉がある。アメリカの小説家・ジャーナリストであるジョン・ハーシー John Hersey のルポルタージュ『ヒロシマ』(石川欣一・谷本清訳、法政大学出版局、一九四九。原題は *Hiroshima*)から採られた言葉である。二度と広島の惨禍を繰りかえすなという主張で、日本の原水爆反対運動のスローガンに掲げられた。「ノー・モア・ヒロシマ」という表現について、「その通りだが、しかしそれだけではないだろう」(一四頁、改一五頁)と加藤はいう。広島の惨禍を知るだけに留まっているかぎりは「ノー・モア・ヒロシマ」に寄与しない。どういう状況のもとで、どういうものの考え方に基づいて、原爆使用が決定されたかを知らなければならない、と考えていたからである。「核兵器廃絶が広島の悲願だ」としばしばいわれたが、加藤はこの「悲願」という言葉にも、同じような意味で疑問を感じていた(『続編』「故国の便」の章参照)。

しかし眼のまえの患者と医者との間の沈黙は、破らなければならなかった。言葉であらわせることを言葉であらわし、その意味を見つけ、そうすることで、その人にとっての経験を、私の観察し分類することのできる対象に変えなければならない。

「そのときあなたは何処にいましたか」と私はいった。

「姉の亭主が出征していましたから、姉の家で……」。

「お姉さんの家は、この地図の上でいえば、どの辺に当りますか。……なるほど、爆心から三粁《キロメートル》ぐらい……家は木造ですね、その中で、あなたはどちらを向いていましたか」。

そういう質問は、その人にとって、あきらかに、どっちでもよいことにすぎなかったろう。そういう質問を、広島の被害者に浴びせるのは、ほとんど野蕃な行為である、と私は感じていた——家が木造であろうとなかろうと、姉の子供は死に、姉の眼はみえなくなり、その人の人生は変ったのである。いうべからざる経験が一方にあり、当人の人生にとっては何の関係もない事実が他方にある。しかし世界を理解するためには、一個の人生を決定するだろういうべからざる経験ではなくて、言葉に翻訳することのできる事実を言葉に翻訳することが、必要なのである。もし広島が私に教えたことがあるとすれば、それは、その対照がどれほど激しく、どれほど堪え難いものにまでなり得るかということであったろう。すなわち私は、黙って東京へ帰るか、留って広島の「症例」を観察するか、そのどちらかを選ぶほかはなかった。広島の「症例」ではなく、広島の人間を眼のまえにして、私には言うこともなく、また為ることもなく、そもそもそこに長く留る理由もなかった。私は留った。

（一四―一五頁、改一六―一七頁）

どんなに言葉で表すことがむつかしかったにせよ、世界を理解するには、あるいは科学者として研究を全うするには、眼の前の正視しがたい事実であろうとも、これを冷徹に観察し、厳密な言葉で科学的に表現しなければならない。広島に即していえば、完全に医学の領域に限定して、医者である加藤が患者である被爆者を「症例」として見ざるを得ない。ところが、人間は科学や医学のために生きているのではない。科学的に、あるいは医学的に分析できるのは、その人間のうちのほんのわずかな部分に過ぎない。その人間を全体的に理解しようとすれば、科学や医学だけではとうてい十分とはいえない。のちのち「科学と文学」といった論考に結実する考えのきっかけのひとつを与えられたといえるだろう。

かくして広島に「長く留る理由もなかった」と加藤は考え、留まって調査を続けるかどうかについて悩んだ。しかし、合同調査に自主的に参加したのではなく、指導教官の指示的な誘いで参加した加藤に、医業を廃する覚悟をもたない限りは「広島に行かない」選択肢や、ひとり「東京へ帰る」選択肢はなかったろう。ゆえに「私は留った」というよりも「留らざるを得なかった」。「留った」以上は、被爆者を完全に「症例」として観察するしかない。「留る」ことを決断した加藤は、「観察者」としての自分の無力と孤独を悟った。観察者でありつづけ、観察者としての自負をもっていた加藤だが、広島では観察者にさえなれないことを強く実感した。広島の体験は加藤にとって重かった。のちに加藤は医業を廃することになるが、その理由のひとつは、間違いなく「広島体験」にあった、と私は考える。

《C'est la vie!》

秋晴れの空の高い日に、私はM大佐のジープで、広島から岩国の海軍病院を訪ねたことがある。(中略)路上には占領軍の兵士が立って、通りすぎる車に同乗をもとめる相図をしていた。(中略)二人連れの若い兵士のまえで、M大佐がジープを停め、「どこへ行くのか」と訊くと、兵士は直立不動の姿勢で、敬礼し、「慰安所」に行きたいのだと答えた。「それならば、後の席に乗れ」――彼らが降りるまで、大佐は冗談をいって兵士を笑わせ、無駄口を叩きつづけて上機げんであった。「そこに日本の娘は何人位いるのか……」。日本陸軍の大佐も、どこかの占領地で、兵士を自分の車に乗せ「慰安所」まで送ってやることがあったのだろうか、と私は考え、彼らが降りて行ったあと、M大佐が口笛で吹く歌劇《お蝶夫人》の一節を聞きながら、どうしても陽気な気分になれない自分を感じていた。「売春という事業は、陽気なものではない」と私は呟いた。それは必ずしも私の考えていたことのすべてではなかった。「しかし、それが人生さ」とM大佐は、フランス語で、相変らず陽気に答えた。

(一八―一九頁、改二〇―二一頁)

「岩国の海軍病院」とは、山口県岩国市にあった病院で、呉海軍第二病院として着工されたが、一九四二年一〇月に岩国海軍病院として開院した（のちに国立岩国病院となり、現在は国立病院機構岩国医療センター）。岩国海軍病院長は、八月七日以降、軍医、看護婦、衛生兵を広島に派遣し、被爆者を同病院に運んだ。同病院には被爆者が入院していて、そのカルテがあったに違いなく、調査をする必要があったのだろう。

上官の乗るジープに同乗を求める兵士、そして求めに応じて兵士をジープに乗せ、性的施設に送り届ける上官という図は、M大佐（メイスン大佐）の人柄によるのか、米軍の習慣によるのか定かではないが——おそらくはその両方だろうが——日本の軍隊では見られなかった光景ではなかろうか。ここでも文化の違いを意識させられる。メイスン大佐がいったフランス語の「それが人生さ C'est la vie!」は「仕方ないさ」という意味をもつ。

「慰安所」とは、占領軍兵士のために日本政府が設けた売春施設である。「慰安所」が設けられたことについては、さまざまな理由が挙げられている。あるいは日本帝国軍兵士たちが海外で行なってきたことから類推し、占領軍兵士は日本女性を凌辱するだろうと考えられていたこと、あるいは沖縄が占領されてから現地では占領軍兵士による凌辱が頻発していたために、特定の女性たちを「性の防波堤」として多くの日本女性を守ろうとしたこと、あるいは占領軍から占領軍兵士のための性的施設の提供を求められたこと、などである。いずれにせよ、敗戦後の日本政府が真っ先に取りくんだ政策は、治安維持法の廃止ではなく、政治犯の釈放でも食料の確保でもなく、占領軍兵士のための性的施設の設置であった。

合同調査団が滞在した病院は、広島市南区宇品町にあった広島第一陸軍病院宇品分院である。もともとは大和人絹広島工場であったが、帝国陸軍に接収され、工場の大半が「陸軍船舶練習部」として使われていた。爆心地から四キロしか離れていなかったが、建物の破損は軽微で、被爆者たちが続々とここに難を逃れてきたため、八月二五日に陸軍病院の分院とした(広島平和記念資料館「平和データベース」、本章扉写真参照)。宇品は丸山眞男が被爆した地でもある。

合同調査団のなかでは、戦争の話は出なかった。ことに「原爆の投下という米国の行為そのものについても」(一九頁、改二一頁)出なかった、とわざわざ断っているのは、少なくとも日本側調査団員のあいだでは、アメリカ合衆国の原爆投下についての疑問があったことを窺わせる。しかし、占領軍と被占領民との「支配・被支配関係」のなかでは、誰も口に出しては問題にしなかった、というよりも口に出せなかった。

例外的に戦争の問題について意見を表したのは、アメリカ側ではM大佐であり、日本側では都築教授だった。そしてふたりの言動について具体的に述べられる。M大佐は「臨床検査室に入ってくると、黙って黒板に、「紙と木との家に住む者は他人に石を投げてはならぬ」と大きく書いて立去った」(一九頁、改二二頁)ことがあった。一方、都築教授が「戦争は終ったのだから、今はわれわれがあなた方に協力して、合同調査が順調に進んでいる、しかしこの次の戦争では、われわれが勝ちますよ」(同上)といったのは、冗談だったろう。しかし、たとえ冗談にせよ、この冗談には背景があるに違いない。もう一度戦争してアメリカに勝つという意思を表明しようとしたのではなく、日本側が進めていた研究にあとから乗り込んできた米軍に対する不満と、「対等の研究」だと考えていたにもかかわらず「占領軍主導の研究」になっていたことに対する抗議の意思が含意されていたと私は考える。

民主主義と裏切りの関係

「行く先々で、占領軍の「ジープ」への反感や敵意に出会うことはなかった。その代り、時には好意があり、時には追従があり、多くの場合には好奇心があった」(二一一頁、改二四頁)。アメリカに対する好意、追従、好奇心は、近代日本に最初から見られた傾向である。ペリー艦隊が日本を訪れたとき、彼らに接触した日本人が好意と好奇心とに溢れていたことは、その『日本遠征記』にも描かれる。戦後、日本占領にあたってアメリカ軍は日本人の抵抗が強いと予想したにもかかわらず、実際にはほとんどなんの抵抗も受けなかった。これも好意や追従の表われだろう。

なぜ一夜にして「鬼畜米英」から「ようこそアメリカさん」に変わってしまったのだろうか。ひとつには、「鬼畜米英」といった謳い文句はそもそも日本人になじまないもので、信じた「ふり」をしていたか、信じたとしても深く信じていたわけではなかったのだろう。そして変わり身は早く、昨日は「鬼畜米英」を叫んでいたが、翌日には「民主主義」を謳いあげることに痛痒を感じない。したがって「民主主義」を捨てることにも痛痒を感じない。そのときどきのもっとも強い、あるいはもっとも流行るものを信じるか、あるいは信じたふりをする。

広島近在の病院を巡って被爆者の追跡調査をするための旅行中、加藤はそこに暮らす人びとと占領軍L中尉との出会いを「傍観者」として観察している自分を意識しつづけた。すなわち、自分が土地の人間でもなければ、占領軍に属する人間でもない、という疎外の意識を感じていた。それは、東京の街なかで東京に暮らす人びとと占領軍との接触を観察したときよりも、はるかに強く意識されたに違いない。東京で人びとを観察したときの加藤を、占領軍に属する人間だと周囲は誰も思わなかったし、加藤自身も思わなかった。しかし、広島近在で土地の人びとを観察したときには、土地の人びとが加藤を占領軍に属する人間とみなしているとはっきり認識した。だからこそ余計に、自分は占領軍に属する人間ではない、と意識したのだろう。

しかしもちろん私たちは「民主主義」のことも話していた、あの普遍的な理想としての「民主主義」のことも。その理想が米国において大いに実現されているものだという点でも、私たちの意見は一致していた。「それは日本帝国において広く認められた意見であったか」「いや、日本帝国においては禁止されていた意見であって、極めて少数の人間がそう考えていたにすぎない」「君は戦時中その少数の一人だったのか」「そうだ」「それでは日本帝国に対する裏切りではなかったか」――「裏切り」という言葉は、突然、私を襲い、矢のようにつきささり、しばらく私はたじろいだが、次の瞬間にはたちなおっていた、「日本帝国とは何か」と私は自分がいったのを覚えている、「政府と人民である。政府が人民を裏切った場合には、政府に反対する――少くとも政府を支持しない、ということの他に、人民を裏切らぬ道はない。しかるに、君は今戦時中の日本帝国政府は、民主主義的でなかったといった。民主主義的でない政府は、定義により、人民の本来の権利を裏切る政府である。故に政府に忠実であれば、人民を裏切り、人民に忠実であれば、政府を裏切る。ぼくの考えは日本の人民に忠実であったにすぎない……」

（二二二—二二三頁、改二二五—二二六頁）

「民主主義」という考え方には、異なる意見と異なる意見を組み討ちさせれば、おのずと正しい意見が勝つという、楽観主義的な一面がある。今日では「組み討ち」の政治的決着は「多数決による採決」である。採決すれば多数意見に従うことを求められ、それでも多数意見に従わない人間は「規則違反」であり「裏切り」だとされやすい。

加藤は、公的生活では、親しい人を「裏切らない」ことを信条として生きた。何よりも「裏切り」であることを嫌った。戦争につながる可能性のあるものに反対する理由として、親友を「裏切りたくない」ことを挙げる。そういう信条をもつ加藤が、「それでは裏切りではないか」と問われて一瞬たじろぐ。

加藤の脳裡には、小学校時代に教師と馴れあって、級友を裏切ったと考えた小さな出来事が甦ったに違いない（第I部第5章第2節参照）。だからこそ一瞬にせよ、たじろいだのである。

しかし、政府と人民との関係は、人民の政府に対する信託関係である。信託が崩れれば政府に対して反逆する権利をもつ。それが民主主義の基本である。「民主主義的でない政府は、定義により、人民の本来の権利を裏切る政府である。故に政府に忠実であれば、人民を裏切り、人民に忠実であれば、政府を裏切る」。忠誠と反逆は背中合わせであると同時に、反逆は「もうひとつの忠誠」なのである。

私はその後今日まで、L中尉に再び会ったことがない。L中尉は、今でも私の議論に「なるほど」というだろうか。今では私も自分の考えをもう少し巧妙に表現することができるだろう。しかし問題は、表現の巧拙ではない。

広島から帰ったときに、私は疲れていた。私はその後長い間広島を考えなかった。

(二三頁、改二六頁)

「L中尉」(ロッジ中尉)は、合同調査団のなかで加藤がもっとも親しくした人物である。年齢も近く、専門分野も同じくし、性格も似ていることがふたりを近づけたのだろう。広島から東京に帰っても、ロッジ中尉を通じて、当時、占領軍が徴用していた聖路加《ルカ》国際病院(東京、築地)に立ち入る許可証をもらって、図書室で「新しい米国の医学雑誌をむさぼるように読んだ」(三〇頁、改三四頁)のである。一九四九年に五回にわたって連載した「血液学の進歩(一九四一—一九四八年)」(『日本臨牀』)という論文は、新しい血液学の潮流を知ったから書けた論文であろう。

それ以来、「L中尉」とは音信が不通であった。ところが、四六年後の一九九一年に、ロサンゼルスで再会を果たす。そのことは『夕陽妄語』「故旧忘れ得べき」(『朝日新聞』一九九二年一月二〇日、『自選集8』所収)に述べられる。

加藤は「その後長い間広島を考えなかった」というが、広島についてまったく考えなかったわけではないだろう。現に母織子が入院したときにも、加藤は広島を想い出している(三九頁、改四四頁)。しかし、加藤が広島を主題とした文章を著わすのは、ずっとのちのことになる。それはまさしく『続羊の歌』「広島」の章だった。

一九四七年の追跡調査の報告以来、二〇年のあいだ、加藤は本格的に広島について語ることをしなかった。その理由は何だろうか。どんな言葉で表しても、それは違う、現実はそうではない、という意識に襲われたからに違いない。重たい経験をもつ広島の被爆者たちを加藤は「観察」することができなかったことはすでに述べた。そして加藤にとっても、広島での経験は重たく、簡単に言語化できるような問題ではなかった。

被爆経験をもつ丸山眞男はいう。「広島へも数年前(一九七七年)、初めて行った。被爆以来、行く気しないわけ、どうしても行く気しない。広島ってとこはね、被爆してない人が行って騒ぐところなんだ、あれは。ほんとに被爆した人間はとうてい行く気しない」(丸山眞男『自由について』編集グループ〈SURE〉、二〇〇五、一一頁)。「行く気しない」と三回も重ねて語っている。「行く気しない」だけではなく、丸山も加藤も長いあいだ広島について語らなかった。というよりも語れなかったのである。それほどに重い経験なのだろう。

しかし、加藤が「語れなかった」のは、広島だけではなかった(第Ⅱ部第5章参照)。

4　一九四六年という年

新しい時代と新しい雑誌

同人誌や校内誌は別として、公の媒体に加藤が文章を発表するのは一九四六年が最初である。『世代』『黄蜂』『綜合文化』『近代文学』『人間』などに寄稿したが、いずれも敗戦後に創刊された雑誌である。新しい時代は新しい雑誌と新しい筆者を求めていた。

これらの雑誌を通して、多士済々の執筆者や編集者に出会う。いいたいことをいえなかった人びとが「大きな期待」を抱いていた時代、加藤もまた時代の機運のなかにいることを感じた。

なかでも雑誌『世代』(目黒書店)に寄稿したことは、そののちの加藤の歩む道を方向づけた。『世代』は新しい時代を担う若者によって編集され、新しい時代を担う若者によって執筆された。東京帝国大学法学部のいいだもも(本名＝飯田桃)が提唱し、同じく経済学部の遠藤麟一朗が編集長を務めた。つまり、学生がつくった総合雑誌である。創刊は一九四六年七月。創刊当初は瀟洒なエディトリアルデザインを誇ったが、次第に粗末な体裁に変わり、刊行も途切れ途切れとなり、一九五三年二月、一七号をもって休刊した。寿命の短いわりに果たした役割は大きく、『世代』から羽ばたいた作家は少なくない。たとえば、福永武彦、中村眞一郎、加藤周一、吉行淳之介、中村稔、日高晋《ひろし》らである。

編集長の遠藤は福永、中村、加藤の三人に〈CAMERA EYES〉という時評の連載を求めた。この連載は「焦点」「時間」「空間」という三つの主題が用意され、三人が交互にひとつの主題を担当した。連載は創刊号に始まり、一九四六年一二月号に終わる。加藤は「新しき星菫派《せいきんは》に就いて」(七月号)、「或る時一冊の亡命詩集の余白に」(九月号)、「一九四五年のウェルギリウス」(一〇月号)、「焼跡の美学」(一一月号)、「我々も亦、我々のマンドリンを持つてゐる」(一二月号)を寄稿した。新たに書き下ろされた「金槐集に就いて」「知識人の任務」「オルダス・ハックスリの回心」「寓話的精神」を加えて『1946文学的考察』(福永・中村との共著、真善美社、一九四七)を上梓した。共著とはいえ、福永、中村、加藤のいずれにとっても、最初の刊行物であり、それぞれにとって出発点となった書物である。

いくさの間に

私はいくさの間、同時代の作家の小説よりも、「新古今集」の時代の歌人の家集を読んで暮していた。私にとって文学とは、まずなによりも「山家集」や「拾遺愚草」や「金槐集」であり、時代を超えて私の魂に訴えるものであった。私は定家や実朝について書いた。

(二一四—二一五頁、改二一八頁)

いくさに批判的な研究者や文学者は、「いくさの間」に同時代の作品や研究には目を向けない。歴史のなかに現在を見出し、歴史のなかに明日の指針を見出すのである。丸山眞男は荻生徂徠に、林達夫はヨーロッパ・ルネサンスや江戸初期のキリシタン研究に、石川淳は江戸文学に、武谷三男はティコ・ブラーエへ向かう。加藤は日本中世の歌人に向かった。そして西行の『山家集』、藤原定家の『拾遺愚草』、源実朝の『金槐集』を読んだ。ここには記されないが『建礼門院右京大夫集』も読んだ。いずれも歌集である。四人に共通するのは、時代から疎外され、孤独を生きぬいた詩人たちだったことである。

戦時中に加藤は西行(一一一八―一一九〇)も読んだが、敗戦直後には西行や『山家集』について論じていない。藤原定家(一一六二―一二四一)は、宮廷官僚としては中級、歌人としては最高級。歌集の『拾遺愚草』は一三世紀初めに編まれた自撰歌集で三巻からなる。古語を操り、本歌取りを用い、観念的世界をつくる。「拾遺」は中国古代の官職名で、身分は高くなく、定家の宮廷における職位に相当する。「愚草」は謙譲表現である。自著の書名にも強烈な裏返しの自意識が表される。のちに加藤は「藤原定家――『拾遺愚草』の象徴主義」(『文藝』一九四八年一月号。のちに「定家『拾遺愚草』の象徴主義」と改題、『自選集1』所収)を著わした。

私は、私の経験したもっとも困難な時代に、私の経験したもっとも深い孤独のなかで、かくの如き象徴主義が、如何に強く一個の生命を支え、如何に激しく一個の魂を動かすかを知った。全世界を失って己の魂を得る、一つの確実な道を、私は、定家のなかに見出したと信じた。言葉の甘美と感覚の微妙繊細とが、荒涼たる私の青春を誘ったのかもしれない。

(『自選集1』一七三頁)

源実朝(一一九二―一二一九)は、鎌倉幕府第三代将軍であり、歌人である。後鳥羽上皇の勢力と幕府執権北条義時の勢力との対立のなか、実朝は孤独と絶望の淵にいた。政治的無能を当時からいわれた。中国に脱出しようとして失敗したといわれるのも、実朝の孤独と絶望のなせる業《わざ》だったろう。実朝の心の支えは京の文化であり、なかでも和歌であった。一八歳のときに藤原定家に師事する。実朝の歌七〇〇首余りは『金槐集』に収められる。多くの歌は新古今調であるが、晩年の作には万葉調が見られ、その万葉調の歌を賀茂真淵が江戸時代に、正岡子規が明治時代に高く評価した。加藤は戦中から敗戦直後にかけて『金槐集』について三回書いている。ひとつは「青春ノート」に、ひとつは同人誌『しらゆふ』(一九四一)に、そして『1946 文学的考察』(『自選集1』所収)に。

ほととぎす聞けども飽かず橘の花散る里のさみだれの頃

小道具と衣裳とのために、役者の肉体を見失ってはならぬ。此処に、単なる王朝文化の亜流を認める美学は、浅薄である。此処に、単なる政治的現実からの逃避を認める人間学は貧弱である。惨澹たる現実、呪われた宿命の桎梏の下にあって、「昔の人の袖の香」のする橘の想い出に、過ぎ去った文明の饗宴を探りあてようと云う、この奇怪な念願を理解しない者は、遂に詩人の一切を理解しないであろう。この世界は、多くの時代と多くの批評精神とを乗り超えて生き延びたものである。この世界は、永遠の相の下に、外的現実を詩人の内的現実に還元し、歴史の中にあって、或る完璧な存在の影を映すものである。無能の将軍が、力強い歌人であったのは矛盾ではない。行動を放棄する過程が、詩的認識の過程に他ならず、外的現実を相対化する過程が、内的現実を抜き差しならぬ所で成熟させる過程に他ならないと云う、現実に対して精神がとり得る一つの究極的な態度の裡に、実朝と云う歌人の本質がある。

(『自選集1』一〇九―一一〇頁)

加藤が深い関心を寄せる人物は、定家にしても、実朝にしても、おのれの孤独を乗り越えるために、おのれの孤独を徹底的に見つめる。そういう人物に加藤は深い共感を寄せる。それは加藤自身と重なるからだが、早くも敗戦直後に、そういう見方が確立していることを意味する。

新しい文学の芽吹き

戦争中に発言していた人のほとんどは、戦後に発言しなくなるか、発言の内容を大きく変えるしかなかった。「京都学派と日本浪曼派」の論客たちは、敗戦直後には口をつぐんだ。

太平洋戦争開戦とともに戦争讃歌を多く詠んだ高村光太郎は、自己処断として、岩手県花巻近郊で七年間の山小屋自炊生活を送った。武者小路実篤(一八八五―一九七六)は、第二次大戦中に日本の戦争を「聖戦」と讃えて、『大東亜戦争私感』(一九四二)を綴り、戯曲『三笑』(一九四四)を書いた。それらによって戦後、公職追放を受ける。おびただしい数の戦争讃歌を詠んだ斎藤茂吉は、戦災を避けるために故郷の山形県金瓶《かなかめ》村に疎開した。そこで敗戦を迎えるが、敗戦という現実に衝撃を受けて、戦後になってもしばらくは東京に戻らなかった(茂吉がふたたび東京に戻るのは一九四七年一一月である)。太平洋戦争開戦時に感涙にむせんだ茂吉は、敗戦後に悔悟の涙を流す。大石田にいわば蟄居したときに、次のような歌を詠む。

軍閥といふことさへも知らざりしわれを思へば涙しながる

（『白き山』岩波書店、一九四九）

しかし、焼け野原と化した文学の広野にも、注目すべき作家たちの活動が蘇ってきた。戦時中から時流に乗らず、ひっそりと生きぬいた作家のなかで、加藤はふたりの作家に注目する。ひとりは『罹災日録』を書いた永井荷風（一八七九―一九五九）である。個人主義と自由を何よりも尊重し、耽美的文学によって立ち、反自然主義文学を掲げた。しかし、時代から自由が失われてゆくさまを見て、戯作趣味、江戸情緒が作品に強く表われてくる。戦時下になると、作品の発表を諦め、執筆の拒否と緘黙をもって抵抗の姿勢を示した。その姿勢は、レチサンス（緘黙術）を貫いて抵抗を示した林達夫と共通する。荷風は一九四五年三月の空襲で焼け出され、岡山に疎開する。その頃の日記が『罹災日録』（扶桑書房、一九四七）である。これは『断腸亭日乗』のうちの罹災生活の部分を抜きだしたものである。

もうひとりが無頼派と目された作家の石川淳（一八九九―一九八七）である。フランス象徴主義を小説の基本としたが、戦争中に江戸戯作文学に親しんで、そのふたつを結びあわせる方法を会得する。戦争にしなやかに抵抗する方法を身につけ、戦後は混沌とした時代にたくましく生きることで現状を変革する可能性を見出そうとした。加藤が言及する「無尽燈」（『文藝春秋』一九四六年七月号、『石川淳短篇小説選』ちくま文庫、二〇〇七所収）は、たくましさとしたたかさで、現状をうち破っていく女性が描かれる。

永井荷風と石川淳を例外として、戦時中から文学活動をしている作家たちを、加藤はほとんど評価しなかった。しかし、文学の広野には戦後の新しい文学の胎動が始まっていた。

大学病院勤務の加藤のもとに野間宏(一九一五―一九九一)が訪ねてきた。野間は加藤に『黄蜂』への寄稿を求めた。『黄蜂』(一九四六年四月創刊、一九四九年二月終刊)という雑誌は、青年文化会議が編集発行した高級文芸雑誌である。わずか三年足らずの寿命しかなかったが、寿命の短さに比べて雑誌の名が高名なのは、同誌に掲載された野間宏の『暗い絵』によるところが大きい。『黄蜂』という名称は、古代ギリシアの劇作家アリストファネスの『蜂』に由来する。民主主義の原理を古代ギリシアに求めようという趣旨である。加藤は『黄蜂』に二度寄稿した。「ヒューマニズムと社会主義」(一九四六、第一巻第三号)と「オルダス・ハックスリの最新作『時間は停らなければならない』に就いて」(一九四九、第四巻第一号、最終号)である。

花田清輝(一九〇九―一九七四)の主宰した『綜合文化』にも二度寄稿した。「妹に」と「三つの話(我が伊太利亜に赴くは／金色の海の道――又は或る少年の死／トリスタンとイズーとマルク王の一幕)」を第一巻第三号(一九四七年九月)に、「雨と風」「さくら横ちょう」を第二巻第一号(一九四八年一月)に載せている。花田は一九四〇年に中野秀人らと雑誌『文化組織』を創刊して、評論を発表する。変革が起きるのは転形期(＝転換期)だという基本的認識から、ルネサンスも、室町時代も、現代日本も、転形期と位置づけ、その変革を目指して芸術運動を展開しようとした。「前近代を否定的媒介にして近代を超える」という考えは花田の基本的立場を表す。戦後は『綜合文化』『新日本文学』の編集に携わる。

加藤が言及する花田の『復興期の精神』は、一九四一年から一九四三年にかけて『文化組織』に掲載された作品を中心に編まれ、一九四六年に我観社から刊行された。「復興期」、すなわちルネサンスについて語られるが、その実は軍国日本の状況に対する批判として書かれた。加藤は「古今東西の古典文学を論じるとみせて」(二七頁、改三〇頁)と評するが、同書に「西」の古典文学はふんだんに採りあげられるが、「東」の古典文学は主題としては採りあげられていない。その初版本の「跋」に花田は次のように書いた。

戦争中、私は少々しゃれた仕事をしてみたいと思った。そこで率直な良心派のなかにまじって、たくみにレトリックを使いながら、この一連のエッセイを書いた。良心派は捕縛されたが、私は完全に無視された。いまとなっては、殉教者面ができないのが残念でたまらない。思うに、いささかたくみにレトリックを使いすぎたのである。一度、ソフォクレスについて訊問されたことがあったが、日本の警察官は、ギリシア悲劇については、たいして興味がないらしかった。
(『花田清輝全集』第二巻、講談社、一九七七、四二〇頁)

『復興期の精神』を読もうとしても、たくみなレトリックの壁に阻まれて、その意味するところが読みとれない。読みとれないのは二一世紀の若い読者ばかりではなく、一九四〇年代前半の官憲も、一九四〇年代後半の知識人でさえ読みとれなかったと告白する人もいる。

『近代文学』への参加と脱退

私が「近代文学」の批評家たちと知合うようになったのも、またその頃のことである。そこでは「政治と文学」ということが頻りに論じられ、「近代文学」の同人たちは、政治に文学を従属させてはならないと主張していた。それは、嘗ての左翼文学のように、革命の道具として文学を扱ってはいけない、という意味であったろう。〔一九〕三〇年代に身をもって左翼の文学運動に投じ、そこで苦労を重ねてきた人々にとって、そういう考えは当然のことであったにちがいない。しかし私はそういう苦労を経験したことがなかったので、「政治」という言葉から、少数の野党である共産党よりも、まず占領軍と保守党政府のかけ引きを考えた。「政治と文学」と聞いて、ただちに「革命運動と文学」を考える思考上の、または修辞上の、習慣は私にはなかった。今にして思えば、「近代文学」の批評家たちは、私を遇するのに寛大な好意をもってしたのである。しかしそのことは話の通じ難いという事実を変えるものではなかった。

（二七—二八頁、改三一—三二頁）

「私が「近代文学」の批評家たちと知合うようになったのも、またその頃のことである」というが、『近代文学』は、一九四六年一月に創刊され一九六四年八月まで続いた文芸誌であり、『近代文学』を抜きにして戦後文学は語れない。荒正人、平野謙、本多秋五、山室静、埴谷雄高、佐々木基一、小田切秀雄の七人によって敗戦直後に始められたが、一九四七年の同人拡大によって、花田清輝、大西巨人、福永武彦、中村眞一郎、加藤周一らが加わった。のちにさらに同人は拡大される。『近代文学』同人たちは、戦中体験を踏まえて、文学を政治から自律させることを基本的な命題として、マルクス主義文学運動を批判した。世代論、戦争責任論、主体性論、転向論など、戦後の文壇・論壇における主要な問題提起の役割を担った。

「政治と文学」のかかわりについての見解の相違が根底にあったが、『近代文学』草創の同人である荒正人と本多秋五と加藤とのあいだには、「星菫派論争」が繰りひろげられた(「星菫派論争」についてはさまざまな人が論じている)。そしてマチネ・ポエティクの福永、中村、加藤は『近代文学』から脱退することになる。「私を遇するのに寛大な好意をもってした」というのは、論争から脱退にかけての『近代文学』草創の同人たちの態度を指しているのだろう。

戦争に疑問を抱いていた知識人たちは、戦時中にひっそりと身を隠した穴蔵から這いだして、「類をもって集ろう」(二八頁、改三二頁)とし、集まっては侃々諤々議論を交わし、「言うべくして言えなかったことを言おう」(同上)という機運があった。加藤もまたそういう「時代の機運のなかにいる自分を感じた」(同上)。自分たちの願いを広めようとしては次々と雑誌を創刊し、自分たちの想いを託そうとしては次々と雑誌に寄稿した。実際、一九四六年からの一、二年は新しい雑誌が次々と刊行され、戦後雑誌史のなかでもっとも活気に富んだ時代である。多くの人が「大きな期待の時代」(同上)を感じたが、加藤も例外ではなかった。生涯を通じて、余所者、少数者、傍観者として加藤は生きたが、戦後の数年間だけは、その例外であった。

「しかし私が多くの仲間を発見したときは、同時にまた、その仲間のなかでの言葉の通じ難さを発見した時でもあった」(同上)。ようやく仲間を見つけた時代に、同時に、またしても余所者、少数者であることを感じさせられた。

「別の言葉を話す相手とのコムミュニケイションの問題について、私を意識的にしたのは、後年の欧洲ではなくて、戦争直後の日本である」(同上)ということは、仲間と思っていた人たちとの会話が通じにくかったということである。「別の言葉」とは、外国語という意味ではなく、同じ語句を遣いながら、違った語意で遣われていたということである。それでは議論は成りたたない。加藤が言葉の通じにくさを感じたならば、相手もまた通じにくさを感じていたに違いない。そういうときにこそ、コミュニケーションの問題を意識することになる。加藤は言葉の通じにくさを感じつつ、敗戦直後の論壇・文壇に登場したのである。

『人間』・『世界』・『展望』

その編集長木村徳三氏が、「一九四六 文学的考察」を読み、私たち三人に、雑誌「人間」への寄稿をもとめたことがある。(中略)私の売文業は、木村氏の好意と「人間」によって、はじまったのである。木村氏は(中略)一種の文学的な理想を雑誌の編集を通じて実現しようとしていたようにも思われる。そういう理想主義は、「展望」の編集長臼井吉見氏にもあり、「世界」の編集長吉野源三郎氏にもあった。配給の衣食足りず、闇市が栄え、巷に「米よこせ」運動の赤旗がなびいていたとき、東京には抜くべからざる理想主義があったのである。私はいくさの間の見聞を粉飾した小説「ある晴れた日に」を、雑誌「人間」に連載した。(二八—二九頁、改三二—三三頁)

「鎌倉在住の有名な小説家は、互いの私財をもち寄って、「鎌倉文庫」という出版社をつくり、月刊の文芸雑誌「人間」を発行した」(二八頁、改三二頁)。『人間』は、一九四六年一月号をもって創刊された。大正時代に里見弴、久米正雄らが刊行していた同名の雑誌があり、久米正雄が鎌倉文庫に関与していることもあり、その名を踏襲する形で『人間』と命名した。多くの新人に執筆の場を与え、戦後文学の擡頭に貢献した。雑誌の「創刊の辞」あるいは創刊号の「編集後記」には、その雑誌が何を目指して、何を企図して創刊されたのかが記されるものである。木村徳三編集長が書いた『人間』創刊号の「編輯後記」は次のようにいう。

あの敗戦の晩夏に、見わたすかぎりの惨澹たる焦土を前にして、幾たびか、絶望なすところなく佇みつくさなかつたひとがあつたらうか。しかしまた、荒廃の風景に点綴された菜園の鮮かな緑のいろに、涙の出るほどの感動を味はなかつたひとがあつたらうか。あの緑、自然の中のどこにでもある謂はば平凡なそれだけに永遠のその色が、かくまでいぢらしく、勁く、更に気高く、心に沁みたことは嘗てなかつた。吾々はその緑の色に再建日本の表象を読みとつたのだ。そしてそれを育て燦然たらしめるこやしとしての文学の役割の重大さに烈しく思ひ及んだのである。

(前掲『文芸編集者の戦中戦後』二三七頁)

加藤が『人間』に寄稿した最初の原稿は「信仰の世紀と七人の先駆者」(一九四七年七月号、『著作集1』所収)である。小説『ある晴れた日に』を連載したのは、一九四九年一月から八月にかけてのことであり、単行本として月曜書房から刊行されたのは、一九五〇年のことである。『ある晴れた日に』

は、ある晴れた日に始まり、ある晴れた日に負けた戦争のもと、「銃後」の人びとの暮らしを描いた小説である。戦争というものが、生命や財産を奪うだけではなく、人の心、言葉遣い、人間関係に至るまでことごとく壊してしまうものだということが描かれる。そういう観点からの戦争批判の書である。

加藤たちに執筆の機会を与えるように、編集長の木村徳三に勧めたのは、前掲『文芸編集者の戦中戦後』によれば、中島健蔵だという。「中島健蔵氏から、「こういうグループがあるのを知ってるかい。君の後輩にあたる連中だが、いいエッセイを書いているよ」といわれ、『世代』の連載を読むと、豊かな教養と明晰な知性と瑞々しい感受性に裏打ちされたそれらは、私の心を一気にとらえた」と木村はいう。その木村について「木村氏は、(中略)一種の文学的な理想を雑誌の編集を通じて実現しようとしていた」と加藤は記すが、編集者というものは、何らかの理想や信念をもち、出版を通してその理想や信念を実現しようと考えるものである。

敗戦直後、理想が輝いて見えた時代の編集者として、加藤はふたりの名前を挙げる。ひとりは臼井吉見であり、もうひとりは吉野源三郎である。

臼井吉見(一九〇五―一九八七)もまた、戦後を代表する編集者であり、評論家である。長野県安曇野出身、東京帝国大学国文科を卒業後、教職に就いていたが、松本中学時代の友人古田晁《あきら》を援けるために筑摩書房に入る。一九四六年一月に創刊された雑誌『展望』編集長に就き、第一次休刊(一九五一)まで務めた。

吉野源三郎(一八九九―一九八一)は、編集者、評論家、児童文学者。東京帝国大学哲学科を卒業後、

三省堂、新潮社で編集者を務める。そのかたわら『君たちはどう生きるか』(一九三七)を著わす。この書は人類の理想を説いたものであり、今日まで読み継がれている。吉野は一九三七年に岩波書店に入り、一九四六年一月創刊の雑誌『世界』の編集長に就く。『世界』は創刊当初から今日まで、平和と民主主義を基本理念に掲げ、それを実践するための雑誌という位置づけが貫かれる。その姿勢は吉野がつくりあげたものである。戦後日本の岐路となった単独講和か全面講和かが議論されたときにも、吉野は平和問題談話会(一九四九)を組織し、雑誌『世界』が全面講和論の拠点となった。その後も、憲法問題が議論されはじめると、憲法問題研究会(一九五八—七六)をつくって、改憲反対の論陣を組織した。

日本社会の「後れ」を意識

敗戦直後の加藤は、日本社会の「後れ」を痛感していた。どこに後れを感じていたか。ひとつには加藤の専門領域にかかわる血液学の分野で認識した。「戦時中の日本にはほとんど進歩がなかったが、欧米には画期的な進歩があった(中略)。私は中尾博士と相談し、広島で知合ったL中尉を通じて、占領軍が徴用していた築地の聖路加病院の構内へ入る特別許可証をもらった。(中略)私はそこで新しい米国の医学雑誌をむさぼるように読んだ」(三〇頁、改三四頁)のである。

日本の西洋医学は、明治以来、基本的にドイツ・オーストリアの医学を基本としてきた。実際、ドイツ・オーストリアの医学は世界的に見ても進んでいた。したがって、鷗外はベルリンに留学し、茂吉はヴィーンに遊学した。ところが、戦争は学問の進歩にも多大な影響を及ぼし、世界の医学の指導的地位は、ドイツ・オーストリアからアメリカに移っていた。

世界の先端的な医学を学ぶにはアメリカ医学の現状を知らなくてはならない。そういう意識が働き、加藤は「中尾博士と相談し、広島で知合ったL中尉を通じて」、アメリカ軍に接収されていた聖路加病院図書室に入る許可を得て、そこに所蔵される「医学雑誌をむさぼるように読んだ」のだった。こうしてアメリカ医学の現状を知ったのである。ここにいう「L中尉」とは、前述のように、ロッジ中尉である。「私たちにとって、新しい方法、ほとんど新しい領域の出現を意味した」(同上)というほどに加藤は驚愕した。したがって、将来も医学の道を進むつもりならば、さらなる研究は、ドイツでもなく、フランスでもなく、アメリカで学ぶことだったに違いない。

しかし私が日本国の「後れ」を感じていたのは、血液学の領域においてだけではない。日本では作家たちの多くが、軍国主義権力に迎合し「ファッシズム」を讃美して、文学をとめどもなく荒廃させていったときに、フランスでは多くの詩人が、ドイツ国家社会主義の権力に抵抗し、「ファッシズム」を弾劾し、人間の自由と品位を主張することにより、文学に新しい生命を吹きこもうとしていた。(中略)日本の文学者の精神的な「後れ」は、否定することができなかった。もちろん「ファッシズム」に抵抗する文学を、日本の文学者がつくり出さず、フランスの文学者がつくり出したのは、そもそも日本の文学者の周囲に、反「ファッシズム」の国民感情がなく、フランスの文学者の周囲に、それがあったからであろう。それならば、彼我の文学者のちがいは、また、「臣民」と「国民」のちがい、「教育勅語」と「人権宣言」のちがい、デカルトの精神と神ながらの道とのちがい、つまるところ「前近代」と「近代」とのちがいでもあるはずだろうと私は考えた。この考えは、ペタン政府が外国の傀儡政権であったのに対し、東条政府が外国の傀儡ではなかったということを、ほとんど無視していたという点で、事態を単純化していたし、ろくに知りもしない「フランスの国民感情」を前提としていたという点で、不正確なものでもあった。

（三一―三二頁、改三五―三六頁）

日本の文学者のほとんどは、「軍国主義権力に迎合し「ファッシズム」を讃美して、文学をとめどもなく荒廃させていった」か、たとえそうではなくても、消極的に支持し、積極的には抵抗を示さなかった。一方、フランスの文学者には、愛国を掲げて「ファッシズム」に抵抗する、いわゆる「抵抗の文学」をつくり出した人たちがいた。この違いはどこにあるのか。「「臣民」と「国民」のちがい、「教育勅語」と「人権宣言」のちがい、デカルトの精神と神ながらの道とのちがい、つまるところ「前近代」と「近代」とのちがい」だと加藤は考えた。しかし、この考えは、「事態を単純化していたし、ろくに知りもしない「フランスの国民感情」を前提としていた」し、「不正確」であったことを、『続羊の歌』を書いたときには認めたということである。

「抵抗の文学」の認識

「抵抗」の文学との接触は、日本の「後れ」への私の確信を強めたばかりでなく、また私自身のフランス文学理解の「後れ」をも自覚させずにはいなかった。たとえばフランソワ・モリヤックの著作の大部分を私はかねて読みつくしていたけれども、その読み方から、このカトリックの作家が他日共産主義者と手を組んで「抵抗」の作家組織に投じるだろうとは、想像することもできなかった。またルイ・アラゴンやドリュ・ラ・ロシェルの著作を全く知らなかったわけではなかったが、占領下のフランスでアラゴンの書いた実に美しい詩の由来や、独軍と「協力」してフランスの解放と共に自殺したドリュ・ラ・ロシェルの行動の動機を、それぞれの作家について私がもっていた像から理解することは困難であった。すなわち私の読み方、私のフランス文学者の像に何かが欠けていたことは、あきらかであった。（三三頁、改三七―三八頁）

加藤はフランスに「抵抗の文学」が盛んであったことに衝撃を受ける。それ以上に深い衝撃は自分のフランス文学理解が不十分だったことであり、何かが欠けていることを悟った。それは日本の文学者が多く政治とは関わらず、したがって、ひとたび関わると権力にやすやすと付き従うことになるが、フランスの文学者は、たえず政治を意識し、政治をわがこととして考える習慣が根づき、みずからの考えに従って行動する。彼我の文学者の思考と行動があまりに違うことを、自分は知らなかったと知ったとき、加藤は衝撃を受けたのである。

右の三人のみならず、多くの抵抗詩人たちを取りあげる『抵抗の文学』（岩波新書、一九五一）が高揚の調子を帯びているのは、抵抗の詩人たちへの熱い共感だけでなく、みずからの新しい発見の意識があったからに違いない。

また戦後俄かに現れて一世を風靡しようとしていたジャン・ポール・サルトルやアルベール・カミュの文学が、それまでの文学の概念からははみ出していて、読み方を変えなければ、核心をつかみ難かったということもある。私は知的訓練における日本の「後れ」を感じた。小説作法の技巧上の問題よりも、より根本的な問題から出直す必要があった。しかし私は若く、出来ないことはないような気がしていたし、仕事をするまえに道具をそろえる時間は充分にあると考えていた。日本の「後れ」、またそれ以上に私自身の「後れ」を、正当化する代りに、とり戻すための努力をする時代が、無限の将来に向って開かれているはずであった。（三三頁、改三八頁）

加藤は日本の「後れ」をどこで意識したか。第一は、血液学における「後れ」である。第二は、フランスの文学者と比べた場合の日本の文学者の「後れ」である。第一の後れを取りもどすには、アメリカに留学し、医学を学びなおすことが必要だったろう。第二の後れを取りもどすには、フランスに行って文学の方法を学びなおすことが望ましい。すなわち、アメリカに留学するか、フランスに留学するか、ふたつの選択肢があったはずである。そのことをいうために、加藤は日本の血液学の後れと、フランスの文学者と比した場合の日本の文学者の後れを叙述したのである。しかし、一九四六年の段階で、加藤はそのいずれの道を進むかの決断を下してはいない。

第2章

「第二の出発」

——フランス留学へ

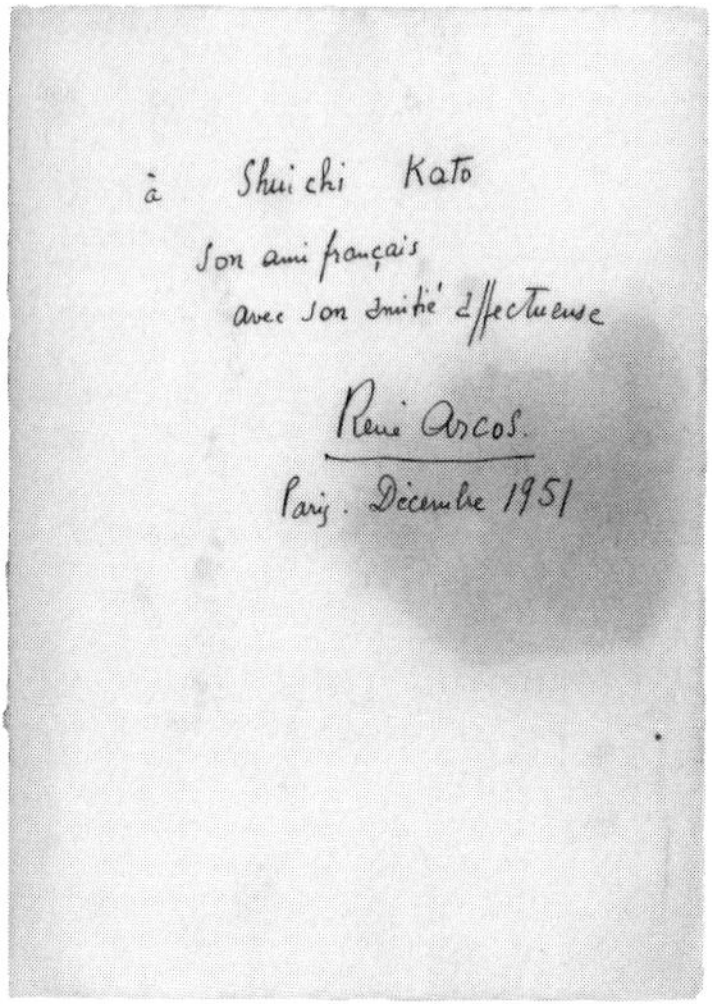

加藤に贈られた，ルネ・アルコス『ロマン・ロラン』．扉を開くと，アルコスのサインがある(右)

1　京都の庭と京都の女

「京都の女」の意味

戦後の加藤に転機が訪れる。転機は「京都の庭」を見たことによってもたらされる。一九四〇年代後半、加藤はしばしば京都を訪れ、古寺の庭を見て歩いた。龍安寺、西芳寺、桂離宮、修学院離宮など。「ある禅寺の庭」を見ていたときに、突然に「これ以上に私にとって身近な世界はありえないだろう」(三六頁、改四一頁)と感ずる。加藤の日本文化への開眼とでもいうべき大事な出来事だった。ところが「京都の庭」という章は、「京都の女」のことから書きはじめられる。

「その女《ひと》のために私はしばしば京都へ行った」(三四頁、改三九頁)。「その女」が誰であるかは、私の知る限り、誰も知らない。本村久子も、中村眞一郎も山崎剛太郎も知らなかったし、知らないという。実在したという人もあり、実在しないという人もあり、最初に結婚した綾子のことであるという人もいる。綾子とは一九四六年に結婚するが、綾子について『羊の歌』には一度も言及されない(このことは第5章で述べる)。

「その女」は虚構であり、文化としての日本女性の表象ではないか、と私は考える。大事なのは、「京都の庭」という章の冒頭に、なぜ京都に住む「その女」について書いたか、ということである。それを解くために、この先を読んでからもう一度考えることにしたい。

「その女」は「細いやわらかい声で、唱うように京都の言葉を話した」(三四頁、改三九頁)というが、たしかに京言葉は、加藤が親しんでいた東京・山の手言葉に比べると、高低の幅も強弱の幅も遅速の幅も大きい。高低、強弱、そして遅速のたえまない微妙な変化が言葉に彩りを与える。他の地域語とも異なる印象を与えられる。一本調子の山の手言葉に慣れた耳からすると、謡うように、こよなく優雅に響く。「東京で育った私」は「京都の言葉」を聞いて「他国」を感じた(三五頁、改三九頁)。他国をもっとも強く感じるのは、そこに暮らす人間の容貌や行動もさることながら、言葉であるのかもしれない。ましてや風貌は変わらないにもかかわらず、遣われる言葉が違うと、余計に「違い」を意識させられるといえる。

小説『ある晴れた日に』のなかで、戦争が進むにつれて東京の言葉の微妙なニュアンスが失われていったことに、加藤は哀惜の念を綴る。永井荷風も『断腸亭日乗』に、戦時色が濃くなるとともに「日本語の下賤今は矯正するに道なし」(一九四一年四月四日)と述べた。戦争は言葉さえ変えてしまう。しかし、言葉だけのことをいったのではない。戦争によって東京が失ったものを京都が失っていなかったことを加藤は感じて、「あらためて一種の故郷を感じた」(同上)と書いたのである。

京都の庭と東京の古本街

その頃、古寺の庭は、どこでも静まりかえっていた。竜安寺の石は、初冬の午後の陽ざしに、長い影を投げていた。春の雨に濡れた西芳寺の苔は、誰も見ていないところで、ただ私だけのために、木洩れ陽を受けて、ところどころ燃えるように輝いていた。そこには観光客と自動車の騒音のない京都、室町時代から変らず、しかも現代の日本からは全く忘れられた多くの寺とその庭があった。その頃の東京は、西洋人の考えを翻訳し、解釈し、議論することに忙しく、東洋の古い文化は、捨ててほとんど顧みなかったように思われる。神田の古本屋では漢籍が二束三文で、雑誌の目次・新刊書の表題の、日本の古美術に触れたものは、ほとんど見つけることができなかった。私は乏しきを投じて漢籍を購い、古寺を訪ねて作庭の跡を賞するのに、その時代を利用したといえるのかもしれない。

（三五—三六頁、改四〇頁）

ここに描かれるのは一九四〇年代後半のことだろう。当時の日本の文化的風潮について、京都の古寺の様子と東京の古本街の様子と出版界の様子とを対比して述べる。京都の古寺を訪れる客はほとんどおらず、「どこでも静まりかえっていた」。東京の古書店では、購う客がつかない「漢籍が二束三文で」売られていた。そして出版界では東洋や日本は顧みられず、西洋の翻訳書が人気だった。要するに、戦争中の日本主義、東洋精神の人気の反動現象だった。

加藤が京都の庭に興味を抱いたきっかけは何だったのか。その理由について、『羊の歌』にもそれ以外でも明らかにしていない。「ひとりで京都の町を歩き、折りにふれて古寺を訪ねることをいつしか慣しとするようになった」(三五頁、改四〇頁)と加藤はいう。ところが、最初に結婚した綾子の実弟中西勉(一九二九年生まれ)は、「兄は関西の大学の教職にあって、京都に住んでいましたが、周一氏を京都の庭に案内して歩き、庭についての議論を交わしていました」と語った。この「兄」を中西昇(一九一一—一九六二)といい、京都帝国大学心理学科を卒業した心理学者で、一九四〇年代には龍谷大学助教授を務め、京都北白川に住まいした。もちろん、加藤がひとりで京都の庭を廻ったこともあったろうが、中西昇と一緒に庭巡りをしたこともあったのだろう。そののち京都の庭を主題として「日本の庭」(『文藝』一九五〇年二月号、『自選集1』所収)を著わしたが、そのとき「To Professor N. Nakanishi」という献辞を付けた。しかし、同著作が収録された『美しい日本』(角川書店、一九五二)には初出誌にあった献辞がなくなり、その代わりに「あとがき」に中西昇の名前を挙げて謝辞が記される。その後の論集には同著作が収録されても、中西昇には触れられなかった。

「京都の庭」の章で言及される庭は、龍安寺の庭と西芳寺の庭である。龍安寺は洛北にある臨済宗の寺で、一五世紀半ばに開創された。一八世紀末に火災に遭って再興され、室町時代の建築が残るのはわずかである。その庭園は方丈南側に位置し、南と西の二方を低い築地塀で囲まれた面積二五〇平方メートルの平地に白砂を敷き、大小一五の石を配する。作庭時期には室町時代説と江戸時代説とがあって、定かではない。

西芳寺は洛西にある臨済宗の寺で、奈良時代に行基によって開創されたと伝えられる。寺歴に紆余あり、室町時代に夢窓疎石によって中興された。しかし、応仁の乱で寺院は火災に遭い、近世には水害にも襲われた。現在の建物のほとんどは明治時代に建てられたものである。庭園は大規模で、あるいは池庭があり、あるいは枯山水石組みの庭をもつ。今日の庭園もまた創建当時とは一変している。別称「苔寺」ともいわれるが、苔は西芳寺の庭園の本質とはかかわりない。

龍安寺の庭に置かれる石はそれほど高くなく、しかも寺の周囲は樹木が茂り、西陽がさしていたとしても、加藤が記すように長い影を投げていたとは考えにくい。ここはむしろ修辞的表現だろう。京都の寺院と庭園が室町時代に起源をもつが、「室町時代から変らず」というのも必ずしもあてはまらない。室町時代の応仁の乱により、幕末の蛤御門の変により、明治初期の廃仏毀釈により、京都の寺院や庭園の様子は大きく変わった。西芳寺や龍安寺についても、右に述べたとおりである。

敗戦直後は、日本の伝統的文化を、もう少し広くいえば「東洋の古い文化は、捨ててほとんど顧みなかった」時代だった。戦災を受け灰燼に帰した東京の方が、戦災を受けなかった京都に比べて、その傾向が強かった。そういう時代だったからこそ、加藤は京都の寺院や庭園を訪れたのかもしれない。そして東京の古本街で、「乏しきを投じて」漢籍や日本の仏教書を安く手に入れた。立命館大学図書館「加藤周一文庫」には当時購ったと思われる古書籍、漢籍などが収められる。江戸時代の和綴じ本や明治・大正時代に刊行された仏教書などが多い。

日本文化に対する関心

そうしてある秋の日の午後、ある禅寺の庭で、不思議なことが私におこった。その庭の結構は格別のものではなく、東山の斜面を巧まぬ借景として、そのまえにしつらえた枯山水の、小さなものにすぎなかった。しかしその庭の姿は、刻々と変化してやむことがなかった。東山の黄葉が傾きかけた陽ざしに映えるかと思えば、さっとかげって、枯山水は俄かに灰色の底に沈み、また陽がさすかと思えば、白い砂の上に音もなく銀色の雨が落ちて、石組みの緑の石が甦ったように鮮かに輝きだす。それは一つの庭であり、しかも一つの庭ではなかった。（三六頁、改四一頁）

加藤に日本文化への啓示を与えた寺と庭である。この「ある禅寺」とは、具体的にはどこの寺を指すのだろうか。該当する寺は思いつかない。『続羊の歌』にも他の著作にも、啓示を受けたという寺について具体的に明示されたことはない。思うに「京都の女」が日本女性の総合的な表象であるように、「京都の庭」もまた複数の寺院の庭を総合化した抽象的な「京都の庭」の表象ではないか。その表象は「京都の庭」を超えて「日本の庭」の本質を表す。

そう考えると「一つの庭であり、しかも一つの庭ではなかった」とか、「その時々の姿を越えた一つの形としかおそらくいいようのないもの」(同上)といった表現は理解しやすくなる。加藤はいくつかの庭を見たことによって、「日本の庭」の本質をつかんだのだろう。

「日本の庭」という加藤の記念碑的著作では、西芳寺、龍安寺、桂離宮、修学院離宮の四つの庭をタイポロジーで論じているにもかかわらず、「ある禅寺」に該当する寺院は見当たらないという事実も納得できるものになる。つまり、この件には、京都の女、京都の庭、東京の古書店、東京の出版界の様子が描かれるが、いずれも文化に関わり、ここは一九四〇年代後半の日本文化の状況を象徴的に描いているのである。

そのとき、ほとんど突然に、これ以上に私にとって身近な世界はありえないだろうということを、不思議な確実さで感じたのである。それは、その世界に対する私の理解の確かさでもあり、私の何かがその世界に属しているということの確かさでもあるはずだった。私は生れて育った東京を離れることで、ある一つの確かなもの――私の外にあるものと内にあるものとの一つの確かな関係――に出会った。京都とは、故郷を離れることで見出したもう一つの故郷である。ひとりの女のあらゆる表情を、私がそこに読んでいたということであろうか。おそらくそうではなくて、女のなかにその世界の反映を見ていたのであろう。私はその後庭ばかりでなく、仏像を見るようになったし、またいくらか絵も見るようになった。また日本の美術ばかりではなく、むしろそれとは直接に何の関係もない事柄について、多くの文章をつくるようになった。

（三六―三七頁、改四一―四二頁、傍点は引用者）

「これ以上に私にとって身近な世界はありえない」とか「私の何かがその世界に属している」とかいう表現を採ったのは、加藤はいくつかの京都の庭を通じて、自分が日本文化とつながっていることを強く感じたからである。東京ではなく京都で、日本文化と自分とが深くつながっていることを発見した。この件は、永井荷風の『日和下駄』を想起させる。荷風は東京の表通りに文化を見出さず、裏通りにしか文化がないことを述べる。それと同じように、東京ではなく京都に、加藤は日本文化を確認した。だからこそ京都を「もう一つの故郷」と呼んだのである。

「ひとりの女のあらゆる表情を、私がそこに読んでいたということであろうか。おそらくそうではなくて、女のなかにその世界の反映を見ていたのであろう」という文が、庭の話のなかに挿入されるのは何故だろうか。おそらく庭も女も、いや女のみならず男も、文化がつくりだすものだからだろう。要するに「女に生まれるのではない、京都の女になるのである」。庭も女もという意味は、「もの」も「人」もということだが、そこにはそれが属している世界が反映される。そのことをいいたいがために、「京都の庭」と対置して「京都の女」をもちだす必要があった。この頃の加藤に「京都の女」がいたかどうかは、冒頭に述べたようにまったく分からない。しかし、加藤は「京都の庭」とともに「京都の女」に言及しなくてはすませられなかったに違いない。

このような関係性をつかんだことは、加藤が文章を書く「原点」のひとつをつかんだことを意味する。原点なくして、人はよく文章を書けない。文章を書く原点をつかんだからこそ、加藤は自分が文章を「書きはじめ」たという自覚と、文章を書くことを生業《なりわい》とする自信をもったのだろう。そういう意味で、京都のいくつかの庭――西芳寺、龍安寺、桂離宮、修学院離宮の庭を比較して論じた「日本の庭」は、文筆家としての加藤周一の出発点に位置する著作なのである。

私は西洋を見物したために、日本の芸術の有難さを知ったのではない。ある秋の日の午後、東山の斜面に映える西陽を見、枯山水の白砂に落ちる雨を見たから、やがて西洋見物の望みを抱くようになったのである。（三七頁、改四二頁）

この件はフランス留学の目的について述べたという点で重要である。加藤は日本の文化を深く知るために、フランスの文化を知ろうとしたのである。

加藤の文化論は比較文化論である。ある文化を比較文化論的に論ずるには、他の文化を座標軸として設定しなければならない。比較するための座標軸は、三つ必要になる。ひとつは日本文化であり、ひとつをフランス文化に求めた。それがフランス留学を目指した理由である。もうひとつの座標軸はアジアであると考えていた。そして一九七〇年代の初めに中国を訪問することで、もうひとつの座標軸を得ることになる。

母の死とカトリック

一九四九年の春先のこと、母織子は胃の噴門部ががんに冒されていると診断される。加藤は母織子の診療に全力を挙げる。加藤の看病ぶりは、最初の妻綾子が日記《Journal Intime 1948 1949》(立命館大学「加藤周一文庫」のデジタルアーカイブで公開されているが、綾子が記した部分は綾子の遺族の意向により非公開)に綴っている。

加藤はなによりも母織子のがんが転移することを恐れていたが、その恐れは現実のものとなった。「もはや希望的な観測をする余地はなかった。転移があり、その症状が現れてきたので、病人を救うみちはない」(三九頁、改四五頁)と覚悟を固める。

母織子が亡くなるのは一九四九年五月三〇日午後一時である。奇しくも加藤と綾子の三回目の結婚記念日であった。母織子は享年五二、このとき加藤は二九歳である。母を亡くした心境が綴られるが

（四〇頁、改四五―四六頁）、これはほとんど恋人か愛妻を亡くした男の心境のように読める。いかに母織子を愛していたかが窺われる。

しかし時が経つにつれて、私は母の死をも落着いて考えることができるようになった。そのときはじめて烈しい後悔がやって来た。これをしておけばよかった、あれをしてやればよかった、という考えは尽きず、その一部は到底不可能であったとしても、少くとも他の一部は、私にその気さえあればできたはずだとくり返し思った。私は自分自身を憎み、且軽蔑《かつ》した。（四〇―四一頁、改四六頁）

身内が亡くなったとき、その人に「これをしておけばよかった、あれをしてやればよかった」と「烈しい後悔」にさいなまれ「自分自身を憎み、且軽蔑」するのは誰しも経験することだろう。しかし、加藤は晩年に至るまでしばしば、母織子に「これをしておけばよかった、あれをしてやればよかった」と、その都度涙ぐみながら話したという（本村久子氏談）。半世紀以上のあいだ変わらずに、こういう感情を保ちつづけることは稀だろう。多くの人は生きるに忙しく、そういう感情を薄れさせていく。

母の臨終には神父が立会って、しかるべき手続きをふんだ。カトリックの信仰は――あったろう、と思う。また現にそう考えたから、みずから信者でない私も神父を呼ぶことに賛成したのである。しかし今私が、母には信仰が「あった」、という代りに、「あったろう」と書くのには、理由がないわけではない。その一つは、「信仰」という言葉の内容そのものが、その経験を離れては、おそらくわかりにくいものだからである。

(四一頁、改四七頁)

母織子がカトリックに入信したきっかけは若い頃に大病したことによる。母織子は加藤にも妹久子にもカトリックへの入信を無理強いはしなかったが、「おまえたちが二人とも信者になってくれればいいのに」(四一—四二頁、改四七頁)といったように、ふたりが入信することを望んでいた。亡くなる直前に病床にあって書かれた加藤宛の伝言にも「母様を思ひ出したら神様のことを考へて見て下さい」と綴った。そして家族ひとりひとりに宛てた遺言書の、加藤に宛てた部分には「いつか教へに入りますやう」にと願っている。母織子の加藤に宛てた伝言は、前掲《Journal Intime 1948 1949》に貼付されている。

母が死んで何年も経った後にも、私はしばしば、自分の死を考えるときに、何の理由もないのに癌で自分は死ぬのだろうと思い、そればかりではなく、もし天国というものがあるとすれば、母はそこにいるにちがいなく、もう一度そこで母に会えるかもしれないと考えることさえあった。

(四二—四三頁、改四八頁)

「何の理由もないのに癌で自分は死ぬのだろう」というが、がんはその発症に家族性があるから、母と同じ病気に罹る可能性について、医者である加藤は予測したのだろう。実際、加藤は晩年、母織子と同じ胃がんを発症し、その原発部位は母と同じく噴門部だった。「もし天国というものがあるとすれば、母はそこにいる」と考えたが、母織子の意思を知っていた加藤は、親族の多くの人と同じように、自分が晩年にカトリックに入信するという予感も抱いていたのかもしれない。

私が京都へ行くことを、母は好んでいなかった。しかし私は結婚を考えていた。しかしまた西洋見物の望みも母の死後に、いよいよ強くなろうとしていた。大学の医学部では、米国留学が漸くはじまろうとしていた頃である。もしそのとき私に米国留学の機会があたえられていたら、私は米国の大学の研究室で研究に没頭し——研究の余暇には庭球場で汗を流し、自然科学者として今日に到っていたかもしれない。そのときすでに私は東京で学位を得ていて、条件のよい研究室で仕事に没頭するのに充分なほどの関心を専門の領域に抱いていた。しかし私はみずからそういう機会をもとめず、もとめない機会はやって来なかった。（四三頁、改四八—四九頁）

すでに結婚していた加藤が「京都へ行くことを、母は好んでいなかった。しかし私は結婚を考えていた」と書いたのは、どういう意味だろうか。先に述べたように、「京都の女」とは、具体的個人ではなく、文化としての日本女性の表象である。ここで「京都へ行くことを、母は好んでいなかった」というのは、「京都の女」すなわち日本女性を好んでいなかったことを意味し、母織子が妻綾子を好まなくなったことを示唆したのではないか。増田弌子（加藤の従兄増田良道夫人）によれば、「綾子さんとの結婚を加藤に勧めたのだが、伯母は綾子さんを間もなく好まなくなった」らしい。この言に基づけば、母織子と綾子との関係を示唆するための叙述であり、「結婚を考えていた」というのは、母織子の気持ちにもかかわらず「日本女性、すなわち綾子と結婚生活を続けるつもりだった」という意味に読むことができる。

フランス留学試験

加藤が海外留学をいつから本格的に考えたのかは分からないが、一九五一年にフランス政府の募集する政府給費留学生試験を受験した。そのときの試験官から「いかなるフランスの作家に、汝は格別の愛着を感ずるや」(三七頁、改四二頁)と問われた。そして、この問いに十分に答えられなかった、と綴られる。加藤の記すところに従えば、答えられなかった理由はふたつある。ひとつはフランス語に慣れていなかったためである。もうひとつは、質問の意味をおそらく質問者の意図を超えてはるかに深く考えてしまい、答えることができなかったためである。「格別の愛着」を感ずるには、対象と自分とのあいだに半生をかけてつくりあげた確かな関係が必要である。京都の庭に接したときに感じたような確かな関係が、フランス文学と自分とのあいだにあるだろうかと加藤は自問して、そういう関係としては成りたっていない、と自覚した。

しかし、この質問も虚構ではないか。なぜならば、医学のために留学しようとする研究者に対して右のような質問を発するだろうか、という疑問が残るからである。仮に試験官がそういう質問をしたとしても、合否を左右するような重要な質問ではなかったろう。しかし、加藤は虚を衝かれたように感じ、衝撃的な質問と捉えた。

「フランス政府給費留学生」制度は、戦前につくられたが戦争で中断し、戦後に再開された制度で、その第一回留学生は一九五〇年に推薦で選ばれ、哲学の森有正、音楽の田中希代子、建築の吉阪隆正、日本美術史の秋山光和など六人がフランスに渡った。渡航費、学費、生活費のすべてをフランス政府から給費される留学生である。

第二回フランス政府給費留学生は公募によって選抜され、フランス語学の三宅徳嘉、音楽の矢代秋雄、同じく黛敏郎などがいた。加藤は「半給費留学生」として合格したが、「半給費留学生」は、学費は免除だが渡航費と生活費は自弁である。しかも、現地でアルバイトなどの収入を得る道は限られているから、資金を潤沢にもっていないと叶わない。急遽加藤は、夜を日に継いで、執筆と翻訳の仕事を続けた。一九五一年に翻訳の仕事が増える様子は「著作目録」(『自選集10』所収)に明らかである。さらに西日本新聞社と契約し、フランスでの見聞を送稿することにして、生活の糧を得たのである。

加藤のフランス留学は表向きはともかくも、実質は医学研究のための留学ではなかった。医学研究のためだったら、アメリカ留学を志したはずであり、フランス留学は目指さないだろう。では、なぜフランス留学を求めたのだろうか。その理由は、加藤が慣れ親しみ、その国の本をもっとも多く読んだのはフランスだったからである。そして「京都では長く親しんできた詩歌とこの国の風土との間に、微妙なつながりを漸く見出そうとしていた」(四四頁、改五〇頁)加藤は、フランスの詩歌とフランスの風土との関係を見つけだし、そのふたつの詩歌と風土との関係を比較しようとしたに違いない。そのためにはフランスにしばらく暮らさなければならない。

2 フランスにおける交友

西洋見物への旅立ち

加藤は「五一年の秋に、西洋見物に出かけた」(四五頁、改五一頁)。加藤がいう「見物」とは、たんなる「物見遊山」ではない。決して当事者にはなれず、観察者あるいは傍観者として対象を考える、ということである。当事者ではなく観察者であるがゆえに、全体的に客観的に考えられるということでもある。「西洋見物」のために東京・羽田を発ったのは、一九五一年一一月三日深夜、というよりも一一月四日未明であった(綾子の記した日記による)。加藤周一が「加藤周一」となるための「第二の出発」(同上)だった。「第二の出発」という以上、「第一の出発」が想定されている。

その「第一の出発」はいつのことか。「戦後日本の社会へ向って出発した」(同上)とあるので、普通には戦後社会を歩みはじめたときだと考えるべきだろう。しかし「第一の出発」は戦争中になされた、と私は考える。ある瞬間的な一時点を指しはしないが、「十五年戦争」が加藤の「第一の出発」だった。この時期に、加藤は自分が余所者であり、孤立した人間であることを自覚し、かつ社会的現象を全体的に把握しようとした。その自覚と方法は加藤の生涯を貫くものである。そういう自覚と方法をもったときこそが「第一の出発」ではなかったか。

加藤がパリ＝オルリー空港に降りたったのは、現地時間一一月五日夜だったろう。一九五〇年代のはじめ、日本からパリに行く航空路は南回りしかなかった。所要時間はおよそ五〇時間。経由地は七地点から九地点あった。女優にしてエッセイストの岸恵子は、イヴ・シアンピと結婚するために一九五七年、単身パリへ向かったが、その途中で「日の出を七回見た」という。七回の給油が必要で、着陸するたびに、その地は日の出の時間帯だったということである。

パリで加藤が最初に住んだところは「大学町」である。「大学町」とはパリ一四区にある「国際大学都市 Cité Internationale Universitaire de Paris」のことである。一九二五年にフランスの文部大臣アンドレ・オノラによって提唱され、パリ圏の高等教育機関に学ぶ留学生や研究者のための寄宿舎を提供し、文化学術の国際交流を目指した。現在では四〇か国に及ぶ各国寮があり、およそ六〇〇〇人の学生や研究者が暮らす。各国はそれぞれの国の特徴的な建築様式で学生寮を建てている。「日本館 Maison du Japon」は、駐日フランス大使だったポール・クローデルの提案を受けて、実業家の薩摩治郎八が私財を投じ、一九二九年に完成された建物である。城郭風建築で、地上七階、半地下一階をもち、周囲には日本式庭園が設《しつら》えられる。

加藤が留学した当時、日本館に住む日本人は三分の一程度だったが、今日でも国際大学都市の規定は、国際交流のために各国寮は自国出身の居住者を七〇パーセント以下に抑えることを求めている。この日本館が加藤の最初の宿泊場所だった。

日本館は大学町の東北に位置する。食事を摂るには日本館から離れた「中央食堂」まで出向かねばならず、食堂に各国の留学生や研究者が集まれば、おのずと会話が生まれる。しかし、他国からの留学生とは深い人格的な関係にはならず、「浅く表面的なものにすぎなかった」(四七頁、改五三頁)。留学生の大半は二〇代前半であり、加藤は三二歳であったから、日本風にいえば一回り近く違う世代の人たちである。そういう若い人たちから知的刺激を期待することは困難だったろう。

ブルターニュの青年

しかし、「例外もなかったわけではない」(四七頁、改五四頁)といって挙げるのは「ブルターニュから来ていた哲学科の学生」(同上)である。この学生の名前などは加藤の著作のどこにも書かれていないので詳しいことは分からないが、非常に大きな影響を与えられた青年である。

ブルターニュの青年は、ポール・ヴァレリーの『エウパリノスまたは建築家』を一言一句精読するために、タイプ印刷の教材を加藤のために用意した。その粗末な冊子を加藤は保存していた(立命館大学「加藤周一文庫」に所蔵)。『エウパリノスまたは建築家』(『エウパリノス・魂と舞踏・樹についての対話』清水徹訳、岩波文庫、二〇〇八)は、冥府にいるソクラテスとパイドロスが、建築家エウパリノスに関する対話を交わす作品である。その主題はエウパリノスまたは建築家にとどまらず、広く芸術と芸術家と哲学とが語られる。

ヴァレリーを読むのに「何故著者がその場所にその語を用いて他の語を用いなかったのか、何故その言廻しを採って他の言廻しを採らなかったか」(四九頁、改五五頁)という読み方をするためには、

「仏和辞典はほとんど全く役に立たない」(同上)のは当然である。「私は東京で、ヴァレリーを読んで理解することはできるが、フランス語で話をすることはむずかしい、と思っていた。パリの大学町では、フランス語で話をすることは大してむずかしくないだろうが、ヴァレリーを読むのは容易でない、と考えるようになった」(同上)。このようにして、ヴァレリーを一言一句詳しく読んだ経験が、加藤にとって大きな意味をもった、と私は考える。

その青年と自分とを比較対照し、そこからフランスの文化と日本の文化との違いを考えた。フランス文化が生んだ文学的教養は、「自国の歴史を縦にとおして、深」く「母国語とその古典にむすばれている」。日本文化が生んだ文学的教養は、「国際的に横に拡って浅く」「日本語とその古典にむすばれてはいなかった」(四九―五〇頁、改五六頁)。

「はるか後になって、「雑種文化」という文章を書き、日本の状況に潜在している可能性を強調したときに、私は大学町でのその経験を想い出していた」(五〇頁、改五六頁)と記すが、加藤が一連の雑種文化論を著わしたのは一九五五年である。「雑種文化論」という考え方を深めるうえで、ブルターニュ出身の青年との知的交流が大きなきっかけを与えたに違いない。だからこそ、このブルターニュの青年に言及したのである。

「雑種文化論」は、加藤の説いた主要な論のひとつとして知られ、今日でもとりあげられることが多い。「雑種文化論」に連なる論考としては、「日本文化の根――雑種的文化の問題」(『愛媛新聞』一九五五年四月一一日)を皮切りにして、「日本文化の雑種性」(『思想』一九五五年六月号、『自選集2』所収)、「雑種的日本文化の課題」(『中央公論』一九五五年七月号。のちに「雑種的日本文化の希望」と改題)、「日本人の世界像」(『近代日本思想史講座8』筑摩書房、一九六一、『自選集3』所収)、「日本人の外国観」(『思想』一九六二年八月号)と続く。一九五〇年代半ばから一九六〇年代はじめにかけて、矢継ぎ早に発表された。当時の日本社会で「雑種文化論」が批判を受け、加藤がそれに反論したり、補足したりして、論壇で議論される主題になったからでもある。

「雑種文化論」の主旨は、ひとつには、日本の近代文化を西欧の近代文化と比べると大きな違いがあり、後者を「純粋文化」とすれば、前者は「雑種文化」だとしたことである。すなわち、日本の近代文化はさまざまな文化を採りいれ、それを混淆した文化であるといったのである。したがって「融合文化」とか「混淆文化」といっても意味するところは変わらなかったにもかかわらず、「雑種文化」といった。「雑種」という言葉には下等の含意があり、一種の挑発としてこの語を遣ったのだろう。

二番目には、「雑種文化」は恥ずべきことではなく、この特徴を積極的に活かして、現代日本文化をつくるべきだ、といったことである。「雑種」という言葉には力強さという含意もある。日本の伝統文化を純粋に復活させるのでもなく、西洋の文化をまるまる移入するのでもない、独自の日本文化の道がある、ということを主張した。

三番目には、加藤の「再出発」の意思表明だったことである。「私は長い間、外国の文化との対比において、日本の近代史の特殊性に注目してきた。今その特殊性を念頭におきながら、一般的な歴史的発展の型――もちろんそれは複数であり、そのなかの特定の型が問題である――の一つの場合として日本を見なおすことに、興味をもつ」(『著作集7』「あとがき」、『加藤周一が書いた加藤周一』平凡社、二〇〇九所収)。

加藤が近代日本文化の特徴を「雑種性」にあると判断したのは、必ずしもフランス留学中のことではないだろうが、「雑種性」に着目して日本文化研究をやり直そうと考えたのは、フランスから帰国するときだった。だから帰国後に堰を切ったように雑種文化論を著わしつづけたのである。しかし、研究対象をフランス文化から日本文化へと変えたわけではないことは銘記されるべきである。

詩人の家――ルネ・アルコス

まもなく加藤は大学町の日本館を出て、パリ市内最南端に位置する一三区の「アミラール＝ムーシェ通り Rue de l'Amiral-Mouchez」の近くに位置するルネ・アルコス René Arcos（一八八〇―一九五九）の家の一部屋に引っ越した。ルネ・アルコスは「僧院派 L'Abbaye」（「アベイ派」とも訳される）のひとりである。「僧院派」とは、フランスの若い芸術家たちが、一九〇六年秋から一九〇八年初めにかけて、パリ東南の郊外クレテイユにあった旧修道院に集まって、自給自足的な共同生活を送った。彼らは旧修道院に因んで「僧院派」と呼ばれる。作家のジョルジュ・デュアメル（『正編』「戯画」の章参照）、劇作家・詩人のヴィルドラック（同上）、詩人のルネ・アルコス（同上）、キュビスムの画家アルベール・グレーズ、作家のジュール・ロマン（『続編』「南仏」の章参照）が加わった。三人の中心人物のうち、デュアメル、ヴィルドラックは社会的脚光を浴びる存在になったが、アルコスはふたりに比べると地味な活動に徹した。アルコスには詩集『他人の血』（一九一六）、小説『他人』（一九二六）、評論『ロマン・ロラン』（一九五〇）がある。加藤は詩集『他人の血』の一部を翻訳し（『創元』四一号、一九五三年四月）、アルコスを日本に紹介した。

アルコスは小さな出版社も経営していた。社員はアルコスと、アルコスを手伝うミシェール（アルコスの息子と結婚したが、夫は若くして亡くなり、その後もアルコス家に残っていた）だけだろう。詩人としての仕事だけでは生活が成りたたず、個人経営の出版社を営みながら、三つの寝室のうちのひとつを貸していたのかもしれない。加藤をアルコスに紹介したのは朝吹登水子《とみこ》（一九一七―二〇〇五）であり、朝吹もアルコスの家に間借りしていたが、朝吹がアルコスの家を出たあとに加藤が入りこんだのである。

朝鮮で停戦交渉が長びき、「冷い戦争」のたけなわであった頃、「米国人は頭が悪い」というのが、アルコス氏の口癖であった。「彼らは頭が悪いのではない、まちがった前提から出発しているだけだ」と私はいったことがある。（中略）「どういう前提か」「共産主義者は悪魔だという前提である」「そういう前提そのものが頭の悪い証拠だろう」「まちがった前提が、頭の悪さにもとづくとはかぎらない」「それならば、何にもとづくのか」「米国人の大部分が、共産主義者の顔を見たことさえないという事実にもとづくと思う」「ダレスもか」「彼は前提を検討しない。あたえられた前提をみとめ、それをみとめるかぎりでは合理的な政策をたてているのだ。政策の合理性は、頭の悪さではなく、良さを証拠だてていると思う」「スペインにはアルコスという町がある。私はスペインを知っているが、どうもスペインの牡牛と米国人には似たところがある、赤い布を見せると、忽ち興奮して理性を失う……」。その頃、仏印〔フランス領インドシナ。現在のヴェトナム、ラオス、カンボジアにまたがる地域〕では植民地戦争がつづいていたが、アルコス氏にとって、それは「汚い戦争」であり、外相ジョルジュ・ビドーは、軽蔑すべき《ビドーシュ》であった。七〇歳に近い詩人は、「古きよき時代」の想い出を語らず、その代りに現代の世界を語っていた。

（五九—六〇頁、改六七—六八頁）

アルコスと加藤が、冷戦や朝鮮戦争について交わしたおしゃべりが綴られる。朝鮮戦争は一九五〇年六月二五日に始まり、一九五一年七月一〇日に開城で休戦会談が開かれる。会談が始まっても、しばらくは戦闘が止まなかった。休戦会談は難航して何度も中断し、二年にわたる交渉の結果、休戦協定が調印されるのは一九五三年七月二七日である。

その頃の「外相ジョルジュ・ビドー」Georges-Augustin Bidault（一八九九—一九八三）は、フランスの政治家で、戦後に成立したドゥ・ゴール政権で外相を務める。自主独立外交路線を主張するも、アメリカとの協調関係の維持にも努める。西ドイツ（当時）との和解に力を注ぎ、欧州石炭鉄鋼共同体（ここから欧州共同体への道を歩む）加盟に力を尽くす。しかし、第五共和政下に、ドゥ・ゴール大統領がアルジェリアの独立を認める方向に向かうと、アルジェリアとインドシナ独立に徹底して反対し、極右団体とも連携した。このことが「機会主義的」行動を採ったとして批判される。一九六二年に反逆罪で逮捕状が出ると、ブラジルに亡命した。「軽蔑すべき《ビドーシュ》」とはフランス語の〈bidoche〉で、その意味は「悪い肉」であるが、「悪い奴」「食えない人」という意味ももつ。ビドーの機会主義的政治行動に対する批判的表現であるが、〈Bidault〉と〈bidoche〉とが韻を踏んでいる。

「老いてもなお、遠いアジアで殺されている民族主義者に、ほんとうに心を動かされる」（六〇頁、改六八頁)アルコスを、「ほんとうの詩人」(六〇頁、改六九頁)だとして高く評価する。そして加藤自身も、自分が老いてもこのようにありたいと考えたに違いない。「ほんとうの詩人」とは何だろうか。さまざまな社会的条件にとらわれて、あるいは関連づけてものごとを表現するのではなく、純粋に曇りなき心だけでものごとの本質を見て、それを表現する人をいうのだろう。したがって、そういう心をもった詩人は「新聞記者にもなり得るし、政治学者にもなり得る」(六〇頁、改六九頁)、しかし「新聞記者の知識または政治学者の方法が、彼らの裡なる詩人をつくりだすのではない」(同上)と加藤は考えた。

国際ペン・クラブ会議への参加

「老齢の詩人は、もはやひとり旅を好まなくなっていたが、私が同行すれば、国際ペン・クラブの会議を機会に、しばらく初夏のパリを離れてみたいといった」(六八頁、改七八頁)。加藤はアルコスとともに「国際ペン・クラブの会議」に参加する。一九五二年にフランスのニースで開かれた第二四回国際ペン・クラブ大会である。主題に「現代青年と文学」が掲げられ、日本からは、小松清(代表)、丸岡明、田村泰次郎、平林たい子が参加した。

会場でジュール・ロマン Jules Romains(一八八五―一九七二)を紹介される。ロマンは、小説家、劇作家、詩人である。「僧院派」のひとりだったから、アルコスは「古い友だちだ」(六九頁、改七九頁)といった。ロマンはまた一種の神秘主義(ユナニミスム)を提唱し、反戦思想をもち、平和問題にも積極的に発言する。ユナニミスムは非体系的で、気宇壮大な表現が見られる。そういう特徴が「すばらしいフランス語で、全く無内容な演説」(同上)という加藤の批評となる。ロマンが「おくれて現れ」(同上)たりするのも、「大小説家は芝居がかった「大家」の役割を、実に見事に演じつづけ」(同上)るためだろう。

文学者たちのパーティーには「作家と、作家になろうとした人と、作家になりたい人とが」(六九―七〇頁、改七九頁)集まり、訳知り顔に会話が交わされるのも、東西、変わりがないようである。一方、同じく僧院派の画家フラン・マズレール Frans Masereel(一八八九―一九七二)にも出会った。ロマンとマズレールの人格の違いを加藤はまざまざと見せつけられる。

画家マズレールは、ニースの「旧港」を見下ろす建物の高いところに住んでいた。昇降機はなく、階段の踊場は足の下で軋んだ。そのせまい住居のなかには、あらゆる壁を蔽って書棚があり、いくつかの油絵が仕事の途中で画架にかけられていた。(中略)「プロムナード・デ・ザングレに行くことはほとんどない」と彼はいった、「今度出かけたのは君たちが来ていたからだ」。「旧港」の居酒屋では、仕事衣のままで飲んでいた漁夫や労働者たちが、マズレールを識っていて、彼が入ってゆくと、眼で挨拶をしたり、言葉をかけたりした。彼は何人かと握手をし、老人の肩をたたき、短い言葉を交わし、冗談をいって相手を笑わせていた。そこでは、もはや、彼はひとりではなかった。

(七〇―七一頁、改八〇―八一頁)

「プロムナード・デ・ザングレ Promenade des Anglais」は「イギリス人の散歩道」であるが、一九世紀初めにニースを保養地として利用していたイギリス人たちが出資してつくった道である。ニースの海岸沿いの三・五キロほどの道であるが、沿道には高級ホテルや高級邸宅が立ちならぶ。一方、「旧港」はニースの街の東部にあり、あたりはひなびた感じが残る庶民的な地区である。「プロムナード・デ・ザングレに行くことはほとんどない」が「旧港」の居酒屋で地元の人びとと親しく交わるマズレールの生き方が鮮やかに描かれる。

「「片山はどうしているだろうか」とマズレールは私と町を歩いているときに、突然、いい出した」(七一頁、改八一頁)。片山敏彦は、一九二九年六月から一九三一年三月まで、ヨーロッパに滞在した。その間にロマン・ロランの知遇を得たが、マズレールはその頃、ロマン・ロランの近くにいた。片山はマズレールの記憶に残った人物だったのである。そのマズレールと加藤は帰国後も親交を続けた。

ロマン・ロランのそばにいたのはマズレールだけではなかった。ルネ・アルコスもジュール・ロマンも、ヴィルドラックもデュアメルも、ロランのそばにいた。片山は彼らと親しくなり、彼らを「精神の交わり」といい「星たちの集り」と呼んだ。しかし、「片山はその後一度も手紙をくれない……」(七二頁、改八二頁)とマズレールはいった。片山はロマン・ロランばかりでなく、その周辺にいる人たちから圧倒的な影響を受けた。彼らがフランスでなしたようなことを、片山が日本でなすことはできなかった。片山は彼我の違いを強く認識させられたに違いない。そういう相手に宛てて、おいそれと手紙を書くことはできなかった。その理由について、『羊の歌』正編にも続編にも明確には書かれない。

すでに「戯画」の章にも、ルネ・アルコスが「片山? よく知っているさ」といい、「高田〔博厚〕

と一度会ったことがある、どうしているのか、その後全く音沙汰ないね」(『正編』一三〇頁、改一四七頁)といったことが記されるが、「その片山が(中略)当のアルコスの著作をのこらず読んでいる、という話を私はそのときにしなかった」。「日本の詩人片山がパリの知人との音信を断っていたにも拘らずではなく、まさに断っていたが故に、知人の著作をのこらず読んでいたのだという事情を説明するために、ながい時間を必要としていたことであろう」(同上)と加藤は述べるのである。しかし、ここでもその理由については述べられない。

ところが、後年、「フランスから遠く、しかし……」(ルネ・ドゥ・ベルヴァル著、矢島翠編訳『パリ一九三〇年代』序文、岩波新書、一九八一)で、再びこの問題に触れる。そして次のように述べる。「「カタヤマ? われわれみんなが彼を好きだった」とマズレールはいった、「しかし、日本へ帰ってから一度も手紙をくれないのは何故だろう?」――その「何故」を説明するためには、一人のカタヤマではなく、一つの文化を説明しなければならなかったろう、私がそのなかで生きてきた一つの文化を」。

要するに、文化の違いだというのである。敬して遠ざける文化と敬して近づく文化との違い。片山は敬すれば敬するほど近づけなくなる。だからこそ、手紙を認めることも訪ねることもしないがゆえに、彼らの著作をのこらず読むのだった。

イギリス人作家との出会い

ニースの市長は、市の東南部にある「シャトー」と呼ばれる高台の庭園に参加者を招待した。ここは海の眺め、町の眺めがよいところとして知られる。花壇と噴水があるが、花壇と噴水はフランスの至るところにある小さな公園にも設えられており、いわばフランスの公園の定番である。親睦のための会合での会話はあらかた他愛ないものであり、社交に重きを置かない人はすぐに飽きてしまうものである。「会話に退屈」(七三頁、改八三頁)すれば庭園を廻ることになる。庭園を廻ったときに出会ったふたりについて言及する。そのうちのひとりは、このときの出会いをきっかけにして友人となったイギリスの作家である。

「何のことか」「スイスのことだ」「汝はかの国を好むか」「スイスは美しい国である」と私はアルコス氏の言葉をそのままフランス語でいった、「しかし不幸にしてスイス人が住んでいる!」「しかしかの国は美しいのではなくて、清潔なのだと思う」と彼はいった、「ぼくはイタリアの小さな町一つと、スイスの全体をよろこんで交換するだろう」。(中略)「しかし南仏も美しい」「海岸の観光都市を除けばね」「いや、プロムナード・デ・ザングレを除けば、といい給え」。

(七三頁、改八三―八四頁)

イギリス人作家と加藤との会話が記される。「何というよい眺めだろう」と加藤がいったのに対して「同僚文士の顔ばかり眺めているよりはね」に始まり(七三頁、改八四頁)、いずれもの返答が、相手のいったことを「その通り」とも「まったく違う」ともいわない。相手の言を承けて、全面否定はしないが、少しひねりを利かせ、そこに批評を加えて、返答とする。「しかし南仏も美しい」に対して「海岸の観光都市を除けばね」といい、「いや、プロムナード・デ・ザングレを除けば、といい給え」と応じる。エスプリとユーモアに富んだ会話。これもまた「文化の違い」を感じないわけにはいかなかった。

ミシェールと芝居見物

加藤が寄宿したアルコスの家には、早世したルネの息子と結婚したミシェールが住んでいた。「眼がさめるように美し」(六六頁、改七五頁)いミシェールとは、しばしば芝居見物に出かけた。加藤が留学した一九五〇年代前半は、フランスの演劇に活力があった時代であり、次々に魅力のある作品が発表されていた。また当時の加藤のフランス語聞き取り能力はフランスの現代劇を鑑賞できる程度に達していた。しかし、古典劇の韻文を聞き分けるまでには達していなかった。いきおい現代劇を観ることになる。そこには加藤と一緒に芝居見物したミシェールや朝吹登水子の配慮が働いていたかもしれない。

パリで現代劇を飽きるほど観た結果として――年次手帳を見ると呆れるほどに多くの芝居を観ている――、加藤は古典劇に向かう。現代劇よりもむしろモリエール、シェークスピアに興味を覚え、さらにギリシア劇に関心を向けはじめた。

私の芝居に対する考えは変りつつあった。もはやジロドゥウが換骨奪胎し、コクトオが才気縦横の科白で飾り、現代化したギリシャ劇ではなく、本来の古典劇そのものに興味を覚えるようになっていた。ソフォクレスやエゥリピデスは、劇的状況そのものを発明したのであり、後人はそこに心理や解釈や時代の背景をつけ足したにすぎない。そういうものはなくても想像することができるが、劇的状況をあらたに作り出して、彼らに匹敵することは困難だろうと思われた。私は東京でアヌイの《アンティゴーヌ》を読んで感心したことがある。しかしソフォクレスの原作は、たとえ翻訳をとおしてでも、はるかに壮大で、はるかに人間的で、アヌイの工夫を矮小にみせずにはおかないものであった。それは芝居だけのことではなかった。私にとって「ギリシャ」という言葉が実質的な意味をもちはじめたのも、その頃からのことであったろう。

（六四頁、改七三頁）

加藤がギリシアに関心を抱いた最初は、東京帝国大学時代に受講した神田盾夫のラテン語講読である。ギリシアに関心を向けたのは、そのとき以来のことだったかもしれない。

3　フランスと日本の違い

ポン・デュ・ガールを見て考えたこと

ニースで開かれた国際ペン・クラブの会議が終わると、加藤はアルコスと別れて、プロヴァンスをひとりで歩いた。そしてアヴィニョンの近くにあるポン・デュ・ガール(第I部九二頁参照)を訪れた。ポン・デュ・ガールを眺めながら、加藤は『源氏物語』や藤原定家の「夢の浮橋」を連想する。

「ポン・デュ・ガール Pont du Gard」は、古代ローマ時代(約二千年前)につくられた水道の一部である(世界遺産に登録)。その水道は一キロにつき平均約二五センチの傾斜がつけられ、水源地ユゼスから五〇キロ離れたニームの街まで、一日約二万立方メートルの水を送ったといわれる。水道橋は三層のアーチ構造になっていて、高さ四九メートル、最上層のアーチの上に水路が設けられ、最下層のアーチの上は道路として利用されていた。しかも、その構造は美しい。これを見れば誰しもローマ人の建築技術の高さに驚かされるだろう。

アルカードを重層させたその壮大な構造は、天を摩してそびえている。思えば「春の夜の夢」と「嶺にわかるる横雲」とのわかち難く融けあった「新古今集」以来の——いや、「古今集」以来の風景から、それほど遠いものも少かったろう。(七七頁、改八七頁)

「春の夜の夢」と「嶺にわかるる横雲」は藤原定家の「春の夜の夢の浮橋とだえして嶺にわかるる横雲の空」(『新古今集』所収)を念頭に置く。この歌は『源氏物語』「夢の浮橋」を踏まえて詠まれたが、『源氏物語』の時代の美意識に「春の夜の夢」や「嶺にわかるる横雲」はしっかりと存在していた。「春の夜の夢」や「嶺にわかるる横雲」は、定家の『新古今集』の時代より遡って『古今集』の時代にも詠われていた。たとえば「春の夜の夢ばかりなる手枕にかひなく立たむ名こそ惜しけれ」(周防内侍、『千載集』所収)があり、「春の夜」も「夢」もはかないことを意味する。また「風吹けば峰にわかるる白雲のたえてつれなき君が心か」(壬生忠岑、『古今集』所収)がある。そういう歌によって象徴される文化と「ポン・デュ・ガール」に象徴される文化との違いを認識させられたのである。

ローマ人の水道は、見る人の思惑とは何の関係もなく、二千年以上もそこにあった。それは私の内側とは少しも係りなく、私の外側にあるものである。またおそらくそれを築いた人間のいかなる感情とも係らずに、外部の世界の――外部の世界はつまるところ感覚的所与であるから――感覚的秩序に属するものである。この南仏の明るく澄んだ空の下では、芸術さえも、「心」や「気持ち」の表現ではなく、いわんや、「個性」の発揮でも、「体験」の告白でもなく、外側の世界に実現された一個の秩序であるほかはなかったのであろう。重層するアルカードから多声音楽の構造まで、またおそらくはポン・デュ・ガールからヴァローリスの画家の焼物の皿まで。もしピカソが皿絵において偶然と戯れていたとすれば、たしかに彼自身の心の気まぐれとではなく、焼物の工程に介入する予想し難い要因と戯れていたにちがいない。心の気まぐれは、ポン・デュ・ガール以来、一度もこの世界に正統の地位を得なかったのではなかろうか。ながい間私はひとりでそういうことを漠然と考えていた。その考えはその後私のなかに一種の連鎖反応をおこして、多くの考えを生むことになったのである。

(七七頁、改八八頁、傍点は引用者)

ポン・デュ・ガールを見たときに加藤が感じたこと、考えたことが述べられる。これを「京都の庭」を見たときに感じたことと比較すると、その違いがはっきりする。

たしかに私はまだ庭を見はじめたばかりで、好奇心にちかいものを感じていたはずだろう。しかしそれにも拘らず、そのとき、ほとんど突然に、これ以上に私にとって身近な世界はありえないだろうということを、不思議な確実さで感じたのである。それは、その世界に対する私の理解の確かさでもあり、私の何かがその世界に属しているということの確かさでもあるはずだった。

（三六頁、改四一頁）

京都の庭は「これ以上に私にとって身近な世界はありえない」ものであり、「私の何かがその世界に属している」と認識した。一方、ポン・デュ・ガールは「私の内側とは少しも係りなく、私の外側にあるものである」と意識した。

このふたつの文は何を意味するか。京都の庭は日本文化の象徴であることはすでに述べたが、自分の感覚や思考が京都の庭や『古今集』『新古今集』に象徴される文化に属していて、ポン・デュ・ガールに象徴される文化には属していないことを、加藤は強く認識させられたのである。だからこそ「私の内側とは少しも係りなく、私の外側にあるものである」と記したに違いない。

しかし、加藤が考えたことは、右のことに止まらない。芸術というものの本質は、「外側の世界に実現された一個の秩序である」という認識に辿りついた。「「心」や「気持ち」の表現ではなく、いわんや、「個性」の発揮でも、「体験」の告白でもなく」、あくまでも形として表現された秩序であることを、加藤は知るのである。南フランスへの旅は、加藤にとって大きな意味があった。

労働運動家たちと国会議員たち

加藤は「半給費フランス政府留学生」であり、フランス国内における就労には制限が課せられていた。通訳は半給費留学生でも就労が可能な仕事であったことも、通訳の仕事をしばしば引きうけた理由だろう。フランス労働総同盟(「C・G・T」Confédération Générale au Travail)が、日本から総評の幹部を招待したことがある。そのときの通訳も加藤は引きうけた。

「フランス労働総同盟」は、フランス最大の労働者連合組織であるが、第二次大戦下における人民戦線の中核をなした。第二次大戦後にフランス共産党の指導力が増し、一九五〇年代には二〇〇万人を超える労働者を組織した。一九七〇年代に入ると組合員数も減り、共産党の指導力も減ずる。

「総評」は、「日本労働組合総評議会」の略称であるが、一九五〇年に、左翼系の産別会議、全労連に対抗して、産別会議を脱退した単産、中立組合、総同盟などが結集して設立された全国組織の労働者団体である。はじめ連合国軍総司令部の指導のもと反共民主労働組織として発足した。一九五一年に左派が主導権を握って平和四原則を採択し、破防法反対闘争、炭労スト、電産ストなど、戦後初期の労働運動の中心的存在となる。総評がフランス労働総同盟を訪問したのは一九五二年のことであり、フランス共産党の指導力が強かった時代であり、総評との考え方の違いは大きかった。

「勤務時間中の傷害の治療費その他は、すべて会社側が払わなければならない……」。日本側の一人が質問した、「労働者自身の不注意にもとづく事故も含めてのことか」「そのとおり」「しかしたとえば、鉄道の従業員が居眠りをして、怪我をしたとしたら、そういう場合には、どうなるのかねえ」「むろんそれも会社側の責任である」。そこで日本側が、騒ぎ出す。「そういってもなかなか通らないんだな、居眠りをしてひっかけられたとわかっている場合まで含めるとなると……」。日本人は仲間の間で議論をはじめる。(中略)「居眠りにもとづく事故が、なぜ会社の責任になるのか、今や日本人はその理由を検討している」と私がいいかけると、フランス側の答えは、忽ち矢のようにかえってきた、「誰が好んで勤務時間中に居眠りをするだろうか。居眠りをさせるような労働条件を課したのは会社である。故に居眠りにもとづくすべての事故のすべての責任は会社が負わなければならない……」

「そうはいってもねえ」と日本側は、呟く。「そういう理くつが通れば問題がないんだよ」「だからさ……」「いや、おどろいたねえ」

(八八―八九頁、改一〇一―一〇二頁)

加藤はまた国際代議士会議の通訳もした。「国際代議士会議」とは、一九五二年にスイスのベルンで行なわれたIPU(Inter-Parliamentary Union:列国議会同盟)会議である。国際社会に復帰した日本は、IPU会議に衆参両院の議員を派遣した。この会議に通訳として同行したのは、当時、駐スイス大使を務めていた萩原徹の斡旋によるものだった。

第四共和国の上院議員H氏は、社会党の代表二人に面会を申込んで、日本の外交政策に関する質問を繰出した。対中国政策、台湾との関係、朝鮮の分割、核兵器、安保条約。「社会党はもちろん安保条約に反対ですよ。基地闘争にも参加している。そういって下さい」「どういう理由で反対しますか」「日本国の憲法は武装放棄なのだ。憲法に反するということだね」「それは法的根拠である」とH氏はいった、「政治的根拠はどういうものですか」「戦争にまきこまれたくない、平和を念願する……」「ということは、軍事同盟一般が危険だという意味ですか、それとも特に日米安保条約が危険だという意味ですか」「いや、そう理づめでいわれても困るねえ」。「とにかくそれは、党の方針として決っているわけだ」と日本側の二人は顔を見合わせながらいった、「そういちいち、何故か何故かといわれても、われわれには答えられないね、核兵器に反対といえば、すぐに何故かというけれどもね、それは、君、広島の悲願だよ、わかるだろう、そういえば」「一体この人は核兵器に反対ではないのかね？」――「訊いてみたら、いかがでしょうか」と私はいった。H氏の答えは、理路整然としていた。フランス独自の核兵器の発展は、経済的にみて高くつき過ぎる、社会的にみて高級技術者の他の領域での不足を強める、軍事的にみて有効な報復力になり難い、政治的にみれば、冷戦を強め、従って軍備と緊張との悪循環をおこす……(中略)しかし私が覚えているのは、そのときフランス側の「議論」と、日本側の「悲願」との間に横たわっていた途方もない距離である。その距離は、通訳としての私を途方に暮れさせたばかりでなく、日本人としての私に多くのことを考えさせずにおかないものであった。

(九〇―九一頁、改一〇三―一〇四頁)

先に日本とフランスの労働運動家が比較され、ここでは日本とフランスの政治家が対比される。加藤が見た限りでは、日本の労働運動家も政治家も理詰めで考えない習慣があり、フランスの労働運動家も政治家も理詰めで考える習慣がある。したがって、日本の政治家は「議論」を尽くすのではなく、はなはだ情緒的に訴えることになる。その象徴的なものが「悲願」である。そして加藤はフランス側の「議論」と日本側の「悲願」とのあいだに横たわる途方もない距離に呆然とするのだった。

第四共和政に学ぶ

ドイツが連合軍に対して無条件降伏するのは一九四五年五月であるが、ドゥ・ゴールは同年一〇月に首相に就任した。しかし、政党間の対立などに嫌気がさして一九四六年一月に首相を辞任する。その後、同年一〇月の国民投票で新憲法草案が承認されて「第四共和政」が発足する。第四共和政下、共産党、社会党、国民連合が三大政党となったが、政権を担う社会党は、共産党と国民連合からの批判を受けて不安定な政権運営を余儀なくされ、短命政権が続く結果となる。

外交面では、インドシナでホー・チ・ミンが率いるヴェトミン（ヴェトナム独立同盟会）が独立を要求し、インドシナ戦争を戦うことになるが、フランスは一九五四年ディエンビエンフーの戦いで敗れ、ヴェトナムからの撤退を決める。フランスの代わりにアメリカがヴェトナムに入っていき、ヴェトナム戦争へとつながっていくのである。

また、一九五四年にはアルジェリアで独立運動が起こり、フランスに対してゲリラ戦が繰りひろげられる。フランス政府はアルジェリアの独立を認めず、独立運動を弾圧し、アルジェリア情勢は泥沼化する。さらに一九五六年にはスエズ運河問題に対してイギリスと共同で出兵を行なうが、これも失敗に帰する。アルジェリア問題はさらにこじれ、アルジェリア駐留軍は、ドゥ・ゴールの政界復帰を求め、ルネ・コティ大統領はドゥ・ゴールを首相に指名した。ドゥ・ゴールは、大統領の強い権限を盛り込んだ新憲法を提案し、国民投票によって承認された。そして、一九五八年一〇月に、第四共和政は終わり、ドゥ・ゴール大統領とともに「第五共和政」が誕生する。

このように第四共和政は不安定な苦難の時代で評価は芳しくないのだが、ドイツに対する態度には見るべきものがある。それはフランスが戦勝国として、敗戦国ドイツに対して過度な要求を控え、ヨーロッパの将来を見据えながら、ドイツとの提携を模索するものであった。その外交が今日の欧州連合を生む基礎となる。また敗戦国ドイツが戦争責任を負う外交政策をとったことによって、フランスとドイツは戦後のヨーロッパにおける中心国として指導的役割を担うことになる。日本がアジアにおいていまだ信頼を得られず、指導的役割も果たせず、アメリカ一辺倒の外交を展開しているのとは対照的である。

加藤がフランスに留学したのは、この第四共和政の時代であり、フランスがインドシナ、アルジェリアの独立戦争に苦しむ姿勢、ドイツとの融和を進める姿勢、ドイツが戦争責任を果たそうとする姿勢を、目の当たりにすることができた。加藤は第四共和政の外交政策から大いに学び、被植民地の独立は不可避であることを知り、ドイツがとった姿勢から敗戦国の戦争責任の取り方について一定の見解を身につけた、と私は考える。

4　「中世」の発見

中世が生きている

「五〇年代の前半には、東京で育った男が、パリで暮すようになっても、少くとも衣食住の日常生活において、大きな相違を感じることはなかった」(七九頁、改九〇頁)かどうかは、個人による差が大きいだろう。加藤の場合には、祖父熊六が欧風生活を好み、大叔父岩村清一は洋行帰りで、家庭環境としては、西洋風の暮らしに違和感を覚えることなく、それほどの違いを感じなかった。しかも、加藤自身がいうように、自然科学を学んだこともあり、自然科学の知識と方法は普遍的であるという意識が強く、それが衣食住の日常生活の観察にも投影されるのは当然である。「西欧の第一印象は、私にとって遂に行きついたところではなく、長い休暇の後に戻ってきたところであった」(『正編』一一頁、改一二頁)ことは、すでに「祖父の家」の章に述べられた。しかし、すべてが東京で親しんだものばかりではなかった。

「中世」は私をおどろかせた。これだけは東京で予想しなかったものである。どうせ雲にそびえているだろうと思っていたエッフェル塔は、果して雲にそびえていた。しかしノートル・ダムの寺院と中世の様式が、パリの景観の全体にとって、まさかそれほど決定的な要素であろうとは、その街を自分の眼でみるまで、想像もしていなかった。しかもそれは建築だけのことではなかった。やがて私は、フランスの文化の中世以来連続して今日に到っている事情は、日本の文化が鎌倉時代以来連続して今日に及んでいる事情に似ていると考えるようになった。

（八〇頁、改九一―九二頁）

「「中世」は私をおどろかせた」。加藤が「中世」という語で表そうとしたのは、一一世紀・一二世紀からルネサンスまでの、いわば「ヨーロッパ中世後期」を指している。ヨーロッパ各地に中世都市が出来あがり、キリスト教文化が栄華を誇った時代である。「ノートル・ダムの寺院と中世の様式が、パリの景観の全体にとって、まさかそれほど決定的な要素であろうとは、その街を自分の眼でみるまで、想像もしていなかった」。

パリのノートル・ダム大聖堂は、一二世紀半ばに起工し、一三世紀半ばに完成した。ゴシック様式をもち、パリを代表する建築物である。大聖堂がパリ全体の景観とそぐわないという感想をもつ人は皆無だろう。街には中世から続く建築が至るところにあり、しかも今日でも建築物の高さ制限や外壁の変更への厳しい制限があり、ノートル・ダムよりも大きな建築はほとんどない。ノートル・ダム大聖堂を中核にして、パリの街は統一感のある景観を保っている。

一方、エッフェル塔は、一八八九年に、フランス革命一〇〇周年を記念して催されたパリ万国博覧会のモニュメントとして建てられた、高さ三〇〇メートル(今日では放送用アンテナが付置されて三二四メートル)の鉄塔である。設計者エッフェルの名がつけられた。建設当時、賛否両論が渦巻き、文化人・芸術家からは激しく批判されたが、万博終了後も撤去されずに生きのこり、今日ではパリを代表する建築物として人気が高く、世界遺産に登録されている。エッフェル塔がパリの景観にそぐわないかどうか意見が分かれたが、それなりに落ちついて見えるのは、エッフェル塔の色が黒っぽく、パリの市街地の建築とかけ離れたものにはなっていないことが大きいだろう。それでも、エッフェル塔がパリの街全体の景観の原点かつ頂点にあると考える人はほとんどいない。

なぜノートル・ダム大聖堂がパリの街の建築群の代表なのか。建築の歴史はロマネスクからゴシックに替わり、パリのノートル・ダム大聖堂はゴシック様式の代表的建築である。その後ルネサンスを経て、バロック、ロココと建築様式も変化を見せるが、一八世紀から一九世紀にかけて起こったゴシック・リヴァイヴァルに象徴されるように、ゴシック様式は完全には否定されず、今日まで受けいれられつづけているからである。そして過去のものを尊重する習慣がそれを後押しする。したがって、今日のパリには「中世が生きている」。

パリで中世が受けいれられているのは「建築だけのことではなかった」(八〇頁、改九一頁)。建築にせよ、絵画にせよ、彫刻にせよ、音楽にせよ、生活文化にせよ、それが生みだされた時代の時代精神と深くかかわっている。したがって、同じ時代の他の芸術と文学とがまったく違った様相を呈するということは、基本的にはあり得ない。かくしてフランスの文化は「中世以来連続して今日に到っている」という結論になる。同じことは日本でも起こっている、と加藤は考える。そして「日本の文化が鎌倉時代以来連続して今日に及んでいる」ことに想いを致すのである。

フランス文化が「中世以来連続して」、日本文化が「鎌倉時代以来連続して」、今日に至っているということは、フランスでは中世前期以前とは断絶し、日本では平安時代以前とは断絶しているということを含意する。それを具体的には、「われわれはサフォーがその詩をどんな節《ふし》で唱ったか知ることができない」(八一頁、改九二頁)といい、「源氏物語の主人公たちが横笛でどんな旋律を吹いていたか、われわれは知らない」(八〇—八一頁、改九二頁)といったのである。しかし、中世後期以降のフランスに断絶はないし、鎌倉以降の日本に断絶はないと加藤は考える。「中世の教会のなかで、中世の音楽を聞くことはできる」(八一頁、改九二頁)し、「能舞台の笛は、今日鳴っているように室町時代にも鳴っていたはずである」(同上)。

「フランスで中世美術を発見した——というよりも中世美術を通じて、美術そのものの私にとっての意味を発見した」(八三頁、改九四頁)という。造形芸術は色とかたちで表現される。もともと加藤には豊かな色彩感覚があったことはすでに述べた。フランスに留学して、高田博厚から「「形」とは外在化された精神」(八二頁、改九四頁)だと教えられ、アンリ・フォションの『形の生命』(一九三四)や『ゴシック』(一九三八)を読み、美術を見る観点として「様式」が重要であることを理解した。さらにハインリヒ・ヴェルフリンの『美術史の基礎概念』(一九一五)を読んで、美術の様式の変遷を人間精神の変化の表われとして捉える見方に共感したからではないか。

フランスでは「歴史的な芸術がその重要な一部分として知的世界の全体に密接に組みこまれてい

る」(八三頁、改九五頁)ことを知り、日本との違いを意識した。丸山眞男『日本の思想』(一九六一)がいうように、日本の知的世界は「タコつぼ型」文化であり、西欧は「ササラ型」文化である。ササラ型文化では、芸術や政治も含めた知的世界になるが、タコつぼ型文化では、それぞれの専門世界しか成りたたない。

「京都の庭の印象と、新古今集以来の抒情詩の世界とが、おそらくきり離せぬ」(同上)関係にあると考えたことについては「京都の庭」の章で触れられた。「京都の庭」には次のように書かれる。「あらゆる考えのまえに、動かすべからざる愛着——京都の庭に対した時のように、そのものと私との間に確かな関係がなければならない。その確かな関係を説き明かそうとすれば、古今集以来の歌にもつながり」(三七—三八頁、改四二—四三頁)とある。また実際、貴族文化としての和歌集は、『古今集』から『新古今集』までがひとつの世界をつくっている。

「法隆寺や絵巻物や宗達・光琳にたち戻りながら」(八四頁、改九五頁)とあるように、ここに法隆寺と絵巻物と宗達・光琳とを引きあいに出したのは何故か。理由はおそらく三つある。一番目の理由は、異なる時代の代表作を挙げたことである。法隆寺は飛鳥時代から奈良時代にかけての文化財を多数所蔵する。絵巻物は平安時代から鎌倉時代にかけて優れた作品が残されている。そして宗達・光琳は江戸時代の画家である。「琳派」と称される流派の頂点をなす芸術家ふたりである。

二番目の理由は、日本美術史に特徴的なものを挙げたことである。外来文化の影響を脱して、日本独特の作品となったものを挙げている。法隆寺の伽藍配置は日本独特であり、絵巻物という形式は世界の美術のなかで日本独自のものである。琳派もまた日本独自の作品を生みだしている。

三番目の理由は、加藤自身が関心をもち、何らかの著作に著わした、あるいは著わそうとしたことである。法隆寺の仏像については「仏像の様式」(『芸術論集』岩波書店、一九六七、『自選集4』所収)で論じ、絵巻物については「『源氏物語絵巻』について」(「日本文化の基本的構造(上・下)」『東京新聞』一九六五年一月四・五日、『自選集3』所収)で触れ、琳派については「宗達私見」(「俵屋宗達(上・下)」『毎日新聞』一九六八年七月一一・一二日、『自選集4』所収)を『羊の歌』連載時もしくはその直後に書いている。

知識人の会話に頻繁に「《ランスの微笑》や《ピエタ・ダヴィニョンの精神》」(八四頁、改九五頁)が引きあいに出されるということは、たえずキリスト教精神が話題となり、それを具現している『ランスの天使像』や『アヴィニョンのピエタ』に言及があるということである。

知識人社会が何を大事なものとして考えるかは、それぞれの知識人社会によって異なるに違いない。フランスの知識人社会では歴史的な美術作品が占める位置が重い。フランスの知識人社会を経験して、加藤が美術というものを理解した、ということは、理解する方法を会得したということでもある。その方法を使えば、分析する対象は中世美術に限られず、フランス美術に限られない。かくして、加藤はフランスで獲得した美術史分析の方法を日本美術史研究に応用することになる。

西洋見物に出かけるまえに、東京でフランスの美術を考えた私が、まっ先に想いうかべていたのは、一九世紀の絵画であった(もし私が東京の代りにたとえば、シカゴで生れていたとしても、その事に変りはなかったろう)。しかしフランスに暮しはじめて間もなく、一二、三世紀の建築・

彫刻・焼絵硝子〔ステンドグラス〕がくらべものにならぬほどの重みをもって感じられるようになった。それは少しも特殊なことではなく、いわば常識の当然にすぎない。北フランスに興ったゴティックの様式は、全ヨーロッパに拡って、数世紀を支配した。もしイタリアが文芸復興期の国であるとすれば、フランスはゴティックの中世の国である。（八四―八五頁、改九六頁）

「一九世紀の絵画」とは、新古典主義からロマン主義を経て、印象主義に至る絵画ということになる。「シカゴで生れていたとしても、その事に変りはなかった」といったのは、どういう意味だろうか。思うに、東京も日本も、シカゴもアメリカも、ゴシック美術をもたなかった都市や国である。したがって、日本国内あるいはアメリカ国内にいる限りはゴシックに対する鑑賞力は育たない。日本でもアメリカでも、美術に関心を向けるほどに経済が豊かになった時代が印象主義の時代だった。こうして、いきなり、近代社会が生んだ印象主義に関心を向けることになった。多くの日本人もアメリカ人も、一般的にいえば印象主義絵画を好む。

フランスに暮らしはじめてまもなく、加藤はゴシック様式の圧倒的な力を理解する。そしてそれが現代まで影響力をもっていることに気づく。イタリアといえばルネサンスであり、フランスといえばゴシックなのである。

しかし私が中世美術に興味をもちはじめたのは、そういう美術史的な考慮にもとづいたのではない。それよりも中世建築が現に眼のまえにあり、それを私が好んだからである。私は古い石とその粗い表面の色を好んだ。それはあるときには白く、あるときには黒く、またあるときには灰色や、黄色や、薔薇色であった。

（八五頁、改九六—九七頁）

加藤はフランス滞在中に、北フランスに拡がるゴシック様式の大聖堂を精力的に見て歩く。パリはもとより、シャルトル、ランス、ラン、アミアン、そしてルーアンなど。ここの段落では、ゴシック教会建築の特徴を挙げる。まず大聖堂の壁面の「色」に感動する。大聖堂の壁面の色は、季節により、一日の時間帯により、天候により変化する。強い光が当たるときには白っぽく見えるし、弱い光がさしているときには灰色に見えるし、夜の闇のなかでは黒っぽく見える。それでもその大聖堂独自の色をもっている。パリの大聖堂は白っぽく、ルーアンやクレルモン＝フェランの大聖堂は黒っぽい。シャルトルやランスの大聖堂は灰色に見え、アミアンやメッスの大聖堂は黄みを帯び、ストラスブールの大聖堂は薔薇色に輝く。いずれもその地域に産出する石の色によることが多い。

また重い石の材料と、軽く天に昇る垂直の線の、千変万化のつり合いを、私は好んだ。あるときには石の重さが形を抑え、あるときには余りに繊細な形が材質を忘れさせ、またあるときには材料と形式とが完全につり合って、隙のない調和に達し……また私は高い塔とアルク・ブータンのつくり出す光と影の交錯を好んだ。塔はあるときには夕暮れの遠い地平線に細い錐のように現れ、あるときには吹雪の空に高くそびえてゆるがず、またあるときには群青の空のなかにのどかな鐘の音をまきちらしていた。

（八五頁、改九七頁）

ゴシック教会建築の第二の特徴を述べる。それは天にも昇るような尖塔をもつことである。「天に昇る垂直の線」は、見る者に「地」を超えたところの「天」を意識させずにはおかない。その最たる例はシャルトルの大聖堂だろう。ロマネスク様式とゴシック様式という異なる様式をもつふたつの塔が占める比率が大きく、先に行くほど細くなり、どこまでも天に向かって昇っていく感覚を見る者に与える。次に石の材質と形との関係について述べられるが、それぞれの叙述に対応する大聖堂があるのだろうが、『羊の歌』を読むだけでは特定することはできない。

「北フランスの旅」(『ある旅行者の思想』角川書店、一九五五、『著作集10』所収)を読むと「あるときには石の重さが形を抑え」ているのはシャルトルの大聖堂である。「余りに繊細な形が材質を忘れさせ」るのは、ルーアンのサン＝マクルーのような、あるいはヴァンドームの聖堂のような、ゴシック末期のフランボワイヤン様式の教会である。「材料と形式とが完全につり合って、隙のない調和に達し」たのは、ランスの大聖堂においてである。

「塔はあるときには夕暮れの遠い地平線に細い錐のように現れ」るのは、ボース平原を横切り、シャルトルへ向かうときの様子にちがいない。「吹雪の空に高くそびえて」いるのは冬のことであり、「群青の空のなかにのどかな鐘の音をまきちらして」いるのは夏のことである。夏だけではなく、さまざまな季節に加藤は大聖堂を訪ね歩いている。

教会の外には聖者の彫像が、内には焼絵硝子の窓があった。石の聖者たちは、きびしい精神的な表情をしていた。およそ精神の深みとでもいうべきものの、それほど完璧な彫刻的表現を、私は北魏の仏頭の他に知らなかった。また天使の顔は、しばしば、いうべからざる優しさにみちていた。官能的なものを越えて、それほど甘美な表情を、私はみたことがなかった。そしてもちろん、焼絵硝子は、単色の教会の世界のなかで、唯一の色彩であり、直接に感覚的な豪華さであり、遠い天井に眺めれば、無数の宝石のように輝き、近くの窓によってみれば、劇的な場面におけるあらゆる人間の姿態を躍動する強い線で生々と描き出していた。そのすべてを私は好み、やがて、同じゴティックの様式で建てられた教会のなかにも、おどろくべき個性の多様さがあるということに、限りない興味を覚えるようになったのである。（八五—八六頁、改九七—九八頁）

パノフスキーが『ゴシック建築とスコラ哲学』（一九五一）で明らかにしたように、ゴシックの建築構造とスコラ哲学の体系とは密接に結びついている。信仰の基礎を人間の知性に求める考え方と、人間感情を写実的に表現する欲求とが結びついて、ゴシックの彫刻は、豊かな精神性を写実的に表現する作品を生んだのである。シャルトルの石彫はまだロマネスク様式を残しているが、パリ、アミアンを経て、ランスに至って完成する。「天使の顔」といっているのは、いわゆる「ランスの微笑」と呼ばれる西門北側扉上に置かれる天使像である。

暗い堂内に足を踏み入れれば、目に入るのはステンドグラスの燦然たる輝きである。教会建築において、ステンドグラスを大規模かつ意識的に使用するのもゴシックに始まる。ステンドグラスには、あるいは幾何学的な模様が表され、あるいは聖書などキリスト教の物語が描かれ、あるいはさまざまな職業の人びとが示される。「読む聖書」ではなく「見る聖書」としての機能ももっていた。一口にゴシック建築といっても、そこには「おどろくべき個性の多様さがある」のであって、ひとつとしてまったく同じ大聖堂はない。

中世美術はヨーロッパの全体に拡っている。ゴティックばかりでなく、ロマンの建築・彫刻をもとめれば、その範囲はいよいよ広い。(中略)私はただ、そこに無限に広い領域があり、その興味は津々として尽きず、凝りだしたらそのために一生を棒に振るだろう、と感じていたようである。潮時をみて、引返さなければなるまい、と私は自分にいった。しかし中世美術のいくらかまとまった見物は、個々の作品の強烈な印象を別にしても、特定の様式の歴史的発展を辿る習慣を、私に残したといってよいだろう。その過程で、私は、彫刻の様式を叙述する言葉の不正確さに気がついたし、またたとえその言葉が正確であるとしても、そもそも中世彫刻の様式の変化を、一本の線の発展として叙述することが可能であるかどうかということに、疑いをもつようになった。そういう問題を、すべての重要な中世彫刻を考慮した上で、綿密に検討するだけの時間はそのときの私になかった。しかし同じ問題を私は後になって、飛鳥から鎌倉初期に到る日本の仏教彫刻の、ほとんどすべての重要な作品について、あらためて検討した。その私の仕事は、もし嘗ての私がフランスの田舎で、乗合自動車を待ち、炎天の下を歩き、日の暮れるまで人の訪れない教会を見て廻っていなかったら、おそらくあり得なかったろうと思う。

(八六―八七頁、改九八―九九頁)

フランス文化を理解するには中世美術を理解しなければならない、と加藤は考えた。にもかかわらず、中世美術を極めることを断念し、日本に引きかえすことを考えたのである。これは、そもそもフランス文化を極めることを留学の目的とはしていなかったことを物語るのではないか。

では、フランス留学の意味は何もなかったか。そんなことはない。それは「特定の様式の歴史的発展を辿る習慣」を身につけたことである。基本的な方法を身につければ、その方法をもって日本文化について考えることができる。現に加藤は「飛鳥から鎌倉初期に到る日本の仏教彫刻の、ほとんどすべての重要な作品について、あらためて検討した」のである。検討の成果としてまとめたのが、前掲「仏像の様式——彫刻における現実主義の概念と、本朝仏教彫刻の様式の変化について」という論文である。「その私の仕事は、もし嘗ての私がフランスの田舎で、乗合自動車を待ち、炎天の下を歩き、日の暮れるまで人の訪れない教会を見て廻っていなかったら、おそらくあり得なかった」と記す。しかし、「その私の仕事」ばかりではなく、その後に加藤が書いた日本美術史関連の仕事は、フランス留学中の経験なくしてほとんど生まれ得なかっただろう。

第3章 ヒルダ・シュタインメッツとの出会い

ヒルダと加藤．箱根にて

1　イタリア旅行――絵画の発見

ルネサンス美術

パリに行けば人はルーヴル美術館に行く。加藤もルーヴル美術館に行き、そこで観たルネサンス絵画に圧倒された。ルネサンス絵画を徹底的に観なおしたいと考え、一九五二年一〇月にイタリアへ向かった。ルネサンス絵画を観たいと考えれば、フィレンツェへ行くに如くはない。先に述べたIPU会議の通訳の仕事を終えて、フィレンツェへ足を伸ばした。

ルネッサンスはフィレンツェとヴェネチアから始まって全ヨーロッパに拡大したわけですから、近代の源泉としてのイタリア絵画を見ようということです。フランスでは中世に惹かれて、ゴティックを見て歩いたんですが、ゴティックの前に遡ると、ロマネスクはイタリアに豊富にある。しかし、イタリアに行って私が驚いたのは、ルネッサンス絵画の量です。

イタリアに行く前は、ジオットからレオナルド・ダ・ヴィンチ、ミケランジェロまで、大体はロンドンとパリで見当がつくと思っていた。ルーヴルのイタリアの部門で、少しはイタリア絵画を見たという感じをもっていたんです。しかし見たのは九牛の一毛であって、〃われ誤てり〃という思いでしたね。こと美術に関しては、イタリア一国は他の全ヨーロッパに匹敵する。

（前掲『過客問答』三〇頁）

フィレンツェは小さな街であるが、街全体が美術館であり、観るべき美術館、入るべき教会には事欠かない。美術館だけでも、ウフィッツィ、ドゥオーモ、サン・マルコ、アッカデミア、サンタ・クローチェ、パラッティーナ、ピッティなどたくさんある。教会は数かぎりなくある。

フィレンツェの街を「とめどもなく憑かれたように歩みつづけ」（一一一頁、改一二六頁）た加藤は、ウフィッツィ美術館を訪れる。そこでフラ・アンジェリコとロレンツォ・ロットを観た。このふたりの作品を所蔵する美術館は、フィレンツェではウフィッツィ美術館しかない。ウフィッツィ美術館は、フラ・アンジェリコの『聖母の戴冠』を所有し、ロレンツォ・ロットの『スザンナの貞潔』と『若い男の肖像』を所蔵する。

美術館から美術館へ、ある部屋から次の部屋へと「私と同じ道を同じ早さで歩いていたその娘」（同上）が気になった。この娘こそ、のちに加藤と結婚することになるヒルダ・シュタインメッツ（一九三三―一九八三）である。ときにヒルダ一九歳、加藤三三歳である。

その娘を誘って「ボボリの庭園」（同上）に登る。ウフィッツィ美術館を出て、アルノー川を渡った左手にピッティ宮殿がある。そのピッティ宮殿の裏に拡がるイタリア式雛壇庭園がボボリ庭園である。

庭園から丘に登ることができ、丘の上にはミケランジェロ広場があり街が一望できる。

目の前に見える「パラッツォ・ヴェッキオ(旧宮殿)」は、一四世紀初めに完成しフィレンツェ共和国の政庁舎として使われたが、今日もフィレンツェ市庁舎として使われる。建物内の「五百人大広間」のヴァザーリの壁画の裏にレオナルド・ダ・ヴィンチの幻の壁画といわれる『アンギアーリの戦い』があることが近年になって発見された。

その向こうには「サンタ・マリア・デル・フィオーレの青い穹窿」(同上)が見える。「サンタ・マリア・デル・フィオーレ(花の聖マリア)」は、ドゥオーモ(大聖堂)とサン・ジョヴァンニ洗礼堂、ジョットの鐘楼の三つの建物からなり、フィレンツェを代表する建築である。一三世紀末に着工し、一五世紀中頃に完成した。ドゥオーモはゴシック様式であるが、外装は白大理石に緑とピンクの大理石を併用して、まさしく花のように美しい。大聖堂は優美なクーポラ(穹窿)をもつが、その色は赤褐色であり、加藤が記すように「青」ではない。大聖堂の外装に使われる緑の大理石と混同したのではなかろうか。

「いつまでフィレンツェにいるのか」「明日まで」と彼女はいった。「それから何処へ行くのか」「ヴェネツィアへ」「ローマへ一しょに行かないか」と私はいった。「ローマは見てきたばかりです」「滞在を一日延ばしてシエナを見に行かないか」「シエナへ行くことは旅程に入っていませんし「しかしおもしろいにちがいない。行ってみて無駄にはならないと思う……」。

(一一一頁、改一二七頁)

加藤はヒルダをかなり強引に誘ってシエナに行く。シエナに行ったことは加藤の年次手帳からも確認できる。シエナに行きたかったのは、そこにゴシック大聖堂があるからだろう。

シエナは、イタリア中部トスカーナ地方にある中世からルネサンス期に栄えた都市である。フィレンツェの南およそ五〇キロに位置する。交通の要所にあり、かつ豊かな農業地帯に支えられ、銀行業も発達させた。今日では、大聖堂、カンポ広場、噴泉を資源とする観光都市として知られる。フィレンツェからは鉄道あるいはバスで行く。

「「あなたはシュトラウスを好むか」と彼女は突然いった」（一一一頁、改一二七頁）。ヴィーン娘らしく音楽の話をもち出した。「シュトラウス」は、ヴィンナワルツで知られる「シュトラウス一家」（ヨハン・シュトラウス一世、ヨハン・シュトラウス二世、ヨゼフ・シュトラウス、エドゥアルト・シュトラウス）と、交響詩や歌劇・楽劇で知られるリヒャルト・シュトラウス Richard Strauss（一八六四―一九四九）とがいる。「シュトラウス」と聞いたとき、加藤はシュトラウス一家を想い出して「円舞曲（ワルツ）を聞いたことがある」（同上）と答えた。多くの日本人にとっては「シュトラウス」といえば「シュトラウス一家」だろうが、ヴィーンの人にとっては「リヒャルト・シュトラウス」である。

ヴィーンには主な歌劇場がふたつあり、ひとつは「国立民衆劇場《フォルクスオパー》」、もうひとつが「国立歌劇場《シュターツオパー》」である。いずれも聴衆のかなりの部分は観光客によって占められるが、国立歌劇場に地元の人が押しかけるのは、「ふたりのリヒャルト」、すなわちリヒャルト・シュトラウスとリヒャルト・ヴァーグナーの作品が上演されるときである。

シエナへの旅

「シエナは素晴しかった。ピアッツァ・デル・カムポの石畳と噴泉と周囲の中世建築のみえる露台で、私たちは晩い昼食をとった」(一一二頁、改一二八頁)。加藤とヒルダが見たのは、「ピアッツァ・デル・カムポ(カンポ広場)」である。カンポ広場は世界でいちばん美しい広場といわれることがある。広場は扇を拡げた形をなし、ゆったりとした傾斜がついている。扇のかなめの部分にプッブリコ宮殿が建つ。広場は八本の白線によって九つの部分に分かれるが、小市民階級出身の職人と銀行家の九人のメンバーから構成されていた都市国家シエナを象徴する。広場のいちばん高いところに「フォンテ・ガイア(歓びの泉)」と呼ばれる噴泉がある。広場は、プッブリコ宮殿をはじめ、たくさんの中世建築物によって囲まれる。

秋の日は短く、フィレンツェへ戻る汽車に乗ったときには、トスカナの丘と平野は闇につつまれていた。別の車室で合唱するイタリア人たちの声が、車輪の音に混じって聞え、汽車が目的地に着けば別れて再び会うことはないだろうと考えながら、私は指の間に、細いやわらかい髪をすべらせていた。そのまま別れたくないと思うのに充分なほど、私たちの間には共通の過去があった。フィレンツェの丘の午後と、シエナの一日。しかしそれは、旅程を変え、ローマまたはヴェネツィアをあきらめるのに充分なほど、長い過去ではなかった。そのとき未来を考えていなかった私は、純粋に感覚的な現在を生きていたのだろう。指の先のかすかな感触も、全身に浸みとお

り、「以心伝心」というほかないものを、私ははっきりと感じていた。（一一三頁、改一二九頁）

ヒルダに対する加藤の感情は、好意と愛情のはざまにあった。フィレンツェとシエナの、たった一日半の時間であろうと「共通の過去」と意識できるほどに好意を強く感じていた。しかし、予定していたローマ行きを加藤が諦めるほどに、予定していたヴェネツィア行きをヒルダが思いとどまるほどには、ふたりの愛情は高まっていなかった。そもそもシエナに行ったときに、加藤はヒルダとの関係を長続きさせようとは思っていなかった。一時の刹那的な行動と考えていただろう。だから「純粋に感覚的な現在を生きていた」と表現したのである。それでもふたりの心は、語らずとも伝わる何かがあった、と加藤は意識した。パリに戻ってヒルダに絵葉書を送った。ほどなく「ヴィーンを見に来ないかという返事を受けとったときに、私の好奇心は動いた。娘に対しても、またその町に対しても」（一一四頁、改一三〇頁）。

加藤のイタリア旅行はルネサンス絵画を観なおすための旅行であったはずである。ところが『続羊の歌』にはルネサンス絵画に関する記述はほとんど出てこない。加藤がヒルダに心を奪われて、絵画を観なかったわけではない。その理由は、『続羊の歌』ではフィレンツェにおけるヒルダとの出会いについて描く意思が強かったからに違いない。実際、五章を費やしてヒルダとの出会いと心を通い合わせた様子を綴る。「冬の旅」「音楽」「海峡の彼方」「偽善」そして「別れ」である。一方、イタリアで観た絵画については『西日本新聞』に数回寄稿し、それを前掲『ある旅行者の思想』の一章にまとめた。

2 ヴィーン旅行——音楽の発見

逢いたい、見たい

加藤がヴィーンを訪れるのは一九五二年一二月である。ヒルダの誘いを受けて、ヴィーンを訪れようとした理由は、主として三つある。ひとつはヒルダにもう一度逢いたいという気持ちがあったこと。もうひとつは少年時代に観た映画に出てきた町をこの目で見てみたいという好奇心。そしてもうひとつが政治的な関心だった。第二次大戦後のヴィーンの共同管理とベルリンの共同管理とには違いがあり、その違いをみずから確かめたかったからである。

少年時代に観た映画とは、『会議は踊る *Der Kongreß tanzt*』である。一九三一年に製作され、日本では一九三四年に公開された。監督はエリック・シャレル、出演はヴィリー・フリッチ、リリアン・ハーヴェイ。ナポレオンが失脚したのち、一八一四年にヴィーンで開かれたいわゆる「ヴィーン会議」を時代背景に、ロシア皇帝アレクサンドル一世とヴィーンの町娘クリステルとの恋物語で、アレクサンドル皇帝がクリステルを別荘に招き、その道すがら馬車に乗ったクリステルが歌いつづけるのが、「ただ一度だけ Das gibt's nur einmal」という歌である。ドイツ語題名を訳せば「こんなことはただの一度しか起きない」である。加藤も「それは一度きり、それは二度と来ない」(一一四頁、改一三〇頁)と思っていたのだろうか。加藤はクリステルが「ただひとり馬車に乗って、深夜の町を走りつづけていた」(同上)というが、映画ではクリステルがひとり馬車に乗って、町中を抜け、田園地帯を走って別荘に向かうのは、昼間のことである。なお、この「ただ一度だけ」は、宮崎駿の製作したアニメ映画『風立ちぬ』のなかでも使われた。

当時、ベルリンでは西側の占領軍とソ連軍とのあいだに緊張があり、一九六一年に「ベルリンの壁」がつくられるに至ったが、ヴィーンにはソ連側と西側の占領軍が共存して、両者のあいだの紛争はほとんどなかった。ベルリンとヴィーンの違いはどこにあるのかという好奇心があり、この目でヴィーンの管理方式を見たいと考えたのである。

かくして、フィレンツェでヒルダと知り合って二か月後に、加藤はパリ北駅からスイス経由でヴィーンに向かった。パリからヴィーンに行くには、ドイツ経由とスイス経由のふたつがあったが、『続羊の歌』の叙述から判断するに、加藤はスイス経由のオリエント急行でヴィーンに向かったと考えられる。

列車はヴィーンに近づいていた。そこではひとりの娘のほかに、私は誰も知らない。その国の言葉は私の耳に疎く、風習は予測するのに手がかりがなかった。雪につつまれた野の涯に、やがて一つの都会があらわれるであろうということさえも信じ難いほどであった。異郷、《dépaysement》、幾山河、《au bout du monde》……私は日本語とフランス語を混ぜて、それらの言葉の全体が示唆する一種の心理的状態をみずから形容しようとしていた。日常生活の慣習の体系の外へ投げだされたときに、私は私自身を発見するだろう。私の感情生活の奥には何があるか。私は一体何を望み、何を犠牲にし、何をする可能性をもっているのか。

（一一六―一一七頁、改一三二―一三三頁）

ヨーロッパではどんな大都市であっても、始発駅から列車に乗ってものの一五分も走れば、そこは田園地帯で、民家も人影も稀になる。この先に「やがて一つの都会があらわれるであろう」とはとうてい信じがたい。とりわけ冬の夜ならば、暗くて寒そうで、地の果てにいるような感覚に襲われる。ヒルダに二か月ぶりで逢えるという高揚感もあったに違いない。しかし、それだけではなく「異郷、《dépaysement》〔居心地の悪さ〕、幾山河、《au bout du monde》〔世界の果て〕」という感覚が渦巻いていた。日本語とフランス語を交互に綴ったのはなぜか。おそらくこの頃、加藤の脳裡に働く言語は日本語とフランス語が相半ばしていたことをいいたかったのだろう。

「はるかに遠く来たるものかな」（一一〇頁、改一二五頁）という感慨にふけるが、これは観世元雅作『隅田川』の「それは難波江、これはまた隅田川の東まで、思へば限りなく、遠くも来ぬるものかな」の引用である。この「思へば限りなく、遠くも来ぬるものかな」という感覚は、距離の問題だけではあるまい。「来し方行く末の思いが去来した」（同上）とあるように、しばしば旅は人生にたとえられ、旅する人は人生を思う。加藤もおのれの人生のあとさきを考えていたに違いない。実際、加藤は人生のひとつの岐路に差しかかっていた。
「私の感情生活の奥には何があるか。私は一体何を望み、何を犠牲にし、何をする可能性をもっているのか」という件は、このときすでに加藤は結婚していたという事実を知って読むのと、知らないで読むのとでは大きな違いを生むだろう。本当にそのような感覚をもっていたとするならば、加藤はヒルダとの関係の将来を予感していたことになるが、その後の実際の展開のあとづけとして綴ったのだろう。

『トリスタンとイゾルデ』

ヴィーンを訪れれば、人は歌劇場に足を運ぶ。加藤を歌劇場に誘ったのはおそらくヒルダだろう。ヴァーグナーの『トリスタンとイゾルデ』とアルバン・ベルクを観た。しかし、アルバン・ベルクについて、『続羊の歌』にはなにも綴られない(ベルクの『ヴォツェック』はパリで観て『芸術新潮』一九五四年六月号に寄稿する)。向かった歌劇場は、アン・デア・ヴィーン劇場である。「本来の劇場」(一一七頁、改一二三四頁)であるヴィーン国立歌劇場は、一九四五年三月一二日に連合軍の爆撃によって破壊され、加藤がヴィーンを訪れた一九五二年にはいまだ再建されていなかった。国立歌劇場が再建され、公演が再開されるのは一九五五年一一月五日のことである。

私たちはそこで、ヴァーグナーやアルバン・ベルクを聞いた。かりの劇場は豪華なものではなかった。しかしそのなかには、音楽の質と聴衆の熱狂があった。ほとんどその町の人々の生きがいがあったとさえいえるかもしれない。生活は苦しかったはずである。しかしそれにも拘らずではなく、おそらくそれ故にこそ、劇的音楽は、単なる愉しみではなくて、感情生活の中心に係る何ものかになっていたのであろう。その晩の興奮のさめないまま、劇場の外へ出ると、街は暗く、ただ「ソヴィエット情報本部」の赤い文字だけが、暗い夜空に鮮かに輝いていた。

（一一七―一一八頁、改一三四頁）

「劇的音楽は、単なる愉しみではなくて、感情生活の中心に係る何ものかになっていたのであろう」と加藤は記す。ヴィーン国立歌劇場が戦後に再開されたときの上演がベートーヴェン『フィデリオ』であったことは、何を物語るか。ヴィーンの人びと、あるいはオーストリアの人びとが、敗戦と占領を経験し、打ちひしがれていたがゆえに、ベートーヴェンを誇りとし、ベートーヴェンが『フィデリオ』で描いた「自由」を求める、その精神的態度を表現したものに違いない。

一九四九年一二月、イタリアはナポリのサンカルロ歌劇場では、ヴェルディの『ナブッコ』が上演された。この上演はマリア・カラスが最初で最後のアビガイッレ役を歌ったことで知られる。その第三幕で、イタリア第二の国歌といわれ、サッカーの国際試合でイタリア人サポーターたちが唱和する、ヘブライ人の合唱「行け、わが想いよ、金色の翼に乗って」が歌われると、曲が終わらぬまえから観客はアンコールを求め、演奏されたアンコールでは観客も歌いだし「イタリア万歳！　イタリア万歳！」と叫び、一方で烈しいブーイングが起こり、劇場内は騒然とする。その様子は録音されて、今日でもＣＤで聴くことができる。音質はきわめて悪い録音だが、歌劇が、あるいは『ナブッコ』が、あるいは合唱曲「行け、わが想いよ、金色の翼に乗って」が、イタリア人にとって何を意味していたかをはっきりと物語っている。音楽を愉しむという段階をはるかに超えて、敗戦によって打ちひしがれていた「イタリア人の心の支え」であったのである。このようにドイツ人もイタリア人も、歌劇に対するアイデンティティをもつ。

吹雪の夜、テアタ・アン・デァ・ヴィーンで《トゥリスタンとイゾルデ》を聞いたときに、私は恍惚として我を忘れた。それは私にとって、全く新しい経験であった。(中略)そのときはじめて私は、私がそれまで歌劇の何たるかを知らなかったということを知ったのである。私はヴァーグナーを発見した。そこにはおよそ名状し難い激情の表現があり、それは、ひとり音楽のみならず、芸術のいかなる領域においても、匹敵するものがなかろうと思われるほどの迫力にみちていた。音と化した不合理性・破壊性・強迫性——それはまさに、決定的にヴァーグナーを定義すると同時に、またその音楽において要約されたドイツ浪漫主義の全体を定義するのではないか、と私には思われた。そこには、ストリンドベルクの舞台やムンクの画面にあらわれる暗い不気味な情熱(または執念)のかたまりがあり、その妙に生々しい直接性と、内的激動がある。

(一二一頁、改一三八—一三九頁)

『トリスタンとイゾルデ』は、当世流にいえば不倫の恋物語である。トリスタンは伯父のマルケ王の花嫁イゾルデと愛しあう関係になり、それが王にも知られるところとなって、ついにはイゾルデも愛の死を遂げる。その音楽は半音階進行と無限旋律を駆使して、その前奏曲から聴く者を恍惚とさせる。ヒルダとの恋のさなかにあった加藤は、二重に恍惚とさせられたに違いない。だからこそ『トリスタンとイゾルデ』を通してヴァーグナーを発見できたのだろう。

ヴァーグナーの音楽には、一方で聴く者を陶酔させるものがあり、もう一方では強権的で威圧的で、有無をいわせず自分の世界に引きずりこむ力をもっている。男性的な音楽であるといえるが、東京でもヴィーンでも、ヴァーグナーの歌劇もしくは楽劇の公演の観客層は、イタリア・オペラの公演のそれとはだいぶ異なる。男性客、しかもエスタブリッシュメント(支配階層)風観客が増えることを、私はいつも感じさせられる。

「ドイツ浪漫主義」は、啓蒙主義の悟性偏重に異議を唱え、個人の感性や直観を重視する「シュトゥルム・ウント・ドラング(疾風怒濤)」の文学運動として展開された。フランスの古典主義に対抗し、ドイツ国民文学の創造、自我の探求、自己破壊などを主題として、観念論的かつ神秘主義的傾向を特徴とする。こういう思潮のなかから、ノヴァーリス、ホフマンらの幻想的な作品が生みだされた。

そしてドイツ・ロマン主義は、文学の世界にとどまらず、美術、演劇、音楽など広く芸術全体に拡がっていく。このような芸術運動にドイツが色濃く染まっていた時代に、ヴァーグナーは音楽を通して、その「不合理性・破壊性・強迫性」を作品のなかに表現したのである。これらの特徴を加藤は「決定的にヴァーグナーを定義すると同時に、またその音楽において要約されたドイツ浪漫主義の全体を定義するのではないか」と感じた。

それまでドイツの文化は、微妙な感受性や実際的なものの考え方によってではなく、体系的な思考の正確さと合理性とによって、私の注意をひきつけていた。私が内科学を専門の仕事としていたときに、その領域での知識の集大成として、モールの「ハントブッフ」ほど体系的で網羅的なものは、世界中になかった。また戦場以外での集団的な殺人としておそらくアウシュヴィッツほど体系的で組織的なものも、史上に例が少かったろう。しかし組織的・体系的・合理的なドイツ人の文化は、他面においては、度はずれて生々しく、非合理的な激情にみちあふれ、その国の言葉では《Rausch》という陶酔に人を導かずにはおかない。私はヴァーグナーを聞くに及んではじめてその陶酔の抵抗すべからざる所以を知ったのである。もしドイツ文化にこのような二面性があるとすれば、その間の関係はどういうものか。そういう途方もない問題について、私はその後とりとめもなく思いをめぐらすようになった。（一二二頁、改一三九頁）

「ドイツの文化は、（中略）体系的な思考の正確さと合理性とによって、私の注意をひきつけていた」と加藤は記すが、「ドイツ文化」と呼ばれるものには、厳密に論理的であり、厳格に構造的であるものがある。音楽でいえばバッハの音楽であり、哲学でいえばカント哲学であり、医学でいえば「モールの「ハントブッフ」である。モールの『ハントブッフ』とは、内科学のバイブルといわれた全一五巻の内科学の総合的体系的な教科書である。

しかし「戦場以外での集団的な殺人としておそらくアウシュヴィッツほど体系的で組織的なものも、史上に例が少かった」というように、合理主義には負の側面があり、非合理的側面をもっている。ナチズムには一種の合理主義、効率主義があり、その負の側面が、ポーランド南部の「アウシュヴィッツ」(現オシフィエンチム)におけるユダヤ人大量殺害となって現われる。

ドイツの音楽は、イタリア音楽やフランス音楽と比べて、作品の構築性が著しいことがその特徴として挙げられる。それはカントの『純粋理性批判』やヘーゲルの弁証法に通じるものである。しかし、もう一方で、ロマン主義的情念の表出が見られ、その頂点にヴァーグナーの音楽があるといえる。カントの哲学も、フィヒテ、ヘーゲルを通って、マルクスの社会主義思想に流れていくと同時に、シェリングを通って、ショーペンハウアーの厭世思想を生みだす流れもある。

どんな国や地域の文化であろうと、一色に塗りつぶされることはほとんどない。相反する両方の側面をもつのが普通であり、「ドイツ文化」もその例外ではなかった。しかし、加藤は二面性があるという認識にとどまらず、その二つの側面がどのような関係にあるかという問題意識をもつ。《Rausch》、すなわち「陶酔」「酩酊」「興奮」という意味の語を遣って加藤は註するが、ヴァーグナーの作品を聴けば、多くの人が「興奮」させられる。

《トゥリスタンとイゾルデ》は、北ヨーロッパの文化について半ば空想的な私の思考を誘ったばかりでなく、それ以上に、「陶酔」という新しい経験をつけ加えることによって、私の世界の内的秩序を変えたのである。かねて私には酒に酔うということがなかった。少くとも陶然として夢見心地となり、我を忘れるということがなかった。またそうなることをみずから望んでもいなかった。酒は涙か溜息か。いずれにしても、強いて求めるには及ばぬ心理・生理的状態にすぎない。

また群集のなかで肩を抱き合い、足なみをそろえ、声を合わせて唱ったり、怒鳴ったりすれば、比較的容易に、一種の陶酔感を生じるだろう。そういう容易な陶酔感を私は好まなかった。

（一二二―一二三頁、改一三九―一四〇頁）

加藤はみずからが陶酔するというほとんど初めての経験を味わった。その結果「私の世界の内的秩序を変えた」というが、どのように変わったかについて明示的には書かれていない。しかし、人生のなかで、ある場合に「陶酔」が重要であり得ることを知ったのだろう。それまでの加藤は「陶酔」というような心理的・生理的状態を嫌い、蔑んでいた。しかし『トリスタンとイゾルデ』をヒルダとともに観たことによって、「陶酔」を実際に味わったのである。

「私の世界の内的秩序を変えた」に匹敵する表現は、母親の死を経験したときに見られる。すなわち、母親の死の前と後で「私の生きて来た世界のいわば重心が変った」（四一頁、改四六頁）と述べている。母親の死は加藤に大きな転換をもたらしたが、『トリスタンとイゾルデ』をヒルダとともに観たことも、自身にとって人生の大きな転換であった、ということをいいたかったに違いなかろう。「音楽がそういうし方で私に作用したことは、おそらく、それまでにはなかった」（一二四頁、改一四二頁）。

『薔薇の騎士』

加藤がヴィーンで観て感動を与えられたもうひとつの作品は、リヒャルト・シュトラウスの楽劇『薔薇の騎士』だった。

実にいうべからざるほど美しい《薔薇の騎士》を、私は何度もヴィーンで聞き、その度に、リヒァルト・シュトラウスを措いて、女の声の美しさを語ることはできないと思った。ロンドンで同じものを聞いたときには、様子が少しちがっていた。コヴェント・ガーデンの幕合《マヽ》いに、人品卑しからぬ中年の男が話しかけてきた、「あなたはこれをどう思うか」。「これ」とは、曲そのものをさすのか、演奏をいうのか。曲そのものをどう思うかは、歌劇場の幕合いの話として、いささか大上段にすぎるだろうと思われた。（中略）「こんなわいせつなものはない、言語道断です」。その後東京で《薔薇の騎士》が上演され、文部省が後援だか推薦だかをしていると聞いたときに、私は仰天した。「わいせつ」とまでいわないにしても、帝国の青年子女の道徳教育に、まさか有益というわけのものでもあるまい。文部省がそこまで「ひらけ」て来たとすれば、やがて《チャタレイ夫人の恋人》の英語教科書に採用される日もちかいだろう、と私は考えた。

（一二六―一二七頁、改一四四頁）

『薔薇の騎士』（一九一〇完成、一九一一初演）は、フーゴ・フォン・ホフマンスタールが脚本を書き、リヒャルト・シュトラウスが作曲した三幕からなる楽劇である。加藤は「何度もヴィーンで」聴いたという。初演こそドレスデンであるが、舞台はヴィーンでありヴィーンの歌劇場でよく上演される演目である。『薔薇の騎士』には、一八世紀のヴィーンの貴族たちの生活が表現される。三十路の伯爵夫人（ソプラノ）と一〇代の青年貴族オクタヴィアン（ソプラノまたはメゾソプラノが歌う、いわゆる「ズボン役」)は「不倫関係」にあり、また伯爵夫人の従兄弟であり好色で野卑なオックス男爵(バス)は新興貴族ファーニナル家の娘ゾフィー(ソプラノ)と「政略結婚」する予定だった。オクタヴィアンが銀の薔薇をゾフィーに献呈する役を仰せつかりファーニナル家に赴くが、そこでゾフィーに一目ぼれする。オックス男爵との婚約を解消させるために一計を案じて、これが見事に成功する。そして伯爵夫人は身をひき、めでたくオクタヴィアンとゾフィーは「真実の愛」で結ばれるという筋である。三人の女声が登場するが、とりわけ第三幕幕切れの三重唱から二重唱へと移るあたりは、聴く者が息もできないほどの美しさに溢れている。

『薔薇の騎士』の短い前奏は、セックスそのものを音楽にしたともいわれ、幕が上がればベッドで伯爵夫人と青年貴族が抱き合っている。オックス男爵が歌う結婚生活の愛に関するワルツ風の小唄は、曲は優美であるけれども、詩の内容は卑猥である。

だからこそ「帝国の青年子女の道徳教育に、まさか有益というわけのものでもあるまい」といい、「文部省が後援だか推薦だかをしていると聞いたときに、私は仰天した」というのである。ここで「帝国」というのは、オーストリア＝ハンガリー二重帝国のことでもなく、戦前の大日本帝国のことでもなく、戦後日本も事実上は天皇を戴いた「帝国」であることを意味する揶揄的な表現である。加藤がよく遣ういいまわしなのだ。

「やがて《チャタレイ夫人の恋人》の英語教科書に採用される日もちかいだろう」というのも皮肉表現である。『チャタレイ夫人の恋人』は、イギリスの作家D・H・ロレンスDavid Herbert Lawrence(一八八五―一九三〇)の作品。同書は伊藤整によって翻訳され一九五〇年に小山書店から出版されたが、刑法一七五条のわいせつ物頒布の罪に問われ、憲法二一条が保障する表現の自由との関係が最高裁まで争われた。しかし、一九五七年の最高裁判決は伊藤および小山書店社長を有罪とした。その結果、伊藤らは該当箇所を削除して刊行せざるを得なかった。その判決を踏まえて、『薔薇の騎士』が文部省推薦ならば、『チャタレイ夫人の恋人』が英語の教科書に載る日も近いだろう、と加藤は皮肉ったのである。なお、同書は一九九六年に、伊藤整の子息伊藤礼によって削除部分を復活して刊行された。

しかし劇場へ行ってみると、その舞台は、運動会のように健康で、快活で、無邪気で、若々しくて、若い恋人をもった中年の女のかげの多い情愛や、若い女を手に入れようとしてわいせつな空想を逞しくする年とった男の惨めさの、片りんさえも感じさせないものであった。それはもちろんリヒァルト・シュトラウスではなかったろうし、おそらく音楽といえるものでさえなかったかもしれない。しかし今は亡びた中部ヨーロッパの帝国の最後の光栄、皮肉と犬儒主義の混った倒錯的世界、かの《薔薇の騎士》でさえも、遂に潑溂として健康な芝居に変じずにはいない東京という町の若さと元気は、たしかに壮観というほかはないものであった。

（一二七頁、改一四四―一四五頁）

歌舞伎と違って、オペラは上演において演出の寄与するところが大きく、演出によって同じオペラもまったく違った意味をもってくる。たとえば、ヴェルディの『椿姫』では、幕切れに肺病やみのヴィオレッタは崩れおちるように死んでいくのがほとんどの上演の演出である。ところが、二〇一五年五月に日本の新国立劇場で上演されたヴァンサン・ブサール演出による『椿姫』では、ヴィオレッタは立ったまま、崩れおちるどころか、拳を突きあげたままで、幕が下りてくる。ヴィオレッタの「死と再生」が表現された。

したがって、「運動会のように健康で、快活で、無邪気で、若々し」い『薔薇の騎士』が上演されるのもあり得ることだが、その舞台が観客の共感を得られるかどうかが問題となる。加藤はその上演を「リヒァルト・シュトラウスではなかった」と結論した。

それでは、リヒャルト・シュトラウスの『薔薇の騎士』とは何か。R・シュトラウスはヴァーグナーの音楽に影響を受けた作曲家であるが、さらにヴァーグナーを超えようとして作曲されたのが『サロメ』(一九〇五)や『エレクトラ』(一九〇八)である。『サロメ』や『エレクトラ』は、大オーケストラを使って、無調音楽に近い斬新な音楽をつくりだしたが、その次の作品『薔薇の騎士』(一九一〇)では、調性感の強い音楽、いわば新古典主義的な音楽に戻ってしまった。おそらくはオペラの新しい表現への可能性を確信できなかったに違いない。その意味では、オペラの黄昏を自覚していたともいえる。

オーストリア＝ハンガリー二重帝国の末期、帝国にも夕陽が射しこんできた時代に、帝国の人びとは倒錯的世界に魅力を感じ、犬儒主義の行動、皮肉な表現に共感を覚えた。そういう世界を表現したのが『薔薇の騎士』という楽劇である。つまり、帝国の黄昏とオペラの黄昏というふたつの黄昏を意識しながら作曲されたのである。そこには幕末の河竹黙阿弥が描いた倒錯的世界と共通するものがある。時代の終わりには、それまでの「正常」あるいは「常識」が信じられず、倒錯的世界に向かう傾向が見られる。

「《薔薇の騎士》でさえも、遂に潑溂として健康な芝居に変じずにはいない東京という町の若さと元気は、たしかに壮観というほかはないものであった」という表現も、よくいえば若く明るく元気のある一九五〇年代後半の東京であるが、悪くいえば、幼くて深みに欠ける東京の文化を揶揄する表現であり、「壮観」は皮肉表現である。

『トリスタンとイゾルデ』は、「恋の歌」であり、恋による死の歌である。『薔薇の騎士』は、「過去《すぎさ》った恋の想い出の歌」(一二八頁、改一四五頁)であり、恋を懐かしむ歌である。『薔薇の騎士』にはワルツが多用されるが、そもそもシュトラウス一家などが一九世紀後半につくったヴィンナワルツもまた、華やかさの背後に寂寥感を漂わせる音楽である。帝国に夕陽が射しこみはじめたとき、ヴィーンの人びとは、過ぎし日の栄華を懐かしみ、日没が迫るのを忘れたいがために、踊り狂っていたのだろう。そのワルツをもっと洗練させ、もっと官能的にしたのが『薔薇の騎士』のワルツである。そのワルツもまた時代を色濃く映しだしている。

「春宵一刻値千金」

「音楽は、私の経験の体系のなかで、他の種類の経験によっては容易におき代えることのできない特殊な位置を占めるようになった」(一二八頁、改一四六頁)とは何を意味するのか。愛する女性との抱擁は「私が人生においてある種の音楽のよびさます陶酔恍惚の境に、比較することのできる唯一の経験であった」(一三〇頁、改一四八頁)と述べ、「もし私が一人の女を愛したとすれば、そのとき、世界中の何ものも私にとっては二次的な意味しかなかった。春宵一刻値千金。その芸術的世界における等価物を、私は音楽のなかにみていた」(同上)と語ることと係わる。

加藤にとって、音楽はすこぶる価値が重いもののひとつであった。それは加藤を陶酔恍惚の境に誘うものだったからである。

私は感傷的な音楽を好まない。近松の道行きは、感傷的ではなく、男女相愛の心に溢れている。愛する女との抱擁は——私が人生においてある種の音楽のよびさます陶酔恍惚の境に、比較することのできる唯一の経験であった。それが短いか長いかということは、相対的な問題にすぎない。それがいつか終らなければならぬということは、人間の条件にすぎない。音楽ははじまって終る。人間の一生も、社会体制も、歴史そのものも、はじまって終る。そのどこかにもし意味があるとすれば、その意味は現在になければならないだろう。もし私が一人の女を愛したとすれば、そのとき、世界中の何ものも私にとっては二次的な意味しかなかった。春宵一刻値千金。その芸術的世界における等価物を、私は音楽のなかにみていた。音楽の経験がそういうことを教えたのか。それともそういうことが、私にとって音楽を、そういう経験にしたのか。私は今それをいうことができない。

(一三〇頁、改一四八—一四九頁)

「感傷的な音楽を好まない」のは加藤の好みである。「近松の道行きは、感傷的ではなく」というのは加藤の判断である。近松の道行きは「男女相愛の心に溢れて」いようとも、それが感傷的であるかどうかは、奏者と聴き手の耳によるだろう。奏でられる音楽は演奏者によってもかなり異なるように思われるし、いちがいにはいえないだろう。

加藤が陶酔恍惚の境にいると感じるときはふたつあり、ひとつは「愛する女との抱擁」のときである。もうひとつが「ある種の音楽」を聴いたときである。

「春宵一刻値千金」は、愛する男女が誰しも感じることに違いない。また千年が一瞬にも思え、一瞬が千年にも思える。それが男女相愛の極致だろう。一休宗純が『狂雲集』のなかで詠んでいるように。

音楽もまた人を陶酔恍惚の境に誘う。どんな音楽が陶酔恍惚の境に誘うかは、人によって異なる。加藤は、リヒャルト・ヴァーグナーの『トリスタンとイゾルデ』を聴いたときであり、リヒャルト・シュトラウスの『薔薇の騎士』を観たときであった。

この件のような文章を書く加藤は、やはり文学者であると思う。あくまでも加藤個人を中核に据えて、決して個人を失わない。加藤の関心が社会的問題に強く表われていようと、加藤の発想がどんなに社会科学的であろうと、社会科学者たちは決してこのような文章を綴らない。

ところで、「音楽」という章(一二一―一三〇頁、改一三八―一四九頁)の主題は「音楽」なのだろうか。その答えは「諾」であって、「否」であろう。たしかに加藤の音楽体験が語られ、加藤の音楽観が述べられる。その点では「諾」である。しかし、冒頭部分と末尾部分において、加藤を陶酔恍惚とさせるのは「ある種の音楽」であると同時に、「愛する女との抱擁」であることを明かす。むしろこちらの方が大きな意味を与えられている。その点では「否」なのである。このとき加藤が愛していたのは、のちに結婚することとなるヒルダ・シュタインメッツである。「音楽」という章は音楽を語りながら、愛する女がヒルダであることを、ヒルダとの抱擁が陶酔恍惚とさせるものであったことを告げた章なのである。

ヴィーンを去り、再びヴィーンに

加藤はヴィーンを去り難かった。だから「一週間いた」(一一九頁、改一三五頁)けれど、パリに戻ることができず延ばして「二週間いた」(同上)。しかし、パリに戻る日が来たとき、ヒルダはこれが加藤との最後になることを自覚していたはずである。だからこそ「駅まで送って来た彼女は、何も言わず、大きく潤んだ眼をみひらいて、車の窓の下に立っていた。列車が静かにすべり出したときに、彼女は身をひるがえして、反対の方向へ歩み去り、一度もたち止らず、一度もふり返らなかった」(一一九頁、改一三五—一三六頁)。しかし、加藤は娘がふり返り、立ち止まり、またふり返ることを内心期待していた。加藤にはヒルダの態度が少々不満だった。少々不満に思う自分を意識したとき、加藤は「彼女を愛しているということに気がついた」(一一九頁、改一三六頁)のである。

夜となく昼となく、私は彼女のことを考えた。その眼の輝き、その髪の手触り、その言葉の抑揚の微妙な変化、トスカナの太陽とドーナウの岸の吹雪……すでに、想い出せばかぎりのない過去があった。その過去は、ヴィーン西停車場で中断されてはいたが、決してそこで終っていたのではなく、想像することのできるあらゆる未来につながっていた。私はみずから、私の世界の中心にひとりの娘、すなわち「他人」が入って来た、ということにおどろいた。世界の秩序は、そのために変らざるをえない。そういうことは、それまでの私の生涯にはなかった。私は、自分が京都の女を愛していたのではなく、愛していると思っていたにすぎないということ、あるいはおそらく愛したいと思っていたにすぎないということを、実にはっきりと理解するようになった。

（一一九頁、改一三六頁）

恋すれば誰しも「夜となく昼となく」恋する相手を思いつづける。「寝ても覚めても」である。加藤が魅かれるのは、しばしば女性の「眼の輝き」であり、「髪」である。そして言葉遣い、その抑揚に魅力を感じるのは「京都の女《ひと》」の件にも述べられている。「京都の女」は、実在する人物ではなく、日本女性の象徴であると私は述べたが、ここではむしろ東京に残した日本女性、すなわち綾子を意識していたに違いない。しかし、『羊の歌』には綾子のことは一切触れていないので、「京都の女」としたのだろう。

しかし私は次の機会を捉えて、ヴィーンへ再び出かけることしか考えていなかった。

その機会は、春と共にやって来た。ある国際会議がヴィーンでひらかれ、日本からの代表がパリで同行する通訳をもとめていた。会議は英仏語を用い、旅程は西ドイツの都会を廻るようにできていた。その頃私はドイツ語もいくらか解するようになっていたので、その仕事を引きうけ、今度はベルリンから旅客機でヴィーンに入った。五月のシュタットパルクには草花が咲き乱れ、いわゆる「ヴィーンの森」には、新緑が煙っていた。シェーンブルンのバロックの宮殿のまえでは、モーツァルトの歌と管弦楽が、夕暮れの空の下で優雅な楽天主義を撒きちらしていた。私たちは幸福だった。そしてその幸福をその場かぎりには終らせまいと決心していた。しかし具体的な計画があったわけではない。未来は確かにあるはずだったが、漠然としていた。従って具体的な困難や来るべき障害について私が思い煩うということはなかった。

（一二〇頁、改一三六―一三七頁）

恋する者が遠く離れていれば、なんとか会う機会をつくろうと努める。加藤はその機会を探っていた。そして、運よく半年もしないうちにその機会に恵まれた。ヴィーンで開かれた国際会議に出席する代表団は、会議のまえにフランスを訪れ、西ドイツを廻り、そしてヴィーンに入る旅程を組んでいた。加藤はパリから同行し、西ドイツを廻って、ベルリンから空路でヴィーンに入った。「その幸福をその場かぎりには終らせまいと決心していた。しかし具体的な計画があったわけではない」というのは、加藤はその娘ヒルダとともに暮らすことを考えはじめたということである。しかし、具体性をもった計画ではなく、思いが募り決意が先行していた。実際、その先には困難が横たわり、障害が立ちはだかるが、そのことを十分に予測し、意識していたわけではなかった。

そのとき私は市内のホテル・ザッハーに泊っていたが、そこには亡びた帝国の嘗ての豪奢が残っていた。厚い絨緞と、時代物の家具、壁には古い油絵があり、金色の装飾が天井や窓枠や扉を飾っていた。（中略）ある朝私はそこで朝食を註文し、備えつけの新聞をとりあげて、はじめてべルリンの暴動のことを知ったのである。境界の両側の市民が、東側で赤旗をひきずりおろし、やぶり裂いたという。その「反共」暴動に参加した市民の数は、米国の新聞《ヘラルド・トリビューン》の欧洲版によれば、ロンドンの《タイムズ》の数字の何倍にもなるはずであった……。

（一二〇―一二一頁、改一三七頁）

「ベルリンの暴動」とは、前後関係から推測するに、一九五三年六月一七日に起きた東ベルリン暴動のことだろう。その前日、東ベルリンの一工場で「労働ノルマ」引き上げに反対するストライキが起き、それが暴動化すると、東ドイツに駐留するソ連軍が出動して鎮圧しようとした。暴動はベルリンにとどまらず、東ドイツ全域に拡がり、ソ連軍の司令官は戦車を出動させ、戒厳令を敷いた。労働者の要求は当初の経済的要求から、次第に「自由」をもとめる反政府・反ソ運動に変化していった。その背景には、同年三月にソ連の指導者スターリンが死去したことがあり、東ヨーロッパでも、スターリンの圧政に対する反対の意思表示が現われてきたということである。

一九五三年、ベルリンに行ったあと、ヴィーンに入ると「ベルリン暴動」が起き、その一五年後の一九六八年にチェコスロヴァキアを旅したあと、ザルツブルクに入ると「プラハ侵攻」が起きた。いずれも歴史の大きな節目になる事件を、オーストリアにいて間近に体験している。

3　イギリス旅行――偽善

ロンドンで東京を想い出す

加藤はフランスのパリ大学医学部に留学したのだが、大学での医学研究についてはほとんど述べられない。フランス滞在中も、旅行に次ぐ旅行を重ねている。イタリア旅行とヴィーンへの二度の旅行についてはすでに触れたが、今度はドーヴァー海峡を渡って、イギリスの地を踏んだ。「海峡の彼方」に渡った理由は、「子供の頃より噂を聞くことの多かったその国を一度見たいという願いだけが理由ではなく、実はヴィーンの娘を忘れ難かったからである」(一三八頁、改一五七頁)。ヒルダ・シュタインメッツがイギリスのある投資会社に職を得たのである。

ロンドンには赤煉瓦造りの建物を多く見かける。たとえばロンバート街もそのひとつである。東京の丸の内の一角、三菱村といわれる地区は、ロンバート街をモデルに、明治から大正初期にかけて二一に及ぶ赤煉瓦造りの三菱の建物が建てられ、あたりは「一丁倫敦」と呼ばれた。二〇一〇年に再生された三菱一号館美術館も煉瓦造りの面影を残している。

「パディントン停車場」は、東京の上野駅およびその周辺を想い出させた(一三二頁、改一四九頁)。ロンドンの「西の玄関」といわれ、イギリス北西部やウェールズ、ヒースロー空港とロンドンを結ぶ鉄道の発着駅であり、一八五四年に完成した。駅の周辺には庶民的な雰囲気が漂っている。
チャリング・クロス Charing Cross は古書店街として知られ、東京でいえば神保町界隈である。〈charing〉は〈turning〉を意味し、テムズ川がこのあたりで東流から北流に流れの向きを変える地点だからである。

ロンドンで「湯たんぽ」や「午後のお茶」を発見する（一三二頁、改一五〇頁）。「湯たんぽ」を使う家庭は日本でもほとんどなくなったろうが、冬の寒い季節に、熱湯を入れて暖を取るための容器である。主として布団のなかに入れて、就寝時に利用する。このような容器は世界の寒冷地にはよく見られ、日本では室町時代から「湯婆《たんぽ》」として使われた。かつては陶器製だったが、大正時代から金属製に変わり、おそらく加藤は金属製の湯たんぽを使っていたのだろう。

一八四〇年頃からイギリスに広まった喫茶習慣「午後のお茶（アフタヌーン・ティー）」は、午後に紅茶とともに軽食やお菓子を食べる。食物だけでなく、礼儀作法、飾る花や使う食器、会話の内容にまでかかわる社交文化として根づいている。これもすでに戦前から東京の中産階級に広まり、加藤の家の習慣でもあった。

《英国》は――たとえそれがヴィクトーリア朝の色褪せた影にすぎなかったとしても、記憶のさかのぼれるかぎり、書物や学問のはるか以前から、私の生れて育った環境の、空気のなかに漂っていた。そのいわば英国的なるものの断片、互いに何の関係もなく周囲にばらまかれていて、当時の私がまとめて考えることもしなかったもの――祖父の朝食や家具から、母の《お茶》まで。伯父の《ブリッジ》から、中学校の校長のグラッドストーンまで。そのすべては、英国の土を踏むや否や、互いに密接な関係のある全体として、はっきりと意識されるようになった。かねて英国と結びつけて考えてはいなかった習慣も、実は本来英国から輸入されたものだということが、実に明瞭に理解されるようになった。

（一三二—一三三頁、改一五一頁）

加藤は、病気の名前をドイツ語で知っていても、食器の名前は知らなかった。マラルメの詩を知っていても、詩人たちが集まるカフェの実際は知らなかった。要するに、書物を通して得たフランス文化やドイツ文化であった。

一方、イギリス文化は必ずしも書物を通して学んでいたわけではなかった。所与の環境として幼児から慣れ親しんでいた。「祖父の朝食や家具から、母の《お茶》まで。伯父の《ブリッジ》から、中学校の校長のグラッドストーンまで」を幼少時から中学生までに味わっていた。そして「そのすべては、英国の土を踏むや否や、互いに密接な関係のある全体として、はっきりと意識されるようになった」のである。ここで加藤が述べる「互いに密接な関係のある全体として」ものごとを理解するという態度は、加藤の世界に対する基本的姿勢であり、基本的方法である。「断片」だけを見るのではなく、たえず「全体の関連」をつかもうとする。

ハーバート・ノーマン

加藤がイギリスに旅した理由は、ヒルダにあるだけではなかった。ハーバート・ノーマンに勧められてイギリス文学を読んだこともひとつの理由だったに違いない。それが「海峡の彼方」という章にノーマンのことを綴った理由であろう。

私に英文学のたのしみを教えたのは、東京の中学校ではなくて、スエズの戦乱の後にカイロで自殺したカナダの外交官ハーバート・ノーマン氏であった。「近代国家としての日本の成立」や「忘れられた思想家・安藤昌益」の著書によって知られているこの歴史家は、日本で生れて日本語を読み英国で教育をうけてラテン語を読み、ローマ史に詳しく、広く英文学にも通じていた。「ラテン語の詩文は漢文に訳すといいと思いますよ、簡潔で、意味が凝縮されていて……」。

（一三三頁、改一五二頁）

ハーバート・ノーマンEdgerton Herbert Norman（一九〇九―一九五七）は、日本生まれのカナダの外交官、歴史家である。トロント大学、ケンブリッジ大学、ハーヴァード大学で、日本史、中国史を修める。一九三九年カナダ外務省に入り、一九四〇年から四一年まで在日カナダ公使館員。戦後ふたたび来日し、駐日カナダ代表部に在籍。この間に都留重人、渡辺一夫、丸山眞男などと交流があった。アメリカの要請で連合国軍総司令部に入る。一九五一年の対日講和条約交渉ではカナダの首席随員、その後ユネスコ大使を経て、一九五六年にエジプト大使に就く。アメリカのマッカーシズム旋風が吹き荒れるなか、共産主義者の疑いをかけられ、一九五七年四月にカイロで自死する。

ノーマンはヴァンクーヴァーのブリティッシュ・コロンビア大学に赴任する予定であったが、自死によってその望みは潰えた。ノーマンの蔵書は同大学に寄贈され、一九六〇年代に加藤がその蔵書を使って、日本文学研究を行なうことになる。「日本で生れて日本語を読み英国で教育をうけてラテン語を読み、ローマ史に詳しく、広く英文学にも通じていた」ノーマンについて、加藤は「『ハーバート・ノーマン 人と業績』序」(『自選集10』所収)で次のように述べる。

その教養のおどろくべき多面性は、彼個人のものであると同時に、おそらく時代のつくり出したものであろう。ヨーロッパの人文主義的伝統が可能にした知識人の最後の世代。それは二〇世紀の前半にはまだ可能であり、後半にはいよいよ稀になった現象である。それこそは彼を知ったかくも多数の日本人を魅了した理由ではなかろうか。われわれはそういう型の人物を知らなかったのではなく、近い過去には徳川時代の文化の中にあって、明治以後急速に失われてしまったということを意識していたのだ。

(『自選集10』一七〇—一七一頁)

「あなたは《アビンガ・ハーヴェスト》を読むとよい、きっと好きになりますよ」——たしかに私は好きになり、手に入るかぎりのE・M・フォースタを読むようになった。そればかりでなく、私はまたいわゆるブルームスベリの諸家とジョン・オーブリの散文の妙趣を、ノーマン氏から教わったが、そこには、たしかにフランス語の文学とはちがう別の世界が展けていた。その世界を定義することはむずかしかったし、今でもむずかしい。しかし私のなかにもし英国の文化に対する一種の親愛感があるとすれば、それは彼らの散文の——何というべきか、おそらく「知的な佗び」とでも名づけたい一種の性質と関係しているにちがいないと思う。「侘び」の真髄は、「南坊録」もいうように、金殿玉楼の華麗を避けて、浦の苫屋《とまや》の質素に美の極致を見ることであろう。今ある種の英国人が、その著書に題して、大上段には構えず、あるいは《アビンガ・ハーヴェスト》といい、あるいは《ザ・コモン・リーダー》という、その趣向を私は好むのである。

（一三五―一三六頁、改一五四頁）

『アヴィンガー・ハーヴェスト *Avinger Harvest*』は、一九三六年に刊行されたE・M・フォースターの随筆集である。アヴィンガーはフォースターが住んだ地名であり、直訳すれば「アヴィンガーの収穫」となるが、アヴィンガーで育んだ思索の数々というような意味合いだろう。加藤の『著作集15』は「上野毛《かみのげ》雑文」と題されるが、この題名は『アヴィンガー・ハーヴェスト』に触発されて付けられた。「上野毛」は加藤が長く暮らした東京・世田谷の町の名である。

E・M・フォースター Edward Morgan Forster（一八七九―一九七〇）は、イギリスの作家、批評家であり、ブルームズベリーのグループのひとりである。ケンブリッジ大学卒業後、イタリアに遊び、ドイツに仕事を得る。異なる文化との接触の必要とその困難を小説に著わすが、やがて小説の筆を断ち、文学論や民主主義を擁護する社会批評を中心とした著作活動を続ける。その経歴と論理はかなり加藤に重なる。一九五〇年代初めに、加藤の論理を見抜いて、その後の加藤が歩むだろう道を推察しながら、E・M・フォースターを読むことを勧めたならば、やはりノーマンは恐るべき慧眼の持ち主だったというべきだろう。加藤には「E・M・フォースタとヒューマニズム」（『世界』一九五九年二月号、

『自選集2』所収)という著作がある。

エディンバラへの旅

加藤はノーマンを介して知り合ったイギリス在住の人や、ニースの国際ペン・クラブ大会で知り合ったイギリス人作家などと旧交を温め、彼らから紹介された人たちとも親しくなった。同じ下宿に暮らす人たちとも交わった。その一端は『続羊の歌』の「海峡の彼方」と「偽善」の章に描かれ、『加藤周一世界漫遊記』(毎日新聞社、一九六四)の「英国と私自身」に記される。しかし、加藤はイギリスで生活費を稼いでいるわけではなかった。いくら安宿の多いアールスコートに投宿していたとしても、路銀を使い果たす日はやってくる。

英国での私の生活は、数ヵ月経って、いよいよ苦しくなった。しかしさしあたりロンドンで必要な金を調達する方法はなかった。私はパリへ帰ることを考え、そこでひとりで暮すことはできるだろうが、二人で暮すことはできないだろう、と考えた。私はフィレンツェで別れたときにも、それが最後になるだろうと思った。ヴィーンの西停車場の汽車の窓から、彼女の後姿を見送ったときにも、それが見収めになるかもしれないと思った。そういうことを、いつまでもくり返しているわけにはゆかない。英国を去るについては、どうしても態度をきめておかなければならなかった、将来二人で暮すことを考えてしかるべき方法を講じるか、そうすることができなければ、最後の機会をほんとうに最後の機会とするか。(中略)私は英国を去るまえに、中世の教会を見ながら、エディンバラまで行き、それを愛する娘との最後の機会にしようと決心した。

（一五〇―一五一頁、改一七〇―一七一頁）

加藤がいつからいつまでイギリスに滞在していたかは明らかでない。しかし、長期的に滞在する予定ではなかったはずだし、イギリスでのアルバイトも考えてはいなかったろうから、生活資金が払底して「いよいよ苦しくなった」のは当然だろう。

ヒルダとは、フィレンツェで別れようと思い、ヴィーンでも別れようと思い、ロンドンでもまた別れようと思った。「最後の機会をほんとうに最後の機会とする」べく、エディンバラに行くことを考えた。

エディンバラは、音楽祭で賑っていた。照明された丘の上の古城は、夜の空のなかに鮮かに浮きだし、遠くからスコットランドの軍楽隊の笛の音が聞えていた。歌劇の切符を手に入れることはできなかった。しかし私たちは、街を歩き、音楽会を聞き、芝居を観、また英米の蒐集から択んだセザンヌの展らん会を見た。（中略）私ははじめてセザンヌという現象の意味を理解した、と思い、そのことに興奮した。それは、西洋の近代絵画の歴史のなかで、はじめにジオットオがあり、その次にはセザンヌがあったということである。「この旅が終るかと思うと、悲しい」と彼女はいった。（中略）「パリへ行ったら手紙を下さい」と彼女はいった。「もちろん」と私はいった。「一週間に一度」「もちろん」と私はもう一度いったが、海峡一帯の水を越えれば、そこには

別の世界があるだろう、と考えていた。　（一五三頁、改一七三―一七四頁）

加藤たちがスコットランドに行ったのは夏だった。「音楽祭で賑っていた」とあるが、エディンバラでは一九四七年以来、毎年夏に「エディンバラ国際フェスティヴァル」が催される。フェスティヴァルでは、演劇、歌劇、クラシック音楽、ダンスなどが上演され、エディンバラ城内ではミリタリー・タトゥー（軍楽隊の分列行進）が披露される。「スコットランドの軍楽隊の笛の音が聞えていた」というのは、ミリタリー・タトゥーが街にも響いてきたのだろう。

「この旅が終るかと思うと、悲しい」とヒルダがいったのは、旅の終わりはふたりの関係の終わりかもしれないと意識していたからだ。加藤はヒルダと二度と会わない決意をもっていたが、「パリへ行ったら手紙を下さい」という望みに「もちろん」と答えた。しかし「海峡一帯の水を越えれば、そこには別の世界があるだろう」とは、手紙を書いてはならぬ、手紙を書いたら決心が崩れると思っていたからである。

人間の気持ちは移ろいやすい。固い信念だと思っていたこともろくも崩れるし、深い愛だと信じていてもあっという間に跡方もなく消えることも、われわれはよく経験する。だからこそ恋人たちは「変わらぬ愛」をたえず繰りかえし誓いあうのだろう。「「変らぬ私自身」を想像することよりも大きな「偽善」があるだろうか」（一五三頁、改一七四頁）と自問自答した加藤でさえ、「パリへ行ったら手紙を下さい」という娘の懇願に対して、「いいえ、出しません」とはいえなかった。

4　南フランス旅行——決意

パリを訪れたヒルダ

ヒルダ・シュタインメッツは積極果敢な性格である。一九五二年の秋に加藤とフィレンツェで知りあい、ともにシエナに行くことを同意した。ヴィーンに戻ったヒルダの手許に加藤から手紙が来ると、返信でヴィーンに来ないかと誘った。そして彼女がロンドンに職を得ると、ロンドンに来るように誘ったのもヒルダだろう。第5章に述べるが、加藤を追って日本に来てしまうのである。加藤との関係をリードしているのは、加藤ではなくヒルダである。

ロンドンからパリへ戻るとき、加藤はヒルダとの「関係を断とうと考えて」(一六一頁、改一八四頁)いた。そのためヒルダからの手紙に返事を出さなかった。実際、加藤は筆まめなのだが、その加藤が「返事を書かないはずはないから、もうパリにいないのかと思った」(一六二頁、改一八四頁)と考えたヒルダは、それでも加藤がパリにいるかどうかを確かめにやってきた。手紙を寄こさないのは、もうパリにはいないからだと諦めるのではなく、パリまで来て確かめずにはおかないのである。

ヒルダの来訪を受けた加藤は、「決心は忽ち変った——というよりも、はじめからほんとうに決心していたのではなかった、ということに私は気がついた」(同上)と綴る。

加藤とヒルダは一緒に暮らすことについて話しあったのかもしれない。「私たちが一しょに暮すことをあきらめて、三人の人間が不幸になるより、二人だけでも幸福に暮した方がよいでしょう」(同上)と、実際にヒルダが表現したかどうかは分からない。あるいは加藤自身の言であったかもしれない。あるいはまったくの虚構であるかもしれない。加藤は、「私はすでに彼女と暮すことを決めていた」(同上)と記す。この時点でヒルダとの結婚を考えはじめたかもしれないが、決意したかどうかは大いに疑わしい。しかし、ヒルダと近い将来の結婚を約束したのではないか。

ここでいう「三人」とは、加藤とヒルダと、すでに「京都の庭」の章に現われる「京都の女《ひと》」である。しかし、「京都の女」は実在しないと考える私は、綾子のことを慮って「京都の女」にしたのだと推測する。「京都で私の帰りを待っている女《ひと》」(一五〇頁、改一七一頁)とは、実際は「東京で加藤の帰りを待っていた綾子」のことを指していると読める。

南フランス旅行

そう決心をすると、私は住み慣れたフランスを去るまえに、曽遊の南仏へ二人連れで出かけようと思いついた。スコットランドへ出かけたときには、それが最後の旅になるだろうと考えていた。今度はそれがある意味で私たちの最初の旅になるだろうと考えた。(中略)マルセイユまでの急行はひどく混んでいたが、そういうことは、少しも私の陽気さを変えなかった。年に三日しか雨が降らないと誰かのいった碧空海岸には、晩秋の雨が降りそそぎ、灰色の海が荒れていた。それでも私たちは少しも陰気にはならなかった。若い恋人たちと老人にとっては、すべての日が貴重なので、天気や環境はどうであってもよいのかもしれない。一方にとっては、未来があまりにも長いから、他方にとっては、未来があまりにも短いから。サン・ラファエルの海岸に出てみると、そこには老人の他に私たちしかいなかった。雨の合間に、私たちは、泳いだり、小舟を漕いだりした。古風な家具を置いた海辺の部屋の硝子窓は、一方が海に面し、他方が小さなイタリア風の庭に向って開いていた。その部屋で、私たちは夜晩くまで波の音を聞いた。

（一六二―一六三頁、改一八五―一八六頁）

なぜ加藤は「碧空海岸」に行ったのか。そこが「曽遊」の地だったからであり、秋深い季節にこの地方を訪れる人も少ないからだろう。なお、加藤が表記する「碧空海岸」は普通には「紺碧海岸（コート・ダジュール）」といわれるが、フランスの東南部、プロヴァンス＝アルプ＝コート・ダジュール地域圏の海を指す。この地方の海は文字通り目も覚めるような「紺碧」色をしている。加藤が行った「サン・ラファエル」は、紺碧海岸にある有名な海水浴場である。大天使ラファエルを祀る教会が建てられたことにより、サン・ラファエルの名前がある。一九世紀半ばから文人たちが訪れる地として知られるようになる。

その旅の終りに、私たちは、私たちが再び出会い、一しょに暮すようになるだろうことを、確信し、もはや少しも疑っていなかった。彼女はロンドンへ発ち、そこで私からの便りを待つ。私はパリに残り、帰国の準備をする。(中略)私の心中は混乱し、京都での出会いを想像して、わが身の手まえ勝手に弁護の余地のないだろうことを考えていた。しかしそう考えながらも、私の決心は変らなかった。そのとき私は欧洲を永久に去ろうとしていたのではなく、しばらく日本に暮す必要がさし迫ったので、滞在を中断しようとしていたのである。彼女は後に私の妻となり、その後の私は、しばしば欧洲で暮すようになった。(一六四頁、改一八六頁)

加藤がヒルダと紺碧海岸に遊んだのは一九五四年の晩秋だろうから、そのとき加藤は三五歳であり、ヒルダ二一歳である。加藤はヒルダとの結婚を決心したと綴る。ヒルダとの結婚を決心すれば、綾子とは別れなければならない。その話し合いは容易ではないだろう。

第4章

帰国の決意と「第三の出発」

アジア・アフリカ作家会議準備委員会での記念撮影（左から3番目が加藤）．タシュケントにて．1958年

1　留まるべきか帰るべきか

『運命』という小説

加藤はパリの街を最初に見たとき、東京と比べて、それほどの違いがあるとは思わなかった。ところが、しばらくすると「その国の文化に一種の奥行きを感じ、いくらかでもその深さを測るためには、一年程度の滞在は準備期間にしかすぎないだろう」（一五七頁、改一七九頁）と考えた。何年も、あるいは生涯、この地に留まらなければ、この深さを理解できないのではないか。留学した人のほとんどは、そういう疑問にとらえられ、かの地に長く留まろうかと考える。加藤も例外ではなかった。晩年の加藤に「フランスに留まることは考えなかったか」と聞いたことがある。「もちろん考えました」。しかし、「滞在の二年に及ぶ頃から、相手の奥行きがとめどもなく深く、そのなかへ入ってゆくと、深淵に吸いこまれてゆくように、遂に出口がなくなるのではないか、という気がしはじめた。その考えには、眼まいというか、ほとんど戦慄に近い感じが伴った」（一五七―一五八頁、改一七九頁）という。その悩みを小説としたのが『運命』である。

『運命』は、『群像』一九五六年一月号から四月号まで連載され、同年五月に大日本雄弁会講談社から刊行された。この小説にはフランスに住む三人の日本人が登場する。「白木三郎」という画家は彫刻家高田博厚がモデルだろう。そして白木と交流する「佐藤」は加藤自身であり、大使館書記官の「小原」は、駐パリ在外事務所長だった萩原徹だろう。

高田は次のように語る。「『運命』という小説は、パリに生きる日本人の矛盾と悲劇を書こうとした興味ある作意だが、三人の日本人をモデルにした構成に無理があり、成功作とは言えない。しかも主人公が語る言葉は全部私が彼にしゃべったことで、しかもその主人公が自殺するのはたいへん意味深い」(「加藤周一のこと」『著作集3』月報)。

皮肉交じりの批評であるが、『運命』には白木が「自殺する」と明示的には書かれていない。この小説は留学先に「なぜいつづける」のかという問題と「なぜ日本に帰る」のかという問題とを主題とする。白木は「いつづけ」「落ちて崩れてゆく」が、佐藤は「帰る」。『運命』という小説は、加藤自身がパリで異文化のなかに居つづけることの不安と、日本に帰ることの理由とについて語った作品である。

異文化のなかで生きたふたり、マリノフスキとハーンについて加藤は考える。

ブロニスワフ・マリノフスキ Bronisław Malinowski(一八八四—一九四二)は、一九一四年から一九一八年にかけて、ニューギニアのトロブリアンド諸島の現地人の調査を行なった。そのときマリノフスキは、現地語を話し、現地の人びととともに暮らした。その「参与観察」から自身の代表的著作を次々と生みだして、社会人類学を打ちたてる。しかし、マリノフスキは現地人になったわけでもなく、現地人と結婚したわけでもない。あくまでも「観察者」であり「第一の文化」を捨てなかった。したがって、「当人の体質のつくり変えということはおこらない」(一五八頁、改一七九頁)。

一方、ラフカディオ・ハーン Lafcadio Hearn(一八五〇―一九〇四)は、一八九〇年に来日し、中学や大学で英語や英米文学を講じた。日本文化に関心を抱き、「小泉八雲」と称して日本に帰化し、日本女性と結婚し、日本で亡くなった。いわば「第一の文化」を捨てて「第二の文化」を獲得しようとした。だからこそ有名な『怪談』(一九〇四)ばかりでなく『知られぬ日本の面影』(一八九四)や『心――日本の内面生活の暗示と影響』(一八九六)が書けたのだろう。

しかし、マリノフスキとハーンに共通することもある。それはともに生まれ育った文化を捨てて、別の文化のなかで生きたということである。マリノフスキは今日のポーランド(当時はオーストリア＝ハンガリー帝国)に生まれたが、一九一〇年、二六歳のときに母国を捨ててイギリスに渡った。ハーンは今日のギリシア(当時はイギリス保護領のイオニア諸島合衆国)に生まれたが、幼時にダブリンに移る。その後もイギリス、フランスに行き、一九歳のときにイギリスを捨ててアメリカに渡った。ともに生まれたときから異質の文化を経験している。そういう経験は、異なる文化に対する関心を深め、異なる文化の価値を認める姿勢となるだろう。

フランス文化を深く知るには長期の滞在が必要だが、長期に滞在すれば、日本文化と袂別しなければならない、と加藤は考えた。だからこそ「あまりに深入りしないうちに引きあげなければならない」(一五八頁、改一八〇頁)と書いたのである。加藤は医学を学ぶためにフランスに行ったのでもなく、フランス文化を生涯の主題とするために行ったのでもない。留学の目的は、日本文化を知るために、比較対照する座標軸をフランス文化に求めることにあった。それゆえ「引きあげ」ることを考えたとしても、最初から日本文化を極めようとしていたのであり、これは「日本回帰」ということではない。

もうひとつの問題がある。いずれ日本文化史を著わすことを仕事のひとつとして考えていたはずの加藤は、自分の著作が日本の読者に読まれるばかりではなく、海外の読者にも読まれることを見据えていた。そのとき、日本人が書いたフランス文学論をフランス人が読むだろうか、という疑問をもっていた。

〔一九〕五一年以後、長い外国暮しの間に、私の興味は次第に、日本の文学の場合と同じように外国の文学についても、一九世紀以前の古典にさかのぼるようになった。それはちょうど、沢山の現代劇を見物した後で、シェークスピア Shakespeare が面白くなってきたのと、似たような事情である。また同時に、私の友人のなかには外国人がふえ、私が作文するときに思いうかべる読者の顔も、日本の知人の顔だけではなくなった。かくして読者が日本人および外国人であるときに、文学的「西洋事情」を書きつづけることには意味がない。日本人の読者は、外国文学研究の専門家から、豊富な情報を獲得できるようになったし、イギリス人は、日本製の自動車を買っても、日本製のシェークスピア研究を買わない。たといそういうことがあり得るとしても、それは専門家の特殊な研究に限られるだろう。私は私の非力をつくして一人の劇作家について語るならば、シェークスピアを語るよりも、世阿弥を語った方がよいと考えるようになり、外国の文学について書くことは、次第に少くなった。しかし外国の文学を読むことは、おそらく以前よりも多

くなったのである。(『著作集1』「あとがき」、『加藤周一が書いた加藤周一』平凡社、二〇〇九所収)

この文は一九七九年に書かれたものであるが、このようなことを考えはじめたのは、留学中のことだろう。加藤は早くから自分の著作が外国人に読まれることを意図していた。日本の大学で教鞭を執るよりも外国の大学で教壇に立つことが多かったのは、外国人の研究者たちと交流することによって、彼らのものの考え方や、加藤の考え方に対する彼らの意見を知りたかったからに違いない。

「別れ」の意味

「パリの冬は寒い」という一般的命題は、過去何十年の気象データを調べれば、科学的事実として理解することはできる。何月頃から気温が下がりはじめ、各月の平均気温が何度で、何月頃まで続くかということは、東京にいても調べることはできる。

しかし、それだけで「パリの冬は寒い」という事実を知ったことにはならない。「灰色の空が石の壁の間に拡り、降りつづく氷雨が舗道を濡らし、早く暮れる日の夕方カフェのくもった硝子窓の灯があたたかく人を誘う冬」(一五九頁、改一八〇頁)という事実は、気象データによる科学的事実からは感得できない。それは「その土地に暮すことによってしか得られない」(一六一頁、改一八三頁)経験的事実なのである。

科学的な事実と経験的事実とがどのような関係にあるかは、長い年月にわたってその地に暮らすことによってしか知ることができない。とすれば「その土地にずっと暮らすこと」が望ましいのか否かについて、深く迷っていたはずである。

その迷いに決断を与え、帰国する決心を固めさせたのが、前章で述べたヒルダ・シュタインメッツである。ヨーロッパ女性を伴って日本に帰るという筋書きは、ヨーロッパで学んだことを携えて日本に帰り、さらに日本文化を極めたいという意思を象徴的に表現することができる。

「別れ」と題した章があるが、この「別れ」とはどういう意味だろうか。加藤はフランスに留まりつづけることとの危険を感じ、フランス文化から基本的には「別れる」ことさえ考えていた。しかし現実には、加藤はフランスから帰国したものの、フランス文化と「別れる」ことはできなかった。結局のところ「私は欧洲を永久に去ろうとしていたのではなく、しばらく日本に暮す必要がさし迫ったので、滞在を中断しようとしていたのである」(一六四頁、改一八六頁)と記す。加藤が探究した主な主題は日本文化史であるが、その基盤にはフランス文化史の理解がある。フランス文化史の理解なくして、加藤の日本文化史研究は成りたたない。その意味で、フランス文化は別れようとして別れることができなかったものである。

一方、フィレンツェの出会い以来、加藤の心から離れなかったヒルダとも「別れる」ことをしきりに考えていた。しかし、何度も別れようとしても別れることはできなかった。そのいきさつは前章にも述べたし次章にも述べることになるが、結果的には、事実婚の期間を含めて二〇年近くをともに暮らした。加藤の生涯にとってヒルダはなくてはならない存在であった。

すなわち「別れ」という章題には、ふたつの意味において、別れようとしても別れることができなかったという、逆説の意味が込められているように私には読める。

2 マルセイユから神戸への船旅

アジアの多様性の発見

加藤がフランス留学に向けて東京を発ったのは、出発時刻が遅れて一九五一年一一月四日未明となった。羽田空港からプロペラ機に乗って飛びたち、およそ五〇時間かけてパリ＝オルリー空港に降りたった。帰国は一九五五年一月一五日に、マルセイユから貨物船に乗り、同年三月四日に神戸港に上陸した。東京を発って三年余りになる。船旅でフランスから帰国したことは、加藤に大きな意味をもたらした。

この船旅はイギリスから日本へ留学するR・P・ドーア Ronald Philip Dore（一九二五年生まれ）と一緒だった。ドーアは社会学者、日本研究者である。ロンドン大学で日本研究を進め、一九五〇年以降たびたび訪日する。一九五五年にも訪日し、その後、カナダのブリティッシュ・コロンビア大学に赴任する。一九六〇年のことになるが、ドーアがロンドン・スクール・オブ・エコノミクスに転出したとき、入れ替わりに加藤がブリティッシュ・コロンビア大学に赴任する。

貨物船はマルセイユを出てから関門海峡に到るまでにおよそ六週間以上を要した。それはヨーロッパ的なるもの、その言葉や建築様式や風俗習慣の次第に遠ざかってゆく過程であり、別のもう一つの世界、おそらく「アジア」という言葉で称《よ》ぶほかはない自然的および文化的多様性が、次第に強く鮮かに現れて来る過程でもある。カイロではまだ英仏語が通じ、街の看板も、いや、新聞さえも、その二ヵ国語で読むことができた。（中略）船がインド洋を横切り、マラッカ海峡に入ると、そのすべてが変りはじめる。空気は湿気を帯び、海の色さえも変ってみえた。岸には熱帯の密林が波打際まで生い茂っている。船が港で荷の積みおろしをしている間に、私は上陸し、密林や華僑の街や「原住民」の部落を見た。シンガポールの埠頭と起重機と大廈高楼。それは西洋の港と少しもちがわない光景であったが、そこだけが周囲からはっきりと区別され、土地の気候や人間とは全く無関係に生きていた。英語はもはや単なる商売の道具にしかすぎない。香港まで来ると、無数のシナ人たちが港で荷の積みおろしに働き、街の本屋で本土から輸入したシナ語の本をたち読みしていた。

（一六五頁、改一八七―一八八頁）

加藤たちが乗った「貨物船」は大阪商船の「あとらす丸」（一万トン）である。「あとらす丸」は一九五一年に竣工された、当時の新鋭船である。加藤はなぜ「貨物船」に乗って四八日かけて帰国したのか。ふたつの理由が考えられる。ひとつは費用の問題である。当時、ヨーロッパと日本をつなぐ交通手段で、もっとも安価なのは船旅であり、それも客船ではなく貨物船に乗ることだった。もうひとつの理由は、ヨーロッパから船旅で帰国すれば、アジアのあちこちの港に寄港することになる。わずかな時間といえども、その地を見ることができる。すなわち「アジアも見たい」という欲求が叶えられるからではなかったか。

航海日数は「六週間以上を要した」と加藤はいう。マルセイユを出港し、地中海を東に進み、ポートサイド(一月二〇日寄港、航海記録による、以下同じ。船旅の日程については矢野昌邦氏に御教授いただいた)に寄港し、スエズ運河を抜けたところにあるスエズ(一月二一日)に寄港して、紅海に入る。

スエズ運河に入る前に加藤はカイロに寄ったように記す(一六五頁、改一八七頁)。しかし、カイロは港町ではなく、ポートサイドからもスエズからも一〇〇キロほど内陸に入った街である。加藤は本当にカイロに寄ったのだろうか、という疑問を覚えた。ところが、船旅に同行したドーアの回想によると、加藤はポートサイドに着いたとき、カイロに行くことを提案し、タクシーを走らせカイロに行き、カイロ見物ののち再びタクシーを駆ってスエズで船に戻ったのである(ドーア「プラトンの優れた子孫加藤周一」『図書』二〇一〇年一月号)。船がスエズ運河を通過するわずか二日のあいだでさえ、貪欲に「見物」しようとしたのである。

紅海からインド洋に出て、インド洋を横切り、マラッカ海峡に入り、シンガポールに寄港した(二月七―九日)。シンガポールの交易に関する施設は完全に西欧化されているが、「そこだけが周囲からはっきり区別され」、人びとの暮らしとはまったく関係がなかった。

香港(二月一三―一四日)では、英仏語ではなく、中国語が文化をつくっている世界であった。エジプトから香港までは、次第にヨーロッパ文化が消え、アジア独自の文化が立ちあがってくる過程だと認識する。

マニラでは当局が、日本の貨物船を入港させたが、日本人の乗客に上陸の許可をあたえなかった。釜山では当局が日本人の上陸を許さなかったばかりでなく、沖仲仕が罷業をしていて、船は港に入ったまま一週間も動くことができなかった。(中略)その米国船が荷物を満載して港に入り、赤い船腹を水面にさらしながら、出てゆくのがみえた。ここまで来ると、もはやヨーロッパの影もない。その代りに米国——というよりも米軍そのものが、ジープや売春婦や横流しの煙草と共に、君臨していた。「ごらんなさい、街の半分が暗いでしょう」と船長はいった、「交代で半分ずつ電気を送っているのです。埠頭に横づけした米国船の発電機から……」。
(一六五―一六六頁、改一八八―一八九頁)

シンガポールまでの記述の主題はヨーロッパとアジアとの関係であったが、マニラと釜山の件には主題がふたつある。ひとつは、敗戦国日本に対するフィリピンと韓国との違いである。もうひとつは韓国におけるアメリカおよびアメリカ軍の支配である。

ポートサイド、シンガポール、香港までは碇泊中に上陸した。しかし、マニラ(二月一六―一七日)では「入港させたが、日本人の乗客に上陸の許可をあたえなかった」。釜山(二月二二日―三月二日)では「日本人の上陸を許さなかったばかりでなく」「一週間も動くことができなかった」。沖仲仕の罷業は日本人に対する抗議だったのかもしれないが、そのため寄港が長びいた。

韓国ではアメリカの支配力が強かった。朝鮮戦争によりアメリカ軍が国内に駐屯するようになり、それは今日にまで及ぶ。経済もアメリカに依存し、対米貿易では大幅な入超が続き、「米国船が荷物を満載して港に入り、赤い船腹を水面にさらしながら、出てゆく」というのは、韓国対米貿易の入超という実態を象徴的に表現したものである。暮らしの基盤となる電力の供給さえ、アメリカ軍に依存していたらしい。

> 冬の南シナ〔ママ〕海は荒れ、玄海灘〔ママ〕の波は高かった。しかし関門海峡は凪ぎ、遠い海面にほの白く朝もやがたゆたっていた。北九州の岸は、その朝もやの裂けめに、薄墨を刷《は》いたようにあらわれ、やがてその岸に、工場の煙がたち昇り、石油貯蔵の設備が朝陽を浴びて銀色に輝くのがみえた。船が小さな島の傍を通ると、曲りくねった松や、瓦屋根の人家もみえる。それが三年間私の見なかった日本であった。油絵の色と幾何学的遠近法の代りに、水墨画の濃淡ともやの遠近法の世界。たしかに、和辻哲郎も同じ景色を見たにちがいない。（中略）この列島に何世紀も住んでいた人々、彼らが長い歴史を通じて次第につくりあげた秩序の体系のことを私は考えていた。瓦屋根の人家の形、水墨画の濃淡と線の調和、微妙で複雑な生活の様式の全体とその内的整合性……それが何であるにしても、日本はまず、自然的環境としてではなく、そこに住みついた人間の歴史として、砂漠や密林や岩山ではなく、まさに何よりも社会的な実体として、私のまえにあらわれた。そういうものとして、私は日本という風景を見た――おそらく二度と揺がぬだろう日本の姿を見とどけたと思った。（私はそこから出発して、その後いくつかの文章を書いた。）

（一六六―一六七頁、改一八九―一九〇頁、傍点は引用者）

「冬の南シナ海は荒れ、玄海灘の波は高かった」とあるが、この「南シナ海」は「東シナ海」の誤記か誤植であろう。「朝もや」や「薄墨を刷いたように」見える風景は、まさしく多湿気候の日本の風景である。ここに描かれるのは日本によく見られる風景で、「水墨画」を連想させるものであり、ヨーロッパの風景が「油絵」を連想させるのときわめて対照的である。

「和辻哲郎も同じ景色を見たにちがいない。しかし和辻はそこからまちがった結論「風土」を抽きだした」（一六六頁、改一八九頁）というが、これは和辻哲郎（一八八九―一九六〇）の『風土』（岩波書店、一九三五）を念頭に置いた論評である。『風土』は、和辻の最初の留学体験をもとに書かれた日本文化論である。留学した者なら誰しもが強く意識する彼我の文化の違いがどこから生じるのか、という問題意識をもって著わされた。和辻に従えば「風土」は、たんなる自然環境ではなく、その地域に暮らす人間が長い歴史のなかで培ってきた精神的風土なのである。これはドイツの哲学者ハイデガーの哲学を踏まえ、ハイデガーを超えようとした作品である。和辻は世界の気候をモンスーン（南アジア、東アジア）、砂漠（西アジア）、牧場（西ヨーロッパ）と三分類して、その気候的特性が、その地域に暮らす人間の気質や性格を生みだし、さらに芸術や文化を生み、社会的制度を育てることについて論じる。

「長い歴史を通じて次第につくりあげた秩序の体系」のことを考えていたというが、これは加藤が自身の基本的なものの見方について述べた件である。絵画や建築や暮らしは長い歴史のなかで形づくられ、相互に関連して、全体として「内的整合性」をもつ「秩序の体系」をなす。それが「文化」というものである、と加藤は理解し、そういう「文化の見方」をしっかりと身につけたことを自覚した。だからこそ「二度と揺がぬだろう日本の姿」を見たと断言できたのである。これこそがフランス留学の成果であり、ここを「出発点」として、加藤は日本文化史の大海に船を漕ぎだすのである。

六週間の航海は、「アジアの中の日本」をはっきりさせるためには、充分であった。北九州の海岸や神戸の港に似た風景は、アジアのどこにもない。外国人が外国人のためにつくった設備ではなく、その土地の人間が自らの用に供するためにつくった「近代的」設備は、工場にしても、起重機にしても、病院にしても、マルセイユ以後日本においてはじめてあらわれる。その意味で、神戸はマルセイユに酷似し、シンガポールや香港に全く似ていない。だから表面的には、シンガポール・香港の方が、夜の街の灯を船の甲板から眺めたときに、神戸よりもはるかにマルセイユに似ているのであろう。「アジア」という漠然とした概念は再検討しなければならない。そういう考えは、神戸に上陸して、税関の手続きをしている間も、絶えず私の脳裡に去来してやまなかった。

（一六七頁、改一九〇頁）

加藤が神戸で下船するのは三月四日である。神戸を見た加藤は「工場にしても、起重機にしても、病院にしても」、それらが「その土地の人間が自らの用に供するために」つくられたのは、マルセイユ＝ヨーロッパであり、神戸＝日本である、と感じた。一方、シンガポールや香港は、「外国人が外国人のためにつくった設備」である。シンガポールも香港も神戸も、「アジア」としてひとくくりにすることはむつかしい。では、アジアのなかで、どうして日本人はみずからの用に供するための設備をつくることができ、シンガポールや香港ではそうはならなかったのか。「アジアの中の日本」という問題を避けていては、日本文化を理解できないと痛切に考えたはずである。

いくつかのアジアの都市を見たことによって「アジアはひとつではない」ことを感じた。日本では西欧式設備を日本人の用のためにつくった。つまり、植民地化されず、鎖国せず、西洋の文化を日本人の生活に供するように採りいれた。ところが、香港とシンガポールは宗主国の文化を受けいれるが、それはその地に暮らす人びとの生活とは切り離されている。この件は加藤が日本文化の特徴が「雑種性」にあることを象徴的に表現したのだろう。かくして加藤の持論である「雑種文化論」にもつながっていく。帰国後に展開された雑種文化論の根拠は、六週間の船旅からも得たのである。

加藤のなかで「アジアの中の日本」という意識が芽生えたのは、おそらくこのときが初めてだっただろう。ヨーロッパを見たからこそ、ヨーロッパを見たのちに船旅で帰国したからこそ、今度はアジアも見たい、アジアを知りたいと考えたに違いない。

こういう希望をもっていたからこそ、フランスから帰国後、時をおかずに「アジア・アフリカ作家会議準備委員会」に参加することを決断したのだろう。その意味で、六週間の航海は、加藤に大きなきっかけを与えたといえる。

3　加藤の眼の変化、日本社会の変化

加藤の眼の変化

加藤は神戸に上陸すると、京都へ向かい、帰国後の結婚を約束していた「京都の女《ひと》」と会って別れ話をしたと綴られる(一六七―一六八頁、改一九〇―一九一頁)。しかし、繰りかえし述べるように「京都の女」は実在しないと考える私は、ここの叙述もやはり虚構であると判断する。「しばらく京都で古い寺や庭を見て廻った」(一六八頁、改一九一頁)とも書かれるが、加藤の年次手帳の記録を事実とすれば、加藤は神戸からすぐに東京へ戻ったと思われる。三月四日に上陸し、三月九日には「Professor Suzuki」(おそらく鈴木信太郎)に角川書店で会う予定が書かれている。では、なぜ神戸上陸後すぐに「京都で古い寺や庭を見て廻った」と記したのか。実は三月三〇日から四月三日まで加藤は京都に滞在している。留学を経た加藤の眼は留学前とは変わっていて、京都の町のみならず、古い寺や庭が留学前とは違って見えるかどうか確かめたかった。しかも、そのことを帰国直後のこととして記したかったのだ。

私の京都のすべてを要約することのできる生きた人間は、もうどこにもいなかったし、私の京

都そのものが、もはやかつての私の京都ではなかった。何度通ったかわからぬ小径を辿り、何度踏んだかわからぬ飛石を伝いながら、私はいまだかつて見たこともない町をみた。懐しい故郷……そんなものは、頭のなかにしかない。眼のまえにあるのは、一つの文化とその形式だけだ。そうしてある日、フィレンツェが私の眼のまえにあらわれたように、今また、京都が私の眼のまえにあらわれた。

(一七〇頁、改一九三頁)

要するに「加藤の眼」が変わったのである。「加藤の眼」が変われば、かつて見た京都ではなく、今また、京都が「いまだかつて見たこともない町」として目の前に現われることになる。

加藤は高尾にある高野山真言宗遺迹《ゆいせき》本山の神護寺に向かう。神護寺には密教美術が豊富にあり、そのひとつが「五大虚空蔵菩薩像」(平安初期、国宝)である。「五大虚空蔵菩薩」は、金剛界の五智如来の変化身といわれ、富貴成就、天変消除を司る。五体とも像高は九〇センチほどで、ほぼ同形の坐像である。肉身の色は、白色(法界虚空蔵)、黄色(東方尊金剛虚空蔵)、緑色(南方尊宝光虚空蔵)、赤色(西方尊蓮華虚空蔵)、黒色(北方尊業用《ごうよう》虚空蔵)と塗り分けられる。頭には宝冠を戴き、肉感性が直截に表現された彫刻であり、平安初期(貞観時代)の密教彫刻の頂点にあると評価される。

私はながく五大虚空像〔ママ〕菩薩と相対した。金箔の木像が、薄暗がりのなかに端坐して動かず、眼光炯々として、それは単に出世というものでも、慈悲というものでもなく、一段と肉感的な迫力の、人を捉えてはなさぬものであった。天平仏はこういうものではなかった。たしかに九世紀の日本では、何かが変った、一一世紀末から一二世紀初の北フランスで大きな変化がおこったように。それは平安初期の仏像がゴティック初期の彫刻に似ているということではない。それはたしかに似ていない。しかしその変化の性質——一度その変化がおこると、そこで成立した形がその文化の将来をはるか後まで支配せざるをえないような変化が、彼我の比較を無限に興味深いものにする。そのとき私は、文字通り手に汗を握る思いで、仏像を見ていた。西洋の芸術を見なれた眼で、もう一度日本の古美術を見たら、それが小さく、みすぼらしく見えないだろうか、という考えほど愚かなものはない。小さくみえたのは、東照宮で、桂離宮ではない。仏像は小さくみえなかったばかりではない、その精神と肉体とのつり合い、形と材料との調和、量感と動きとの解決法において、ゴティック彫刻と相対して、見事に拮抗するものであった。それは様式の問題ではなくて、質の問題であり、汲めども尽きぬ考えに、人を誘わずにはおかないものである。私はその後日本の芸術について書くようになったが、それは愛国心とは何の関係もない。私が今も薬師寺の三尊をかぎりなく愛するのは、北魏の仏頭やランスの天使をかぎりなく愛するからである。

（一七〇—一七一頁、改一九三—一九四頁）

「西洋の芸術を見なれた眼で、もう一度日本の古美術を見」直すことが、フランス留学の目的だった。したがって、ここに描かれる「加藤の眼」こそが、フランス留学の成果なのである。

加藤の日本文化を見る基本的な視点は、海外の文化との「比較」である。日本の文化を他の文化と比較することで、その特徴を明らかにする。「比較」する場合には、ふたつを比較するのではなく、三つを比較することで、より鮮明に特徴を浮かびあがらせる。日本文化を基軸に、ヨーロッパ文化と比較し、中国文化と比較する。少なくともヨーロッパ文化と比較する座標軸をフランス留学で獲得した。もうひとつの座標軸を獲得するのは、一九七〇年代に中国を見てからのこととなる。

日本社会の変化

加藤のものを見る眼が変化しただけではなく、日本社会は大きく変化を始めていた。加藤の留学中の一九五二年に被占領時代は終わり、帰国する一九五五年あたりから、朝鮮戦争を跳躍台にして日本経済は未曽有の「高度経済成長」の時代に入っていった。そしてあらゆる面で「保守化」「反動化」が進んでいることを目の当たりにした。

日本は変わっていた。それは高度経済成長が始まり、人びとの暮らしが豊かになりはじめていたということに止まらない。敗戦直後であったなら、インドシナ戦争にも朝鮮戦争にも敏感に反応したであろう日本人が、それらに敏感には反応しなくなっていたこと、つまり早くも脱政治化現象が始まっていることに気づいた。そういう日本は、加藤が「知らない日本であった」(一六九頁、改一九二頁)。一方、釜山には生命財産を脅かす戦争の現実があり、パリには植民地独立運動およびそれを支援する運動があった。否応なしに、「釜山とパリを想い出し」(同上)て、日本の現実と比較せざるを得なかった。

高度経済成長が進むなかで、エネルギー構造が大きく変わっていく。すなわち石炭を主たるエネルギー源にしていた日本経済は、石油を主たるエネルギー源にするように構造転換が進んでいく。いかなる構造転換も、転換前と転換後とのあいだに軋轢を生じさせる。エネルギー構造の転換がもたらした軋轢は、石炭産業の労働争議として現われた。その典型的な例として、一九五九年から六〇年にかけて三井三池闘争が起きたとき、加藤は現場を見ようと取材に入った。

時代の転換期に、問題の現場を見たいと思って九州まで取材に出かけるのは、現場を見なければものはいえないという実証主義に基づくところが大きい。この取材を基にして書かれた小説が『神幸《じんこう》祭《さい》』(『群像』一九五八年七月号―一〇月号)である。加藤が取材したのは福岡県にある三井田川鉱業所の炭鉱である。田川市は筑豊炭田に含まれ、飯塚市、直方市と並んで「筑豊三都」と呼ばれ、三井鉱山を中心に炭鉱の街として栄えていた。昔懐かしい「炭坑節」発祥の地といわれる。

小説『神幸祭』を書くための取材余話が『続羊の歌』に書かれる。しかし、たんなる取材余話ではなく、加藤のものの考え方の基本について語られる。『神幸祭』には、一炭鉱夫の事故死を巡って、会社側と労働組合側との対立が描かれるが、会社側にもさまざまな意見の違いがあり、労組側もひとつにはまとまりきれていない状況があった。そういうなかでの人間模様を描いた小説であるが、加藤は聞き取り調査を行なって、執筆に備えた。

「何がおこっているかを、私なりに見きわめるためには、双方の言分を聞き、双方の立場から眺めてみなければならない」(一七三頁、改一九六頁)と考える。しかし、聞き取りを続けていくにつれ、労使の争点はあまりに多く、「現場を経験しないかぎり、第三者の客観的な答はありえない」(一七四頁、改一九七頁)という結論になる。

私は太平洋戦争の間、いくさと自分との間に知的距離をおくことにより、客観的判断の甚だ正確であり得るということを経験した。しかし九州の炭坑では、客観的判断がほとんど不可能な状況に出会ったのである。そういう場合には、判断を放棄することもできるだろう。私は九州で、調停者でも、審判官でもなかった。しかし判断を放棄できない場合には、どうするのか。客観的な、つまり科学的な判断が不可能であるとして、しかも意見を決める必要があったら、私はどうするであろうか。私は九州でそういうことを考え、坑道のなかへ入った私自身の経験——それがどれほど短かったにしても——へ戻るほかないだろうと思った。暗い危険な坑道のなかから出て来る度に、出口に見える一片の青空。毎日一片の青空を全身のよろこびを以て感じる——いや感ぜざるをえない生活を生きている人々、彼らが酔っぱらおうと、無理な議論をしようと、毎日青空の下で暮しているわれわれが、彼らの言分を拒否することはできないだろう。彼らがまちがっているということを客観的に説明できないかぎり、彼らの言分はすべて正しい、と私はそのときに思った。傍観者としての判断は、常に可能ではない。故に傍観者であることをやめるときがなければならない……。

（二七四—二七五頁、改一九八—一九九頁）

加藤の基本的な思想と行動は実証主義に裏打ちされている。しかし、実証主義的な考え方は万能ではない。実証主義が成りたたない場合の判断はいかにすべきか。炭鉱の現場で取材しながら、加藤は考える。そして、そのようなときには弱者の立場に立つ、と宣言したのである。「毎日一片の青空を全身のよろこびを以て感じる——いや感ぜざるをえない生活を生きている人々」の言い分を認めるという立場である。

加藤は子どものときから傍観者、余所者としての自分をたえず意識してきた。あるいは意識させられてきた。九州の炭鉱を取材したときにも——そもそも取材というものは、傍観者が余所者として行なわざるを得ない——傍観者としての自分を感じていたはずである。

傍観者として見ている限りでは、実証主義の立場に立つことが可能である。しかし、実証主義が通用せず、しかも何らかの意見を表明しなければならないときには、実証主義の立場に立つことはできない。そのときは傍観者であるのをやめるときである。

雑種文化、変化と持続

加藤はフランス留学中から、現地で見聞したものについてその感想や意見を日本のメディアに送り、留学中も帰国後にも、それらをまとめては次々に刊行した。それが『戦後のフランス——私の見たフランス』(未來社、一九五二)、『ある旅行者の思想——西洋見物始末記』(角川書店、一九五五)、『雑種文化——日本の小さな希望』(大日本雄弁会講談社、一九五六)、『現代ヨーロッパの精神』(岩波書店、一九五九)である。

これらの著書の刊行順序には理由がある。『戦後のフランス』と『ある旅行者の思想』は、社会見学記と芸術鑑賞記を中心に編まれる。見学し鑑賞してから、それほど時間をかけずに文章としてまとめることができる。次の『雑種文化』は、文学や芸術や暮らしについて、彼我の文化全体にわたる違いが明確に理解できないと書けない。最後の『現代ヨーロッパの精神』は、当時の思想状況を理解したうえでないと書けない主題であり、収められた著作は、フランス留学中ではなく、帰国後に書かれた。時間をかけてよく吟味したのちに著わしたに違いない。

フランス文化を学ぶことで加藤は日本文化に関するふたつのことを発見した。ひとつは、近代の日本文化の特徴として「雑種性」を発見したことである。近代日本文化に見たこの「雑種性」という特徴を、加藤は日本文化史全体に敷衍していく。そして『日本文学史序説』の序章に書かれるように、「「土着世界観」と「外来思想」との合成」という基本的動機が日本文学史や日本美術史に通底していることを認めるのである。

もう一つの考えは、日本の近代史に係っていた。明治維新以後の文化は、それ以前の伝統から「断絶」しているという説が広く行われて、私もまた漠然とその説を受け入れていたことがある。しかし西洋見物以後の私は、文化のあらゆる領域において、もはや明治以前と以後との関係を「断絶」と考えることができなくなった。（一七六頁、改二〇〇―二〇一頁）

ここに述べられる考え方を本格的に、かつ挑戦的に論じたのが「世界文学からみた日本文学」（『体系文学講座7　日本文学』青木書店、一九五六。のちに「果して「断絶」はあるか」と改題、『著作集3』所収）という論考である。この見方は日本文学史や日本美術史を通史として理解したいという欲求を生むだろう。その意味で、加藤のフランス留学は、日本文学史研究や日本美術史研究のための土台を用意したといえる。

医業を廃した三つの理由

そもそも医業を廃するかどうか、早くから考えつづけていた問題に違いない。しかし、その決断については慎重だった。医業を廃するにあたって、加藤は何を考えていたか。それはとりもなおさず、加藤が自分自身をどのように定義していたかという問題となる。

医学を学んだ加藤は、実証主義の考え方を身につけた。『羊の歌』「内科教室」の章に、中尾喜久と三好和夫から手ほどきを受ける件がある。「それだけの事実から、そういう結論は出ないね、そうであるかもしれないが、確かにそうだとはいえない」「誰の数値でも、それをもとにしてものがいえると思ったら、大まちがいだぜ」「自分で測りなおさなければだめだ」(『正編』二〇一頁、改二二八頁)と加藤は教えこまれる。それは医学にだけ通用する話ではない。琳派や水墨画を論じるに、琳派や水墨画の作品をできるだけ多く実見せずして論じることはしない。道元や白石を論ずるに、道元や白石の全集を読まずして、論ずることはしない。これは加藤がみずからに課した原則である。この原則を実行するとなると、多大な時間を必要とする。

「格物致知」という言葉がある。この語の解釈は多々あるが、加藤がこの語で表したかったことは、朱子学が主張するところに近い意味だったろう。朱熹によれば「格物とは窮理であり、吾が知を致さんと欲せば事事物物に就いて其の理を窮め、今日一事を窮め、明日も亦一件を窮め、力を尽して研磨せば、一旦豁然として開通する所あり」(『諸橋大漢和』「格物致知」の項)という。要するに、事物の理を窮めて、日々知識を集積するという意味だったと私は考える。

国際法学者最上敏樹は、加藤を「格物致知」と評したが、まさしく加藤は努力の人である。そのことは加藤が遺したおびただしい量の「手稿ノート」(立命館大学図書館「加藤周一文庫」所蔵)を見れば、誰しもが納得するだろう。一万頁を超すノートを見れば、いったいどうやってこのノートをつくっていったのか、と驚かされると私は確信する。

「格物致知」を徹底すれば、「画を眺め、書を読むのに、時間をかけるほかはない」(一八一頁、改二〇六頁)。時間をかけることなくして、ものごとを知ることは出来ない。

しかし私が医を廃するに到ったのは、多忙に堪えなかったからだけではない。医学の研究は、また専門化の極端に進んだものである。仕事に没頭して一年を過した後、私はしばしば、あたかもその一年がなかったかのように感じた。一年の間に、来り去った季節と、周囲の世界におこった出来事のすべてを、もはや覚えていなかったからである。その間研究室の外では、私は生きていなかった。そこには生涯の記憶の空白があり、その代りに一篇の論文が残っている。その交換は、等価交換であろうか。しかし一年の時間は、私の人生に属し、一篇の論文は、普遍的な知識の体系の全体に属する。全く別の秩序に属する二つの価値を比較することはできないだろう。私はそういう交換に満足することができなかった。(中略)おそらく詩作に没頭するのは、学問の研究に没頭するのとはちがうだろうし、李杜の詩の内容は、李杜の人生のほかにはなかったはずであろう。私は詩を必要としていたといえるのかもしれない。

(一八一—一八二頁、改二〇六—二〇七頁)

加藤が医業を廃することを考えるようになった二番目の理由である。医学だけではないだろうが、戦後の学問、とりわけ自然科学では、専門分化が著しく進む。一日休んだだけで研究は取りかえしがつかないほどに遅れるといわれる。加藤が医学研究を進めれば、何篇かの医学論文を残し、医学研究に寄与することはあり得ただろう。それはあくまでも研究という「普遍的な知識の体系の全体に属する」事柄である。しかし、かけがえのない人生があり、それを犠牲にして研究のみに没頭することへの強い疑問が加藤にはあった。「人生の愉しみは、可能なかぎり愉しまなければならない」(『高原好日』ちくま文庫、二〇〇九、二三六頁)というのが、加藤の生きるうえでの信条である。

しかし、三番目の理由がある、と私は考える。それは第Ⅱ部第1章第3節「広島体験の重み」でも触れたが、医学がひとりの人間の全体に対してもつ意味についての疑問である。広島に行き、加藤は患者である被爆者を「症例」として見ざるを得なかった。ところが、人間は科学や医学のために生きているのではない。科学的に、あるいは医学的に分析できるのは、その人間のうちのほんのわずかな部分に過ぎない。その人間を全体的に理解しようとすれば、科学や医学だけではとうてい不可能なことである。いわば医学の限界に対する意識を強くもっていたことが影響している、と私は考える。

私は血液学の専門家から文学の専門家になったのではない。専門の領域を変えたのではなく、専門化を廃したのである。そしてひそかに非専門化の専門家になろうと志していた。その後、今日まで、私は、竹内好や安保条約や源氏物語絵巻について書き、日本の近代思想史やヨーロッパの現代思潮ということについても書き、また大学の教室で、「正法眼蔵」や「狂雲集」のことを喋った。そういう話題は、外からもとめられたのではなく、それぞれの機会にみずから択んだのであり、私にとっては互いに関連のないものではなかった。（一八四頁、改二〇九―二一〇頁）

医業を廃したということは、専門領域を変更したということではなく、専門を廃して「非専門化の専門家」をみずからの課題とすることにした、別の言葉でいえば「全体的理解を目指した」ということだろう。それはもともと加藤の考え方の基本にあったものである。だから、大転換というよりも、むしろ加藤が潜在的にもっていた志向を顕在化させた、と私は理解する。さすれば、文学のみならず、政治的問題も、芸術も、古今東西の思想も、詩歌も、考察の対象とするということであり、それをひとつの専門家的視点で分析するのではなく、たえずさまざまな視点を関連させながら全体的に総合的に論ずることになる。この作業は「専門家」にはなかなか出来ることではない。

4　ウズベク・クロアチア・ケララへの旅

アジア・アフリカ作家会議への出席

第二次大戦後、アジア・アフリカの多くの植民地の独立と連帯が世界の潮流となる。そういう潮流のなかで、一九五六年にインドのネルー首相によって提唱された「アジア作家会議」がニューデリーで開かれた。会議に参加した国は一七か国、日本代表は堀田善衞であった。第二回会議がタシュケントで開かれることになったが、アフリカ諸国の文学者も参加することとなり、第一回アジア・アフリカ作家会議 Afro-Asian Writers' Association（「ＡＡ作家会議」と略称）へと発展した。一九五八年に催されたこのアジア・アフリカ作家会議には、三五か国が参加し、日本からは伊藤整を団長として、野間宏、遠藤周作、そして加藤が参加した。

加藤はこの準備委員会に出席することとなり、フランスから帰国後に勤務しはじめた三井鉱山に長期休暇を求めたが認められず、それを機会に退職した。この退職をもって、加藤は文筆を生業とするようになる。準備委員の加藤は、一足先にウズベク共和国の首都タシュケントに入った。

加藤は、市内だけではなく郊外にも足を延ばして見聞した。そして「タシュケントがモスクワではなく、中央アジアがソ連邦の辺境にすぎない」（一八八頁、改二一四頁）ことをただちに理解した。社会主義国ソ連邦の実態に関心が深かった加藤は、「ソ連邦」の実態について何かを著わしたいという腹案をもっていたのだろう。しかし、ウズベクがソ連邦の辺境であるならば、他のソ連邦の辺境も取材し、それらと比較検討しなければならない。それが加藤の基本的方法であるのだが、さしあたり、ソ連邦の他の辺境を取材できる可能性はなかった。

アジア・アフリカ作家会議準備委員会で、インドの作家マルク・ラジ・アナンドと知り合った。そしてインドを訪問する機会をつくることができた。そのとき、加藤の頭のなかでは、ウズベク共和国、ユーゴスラヴィア連邦共和国のクロアチア、そしてインドのケララ州という三つの周辺社会主義国または地域がひとつにつながったのだろう。

「クロアチア」は、東ヨーロッパのバルカン半島に位置する。一九九一年にクロアチア共和国として独立したが、加藤が訪れたときには、ユーゴスラヴィア社会主義連邦共和国に属していた。

ユーゴスラヴィアは第二次大戦下の抵抗を通じて、ティトーの共産党が権力を掌握していた。しかし、戦後スターリンと対立し、一九四八年には「コミンフォルム」(共産党・労働者党情報局)を除名され、ソ連邦とのあいだで批判の応酬が交わされた。ティトーはソ連邦の指示に従わず独自路線を歩み、ソ連およびワルシャワ条約機構諸国からは「修正主義」と批判される。そのユーゴスラヴィア連邦を構成する六つの共和国のうち、北のクロアチアと南のセルビアが有力な共和国だった。クロアチアはオーストリアに近く、ヨーロッパ文化が根づいており、ヨーロッパの伝統と社会主義がどのように折りあうか、という問題があった。

「ケララ州」は、インド亜大陸の南西部に位置し、アラビア海に面する州である。一九五七年に普通選挙によって、世界初の共産党州政権が成立した。共産党の力が強い州であった。
ウズベク、クロアチア、ケララ州という三つの国または州は、社会主義の周辺にあるという共通性があり、発展途上にあるという共通性もある。この三つの国または州を比較することで、加藤は社会主義の何たるかを見きわめようとしたのである。だからこそ「社会主義社会について考えるときに、私はいつも、その本のなかでの見聞から出発した」(同上)というのである。「その本」とは、加藤が帰国後に著わした『ウズベック・クロアチア・ケララ紀行』(岩波新書、一九五九)のことである。

その年の暮に、私はそのまま東京へは帰らず、降誕祭をヴィーンで過した。それからユーゴスラヴィアを見物し、ギリシャを通り、インドへ行った。タシュケントへの往路にインドを通ったときに、私は役人と接触したにすぎない。帰路には、AA作家会議で識ったインド人を訪ね、いわばその国を内側から一瞥することができた。その印象は強烈を極め、それまでヨーロッパと日本とから成っていた私の世界に、全く異質の第三の要素を加えた(北米の現状を私が実地に見たのはもっと後になってからである)。いわゆる低開発地域の問題で、インドに劇的にあらわれていないものはほとんどなく、インドの含む問題で、低開発地域一般に通じないものはほとんどないだろう。(中略)ありとあらゆるところにまさに圧倒的に遍在する「貧困」は、後日私が「低開発国」あるいは「第三地域」あるいは「アジア・アフリカ・中南米」という言葉をきく度に必ず想いうかべたものである。痩せ細って骨と皮ばかりになったインド人は、高貴な顔だちをしていた。飢えた人間に向って、抽象的な「自由」を説くことは、馬鹿げている。たとえ飢えていても人間に向って、「パン」を投げあたえさえすれば満足するだろうと考えるのは、それ以上に馬鹿げている。……

（一九六―一九七頁、改二二三―二二四頁）

ＡＡ作家会議のあとに加藤がとった行動について述べる件である。ソ連からオーストリアに行き、降誕祭はヴィーンで迎えた。それからユーゴスラヴィアのクロアチアに行った。すなわち社会主義圏の周辺国ユーゴスラヴィアを、クロアチアを体験することで知ろうとした。ここで何を見たかは『ウズベック・クロアチア・ケララ紀行』に書いたので、『羊の歌』には触れなかったのだろう。そして加藤は、ムンバイ、ハイデラバード、デカン高原のバンガロールに寄って、ケララ州に入る。

「ヨーロッパと日本とから成っていた私の世界に、全く異質の第三の要素を加えた」というが、これこそがインドに行き、インドを内側から見たいと考えた理由だったに違いない。さらに「北米の現状を私が実地に見たのはもっと後になってからである」とあるが、加藤が初めて太平洋を越えて、アメリカ大陸に渡るのは一九六〇年のことである。

ここでも三つの相互比較であることに注意を払う必要がある。このように加藤の比較の基本的な方法は、ふたつを比較するのではなく、三つを比較する。

5　原田義人の死、安保改定問題、そして「第三の出発」

「私は彼をほんとうに識っていたのだろうか」

「ひとりの友人」原田義人《よしと》が亡くなる。原田義人（一九一八―一九六〇）は一九四二年に東京帝国大学独文科を卒業したドイツ文学者である。加藤は戦中から戦後にかけての二〇年のあいだ、原田と親しいつき合いがあった。亡くなったのは一九六〇年八月一日、六〇年安保闘争が終わった直後のことであり、加藤がヴァンクーヴァーのブリティッシュ・コロンビア大学に赴く直前のことである。原田はこの年の七月、東京大学教養学部教授に昇任したばかりだった。

「私は彼をほんとうに識っていたのだろうか」（一九八頁、改二二五頁）。親友であろうと恋人であろうと、他人を理解することはなかなかにむつかしい。理解したと思っていても、ある日、突然に、それがもろくも崩れさることもある。

『羊の歌』正編・続編には、ふたりの親しい友人の死が書かれる。ひとりは中西哲吉であり、もうひとりが原田義人である。戦病死した中西の死を加藤は目の当たりにしてはいない。目の当たりにしたのは原田の死である。しかし、ふたりの死は、加藤に大きな影響を与える。中西の死によって、加藤はみずからの言動の基本的立ち位置を決めた。原田の死によって、加藤は何を決めたのか。それが綴られるのが「死別」という章である。

病の床に就く原田に「どうだ、一寸、診ようか」と問うたが、原田に「それには及ばぬだろう」と拒まれた(一九九頁、改二二六頁)。その答えに加藤は、原田の断乎たる意思を感じた。自分の病に対して自分で責任をもつという意思である。それは「しかしぼくの身体だから……」(二〇〇頁、改二二七頁)や「ぼくのような人間でも、死にたいと思えば、死ぬ権利だけはあるだろう」(二〇一頁、改二二九頁)という言葉にも込められている。「それより別の話をしよう。久しぶりではないか」(一九九頁、改二二六—二二七頁)と原田がいったのは、見舞客=加藤に対する配慮であり、話題を病から逸らそうとする工夫であり、他の話題について話したいという欲求である。

林達夫の晩年、病の床にあった林を加藤は見舞ったことがある。そのとき林は、みずからの病には一切触れずに、「目録をみてとり寄せた何冊かの西洋の新刊書の内容」(「林達夫を思う」『朝日新聞』一九八四年四月二七日、『自選集7』所収)を話題にする。林の知的好奇心の旺盛さの表われでもあるが、見舞客加藤に対する配慮でもあった。加藤もまた二〇〇八年秋、亡くなる二か月ほど前のこと、そのとき身体がつらくなっていたにもかかわらず、見舞うとアメリカ大統領選を話題にし「オバマが勝つ」といったりした。これもまた加藤の世界に対する関心であると同時に、見舞客に対する配慮だったろう。

加藤は原田の心遣いを思う。しかし、加藤はやはり「彼がみずから死を望んでいたのではなかったか」(二〇一頁、改二二八頁)と考える。「ぼくのような人間でも、死にたいと思えば、死ぬ権利だけはある」という言は、自分の死をみずから決定したいという意思の表明である。それを「投げやり」(二〇一頁、改二二九頁)な態度で述べた。八方塞がりの状況にあって、自責と自虐の念が原田のなかに渦巻いていたのかもしれない。

加藤は生涯にわたって「みずから死を望む」ということを経験したことがなかったろう。「できること」と「できないこと」を峻別し、できないことにまで責任を負う、あるいは無限に責任を負うという考え方は加藤にはない。加藤には豊かな知的好奇心があり、「世界を理解したい」という溢れんばかりの欲求は、死への欲求が入りこむ余地さえ与えなかった。そういう加藤からすれば、原田は「理解の外にある」(二〇一頁、改二二九頁)と思ったとしても不思議ではない。

そして、はたして原田を「ほんとうに識っていたのだろうか」という自責の念にかられた。

人生の「曲り角」の自覚

加藤は自分が「曲り角」(二〇二頁、改二三〇頁)に差しかかっていると自覚していた。自分が「曲り角」にいるという意識は、いままでの自分が歩んできた道とこれからの自分が歩んでいく道とが違うという意識と深く結びついている。たえず全体的理解を目指した加藤ではあるが、それまでこの世の中に存在するものがばらばらに見えていた。ところが、それらがひとつながりの秩序として理解されてきた。ひとつの秩序の自覚は、自分の立場の自覚と関係する。自分の立場が決まれば、どこにいようと、何をしようと、自分自身は変わらない、という考えは、フランス留学から帰ってきたときとは大いに異なっている。もはや日本文化史研究を進めるためには日本にいなくともよいという判断をもったということである。そのきっかけの一部は原田の死によって与えられた。

おそらく原田も仕事の「曲り角」に差しかかっていたに違いない、と加藤は考える。ところが、「曲り角」に差しかかった人間が、何の理由もなく、死を余儀なくされる。原田の死は人為がもたらしたものである。人為は変更が可能である。中西の死は人為がもたらしたものではない。それは避けることがむつかしい。なんたる残酷さ、なんたる不条理、と加藤は考えたはずである。

死は不条理である。不条理な死に対して、加藤は「惨めな無力感」(二〇四頁、改二三二頁)にとらえられていた。そのとき、安保反対運動に参加する学生の隊伍に出くわす。それは「学徒出陣」で銃を担いで大学正門を出ていった学生たちに重なって見えた。

しかし、加藤自身は、ただ小さな声で喋ることしかできない。隊伍に加わることもできず、彼らの犠牲を防ぐこともできない。そう考えたとき、加藤は自分が「傍観者として育った私は、遂に傍観者として終るほかないのか」(二〇五頁、改二三三頁)という暗澹たる思いに襲われる。

親しい人の「死」を目の当たりにすると、否応なしに自分の「生」について考えさせられる。中西の死も原田の死も、加藤自身の「生」を考えさせたのである。

彼の死後、しばらくして私は再び東京を離れた。その夏、「安保反対」に起ちあがった大衆はたしかに私を鼓舞した。しかし彼の死は、私のなかで何ものかを変えていた。私はそのときまで、どこに暮し、どこで仕事するかということに、強く拘《こだわ》っていたが、そのときから、そういうことは二次的な条件にすぎず、どこにいても、できることはできるだろうと、考えるようになった。新しい職が太平洋の彼岸にあり、私はその仕事を引きうけて、単身羽田から出発した。旅客機の窓から東京の街の灯が忽ち遠ざかり、やがて夜の海の深い闇のなかに消えて行くのを見つめながら、私にはどういう感傷も、心残りもなかった……。

（二〇七―二〇八頁、改二二三六頁）

加藤が向かった先は、カナダのヴァンクーヴァー。ブリティッシュ・コロンビア大学である。加藤はここで、日本文学史と日本美術史を研究しながら、学生たちに日本文化史を講じた。同大学には一九六〇年から一九六九年まで在籍することになり、『日本文学史序説』や『日本 その心とかたち』の準備に取りくんだ。この一〇年を加藤はみずから「蓄積の時代」（前掲『過客問答』）と呼んだ。

安保改定問題

良し悪しは別として、戦後日本外交は、一九五一年に締結された「日米安全保障条約」（発効は一九五二年四月二八日）を基本としている。被占領が終わり、独立したのちの非武装日本の安全保障のため、アメリカ軍配備の条件を定めた条約である。背景には米ソの冷戦があり、アメリカは日本を「共産主義に対する防波堤」とするために、日本にアメリカ軍を配置したのである。その在日アメリカ軍の施設・地位などについては「日米行政協定」（のちに「日米地位協定」）が定められ、条約に付属する。

朝鮮戦争を契機にして一九五〇年にできた警察予備隊を、一九五二年に保安隊とした（一九五四年に自衛隊となる）のは、日本の再軍備を意図するアメリカの意向に沿うものだった。そして日米安全保障条約を締結し、アメリカ軍が日本に駐留することとなり、同時に日本は再軍備の道を歩みはじめた。

この日米安保条約を改定する必要は日本政府とアメリカ政府双方が望んでいたが、その改定交渉は一九五七年に始まった。しかし、外交交渉の中身については、人びとに知らされることなく進んでいく。岸信介内閣による安保改定交渉の開始をきっかけとして、安保反対闘争が次第に盛りあがってくる。各種世論調査は、条約改定の賛成者は反対者より少ないことを示していた。にもかかわらず、岸内閣は国会で法案を自民党による単独強行採決によって可決し、一九六〇年六月一九日に新安保条約は自然承認されることとなった。

加藤は非武装、中立の考え方をもっていたが、新安保条約は、日本がアメリカの世界戦略に組みいれられること、日本が軍事化を進めることを意味しており、加藤の基本的な考え方と相いれない。加藤は言論人として、安保条約改定反対の運動に参加する。

多くの知識人がそうであったように、加藤もこの時期に安保改定に対して反対の意思表示を積極的に展開した。共同討議「ふたたび安保改定について」は『世界』(一九六〇年二月号)に載った。「ふたたび」とあるのは、それ以前のものがあることを意味し、それは丸山眞男らの「政府の安保改定構想を批判する」(『世界』一九五九年一〇月号)という声明である。

六〇年安保反対運動では、学生、労働者、市民が参加する集団的示威運動が拡がった。しかし、この集団的示威運動に加藤は一度も参加していないだろう。演壇に立って演説することも、おそらく一回だけではなかったか。加藤は言論を手段として、それも媒体を通して反対の意思表示を行なうことがみずからの役割だと考えた。そして対談という言論手段を採るときには、反対陣営、つまり安保改定賛成派の人と対談することを択んだ。実際、加藤の対談相手は、藤山愛一郎にしても、林健太郎にしても、保守派の政治家や論客である。なぜ保守派の政治家や論客と対談するのか。そうすることで、改定問題の論点を鋭く明らかにすることができると判断したからに違いない。

安保改定問題で安保反対運動が急に湧きおこったわけではない。旧条約のもとでも安保反対運動はあった。一九五〇年代に各地で起きていた基地反対運動がそれである。内灘《うちなだ》試射場問題、浅間山基地問題、妙義山接収問題、北富士演習場問題、砂川基地問題、などである。

岸内閣は安保条約改定に取りくむのと並行して、一九五七年に「国防の基本方針」を国防会議で決めた。また、一九五八年一〇月には「警察官職務執行法改正案」を突然、国会に上程した。この法案に対する反対運動が起き、岸内閣は改正を断念する。このような岸内閣が繰りだす軍備増強、人権抑圧の政策に、人びとは戦争への怖れと民主主義の危機を感じていた。これらが一九六〇年に起きた大規模な大衆運動の素地をつくっていく。

国会における議論は不十分のまま「政府と与党は、六〇年五月一九日、衆議院に警官を導入して、坐りこみの反対党議員を排し、会期を延長して、野党議員退席のまま、深夜の国会で、新安保条約を可決した」(二一一頁、改二四〇頁)。五月一九日を境にして、安保反対運動は空前の規模に拡がり、連日三〇万人といわれる人びとが国会を取り囲んで政府に反対の意思表示をするまでに至った。

六月一九日には新安保条約は自然承認され、同月二三日に批准書が日米政府によって交換され、新安保条約は発効した。同時に、岸首相は退陣を表明し、池田勇人内閣が成立した。

そして、この年の一一月には第二九回総選挙が行なわれ、獲得議席数は、自民二九六、社会一四五、民社一七、共産三、諸派・無所属六という結果に終わった。前回の一九五八年の総選挙に比べて、自民党は議席を増やし、社会党は議席を減らしたのである。安保闘争で騒然となったにもかかわらず、それから半年もしないうちの総選挙で、自民党は「再び絶対多数を獲得した」(同上)のである。この間の推移は二〇一〇年代の日本の状況によく似ている。安保法制を批判する潮流が強かったにもかかわらず、選挙をすると、批判されていた自民党・公明党が圧倒的支持を受ける。選挙に打って出る与党の戦術も人びとの反応も、実によく似ている。

安保闘争について、加藤はどのように考えていたのか。

「毎日グラフ」のために、丸山真男氏と「安保闘争」をふり返って、語ったことがある。丸山氏は、そのとき、およそ次のようなことをいった。第一、市民・労働者・学生のいずれの場合をとってみても、組織の指導部が大衆を動員したというよりも、むしろ大衆が抗議に起ち上ったので、指導部がそのあとからついて行ったのだということ。第二、大衆が起ち上った理由は、「反米」でもなく、「反安保体制」でさえもなくて、主として強行採決の手続きに対する反対であったということ。第三、そのことは、戦後制度として成りたった民主主義の、政治行動としての民主主義への移行、いわば民主主義の実質化の一段階を示すものだろうということ。——私は丸山説に賛成した。

安保条約の批准に反対の意見をもっていた私は、巨大な反対運動にも拘らず、その条約が批准されたときに、「挫折感」はもたなかった。後になって「挫折感」を告白した多くの人々は、そのとき組織のなかで活動していた人々である。反対意見を公表する以外に、何等の行動をとらなかった私に「挫折感」のなかったのは、当然かもしれない。しかしそれだけではなく、私ははじめから大衆運動が、条約の批准そのものを「阻止」できる可能性は、大きく見積って、五分五分だろうと考えていた。たとえ「阻止」できなくても、国際的には、多くの日本国民が占領軍の居すわりを決して歓迎しているのではないということを、はっきり示したという意味で、また国内的には、民主主義の原則を尊重しないとどういう大衆の反応がおこり得るかを、政府と与党に警告したという意味で、二重の効果が小さくないと解釈していたのである。

（二一二―二一三頁、改二四一―二四二頁）

挫折感と二枚腰

加藤がなぜ「挫折感」をもたなかったかについて「反対意見を公表する以外に、何等の行動をとらなかった」からだと述べるが、それだけではないだろう。それは『続羊の歌』「偽善」の章に書かれた「政治」に対する考え方とかかわる。政治に絶対はなく、たえず相対であり、何がなされるべきかではなく、何ができるかが重要だ、と加藤は考える。「すべての政治的な行動の値うちは、相対的なものにすぎない」（二一六頁、改二四六頁）。冷静かつ合理的に考えて「条約の批准そのものを「阻止」できる可能性は、大きく見積って、五分五分だろう」という判断になる。「阻止」できなければ、すべてが終わりだと考えると、「阻止」できなかったときには「挫折感」に襲われ、再び立ちあがることが困難になる。しかし、「阻止できないこともある」と考えれば、「阻止」できなくてもやむを得ない、「阻止」できなくても、なにがしかのことはできた、と判断できる。このように考えれば「挫折感」はなく、次の機会にもう一度挑めばよいということになる。

加藤の思想と行動は二枚腰でしたたかであるが、それは政治に絶対を求めない姿勢にある、と私は考える。それよりも、なぜ阻止できなかったのかを冷静かつ合理的に分析する。それは次の機会に活かされるはずである。どんなに負けつづけても決して希望は捨てない。思うに、「希望を捨てないかぎり敗北はない」、これが加藤の思想と行動の原則である。

六〇年初夏の経験から、多くを学んだのは、権力側であって、反対党や大衆組織の側ではなかった。池田内閣の「低姿勢」——とは政府が挑発的な言動を避け、世論の反応を注意深く観察しながら、なしくずしに特定の政策を実行するということを意味した——と、「所得倍増論」——とは十年間に、物価の上りを考慮しなければ、統計上一人当りの国民所得が二倍になるだろう、ということを意味した——の組合せ。また学生の街頭行進や坐りこみを弾圧するために有効な警察力の拡充。米国との軍事同盟政策に反対する言論が、猖獗を極めないように、放送から左派知識人をしめ出すこと。そういう貴重な経験に基く対策のすべてが、六〇年秋に、はっきりとあらわれていたわけではない。しかし秋の総選挙で保守党の議席に大きな変化のなかったとき、その後数年間に何がおこるか、または何がおこらないだろうかの見透しは、ほとんどあきらかになっていた。

（二一三頁、改二四二—二四三頁）

安保改定問題だけではなく、岸—池田の政策遂行および有権者の反応から、多くを学んだのは保守政権であって、革新陣営ではなかった。当時の革新陣営は政権交代の可能性が見えず、先の政治過程から「政治技術」を学ぶことについての現実感が乏しかったのだろう。革新陣営はそれほど多くを学べなかった。それが先の民主党政権にも影響し、逆に二〇一〇年代の保守政権の政治技術にまで及んでいる。

先に見たように「秋の総選挙で保守党の議席に大きな変化」はなかった。あれだけの反政府運動が行なわれても、その前後の二回の総選挙の結果はほとんど変わらない。ともに圧倒的多数を保守勢力が占めて、むしろ保守化がさらに進んだ。となれば、「その後数年間に何がおこるか、または何がおこらないだろうか」を推し量ることはむつかしくない。いや、数年間ではなく、その後数十年先の今日の状況も予測されていたことかもしれない。

政治的態度の基本

しかし、もの心ついてからこの方、何の因果で、私は、日本国民でありながら、日本政府の政策に反対でありつづけたのか。すでに一九四一年に、私は東条内閣の戦争に賛成できなかった。当時の閣僚の一人が、二〇年後に再び起って、新しい軍事同盟を結ぼうとしたとき、その政策にも賛成できなかった。おそらく私は、生れつきの性質が険しく、叛骨の抑え難いものがあったから反対したのではなかったろう。(中略)道義的立場から憂国の至情がやみ難かったというのでもない。そもそも道義上の問題については、どういう絶対的な答も私にはなかった。政治上の問題についてはなおさらである。私は新安保条約をつくるよりも、安保条約の解消に向って努力することの方が、よりよい政策だろうと考えていた。しかし、そうすることが絶対に正しいと考えたのでも、新安保条約ができれば世の終りだと考えたのでもない。言論の自由がなかったときに、私はだまっていた。言論の自由があったときに私は自分の意見を喋った。生命をかけて政治運動にとびこむほど、政治上の道義を信じたことはない。しかし立身出世、わが身の栄華栄耀ということの値うちは、それ以上に信じなかったということにすぎない。

（二一五頁、改二四四―二四五頁）

なぜ「日本国民でありながら、日本政府の政策に反対でありつづけたのか」と自問する。一九四一年、二二歳のときに太平洋戦争が始まり、開戦に反対だった。そのことは『羊の歌』「ある晴れた日に」の章に述べられる。政府に反対する根拠はどこにあると考えたか。

つまるところ私は、私自身の、決して確実だとはいいきれないところの、しかし私にとってはそれ以上に確実な価値判断の根拠をもとめ難いところの、道義感にもとづき、時の政府の政策に反対の意見をもちつづけてきたのである。その道義感は、いくさのために友人を失ったことも関係していたかもしれない。彼らの生命の値うちは測り難く、彼らの死はとりかえしのつかぬものであった。しかるに、いくさは政治的な行動の一つであり、すべての政治的な行動の値うちは、相対的なものにすぎない。相対的な目的のために、とりかえしのつかぬ（絶対的な）し方で、測り知れぬ犠牲を他人に強制するのは、正しくないだろうという考えは、常に、私の念頭を去らなかった。

（二一六頁、改二四五―二四六頁）

加藤はときどきの政府の政策を、「道義感」に基づいて判断してきた。ならば「道義感」とは何か。「道義」とは、人のふみ行なうべき正しい道であり、「道義感」とは正しさの感覚である。何を価値として尊ぶかという考えだといってもよいだろう。「信念」ともいえる。その信念について、加藤は次のように述べる。

生きてゆくかぎり、私は、成立の事情の明らかでない私自身の信念から、出発するほかはない。同じことは、私以外の、また殊に私の属する団体(たとえば日本国、その中産階級など)以外の、誰にも通用する。したがって私は、私の信念をまもるために、私自身が他人を殺すことを正当化できない。中産階級は労働者の犠牲において繁栄することを、日本帝国主義は他民族を隷属させることを、正当化できないだろう。

(「信念について」、「私の立場さし当り」の一節。『著作集15』三〇五頁)

加藤が決して譲らなかったことは、人間の生命はかけがえのない価値をもつという信念である。にもかかわらず、加藤の親友は大日本帝国政府が進めた戦争によって、生命を奪われた。そもそも戦争とは大量殺人計画を実行し、これを正当化するものである。至上の価値として認める人間の生命、しかも親友の生命を奪った政府に対して、決して許さないという態度が生まれ、かつ生涯そのことを忘れなかった。

大日本帝国政府および日本国政府は、他国民のみならず、自国民を殺すことも躊躇せず、他民族を隷属させることを意図し、労働者階級の犠牲のもとに繁栄を謳歌してきた。加藤の信念からすれば、とうてい賛成することはできない。かくして生涯にわたって、日本政府の政策に反対しつづけざるを得なかった。

思えば幼時から私は周囲を知ろうとするよりも、自分自身の中に閉じこもって暮してきた。その傾向は、戦時中にいよいよ強くなった。しかし戦後一五年ばかりの間、私は、むしろ逆に、周囲に眼を向け、いくらかの経験をし、多くの観察をした。しかし、そういう経験と、観察とは、私のなかで、それぞれ独立していて、その間の関係の必ずしもあきらかなものではなかった。その関係の少しずつ見えはじめてきたところで、はっきりとそれを見きわめ、経験と経験との間につながりをもとめ、個別的な観察を私の世界の全体のなかに組みこむ必要があるだろう。そういう欲求は、私のなかで次第に強くなろうとしていた。観察するよりも、考え、書くよりも、読み、少くともある程度まで自分自身とつき合うこと。私は過去をふり返ると共に、将来を考えた。しばらく東京を去って、山中に隠遁の生活を営む——しかしそれは家に資産のない私には叶わぬ望みであり、職を僻遠の地にもとめるほかはなかった。そのとき、私は強いて外国に暮すことを望んだのではない。たまたま職が外国にあったのである。（二一七頁、改二四六—二四七頁）

新安保条約成立は、戦後日本のひとつの転換点だった。その理由はすでに述べた。加藤も「戦後の一時期が、そこで、終った」(二一七頁、改二四六頁)と思い、同時に加藤自身にとっても「生涯の一時期を画するだろう」(同上)と強く認識する。「私は、道がようやく曲り角にさしかかっているということを感じて」(二〇二頁、改二三〇頁)いて、「多くのもの事の間に一種の関連がみえはじめ、そのことが自分自身の立場の自覚とつながり」(同上)はじめていた。

人生における重要な時期に差しかかっていることを自覚した加藤は、「観察するよりも、考え、書くよりも、読み、少くともある程度まで自分自身とつき合うこと」の必要を認識した。作家や学者が自己を完成させるためには、雑事に煩わされずに集中できる時間と空間とが必要である。ところが、当時すでにかなりの原稿依頼が来る「売れっ子」になっていた加藤は、このまま原稿依頼に応じていれば、それこそ「虻蜂取らず」に陥る危険を感じたに違いない。自分には隔離された時間と空間が必要であると認識し、「山中に隠遁の生活を営む」か「職を僻遠の地にもとめる」ほかないと考えたのである。幸いにもカナダのブリティッシュ・コロンビア大学から准教授として招聘したいという報せがもたらされた。それが「たまたま職が外国にあった」という意味である。こうしてヴァンクーヴァーに渡り、みずからいうように、一〇年の「蓄積の時代」を過ごすことになるのである。

「第三の出発」と「審議未了」

このように一九六〇年が人生の「曲り角」だと覚り、人生を画する年だと加藤は考えた。それでは、その先、加藤はいつ完成したのか、という問題が生じる。拙著『加藤周一を読む』および『「加藤周一」という生き方』に論じたが、それは『三題噺』を刊行した頃である。同書に収められる三つの小説は一九六四年一一月から六五年四月にかけて発表されている。とりわけ『三題噺』の長い「あとがき」は、加藤の文体の完成を思わせる。文体とは思考の形式であり、文体の完成は自己の完成を意味する。したがって、この頃に加藤は完成した、と私は考える。みずからの完成を自覚した加藤が、いかにして「加藤周一」となったかを主題としてみずから綴ったのが、『羊の歌』なのである。

一九六〇年は、私にとっては、戦後の東京の生活の結論の年であり、またその後の生活への出発の年でもあった。しかし、もちろんその結論は暫定的なものにすぎない。仕事の上からいえば、ある種の準備を終えて、仕事にとりかかったということでもあろうし、生活の上からいえば、もはや別の生活のなかに何かを探すのではなく、現在の生活のなかから得られるものを得たいと考えるようになったということでもあろう。六〇年以後の年月は、そのまま現在につながっている。その年月を回想するときが、他日来るかもしれない。しかし、それは今ではない。私自身についての私の審議は未了である。

（二一七―二一八頁、改二四七―二四八頁）

加藤は三回の出発を重ねる。「第一の出発」は、中学時代から大学時代にかけて、戦争の日々になされた。文学に関心をもち、戦争に疑問を抱き、医学の道に進む。加藤の原点となる出発である。「第二の出発」は、一九五一年晩秋から一九五五年早春にかけてのフランス留学である。文学の研究方法を学び、ヨーロッパ中世を発見し、美術に開眼する。そしてものごとを全体的に把握し理解する精神と方法を学ぶ。そして「第三の出発」が、ブリティッシュ・コロンビア大学に准教授として赴任した一九六〇年秋からのことである。「ある種の準備を終えて、仕事にとりかかった」ときだと加藤は述べる。ブリティッシュ・コロンビア大学赴任中に『羊の歌』は連載され、刊行されたので、「蓄積の時代」の最中であり、「六〇年以後の年月は、そのまま現在につながっている」ということになろう。

「審議未了」とは、安保改定問題が議論されたときに、よくいわれた言葉である。会期内に議決されなかった議案は、会期不継続の原則から、継続審議の議決がないかぎり、審議未了として廃案になる。安保改定問題では、審議が尽くせていないので、審議未了として廃案にすべきだと主張された。それを比喩的に遣ったのである。人は「棺を蓋《おお》いて事《こと》定まる」といわれるが、加藤が綴ったのは、四〇歳までの加藤の前半生である。それからのち四九年の歳月を加藤は生きた。連載時には「私自身についての私の審議は未了」だったのである。

第5章

『羊の歌』に書かれなかったこと

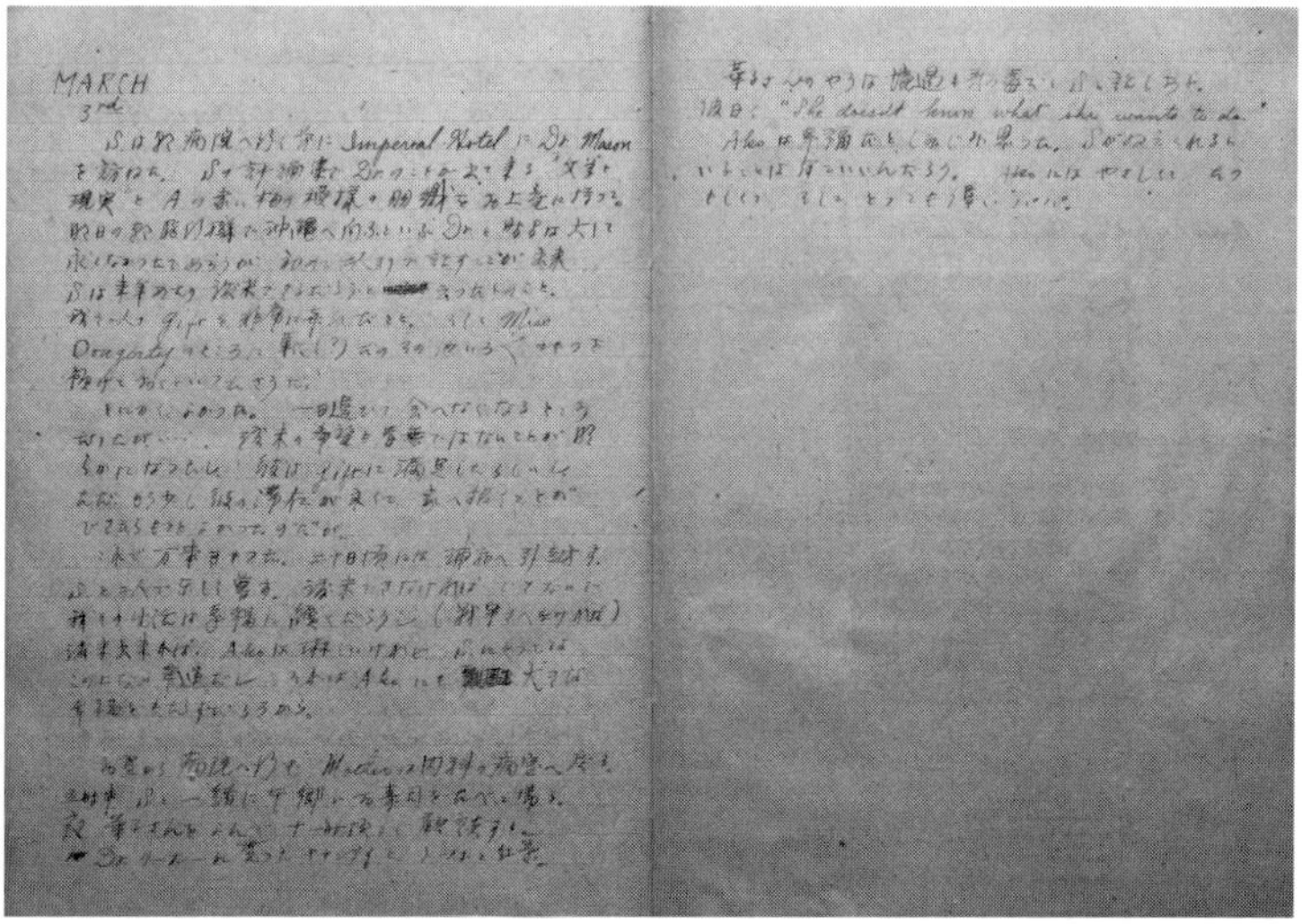

《Journal Intime 1948 1949》に記される綾子の日記．1949年3月3日

1　文学部進学の断念、そして浪人

事実は無限にある

『羊の歌』という書名には「わが回想」という副題が付く。文字通り解釈すれば、「半生記」として書いたということだろう。半生記や自伝を書くということは、みずからに関係する無限の事実から有意味だと書き手が考えるほんのわずかな事実をとりだし、その諸事実を整理しながら文章に構造を与える作業である。したがって、実際に起こった事実でも、書かれる事実はきわめてわずかに過ぎず、書かれない事実のほうが圧倒的に多い。

しかし、何が書かれなかったかという事実を確認することによって、また、それがなぜ書かれなかったかという理由を分析することによって、見えてくるものがあるはずである。とりわけその人の半生や人生を考えるうえで大事な問題だと思われることが書かれていない、ということになればなおさらである。

『羊の歌』は、祖父増田熊六の若い頃の話から始まり、加藤が四一歳のとき、ブリティッシュ・コロンビア大学に赴任するまでの半生が描かれる。およそ百年間のことが公私にわたって綴られる。

ところが、多くの半生記や自伝ならば、当然書かれて然るべきことにもかかわらず『羊の歌』には書かれていないことがいくつかある。たとえば第一高等学校時代に文学部への進学希望から医学部への受験に方向転換したこと、医学部に合格せず一年間の浪人生活を余儀なくされたこと、さまざまな同人誌活動を戦中戦後にわたって繰りひろげたこと、最初の結婚のこと、アメリカ留学を志したこと、最初の結婚相手綾子との別居のことなどである。

これらは加藤の半生を辿るうえで重要でないとは決していえないだろう。そういう事柄に触れていないのは何故だろうか。これらのことを加藤が重要視していなかったからだとか、単純に「累を他に及ぼすことをおそれて」(『正編』「あとがき」)書かなかったからだ、と理解するわけにはいかない。その理由について分かる限りを記すことで、「加藤周一はいかにして「加藤周一」となったか」という問題の一側面が見えてくるのではないか。それらを無視して『羊の歌』を読みなおす」ことにはならないのではないかと私は考える。

一年間の浪人生活

加藤の年譜を見ていくと「一年の空白」があることに気づく。すなわち、第一高等学校を卒業するのは一九三九年三月であるが、東京帝国大学医学部に入学するのは一九四〇年四月である。この一年間の空白は何か。『羊の歌』「青春」の章に「私は大学に入って、まもなく、肺炎につづいて、湿性肋膜炎を患った。化学療法はまだ行われず、抗生物質はまだ発見されていなかった。私は一時生死の境を彷徨し、その後の恢復期を、世田谷の赤堤の借家で、なすこともなく、過した」（『正編』一八八頁、改二一三頁）とある。その病はすでに東京帝国大学医学部の入学試験の頃に始まっていたのか、そして一年間の休学があったのかと私は推測した。そうとでも考えなければ、「一年の空白」が埋められない。そこで本村久子に尋ねたところ「いえ、浪人したのです」という。ところが、浪人したことについて、加藤は『羊の歌』のどこにも記していない。『羊の歌』以外にも明記してはいない。

第一高等学校から東京帝国大学への進学は、当時、ほぼ約束されているようなものであり、大学進学に失敗することはあまり考えられない。いったいいかなる理由があったのか、という疑問を抱かざるを得なかった。

「兄は医学部へ行きたいとは思っていませんでした。文学部への進学を希望していました」（本村久子氏談）。では、なぜ医学部に進んだのだろうか。父信一は東京帝国大学医科大学を卒業しており、父の勧めに従って医学部に進学することとなったのか、とふたたび私は質問した。ところが久子は「父は工学部に行くことを勧めました」（同上）と答えた。戦時下、工学部は花形学部であり、しかも父信一が若いときに工学に興味を抱いていたことはすでに触れた。加えて、父信一自身が、不本意ながら医学者の道を断たれ、開業医としては成功にほど遠かったため、加藤が医学部に進学することを勧めなかったのか。あるいは、加藤に自分と同じ性向を認め、医者として成功しないかもしれないと危惧して勧めなかったのか。それではなぜ医学部に進んだのだろうか。「文学部への進学に反対し、医学部への進学を勧めたのは母です」（同上）という。その理由はいったい何だろうか。

父信一は大学の医局を辞して開業医となったが、流行らずに東京瓦斯の嘱託医や病院勤務医を務めたこともすでに述べた。しかもそれらの収入は必ずしも多くなかった。医者が高禄を食むようになるのは、国民皆保険制度の実施以降のことである。そういう家計の事情があるところへ、加藤が文学部に進み卒業しても、当時のことゆえ、就職して収入が得られる保証はない。それでは家計の事情は改善されない。しかも父の勧めに従って工学部に進学することはなかろうと予測したに違いない。そして家計を救うには、加藤が医学部へ進学することが望ましいと母織子は考えたのだろう。織子は「家刀自」として加藤の家を取り仕切っていたし、加藤は母を愛しており、母の反対を押し切ってまで文学部に進学しようとはしなかった。結局、加藤は父信一の勧めには従わず、母織子の勧めに従って、医学部に進学することにしたのである。

こういう経緯を知れば、加藤が医学部に進学したことについて、山崎剛太郎が次のように述べていることも理解できる(山崎剛太郎・清水徹「加藤周一の肖像」、菅野昭正編『知の巨匠 加藤周一』岩波書店、二〇一一)。

> いよいよ加藤が大学を受験するとなって、会って話をして、「君、どこに行くの?」と聞いたのです。どこというのは、つまり学部のことです。私は当然「文学部だよ」と言うと思ったら、意外にも彼は「僕はね、医学部に行くんだ」と言うので、私は意外に思って、「え、何で君、医学部に行くの?」と尋ねたら、「だってね、山崎君、文学を勉強するのに文学部に行く必要ないよ」という答えが返ってきたんです。
>
> (同上書、一七六—一七七頁)

友人の山崎剛太郎でさえ「意外だ」と思った医学部進学なのであった。しかし、その理由について山崎にも加藤は語らなかったのである。

加藤は第一高等学校二年生、三年生のとき(一九三七年四月―一九三九年三月)、『向陵時報』や『校友会雑誌』に多くの評論や小説を毎月のように寄稿し、かつ三年生のときには『校友会雑誌』の編集委員を務めていた。私的には執筆の準備という意味もあったろうが「青春ノートI」から「青春ノートIV」までを綴っていた。その分量は原稿用紙にして千枚近くになり、これを書くにも相当の時間を費やしたに違いない。このように生活の大半は文学的活動に費やされていたはずである。医学部進学を予定していなかった加藤は、「医学部受験のための勉強は何もしていませんでした」(本村久子氏談)。かくして、準備不足のためだろうか、入学試験に失敗し浪人生活を余儀なくされることになった。

どんな「浪人生活」を送ったかについて、あるいは浪人生活中にどんな心境にあり、何を考えたかについても、加藤は『羊の歌』だけではなく、どこにも記していない。

予備校に通ったのだろうか。「いいえ、予備校には行かず、自宅で受験の準備を進めました」(同上)。浪人生活が始まった一九三九年四月以降は、作品を発表する機会が減るが、これは所属するところがないうえに、受験勉強にそれなりの力を注いだ結果だろう。「入学試験は最低の成績で合格するのがいちばんよい、と兄はよくいっていました」(同上)。それでも作品の発表が皆無にならなかったのは、受験勉強の進捗状況を見きわめながら、執筆や発表の希みがやみがたかったということだろうか。浪人中にも加藤は『崖』に三回寄稿し、『山の樹』に二回寄稿している。

こうして一九四〇年四月に東京帝国大学医学部に「二番の成績」(同上)をもって入学した。医学部に進学したからといって、文学を断念したわけではなかった。方向転換を余儀なくされたからこそ、かえって仏文研究室に出入りし、文学部の講義に出ることを強く望んだのではないか。そのことを家族も認めていたからこそ、父信一は患者であった辰野隆に相談して、仏文研究室への出入りや文学部の講義への出席を認めてもらったのではないか。たんなる仮初の行為ではなく、加藤の本来の希望であったのである。

では、なぜ加藤は浪人生活を送った事実を、『羊の歌』のみならず、どこにも触れなかったのだろうか。考えられる理由は三つある。第一に、浪人生活を送ったことは取るに足りないことだ、と加藤が考えていたこと。第二に、にもかかわらず、浪人したという事実に屈辱感がなかったわけではないこと。第三に、その方向転換が母の意思に従ってなされたという事実を述べたくなかったこと。この三つではないか、と私は考える。

一年の浪人について何も記さなかったことから私が想いおこしたことは、中学四年のときに第一高等学校への飛び級試験を受けて不合格になったことである。加藤はこのことについて『羊の歌』に次のように記す。

試験に失敗すると、私はたかをくくっていた入学試験競争が存外手強いものだということに気づいた。父に対して私の読書を弁護してくれた母には気の毒なことをしたと思い、その先第五学年の一年を中学校に通わなければならないという考えにはうんざりした。第五学年の末にもう一度同じ試験をうけるときには、運がよくても悪くても、確実に試験を通らなければなるまいと私は考えた。中学校の第五学年は、新しい知識を何ひとつ教えず、ただ第四学年までの過程を反復しているにすぎなかったから、それはあまりむずかしい仕事ではなかった。

（『正編』一〇〇頁、改一一三頁）

この件はいかにも淡々と書かれている。一学年で数十人の生徒が飛び級に合格するにもかかわらず、試験に失敗したことに対する感情が露わに表現されていないように私には思える。丸山眞男も府立一中の四年のときに飛び級試験を受けて不合格になった。そのときのことについて次のように語る。

府立一中というのは、四年終了でドーッと高等学校へ入ってしまう。それで五年は一クラス減るのです。優等生ではなくたって、ちょっと気のきいたのは四年終了で入ってしまう。ぼくは四年終了で見事に落ちてしまった。顧みてぼくが味わったのは深刻な挫折感です。中学での成績は発表しますからわかっている。自分よりはるかに下の成績のものが入っていて、ぼくは落ちている。入った連中が得意になって真新しい白線帽をかぶって一中にやってくる。これは非常な屈辱感です。さっきの原田という英語の先生が「丸山、どうしたの一体」。そう言われて、ぼくは声がなかった。

（前掲『丸山眞男回顧談 上』三五頁）

丸山は「深刻な挫折感」「非常な屈辱感」と述べるが、加藤は「挫折感」も「屈辱感」も感じなかったのだろうか。おそらくそうではあるまい。加藤にもそれなりの挫折感あるいは屈辱感があっただろう。その挫折感や屈辱感を脱却できていたから、これまで語ったり記したりしなかったのか。そうではなくて、挫折感や屈辱感を完全に脱却できていなかったから、受験の失敗にかかわる感情を書けなかったのではなかろうか。

丸山に対する聞き取りが行なわれたのは一九八八年四月から一九九四年一一月にかけてだった(同上書、凡例)。丸山が七四歳から八〇歳のあいだのことである。一方、加藤が右の件を綴ったのは四七歳のときのことである。

この年齢の違いは大きい。丸山は飛び級試験の失敗を克服できていたから「挫折感」や「屈辱感」を口にできたし、加藤は四七歳のときにはまだその挫折感や屈辱感を十分に払拭できていなかったから、かえって淡々と綴ったのではなかろうか。

思えば加藤が三度の結婚のことを文字にして綴ったのは、おそらく『常識と非常識』(かもがわ出版、二〇〇三、九頁)が最初だろう。このとき加藤は齢八十を超えていた。ようやく最初の結婚について多少なりとも口にできたということではなかろうか。長いこと広島体験を語らなかったが、最初の結婚についても広島体験以上に長いこと語らなかった、というよりも語れなかったに違いない。

2　最初の結婚とアメリカ留学への挑戦

母に勧められての結婚

前述のように、加藤は生涯において「結婚を三回し」たと述べているが、最初の結婚は一九四六年のことであり、その相手は中西綾子である。これは届出婚だった。二回目の結婚は一九六二年のことであり、その相手はフランス留学中に知りあったヒルダ・シュタインメッツである。事実婚から届出婚となった。三回目の結婚は事実婚であり、一九七三年頃のことであって、その相手は矢島翠である。『羊の歌』は一九六〇年までが記されるので、二回目の結婚、三回目の結婚について触れないのは当然として、最初の結婚にまったく触れないのは、「わが回想」としては疑問が残る。最初の結婚が取るに足りないことだったとはいえないだろう。

最初に結婚した中西綾子(一九二四—二〇〇一)は、愛知県名古屋市出身で、名古屋市立八重小学校、私立金城女学校を経て、東京女子大学(英文学専攻)を一九四四年九月に卒業した才媛である。産婦人科医だった中西培一郎(一八八二—一九六三)・ちよ(一八九一—一九七九)夫妻の長女として生まれる。金城女学校も東京女子大学もキリスト教系の学校であるが、綾子の実弟中西勉(一九二九年生まれ)は「中西の家はキリスト教とはなんの関係もなかった」という。

綾子と知りあったのは、妹久子によれば、「母の友だちの友だち」の紹介だったといい、中西勉によれば、綾子の母であるちよの女学校時代の級友だった、東京のさる銀行の頭取夫人の紹介だったという。いずれにせよ、いわゆる「見合い婚」であった。母織子は綾子をとても気に入って、加藤に結婚を強く勧めた、と久子はいう。気に入った理由は正確には分からないが、綾子が才媛であること、医家の娘であること、キリスト教系の学校に通ったことも理由に含まれるかもしれない。ふたりは一九四六年五月三〇日付で婚姻届を出したが、ときに加藤二六歳、綾子二二歳であった。

加藤が綾子と結婚する意思を固めるうえで、母織子の勧めは大きかったに違いない。母の勧めで結婚に至るという点では森鷗外と同じである。新婚の日々は加藤も高揚感と充実感を感じていた。それは加藤が遺した《Journal Intime 1948 1949》(「加藤周一文庫」デジタルアーカイブで公開)からも窺うことができる。一九四八年三月七日の日記には次のように綴られる。

僕が一日家にゐることはまれだ。朝出かけて、夜帰つてくる。帰つてくると家のなかには、Bach の平均律が溢れてゐる。

それから、Aの眼が明るく輝いて、僕の疲れた心のなかに灯をともす。若し、世に行はれる私生活の記録を称して私小説といふものを、僕が書くとすれば、Aの眼の瞬間の印象の他には、たゞ Bach に就いて語るだらう。その他に心を動かすものはないからだ。(同上書)

のちに加藤がフランスに留学した当初は、東京にいる綾子宛に、おそらく数多くの書簡を送っていただろうが、前掲『戦後のフランス』にも四通の「私信」が収録されている。四通の私信の日付は、(一九五一年)一二月二二日、二三日、二六日、二八日と記され、立てつづけに認められている。文面からすると、この四通以外にも綾子宛に書簡を出していると思われる。『戦後のフランス』に載る一通には次のような件がある。

焼絵硝子はない。だから内部は明るく、その明るさが却つてしずけさを際立たせていたような気がする。本陣の壁に、サント・テレーズ・ド・ランファンが一八八七年十一月六日、その巡礼の途中この教会を通つたという記録があつて、サント・テレーズのことばがひいてある。その最後の二行、

Je ferai tomber une pluie des roses,
Mon Dieu ...... Je vous aime.
私はバラの雨を降せましよう、
神様、私はあなたを愛します。
バラの雨を降らせようという表現が美しいので忘れられない。　(同上書、一〇七—一〇八頁)

右の件は、綾子に対する愛を含意させながら綴ったように私には思える。
加藤と綾子との関係が悪くなるのは、フランス留学から帰ったのちのことであろう。そののちふたりは離婚することになるが、『羊の歌』を執筆し刊行した当時、綾子と法的に離婚が成立してまだ数

年しかたっていなかった。しかも、綾子は独り暮らしをしていたことを考慮して、綾子との結婚については『羊の歌』に書かなかったのかもしれないが……。

アメリカ留学への挑戦

一九四〇年代後半の加藤は、医業を廃する決心は出来ていなかった。そのあとも医学者として研究を続けていくならば、医学の先進国に留学する必要があっただろう。医学をドイツに多く学んだのは、明治時代から戦前までである。第二次大戦中に最先端医学は、ドイツからアメリカへと移った。したがって、医学の道を歩みつづけるつもりならば、アメリカ留学の道を選ぶはずである。「大学の医学部では、米国留学が漸くはじまろうとしていた」(『続編』四三頁、改四八頁)のである。そして加藤もまたアメリカ留学を志し、実現する可能性が高かった。しかしアメリカ留学を志したことは、『羊の歌』のみならずどこにも記されていない。ところが、前掲《Journal Intime 1948 1949》の一九四九年三月三日の項は、綾子によって次のように綴られた(《Journal Intime》は二冊あり、主として加藤が綴っているが、加藤は日記を記すことにそれほどの執着はなく、途中から綾子も綴るようになる)。

> Sは朝病院へ行く前にImperial HotelにDr. Masonを訪ねた。(中略)Sは来年あたり渡米できるだらうと云つたとのこと。(中略)渡米できなければできないで我々の生活は幸福に続くだらうし(戦争さへなければ)、渡米出来れば、Akoは淋しいけれど、Sにとつてはこの上ない幸運だし、それはAkoにも大きな幸福をもたらすだらうから。
>
> (綾子の遺族の承諾を得て掲載)

「S」とはもちろん周一の頭文字であり、「Ako」とは綾子のことである。「Dr. Mason」とは、原子爆弾影響日米合同調査団のアメリカ側の医師だった人物である(第Ⅱ部第1章第3節参照)。広島以来、加藤とは交流があった。メイスン博士を仲介にしてアメリカ留学の話を進めていたことが窺える。この日記が書かれたのは母織子が亡くなる三か月ほど前のことである。その後に留学のことは一切日記に書かれない。そして『続羊の歌』に記されるように、一九五一年度のフランス政府給費留学生の試験を受けたのである。どうしてアメリカ留学の話が沙汰やみになったのだろうか。どうしてフランス留学へと方向転換したのだろうか。もちろん、加藤はなにも記していない。

アメリカ留学の話が沙汰やみになったことには、ふたつの可能性が考えられる。ひとつは、仲介がうまくゆかず頓挫した可能性である。かりにそうであったとしても、加藤はそれ以外の方法でアメリカ留学の道を追求しなかった。もうひとつは、加藤自身がアメリカ留学をやめようと判断して仲介を断わった可能性である。いずれにせよ、アメリカ留学の道(一九四八―四九)からフランス留学の道(一九五一)へと方向転換した。

このあいだに母織子が亡くなり(一九四九)、方向転換のきっかけは母織子が亡くなったことと関係しているのではないか、と私は推測する。

「西洋見物の望みも母の死後に、いよいよ強くなろうとしていた」(『続編』四三頁、改四八頁)とあるが、なぜ「母の死後に」西洋見物の望みがいよいよ強くなったのだろうか。西洋見物の望みが強くなったのはたまたま母の死後だったという意味ではない。母の死後だから、こそ、いよいよ西洋見物の望みが強くなったのだ、と私は解釈する。

大学進学にあたり加藤が文学部への進学を望んだにもかかわらず、母織子の反対を受けて断念したことはすでに触れた。加藤は文学、とりわけフランス文学への関心を強く抱いていた。しかし、志に反して実際には医学を修め、医者として仕事をしていた。それは母織子の望みでもあった。もちろん、医学の道を歩みながら「条件のよい研究室で仕事に没頭するのに充分なほどの関心を専門の領域に抱いていた」(『続編』四三頁、改四九頁)。それでも、母の死をきっかけに、母の意思から離れて文学の道に戻ろうとしたのではないか。「私自身の生涯を、母の死を境として、その前後に別けて考えるようにもなったのである。その前と後とで、私の生きて来た世界のいわば重心が変った」(『続編』四一頁、改四六頁)というのは、そういう意味であろう。となれば、親しんできたフランスに留学するのがもっとも望ましい。

もし加藤がアメリカ留学からフランス留学へ方向転換しなかったら、加藤の生涯は大きく変わっていただろう。「私に米国留学の機会があたえられていたら、私は米国の大学の研究室で研究に没頭し——研究の余暇には庭球場で汗を流し、自然科学者として今日に到っていたかもしれない」(『続編』四三頁、改四八—四九頁)。この文の含意は何だろうか。たんに留学先がアメリカからフランスに変わったということではない。加藤の研究主題が医学から文学あるいは文化に変わったということを意味している。しかし、留学目的を医学にせざるを得なかったのは、加藤の経歴からして当然である。

この方向転換について『羊の歌』のみならず他の著作においても、なぜ加藤は触れなかったのか。取るに足りないことだったからだろうか。それは加藤にとって決定的に大事な方向転換であり、取るに足りないことではなかった。思うに、触れなかった大きな理由は、この方向転換が母織子の死をきっかけとし、母の意思にかかわることだったからに違いない。

3 ヒルダの来日と綾子との離婚

ヒルダの来日

フランスからの帰国について、加藤は次のように述べる。「遠い京都で私を待っているはずの人間を、いつまでも待たせておくのは、公正でないということまで考えはじめていた。手紙で心変りを報らせるというのも、相手を尊敬しないやり方であろう。会って説明した上で別れなければならない。そのためにはどうしても日本へ帰らなければならない」(『続編』一六二頁、改一八四—一八五頁)と書くのである。前にも述べた通り「京都の女《ひと》」は虚構であると考える私は、この件も虚構だと判断する。ともあれ、加藤は貨物船を予約して、一九五五年一月一五日にマルセイユで乗船し、三月四日に神戸で下船した。

『続羊の歌』には神戸から京都に立ちより「京都の女」と別れ話をしたと記されている(『続編』一六

七―一六八頁、改一九〇―一九一頁)。しかし、実際に加藤が落ち着いた先は、文京区駒込西片町の自宅である。そこには綾子が待っていた。さらに一九五五年の途中まで、加藤は駒込西片町に綾子と暮らしたに違いない。このことは、加藤が遺した一九五五年度の「文藝手帖」に綾子の筆跡で書き込みが見られ、綾子の実家や実兄の家の住所などが記されていることからも明らかだろう。

ところが、一九五六年度の「文藝手帖」には、加藤の住所は世田谷区上野毛と載っており、一九五五年中に文京区駒込西片町から世田谷区上野毛に引っ越したことが分かる(ただし区役所に届け出たのは一九五六年)。しかも手帖のどこを探しても、綾子の筆跡による書き込みは見つからない。

なぜ上野毛に引っ越したのだろうか。実は、一九五五年中にヒルダがふたたび加藤のもとにやってきたのである。おそらくは約束の履行を求める来日だったろう。その正確な月日は確定できないが、この「ヒルダの来日」について『羊の歌』にも他の著作にも、何も触れられていない。

このあたりの経緯も鷗外を連想させる。鷗外の家族はドイツから来日した女性を鷗外に会わせることなく追いかえしてしまった。加藤はヒルダを受けいれ、綾子との離婚に向けて歩みはじめることになる。

綾子との離婚

ヒルダの来日によって、いよいよ決断を迫られることになった加藤は、ヒルダとの結婚を進めるために、当時上野毛に住んでいた妹久子一家の離れに住まいした。

ひとり残された綾子は一九五八年に名古屋の実家に戻ることになるが、その頃から離婚の協議が始まる。協議は数年に及び、協議離婚が成立するのは一九六二年のことである。長年にわたる協議で、次第に加藤は交渉を義弟の本村二正に任せるようになり、「離婚まで交渉をまとめたのは私の父です」(本村雄一郎氏談)という。

一方、綾子は名古屋に戻ると、自立するために名古屋市立大学医学部に入学し、皮膚科を専攻した。医師である実弟中西勉が「身体的負担の少ない皮膚科を勧めた」のだった。一九六四年、同学部を首席で卒業したという(中西勉氏談)。綾子はその後独身を貫き、二〇〇一年に亡くなる。加藤の著書は一冊ももっていなかったという。

英文学専攻だった綾子が医師となり、別居後は独身を貫き、加藤の著書は一冊ももっていなかったという事実に、綾子の強い意志と加藤に対する意地を感じる。

綾子との離婚成立は一九六二年であるが、離婚のための調停が始まったのは、一九五〇年代後半である。したがって、綾子との別居は『羊の歌』が綴られる期間内のことである。「累を他に及ぼすことをおそれて」触れなかったのか。それもあるだろう。しかし、それだけではないだろう。もっと大きな理由があったと私は考える。そのひとつは、加藤は綾子との離婚を心のなかでは十分に克服できなかった、終生完全には克服できなかったからではないか。離婚のことを触れられたくなく、みずからも触れたくなかった。心のなかで克服できない事柄を半生記のなかに記すことはむつかしい。長年にわたる離婚協議は、加藤にも綾子にも大きな心の傷を残したのだろう。

拙著『加藤周一を読む』ですでに触れたことだが、近代日本の多くの知識人にとって、その成長の過程で「家からの離脱」「故郷からの離脱」が大きな課題となった。近代的自我を確立させるためには、避けて通ることがむつかしい問題だった。

ところが、東京の西洋的な上流中産階級の家庭に育った加藤は、「家からの離脱」「故郷からの離脱」を考えたことは皆無とはいわないが、ほとんどなかったろう。その点では近代日本の知識人としては稀な存在であった。

一方、加藤の家では、母織子を中心として、妹久子、そして加藤との三人の親密な関係ができあがり、そこには父信一も入ることができなかった。「父はそういう関係を嫉妬していた」(本村久子氏談)という。とりわけ加藤の母織子に対する思慕と敬愛の念はきわめて強いものがあった。その点では近代日本の多くの知識人と共通する。

西洋派知識人として合理的で冷徹な思考をするタイプだと考えられている加藤に、こうした一面があったことを見逃してはならない、と私は考える。

あとがき

『羊の歌』「あとがき」は以下のように書きはじめられる。

軍国主義が滅び、日本国に言論の自由が恢復されてから、私は文筆を業《なりわい》として今日に及んだ。その間二〇年、私の作文の、私事にわたることは、ほとんどなかった。今俄かに半生を顧みて想い出を綴る気になったのは、必ずしも懐旧の情がやみ難かったからではない。私の一身のいくらか現代日本人の平均にちかいことに思い到ったからである。

中肉中背、富まず、貧ならず。言語と知識は、半ば和風に半ば洋風をつき混ぜ、宗教は神仏のいずれも信ぜず、天下の政事については、みずから青雲の志をいだかず、道徳的価値については、相対主義をとる。人種的偏見はほとんどない。芸術は大いにこれをたのしむが、みずから画筆に親しみ、奏楽に興ずるには到らない。――こういう日本人が成りたったのは、どういう条件のもとにおいてであったか。私は例を私自身にとって、そのことを語ろうとした。

（『正編』二一三頁、改二五四頁）

「あとがき」は、文字通り、最後に書くものである。この「あとがき」も『羊の歌』が岩波新書として刊行されることとなり、「わが回想」という副題が付けられることが決まったのちに書かれたと考えて間違いないだろう。そこに述べられているのは「わが回想」と副題を付けた経緯や理由ではなく、「わが回想」としての『羊の歌』に対する合理化された説明である。

一般的には『羊の歌』は「回想記」として受けいれられているが、むしろ「自伝的小説」だと定義づけたのは樋口陽一氏である。私も樋口氏と同じ見解をもつが、たとえ回想記であろうと、自伝的小説であろうと、加藤が自分の半生を顧みつつ書いたことは間違いない。どんな執筆にも動機がいるが、その動機とは何だろうか。

加藤は『三題噺』を執筆する頃、自分を完成させたと自覚したように思われる。そして加藤のような「日本人が成りたったのは、どういう条件のもとにおいてであったか。私は例を私自身にとって、そのことを語ろう」という欲求が強かったのだろう。

加藤がいうように「私の一身のいくらか現代日本人の平均にちかいことに思い到った」というのは、「いくらか」という副詞が付いてはいるものの、誰も納得しないだろう。その出自、育った環境、与えられた能力、どれをとっても現代日本人の例外的存在である。たとえ例外的日本人であっても、ひとりの現代日本人がつくり得た人生であることはいうまでもない。

ひとりひとりの人生は大小さまざまな選択と決断でつくられる。選択と決断とは、何かを得るために、他の何かを捨てる方法である。望めば手にできただろう社会的名誉、社会的権力、経済的豊かさというものには見向きもせず、加藤は自分が大事に思う価値を守ろうとした。加藤が大事にした価値とは何か。ひとつは「自由」、そして「知的好奇心」、もうひとつが「人生の愉しみ」である。加藤の場合、この三つは結びあってひとつながりとなる。旅を住処としたことも、三度の結婚も、限りない量の読書も、厖大な手稿ノートも、大量の著作も、劇場通いも、美術館通いも、憲法九条の擁護も、広い交友関係も、要するに、加藤の人生は、「自由」と「知的好奇心」と「人生の愉しみ」を大事にする姿勢から生みだされたのである。『羊の歌』を題材にして、その関係を解き明かしたいがために、本書を『加藤周一はいかにして「加藤周一」となったか』と題したのである。

それにしても、『羊の歌』を読むのがこれほどむつかしいとは思ってもみなかった。たかが新書ではないか、というのは間違いである。もちろん私が『羊の歌』を読むのは今回が初めてではない。かつては高校生・大学生によく読まれ、私も若い頃に読んだ。今回『羊の歌』を読みなおすと、分からないところにたびたび出くわした。いったい五〇年前に何を読んでいたのか。『羊の歌』は、明晰で簡潔に書かれているとよく評される。もちろん、その定評は間違ってはいない。しかし、論理は飛躍し、象徴的な表現や婉曲表現が用いられ、読者を煙に巻くような表現がとられるところも少なくない。「さあ、読めますかね?」と加藤から挑発を受けているような気さえしてきた。『羊の歌』が明晰で簡潔だという思いこみを捨て、背景にある事実を確認しながら一言一句を読み解いていくと、『羊の歌』や「加藤周一」は、私が理解していたところとはまったく異なる像を結びはじめた。その作業はまことに刺激的な体験だった。かくして本書は『羊の歌』を読みなおしながら、「加藤周一」を再発見する営みの記録だともいえる。

読者ひとりひとりには、それぞれの『羊の歌』の読みがあり、それぞれの「加藤周一」に対する解釈があるだろう。読者ひとりひとりの『羊の歌』の読みや加藤周一に対する解釈をつくる、あるいはつくりなおすうえで、本書がわずかなりとも寄与することができれば、著者としてこのうえない喜びである。

一冊の書物が世に出ていくまでには、多くの方々の力を借りなければならない。加藤の実妹本村久子氏と甥本村雄一郎氏、および綾子の実弟中西勉氏には、加藤周一に関する貴重なお話を聞かせていただいたほか、資料などの使用について御快諾いただいた。とりわけ中西氏は私が述べた解釈に同意できない箇所があっただろうにもかかわらず御承諾をいただいた。そのことに心から敬意を表したい。また、ひとりひとりのお名前を挙げることはしないが、多くの方々から、これまで知られていなかった事実やその事実に関する見解などをお聞かせいただいた。それらを伺わなければ、本書の内容が乏しいものになったことは確実である。編集の労を取っていただいた小島潔氏、奈倉龍祐氏、松本佳代子氏には、言葉ではいいつくせない御支援をたまわった。有能な編集者である三氏の叱咤激励がなければ、そして岡本哲也氏の綿密な校正がなければ、本書がこのような形で世に出ていくことはなかった。御支援をたまわったすべての方々に対して、深甚の謝意を記したい。

二〇一八年八月　『羊の歌』刊行五〇年に際して

鷲巣　力

加藤周一略年譜

本文で紹介された出来事を中心にしながら、『羊の歌』『続羊の歌』以降の歩みについても取りあげた。矢野昌邦編『加藤周一年譜』とともに、平凡社社内資料を参考にした。

一九一九年

九月一九日、父加藤信一、母織子の長男として、東京府東京市本郷区本富士町一番地にて出生。

まもなく、東京府豊多摩郡渋谷町大字中渋谷に転居(中渋谷は二八年に金王町と改称)。

一九二〇年　一歳

一〇月、妹久子出生。

一九二二年　三歳

父信一、東京帝国大学医学部附属医院退職。

この頃、カトリック系の幼稚園に通いはじめたが、ほどなく退園。

一九二六年　七歳

四月、東京府豊多摩郡渋谷町立常磐松尋常小学校入学。

一九三一年　一二歳

四月、東京府立第一中学校入学。同学年に矢内原伊作が在籍したが、知りあうことはなかった。

『万葉集』に接し、芥川龍之介を愛読する。

この頃、一家は渋谷町大字金王町から同美竹町に転居。

九月、満洲事変勃発。

一九三五年　一六歳

夏、妹久子とともに初めて信濃追分に逗留(以後、亡くなるまで夏季には追分に滞在することを常とする)。

一九三六年　一七歳

二月、二・二六事件発生。

三月、東京府立第一中学校卒業。

四月、第一高等学校理科乙類入学。寄宿寮入寮。庭球部と映画演劇研究会に所属。
ドイツ・フランス文学の片山敏彦、国文学の五味智英の授業にも出席。また五味の指導する「万葉集輪講の会」に、中村眞一郎、大野晋、小山弘志らとともに参加する。
一二月、第一高等学校『向陵時報』に「映画評「ゴルゴタの丘」」を藤澤正という筆名で発表。

一九三七年　一八歳
この頃、矢内原忠雄の講義に出席。一高生に向けて、みずからの信ずるところを伝えるその言葉を、自由主義者の「遺言」と受けとめる。
この頃から、ノート(「青春ノート」)をとりはじめる(—四二年)。

一九三八年　一九歳
庭球部を退部。第一高等学校『校友会雑誌』の編集委員、文芸部委員を務める。

一九三九年　二〇歳
三月、第一高等学校理科乙類卒業。一年間の浪人生活を送る。
六月、矢内原伊作、小島信夫らと同人誌『崖』を創刊。

この頃、世田谷区赤堤に転居。

一九四〇年　二一歳
四月、東京帝国大学医学部入学。湿性肋膜炎を患い、一時生死の境をさまよう。医学部のみならず、文学部の講義も受講、渡辺一夫の薫陶を受ける。福永武彦、森有正、三宅徳嘉などとの交友を深める。

一九四一年　二二歳
一二月八日、太平洋戦争開戦。『羊の歌』には、この日、新橋演舞場で大阪・文楽座の引越興行を観たと綴る。
この頃、世田谷区松原に転居。

一九四二年　二三歳
秋、中村眞一郎、福永武彦、窪田啓作らと文学集団「マチネ・ポエティク」を結成。

一九四三年　二四歳
九月、東京帝国大学医学部を繰り上げ卒業。同大学附属医院医局(佐々内科)に「無給の副手」として勤務。

一九四五年　二六歳
春、東京帝国大学医学部佐々内科教室とともに信州上田の結核療養所に疎開、上田で敗戦を迎える。

九月、東京に戻り目黒区宮前町に転居。

一〇月、「原子爆弾影響日米合同調査団」の一員として広島に滞在し、約二か月間、調査に従事する。

一九四六年　二七歳

戦後の出発点となる「天皇制を論ず」(『大学新聞』)、「天皇制について」(『女性改造』)、「新しき星菫派に就いて」(『世代』)を続けて発表。

五月三〇日、中西綾子と結婚。

一九四七年　二八歳

五月、最初の著書である『1946 文学的考察』(共著、真善美社)刊行。

一二月、「悪夢」を『人間小説集』(鎌倉文庫)に掲載。のちに『道化師の朝の歌』(一九四八年)に収録。

一九四九年　三〇歳

一月、「ある晴れた日に」を『人間』(鎌倉文庫)に連載(―八月)。

五月三〇日、母織子、胃がんのため逝去。

この頃、埼玉県浦和市に転居。

一九五〇年　三一歳

二月、医学博士(東京大学医学部)取得。「日本の庭」(『文藝』)発表。

この頃、文京区駒込西片町に転居。

一九五一年　三二歳

一一月、フランス政府半給費留学生として渡仏(留学中は、パリ大学医学部、パスツール研究所、キュリー研究所にて医学研究に従う)。

一九五二年　三三歳

一〇月、イタリア旅行。フィレンツェでヒルダ・シュタインメッツと出会う。『戦後のフランス』(未來社)刊行。

一二月、ヴィーンにヒルダを訪ねる。

一九五五年　三六歳

三月、フランスより帰国し、文京区駒込西片町の自宅に戻る。東京大学医学部附属病院に復帰。

この頃、三井鉱山株式会社本店医務室に隔日勤務(―五八年)。

四月、明治大学文学部非常勤講師(―六〇年)。

六月、「日本文化の雑種性」(『思想』)を発表。

この年、ヒルダが来日する。加藤は世田谷区上野毛に転居。

一九五六年　三七歳

九月、『雑種文化』(大日本雄弁会講談社)刊行。

一九五八年　三九歳
九月、旧ソ連邦ウズベク共和国タシュケントで開かれた第一回アジア・アフリカ作家会議準備委員会および同会議に出席。同会議後、旧ユーゴスラヴィア連邦共和国のクロアチア、インドのケララ州を旅する(帰国は五九年一月)。これを機に医業を廃して文筆に専念する。
一九六〇年　四一歳
六月、日本ペンクラブの声明文「安保条約批准承認に対して」を丸岡明とともに起草する。
一〇月、ブリティッシュ・コロンビア大学に准教授として赴任し、日本文化史を講じる(—六九年八月)。これ以後の一〇年を「蓄積の時代」と呼ぶ。『羊の歌』には、祖父増田熊六の若い頃の話から始まり、この年までの約百年が描かれる。
一九六二年　四三歳
一月二九日、妻綾子との協議離婚が成立。
三月一四日、ヒルダ・シュタインメッツと婚姻証明書提出。
一九六五年　四六歳
一月、日本文化における時間と空間を論じた「日本文化の基本的構造(上・下)」(『東京新聞』)を発表(のちに「『源氏物語絵巻』について」と改題)。
七月、短編小説集『三題噺』(筑摩書房)刊行。
一九六六年　四七歳
一一月、「羊の歌」(『朝日ジャーナル』)の連載を始める(—六七年四月)。
一九六七年　四八歳
七月、「続羊の歌」(『朝日ジャーナル』)の連載を始める(—同年一二月)。
一九六八年　四九歳
八月、チェコスロヴァキアを旅行。ソ連のプラハ侵攻をザルツブルクで知り、急ぎヴィーンに戻り精力的に情報収集。
八月に『羊の歌』、九月に『続羊の歌』(岩波書店)刊行。
一一月、「言葉と戦車」(『世界』)を発表。
一九六九年　五〇歳
九月、ベルリン自由大学教授に就任(—七三年八月)。同大学東アジア研究所所長に就任。
一九七一年　五二歳
九月、中島健蔵の勧めを受け、日本中国文化交流協会訪中団の一員として初めて中国訪問。

一九七二年　五三歳

一月二四日、ソーニャ・クンツェンドルファーを妻ヒルダとともに養子縁組する。

一九七三年　五四歳

一月、朝日新聞客員論説委員(—七九年九月)。

同月、「日本文学史序説」(『朝日ジャーナル』)の連載を始める(—七四年八月)。

この頃より矢島翠と同居。

一九七四年　五五歳

四月二二日、父信一逝去。

七月一八日、ヒルダと協議離婚。ソーニャはヒルダが引きとる。

九月、イェール大学客員講師(—七六年八月)。

一九七五年　五六歳

二月、『日本文学史序説　上』(筑摩書房)刊行。

四月、上智大学教授に就任(—八五年三月)。

一九七八年　五九歳

一月、「続日本文学史序説」(『朝日ジャーナル』)の連載を始める(—七九年一〇月)。

四月、ジュネーヴ大学客員教授(—七九年四月)。

一〇月、平凡社より『加藤周一著作集』(第I期、全一五巻、附録一巻)刊行開始(—八〇年五月)。

一九七九年　六〇歳

一一月、平凡社『大百科事典』編集長に就任。

一九八〇年　六一歳

四月、『日本文学史序説　下』(筑摩書房)刊行。

一〇月、『日本文学史序説』で第七回大佛次郎賞受賞。なお同書は、英・仏・独・伊・中・韓・ルーマニアの七か国で翻訳出版されている。

一九八三年　六四歳

一月、ケンブリッジ大学客員教授(—同年六月)。

三月、ヒルダ逝去(享年四九)。

一〇月、ヴェネツィア大学客員教授(—八四年七月)。

一九八四年　六五歳

四月、『サルトル』(「人類の知的遺産77」講談社)刊行。

七月、「夕陽妄語」(『朝日新聞』)の連載を始める(—二〇〇八年七月)。

一九八五年　六六歳

三月、フランス政府より芸術文化勲章(L'ordre des Arts et des Lettres)シュヴァリエ(Chevalier)を授与される。

一九八六年　六七歳

四月、コレヒオ・デ・メヒコ大学客員教授（―七月）。

一九八七年　六八歳

四月、プリンストン大学で講義。

一一月、「日本 その心とかたち」放送（前半、ＮＨＫ総合）。同時に『日本 その心とかたち』（第一―五巻、平凡社）刊行。後半（第六―一〇巻、同上）は一九八八年三月の放送（ＮＨＫ総合）と同時刊行。

一九八八年　六九歳

四月、立命館大学国際関係学部客員教授に就任（―二〇〇〇年三月）。

一〇月、東京都立中央図書館館長に就任（―一九九六年三月）。

一九八九年　七〇歳

一月、カリフォルニア大学デーヴィス校で講義（―同年三月）。

同月、「日本近代思想大系」の一冊として『文体』（岩波書店、前田愛との共編）刊行。解説「明治初期の文体」発表。

一九九一年　七二歳

九月、「日本近代思想大系」の一冊として『翻訳』（岩波書店、丸山眞男との共編）を刊行。解説「明治初期の翻訳」発表。

一一月、『中原中也』（「近代の詩人10」潮出版社）編集。解説「中原中也の日本語」発表。

一九九二年　七三歳

四月、立命館大学国際平和ミュージアム館長（―一九九五年三月）。

同月、ベルリン自由大学客員教授（―同年七月）。

一九九三年　七四歳

七月、『斎藤茂吉』（「近代の詩人3」潮出版社）編集。解説「斎藤茂吉の世界」発表。

一九九四年　七五歳

一月、朝日賞受賞。

三月、北京大学で講義（―同年四月）。

一九九五年　七六歳

一月、『鷗外・茂吉・杢太郎』（「ＮＨＫ人間大学」テキスト、日本放送出版協会）刊行。テレビ放送は、同年一月から三月末まで。

一九九六年　七七歳

一〇月、平凡社より『加藤周一著作集』（第Ⅱ期、全九巻）刊行開始（―二〇一〇年九月）。

一九九七年　七八歳
一月、ポモーナ大学客員教授(―同年五月)。
二〇〇〇年　八一歳
二月、フランス政府よりレジオン・ドヌール勲章オフィシエ(Officier de la Légion d'honneur)授与。
二〇〇一年　八二歳
二月、香港中文大学にて講義(―同年四月)。
二〇〇二年　八三歳
一二月、イタリア政府より勲章コンメンダトーレ(Commendatore)授与。
二〇〇四年　八五歳
四月、仏教大学客員教授に就任(―〇六年三月)。
六月、「九条の会」の呼びかけ人に加わる。以後、積極的に「九条の会」関連の講演を続ける。
七月、『高原好日』(信濃毎日新聞社)刊行。
二〇〇七年　八八歳
三月、『日本文化における時間と空間』(岩波書店)刊行。
一〇月、体調不良につき検査入院。
二〇〇八年　八九歳
五月、年初より体調がすぐれず検査を受け、進行性胃がんと診断される。
七月、「夕陽妄語」の「さかさじいさん」が絶筆となる。
八月、カトリックの洗礼を受ける。洗礼名は「ルカ」。
一二月五日午後二時五分、東京・世田谷区の有隣病院にて多臓器不全のために逝去。

鷲巣 力

1944年東京都生まれ．東京大学法学部卒業後，平凡社に入社し，『加藤周一著作集』『林達夫著作集』など，書籍の編集に携わったほか，雑誌『太陽』の編集長をつとめた．現在は，立命館大学客員教授，同大学加藤周一現代思想研究センター長．専門は，メディア論，戦後思想史．著書に『自動販売機の文化史』(集英社新書)，『公共空間としてのコンビニ』(朝日新聞出版)，『加藤周一を読む』(岩波書店)，『「加藤周一」という生き方』(筑摩選書)などがある．

加藤周一はいかにして「加藤周一」となったか
——『羊の歌』を読みなおす

2018年10月5日 第1刷発行
2019年1月25日 第2刷発行

著 者 鷲《わし》巣《ず》 力《つとむ》

発行者 岡本 厚

発行所 株式会社 岩波書店
〒101-8002 東京都千代田区一ツ橋2-5-5
電話案内 03-5210-4000
http://www.iwanami.co.jp/

印刷・精興社 製本・牧製本

ISBN 978-4-00-061294-4 Printed in Japan